講談社文庫

黒い樹海

新装版

松本清張

講談社

目次

黒い樹海

その姉

1

姉は十一時すぎに帰って来た。笠原祥子《かさはらさちこ》がアパートの表に自動車の停る音を耳にし、それから沓音《くつおと》が固いコンクリートの階段を上ってくるのを聴いて、姉は上機嫌なのだと思った。

姉の信子《のぶこ》はR新聞社に勤めている。文化部の記者として外を歩き廻《まわ》っているから、帰りの時間は不規則だった。遅くなると、社の車で送られて戻ることが多い。姉の機嫌のよし悪しは、車のドアを閉める音の高低でも分ったし、次に、こつこつと三階まで響かせる跫音《あしおと》の調子でも妹には判断出来た。

ドアを煽《あお》って入ったときから、姉の顔は少し酔って上気していた。

「ただ今」

声が普通よりは大きかった。

「あら、飲んだの？」

祥子の眼に、姉は黙って笑みかけ、いつもよりは乱暴に靴を脱いで、畳の上に上った。

「お食事は？」

「ご免なさい。済んじゃったわ」

その返事を、姉は後向きになって外出着を脱ぎながら云った。

「誰方《どなた》とご一緒だったの？」

「社の、吉田《よしだ》さん、木村《きむら》さん、杉村《すぎむら》さん」

と三人の同僚の名前を答えるのも着更えの動作の途中だった。小さなハミングがそのあとにつづいた。

「ご機嫌だわ」

祥子は本を閉じて云《い》った。

商事会社に勤めている祥子は、六時にはきっちりと帰り、夕食の支度をして待つという損な役にいつも廻されている。姉は新聞社に勤めてから、何となく酒もかなり飲めるようになっていたし、仕事の上からくる影響で、動作も活動的になっていた。二十八歳だったが、短かく剪《き》った髪と派手な服の色のせいだけでなく、細い顔が四つは若くみせた。

祥子はこの姉に今まで反感をもつことを知らなかった。顔も異っていたし、性質も反対といってよい。幼い時から姉の美しさに尊敬をもち、この姉から不用になった品物を貰《もら》うのが嬉《うれ》しかったものだ。たとえそれが化粧品の空箱のような詰らない物でも大事に保存した。

学校の成績も姉の方が良かった。頭脳も確かにいい。妹の自分が小さな貿易会社に入って、見積書だの、照会状などという決りきった文句の英文タイプを打っているのに、姉は女子大を出て新聞社に入り、毎日、いろいろな方面の知名人に会って活躍している。姉を絶対と信じて不思議でなかった小さい時からの意識が未だに続いて、祥子は、この姉からの圧倒に満足していた。

酒が飲めることさえ、姉の優越にしてしまうのである。姉と自分とは人間の生成条件が違うような気さえした。

だから、姉が少しばかり酔って遅く帰っても、咎《とが》めるような気持を祥子は持ったことがない。いつもこの姉の下についている自分を考えている。それに、日頃から妹には親切な愛情をみせている姉である。気をかけて、よく品物も買ってくれたし、種々なことも教えてくれた。両親が無く、姉妹だけだという密着感を妹はかねて大切にしていた。

祥子が、ご機嫌だわ、と云ったとき、姉はきれいな歯を見せて笑った。

「サッちゃん。休暇、明後日《あさって》からとれてよ」

姉の休暇のことは、祥子は前から聞いていた。仕事の都合で延び延びになっていたが、それが決ったというのである。

「へえ、いく日？」

「五日間」

姉は愉《たの》しそうに答えた。

信子の勤めている新聞社では、夏期に一週間の休暇をくれるが、彼女は交替者の関係と忙しさで、夏の終った今ごろ、ようやく順番が来たと云った。真夏なら、山や海の計画もあるが、秋風の吹きはじめた今となっては外れている。何処《どこ》に行こうかな、と彼女は四、五日前からいろいろ行先を妹にならべて聞かせていた。

「行先は決ったの、お姉さま」

「え、やっとね。サッちゃん、わたし、やっぱり仙台にするわ、久しぶりだから伯父さまにもお目にかかって、平泉《ひらいずみ》や十和田《とわだ》湖《こ》の方を廻ってみたいわ」

それは姉が云っていた行先の一つであった。祥子はそれが一番いいコースではないかとすすめていたので、その姉の決定には賛成であった。

「よかったわ。でも、羨《うらや》ましいわ」

祥子は云って少し悄気《しょげ》た。

「サッちゃん、今年は駄目なの？」

姉は訊《き》いた。

「わたしは、まだまだ。去年入社したんですもの。来年あたりからだわ」

「気の毒ね」

姉は同情した。

「来年、あなたの休暇のとき、一緒に旅をしましょうね」

この慰めに、妹は明るい顔に戻って言い返した。

「その時になってみないと分んないわ。お姉さま、わたしなんかお連れになるのが邪魔になるかもしれないわ」

「いやなことを云う子ね。でも、まだ当分は大丈夫よ」

姉はそう云って笑い、妹のために買って来た寿司の包みを開いた。

信子にはまだ恋愛がなかった。きれいな顔だったたし、二十八歳にもなってその経験が無いのが不思議のようだったが、祥子にはそれが信じられた。

姉は怜悧《れいり》なひとだった。気性も淡白で、ほかの同性からは男に近いという批評をうけた。多分、それは彼女の職業からくる印象に影響されていると思われた。妹は、姉の女らしいこまやかな愛情を知っている。

姉は、知名人の間を絶えず廻っていた。婦人課の中には、デザインとか料理とか育児とかを持っている人もいたが、姉の受け持は教養部門というのか、評論家や作家や大学の先生などが姉の仕事先であった。その半数以上が婦人であった。

姉は社から帰ってくると、時折、妹に仕事の話を云って聞かせた。祥子はそれを聞くのが愉しみであった。かねて新聞や雑誌などで知っている有名人が姉の口から語れると、急に身近かな知り合いのように感じられるのである。姉はその人たちに可愛がられているようだった。姉ならきっと誰からも気に入られているだろうと祥子はひそかに自慢に思った。それだけに、姉の話は具体的で、有名人の性格や生活の一部が判り、祥子には興味があった。姉は時には自分の批評もつけ加えた。無論、妹にだけ聞かせる話なのだが、それは彼女の鋭い批判力として祥子にいつも内容を感じさせた。

しかし、姉の過去には、恋愛らしいものが全然無かったのではない。姉ほどの美貌をもっていれば、男性の何人かが云い寄って来たであろう。姉も或《あ》る時期には交際したことがあるらしい。が、それも形にならないままに消えてしまった。姉の方から遠《とお》去《ざ》かって戸を閉めたようである。その形跡は確かにあった。

常に一流人と接触していると、未完成の若い人が姉には頼りなげに思われ、満足出来なかったのであろう。彼女の教養と性格の方がどの相手よりも上廻っている感じであった。それが同性の知人たちの批評となって現われているのである。

しかし、そのことは祥子に一つの危惧《きぐ》を与えた。姉は、もう二十八である。決して若くはない。このまま愚図愚図《ぐずぐず》していると、婚期を喪《うしな》って了《しま》う。選択が彼女に有利な今のうちに早く結婚して貰いたかった。

世に美しく賢い女が不幸な晩婚をする例を祥子は見たり聞いたりしている。姉はその仲間に入って貰いたくない。それを云うと、姉は笑っているだけであった。

「適当な相手が居ないんだもの。わたし、サッちゃんのあとでいいわよ。あなたこそ好きな人が出て来たら、遠慮しないでさっさと結婚なさいよ」

近ごろではその返事が聞けた。姉はいかにも仕事だけを愉しんで毎日を送っているようにみえた。

仙台には、死んだ父の兄が雑貨屋をしていて、年賀状と暑中見舞を交換する以外には疎遠《そえん》になっていた。一度、会いに行かねばいけないと姉妹は話していたから、信子が其処《そこ》に行くと決めたのは祥子にうれしかった。

2

「じゃ、今夜は休暇の前祝いで皆さんと飲んだの?」

祥子は寿司に手を出して訊いた。

「まあね」

姉は褪《さ》めかけた酔いの顔で云った。

「ちょっとした《旅情》だといってみんなで喜んでいるのよ。ばかにしてるわ」

姉はそれでもにこにこしていた。

婚期を失ったアメリカの中年娘が休暇で欧州を旅行し、果敢《はか》ないロマンスに遇《あ》っただけで、再び寂しいひとり旅をつづけるという三、四年前の映画の筋は姉には当てはまらないかもしれない。姉は、あの女優よりも若いし、ずっと綺麗《きれい》である。けれど、社の親しい同僚から冷かされる相似はどこかにあった。

だから、早く結婚すればいいのだ。祥子はそれを云いたかったが、年に一度の休暇をよろこんでいるいまの姉に気に障ることを口に出したくなかった。

「平泉は一度は観たいと思ってたの。それに、東北はあまり知らないから、このコースに決めてよかったと思ってるわ」

姉は、それから廻ってみたい土地のことを愉しそうに云った。

なるほど、それは愉しいに違いなかった。もし、姉が来年か、再来年でも結婚したら、生涯の想出《おもいで》となる旅かもしれない。女が一生のうちに独り旅を愉しむという機会は滅多《めった》にあるものではない。姉の顔を見て、祥子はそう思い返した。

すると、陸奥《みちのく》の旅路を、仕事から解放されて、のん気に歩き廻っている姉が眼に泛《うか》ぶのであった。古い仏像の前に立ったり、蒼《あお》い湖畔《こはん》に佇《たたず》んでいる姉の長身の姿である。気候も涼しくなった。東北の野に乱れ咲いている芒《すすき》の白い穂と、高い空とが祥子の眼を掠《かす》めて過ぎた。

姉なら、きっと行く先々で人眼を惹《ひ》くに違いなかった。幼い時、そうした姉と一緒について廻るのが祥子の得意であった。

「お姉さま。わたしもご一緒したくなったわ」

祥子は云った。

「本当ね。サッちゃんも早く休暇が頂けるようになるといいわね。この次くらいにね」

姉は祥子の顔を見て云った。そんな時の姉の眼はいつも深い翳《かげ》りがあって好きだった。

「あ、そうそう、伯父さまにお会いになったらよろしくね」

「ええ」

姉はうなずいた。

「もう、おいくつかしら？」

「六十近いんじゃない？　そろそろ」

「随分《ずいぶん》、お会いしてないけど、お年齢《とし》をとられたでしょうね？」

「そうね」

伯父に関してはそれだけの話しかなかった。尤《もっと》も、姉は伯父を訪ねるよりも、東北の見物をするのが目的のようだった。

「お土産、わたしのもおことづけしたいわ」

祥子が云うと、

「いいわよ、そんなこと」

と姉は答えた。その云い方が少し強かったので、祥子は姉の顔を見上げた。

「あなたが心配しなくてもいいわ。わたしが二人の分まで買って行くから」

姉は気づいたように柔かく云った。

たしかに姉は祥子より倍以上の月給を貰っていた。新聞社の婦人の中では古い方だったし、社内では有能を買われていた。姉妹の生活費の三分の二は姉が出してくれ、それに時々は自分で択《えら》んだ生地などを持って帰ってくれた。

伯父への土産物を姉がみんな負担するくらい普通のことだったが、祥子はやはり自分の買った物も托《たく》したかった。

「汽車は何時になさるの？」

床《とこ》に入ってから祥子は隣りの姉に訊いた。

姉は枕元で、習慣になっている本を読んでいて答えた。

「まだ決めてないけど、朝のにするわ」

「夜遅い汽車がいいんじゃないの？　仙台に朝着くくらいが」

祥子が云うと、

「そうね」

姉は、しばらく活字に眼を落していたが、

「やっぱり朝のにするわ。東北は初めてだから昼の景色が見たいもの」

呟《つぶや》くように答えた。

「じゃ、お見送り出来ないわね、出勤に遅れるから」

「いいのよ、サッちゃん。有難う」

姉は礼を云って、

「それよりもお勤めが大事だわ。わたしのことは次でいいのよ」

と祥子に微笑した。スタンドの灯が姉の半顔を美しく彫っていた。

それでも、祥子は姉が出発する前夜に、焼海苔《やきのり》の函《はこ》をデパートで買ってきてことづけた。きれいな缶《かん》が三つ入っていた。

「お姉さま、これ伯父さまに差し上げてね」

祥子が差し出した函を姉は見て、微《かす》かに顔を曇らせた。その表情を見て、祥子は、自分が姉の云う通りにならずに余計な買い物をしたからだと思った。

が、姉の表情の変化は瞬間のことで、

「そう」

と明るい返事をしてうけ取った。

しかし、姉のその同じ表情を祥子は二度見ることになった。二度目は、その晩、姉の旅行の支度《したく》を手伝っているとき、姉はスーツケースには自分の身の廻りの品しか入れなかった。土産ものは祥子の焼海苔の缶だけだった。

「あら、お姉さま、伯父さまに上げるもの買わなかったの？」

祥子が思わず云ったとき、姉のふり向いた顔がそれであった。このときも姉は、かすかに眉《まゆ》をよせた。

「荷物になるからね、それは駅に行く途中で買うことにしたわ」

姉は答えた。

祥子は、それで一応納得したが、姉にしては珍しいことだと思った。姉は几帳面《きちようめん》で、すべての準備は早目にしないと気の済まない性質《たち》だった。土産物を途中で整えるというようなやり方は好まない筈《はず》だった。

どうかしている、と祥子は思った。姉は喜んでいた。その喜びで、自分の土産物を買うのを忘れたようにとれた。

休暇を利用したこの小さな旅行が、姉を有頂天にしているようだった。祥子は、これほど愉しそうにしている姉を見たことがない。仕事のために絶えず気を張っていなければならない姉は、数日間の自由がよほどうれしいに違いなかった。祥子は、その理由で、姉のよろこび方が理解出来た。

「サッちゃん、ひとりで寂しいでしょうが、お留守をしてね。お土産、うんと買って来て上げる。何がいいかしら?」

姉は寝る時に云った。

「こけしのいいのがあったら買ってきて頂くわ」

祥子が云うと、

「こけしね」

姉はちょっと黙って、

「さあ、いいのがあるかしら。このごろはだんだん詰らなくなってるそうよ。無論、いいのがあれば買って来るけど。まあ、どっちにしても、東京に帰ったら、うんとご馳走するわ」

と云った。

祥子は早く睡《ねむ》ったが、姉は容易に寝つかれない風だった。それは読んでいる本が面白いためだけではなさそうだった。

翌朝早く、姉は、今年新調したツーピースを着て出かけた。祥子がアパートの窓から見送ると、明るいグレイの姉の恰好《かっこう》のいい小さな姿は、妹を見上げて手をふりながら、軽い足どりで前の広場を横切って行った。

その日が九月十日であった。

3

夜、祥子は初めてアパートでひとりで寝た。

姉は今までどんなに遅くなっても帰って来た。しかし、今夜から当分姉は帰らないのだと思うと祥子は孤独感に閉じこめられた。

本を読んでみても、少しも引き込まれなかった。活字の視覚と感情が密着せず、頭脳が別な思考を勝手に働かせていた。落ちつかないのである。姉との生活の中絶が、これほど空白となって感じられるとは知らなかった。

姉は今ごろは仙台の伯父の家に着いている筈であった。伯父の家を祥子は見たこともないが、空想でそれを描き、姉を坐《すわ》らせているのである。姉の話し声と笑いとが耳に伝わってくるようだった。

本よりも、新聞の方が祥子にまだ読み易かった。それぞれの世界を区切った短かい文章が、思考の散漫な際には適当なのであろう。

外国からの報道、日本の政治の動き、社会面の出来事、文化欄から広告まで丹念に読んで廻った。

朝刊は、殺人事件から一家心中の暗い記事で埋っていた。祥子が会社で働き、睡っている間に、さまざまな不幸が世間では起きているのだ。祥子はトーストを食べ、牛乳を飲みながらその記事を読む。おどろきも同情も、安全地帯に居る人間の意識の内側のものだった。

静岡県の浜松の近くで、バスが踏切で貨物列車と衝突し、多数の死傷者があったと大きな見出しで出ていた。十日の夕刻の出来事で、踏切番の過失と、バスの運転手が一時停車を怠《おこた》った手落ちとが、原因に挙げられていた。乗客の即死者四名の名前に住所がついていた。みんな付近の人であった。これだから乗物は怖い、という一般的な感想だけで彼女は読み流した。

姉は今ごろは仙台の伯父の家で朝食をたべているに違いない。それとも見物の旅に早くも出ているのだろうか。松島《まつしま》だの、瑞巌寺《ずいがんじ》だの、名前だけ聞いている未知の土地の訪問に、姉のたのしげな姿が眼に泛《うか》んだ。

祥子は会社に出て一日中、タイプの仕事をした。Sep. 11th. の日付の見積書、請求書、通信文をいくつも打った。九月十一日。今日が終ると姉が出てから、まる二日になる。

台風が来ると新聞に出ていたが、その夜は瓶《びん》の中のように風の無い晩だった。このアパートは高台にあって、それに祥子の部屋は三階だから、窓からは大久保《おおくぼ》や新宿方面の灯が海のように下に拡がって見えた。賑《にぎ》やかなあたりは、暗い空が極光《オーロラ》のようにぼうと明るいのである。祥子はこの景色を眺めながら、レコードをかけるのが好きであった。

その夜は、しずかな音楽を五枚つづけて聴いた。これも姉が択《えら》んで買って来たものだった。

八時ごろ、コンクリートの階段を忙がしそうに上ってくる靴音が聞えた。アパートの誰か知らないが、自分に関《かか》わりのないことだと思っていると、靴音は正確にこの部屋の前に停って、ドアを叩《たた》いた。

「笠原さん」

男の声で、大きく乱暴だった。

「電報ですよ」

祥子は返事して起った。すぐに来たのは、姉からだという予感であった。

予定が変って、帰る、という知らせを寄越したのかもしれない。少し早すぎるが、姉は何でも興味を失うと、さっさと引返す性質であった。

電報を受取って、素早く、折りたたんだ表を見ると、発信局は「ハママツ」とあった。浜松。無論、姉ではない。が、そんな所に知人も無かった。宛名は確かに祥子の名であった。思わず小首を傾けた。

「受取りの判が要ります」

配達人は急がせるように云った。

祥子は、配達人の去る靴音を聞きながら、電報を披《ひら》いた。

「カサハラノブコサンハ　バスジコノタメニナクナラレマシタ　シキュウ　ハママツシ　ナンエンコウツウホンシャニオイデコウ　ナンエンコウツウカブシキカイシャ」

祥子は一度に読解出来なかった。姉が死んだ、ということだけが判り、その文句が中枢神経を正面から激しく叩いた。急にあたりが傾斜し、耳ががんと鳴った。動悸《どうき》が苦しいほど高く搏《う》ち、足から力が抜けた。立っていることが出来ずに、祥子は畳の上に崩れて坐った。持っている電報用紙が慄《ふる》え、文字が揺れた。「バスジコ」を「バス事故」と理解するのに二分間くらいはかかった。衝撃が頭脳を真空にさせ、全身の知覚を奪ったようだった。

信じられないのだ。

姉が死んだ。現実に、それを受けとることに距離があった。だが、その遠さは時間の経過と共に次第に縮まった。姉は死んだ。祥子の拒否にもかかわらず、その報知の現実感が攻めて来た。

落ちつかなければいけない。祥子は汗が流れた。

――笠原信子さんはバス事故のために亡くなられました。至急、浜松市、南遠交通本社にお出で乞う。南遠交通株式会社。

電報の文句が繰り返して祥子に呼び続けている。

バス事故。祥子は今朝の朝刊記事を思い出した。静岡県浜松市の近くで、バスが貨物列車に衝突して多数の死傷者を出した。あのバスも確かに南遠交通株式会社と名前が出ていた。

あの中に姉の信子が居た。

不思議で、本当のこととは思えなかった。だが、この疑問は、姉の死を報らされた直後の不信よりも理論的であった。

姉は、仙台に行き、東北を旅している筈なのだ。それが逆の方角の浜松に行ってバスに乗り、事故死しているとは――

間違いかもしれない。一番にこの考えが起きた。バス会社が死亡者の名前を誤って報らせてきたということである。しかし、この考えは薄い霧のように頼りなげに消えた。根拠があるのだ。

姉は定期入れの中に、自分と祥子とならんで撮った写真をいつも入れていた。姉妹の名前と生年月日と住所がその裏に書かれている。写真は誰でもそんなところに入れるものだが、裏側の記入は、几帳面な姉の好みであった。

バス会社はそれで死亡者の身許を知り、祥子に宛《あ》てて電報を打ったのであろう。そうでなければ、祥子の名を知る筈がなかった。このことは、姉の死が間違いなく事実という証明だった。

姉は死んだ。それは否応なしに現実として押しつけられても、納得のいかないのは、死亡の場所であった。方角の逆位である。

姉は何のために浜松などに行ったのであろう。それから、どうして、そのようなバスに乗ったのか。

祥子には仙台の伯父のところに行くと云って出た姉である。ようやく休暇をもらって、東北の旅を愉しそうに話して出かけた姉である。浜松などに行く訳が無い。姉は、今まで一度も妹に嘘を吐《つ》いたことはなかった。

不思議だった。これだけは理解が出来ない。姉はいかなる理由で浜松に行き、不慮の死に遭遇したのか。

しかし、祥子は追い立てられるように、身支度にかかった。息せき切って走っているように、動悸が激しく苦しい。咽喉《のど》が、からからに乾いていた。

祥子はアパートの管理人の所に立ち寄り、汽車の時刻表を借りた。

「今ごろから、どちらにお出かけですか？」

管理人が訊いた。

「浜松まで」

列車は二十一時十五分発の急行《瀬戸《せと》》があった。浜松には午前二時五分に到着する。

「そりゃ大変ですね。急用ですか？」

「姉が、姉が死んだというんです」

管理人が窓の向うで、あっと口を開いて、眼をむいた。

タクシーで走り出した時に、祥子ははじめて泪《なみだ》が溢《あふ》れ出た。これから姉の死に対面に行くという行動が、すべてを急速に実感に近づけた。

嗚咽《おえつ》が洩《も》れて、運転手が何か云われたのかと思って、ちょっと振り返った。祥子はハンカチで顔を蔽《おお》っていた。運転手は黙って正面に眼を戻した。

東京駅に着いた時が九時近くであった。祥子は急行《瀬戸》で行く旨《むね》を南遠交通あてに電報を打った。誰かに駅に来て貰わねば、深夜の見知らぬ土地ではどうすることも出来ない。明日までが待てない。一刻も早く、姉に会いたかった。

この電報を打ってから、祥子は、ふと南遠交通からの凶報電報の来かたが遅かったのに気づいた。

今朝の朝刊には、バスの事故は昨日の午後六時ごろとしてあった。それから二十時間以上も経って祥子のところに報らせて来たのはどういう訳であろう。確かに遅いのだ。大へんな事故で、混雑したに違いないが、身許が分るのが手間取ったとしても、遅すぎるようだ、何故《なぜ》、もっと早く判明しなかったのだろうか。

列車は混雑していた。祥子はようやく一つの席を見つけて坐った。

汽車はすぐに動いた。窓から東京の灯の集塊《しゅうかい》が去って行く。それは次第に散り、疎《まば》らとなった。

姉は何故、東北に行かずに浜松に行っていたのか。――

祥子は窓を見詰めながら、その疑問を考えつづけた。藤沢《ふじさわ》のあたりを過ぎて、闇の空に航空管制燈の灯が光芒《こうぼう》を回していた。その灯の回転が祥子には今の疑問の明滅に似て無気味だった。

病院の壁

1

列車は二時すぎに浜松駅のホームに着いた。

祥子は殆《ほと》んどの乗客が眠っている列車から降りた。深夜のホームは人も疎らで駅員が肩をすぼめて歩いていた。

遠くに立っている男が二人、祥子の姿を見て顔を見合せ、靴音を忍ばせるようにして近づいて来た。

祥子が改札口を眼で探していると、

「失礼ですが」

と男の一人が云った。

「笠原様でいらっしゃいましょうか？」

年配の人で、きちんとした背広を着ていた。祥子は二人の腕に喪章《もしょう》が巻かれているのに気づいた。

「そうです。笠原信子の妹です」

出迎えのバス会社の人だとすぐ分って答えた。

「遠方を恐れ入りました。南遠交通の者でございます。この度《たび》は、まことに……」

発車ベルが響いて、あとの挨拶《あいさつ》は耳に聴えず、お辞儀だけが見えた。もう一人が、素早く祥子のスーツケースを手に取った。

祥子はバス会社員のあとについて跨線橋《こせんきょう》の階段を上った。橋を渡って降りたときにベルが止み、祥子の乗って来た列車が動き出した。明るい灯のついた長い窓が速度を出してホームを滑り去った。

改札口を出ると、ハイヤーが待っていた。バス会社員の姿を見て運転手がドアを開けた。

「どうぞ」

祥子が乗り、年上の方の社員が横に来た。若い社員は、祥子のスーツケースを膝《ひざ》の上に置いたまま、助手台に坐って前を向いていた。

何も命じないうちに運転手は車を走らせた。

「病院に参ります」

バス会社員は祥子に行先を説明した。深夜というよりも未明に近い浜松市内の暗い通りが、車窓を風と一しょに流れた。道には人ひとり歩いていなかった。

祥子は姉の様子をいつまでもこの社員が話さないので、こちらから切り出した。

「姉は、すぐに死んだのでしょうか？」

社員は腰かけたまま、恭《うやうや》しいお辞儀をした。

「はい。それにつきましては、いずれ病院に参りましてお話し申し上げることになって居《お》りますので」

低い声で、ぼそぼそと云った。

祥子は黙って外を見た。黒い町の建物の影が走り去っていた。街燈がわびしげに道路にならんでいた。姉が、見も知らぬこんな寂しい土地で死んだのが嘘のようだった。

「失礼ですが、御家族は？」

社員が声を忍ばせて訊いた。

「わたくしだけです。姉一人に、妹一人です」

祥子が答えると、

「はあ、それは、どうも」

と社員はまた頭を低く下げた。

それは今まで、誰にでも訊かれたら答える返事だった。これからは、変るのだ。自分ひとりになる。この返答の変化について祥子にまだ用意が無かった。そのことに初めて気づいて彼女は深い穴に落ちたような気持になった。

十分ばかりもすると、自動車は病院の建物の前に停った。バス会社員が先に降りてドアを開いた。祥子が建物を見上げると、三階あたりの窓が三つだけ明るかった。彼女の胸に慄えが起きた。

玄関から社員が先導するような恰好で内に入った。エレベーターが停止しているとみえて、うす暗い階段をいくつも上って行った。

途中で出遇《であ》った看護婦が、立ち止って祥子を見送った。無愛想な建築の内部は、薬液の匂いが漂っていた。

階段を昇り切って、長い廊下に出ると、案内の社員が右に祥子を導いた。コンクリートの固い廊下に祥子のハイヒールが冷たい音を立てた。

社員が一つの部屋の前に立ち止ってドアを叩いた。扉が開くと、内側の明るい灯が廊下に流れた。

招じられて祥子はその部屋に入った。その病科の事務室といった感じで、机や椅子《いす》がならび、電燈が明るくついていた。さっきの社員とは別な背広の男が二人、祥子の入ったのを見て椅子から起《た》ち上った。一人は肥え、一人は瘠《や》せていた。机の上に、茶瓶《ちゃびん》と湯呑《ゆのみ》が置いてあることで、この人たちが祥子の到着を待っていたと分った。

駅から案内した社員が肥えた男に耳打ちした。男は大きくうなずき、改めて祥子の顔を正面から見た。その眼は小さかったが、もの馴《な》れていた。

「遠いところを、お疲れさまでした」

肥えた男は、腰をかがめ、太い指で名刺をつまんでさし出した。「南遠交通株式会社庶務課長、竹尾新助《たけおしんすけ》」の活字が祥子の眼に映った。

「笠原信子さんのお妹さんでいらっしゃいますか？」

竹尾庶務課長は、やはり上体を斜めにしたまま、確かめるように訊いた。

「そうです。笠原信子の妹、笠原祥子です。姉がバス事故で死亡したから来いという電報を頂きました」

祥子は、男たちが自分を見つめる中で答えた。

「そうです、そうです。そういう電報をさし上げました。随分、お愕《おどろ》きになったことと思いますが」

課長はそこまで云って、どうぞ、と掌で椅子を指した。案内した社員がボーイのように椅子をずらせた。

肥った課長が眼くばせすると、控えていた瘠せた男が洋服の内ポケットから革の四角いケースを出した。祥子は一瞥《いちべつ》して、それが姉の定期券入れであることを知った。

「失礼ですが、この定期券入れは？」

竹尾課長は開いて見せた。

「姉の信子のものです」

祥子は答えた。それにも課長はうなずいた。

「この定期券入れに入っていたお写真を拝見して、あなたのお名前と御住所が分りました。それで電報がさし上げられた訳ですが」

課長は祥子の顔をじっと見た。

「なるほど、お写真の通りのお顔でいらっしゃる」

課長は云って、ほかの者を見た。笠原祥子を確認したことに同意を求めている眼であった。

賛同が得られたと分ると、課長は肥った身体を改めて鄭重《ていちょう》に曲げた。

「この度は、お姉さまが不慮の事故でお亡くなりになりまして、誠にお悼《いた》わしい限りでございます。南遠交通株式会社を代表いたしまして、不肖私《ふしよう》が謹んで御哀悼申し上げます」

言葉は式辞めいて、荘重に響いた。

祥子は椅子から起って、黙ったまま頭を下げた。その顔を竹尾課長は下から窺《うかが》うように見た。

「如何《いかが》なさいますか？　これからお姉さまに御対面なさいますか？」

「すぐ会います」

祥子は真直ぐに顔を上げて答えた。

「ご尤《もつと》も、ご尤も」

課長は祥子の強い語調に圧《お》されて、少しあわてたように云った。

「それでは、すぐに病室にご案内いたします。そのあとで、いろいろ事情を申し上げたり、ご相談いたしたいと存じます」

竹尾課長は自分で先に立った。祥子はそのあとにつづいたが、苦しいほど胸の動悸がうった。非常に恐怖な場面に向って歩いているような戦《おのの》きが、膝の関節あたりに起り足から力が抜けた。祥子の後を、ほかの男たちが見物人のように従った。

部屋は、すぐ隣りだった。祥子の眼に入ったのは、ベッドに掛けた白布と、立っている医者と看護婦の白衣だった。白布は、人を寝せたかたちでもり上っていた。香とは違う強い薬品の臭《にお》いが狭い部屋に充満していた。

ベッドの一つは空いていた。その横に人々は儀式のように一列にならんだ。

白布の頭部のところに祥子は連れて来られた。竹尾課長が祥子の後肩に指を軽く当てていた。若い医者と看護婦が向い合った位置から祥子に頭を下げた。医者は軽く、看護婦は丁寧であった。

「それでは」

沈黙の中で課長が医者に合図した。若い医者は白い指で白布の端をめくった。

眼を閉じた姉の顔が現われた。艶を消した皮膚は蒼白かった。祥子はハンカチを口に当てて凝視《ぎようし》していたが、嗚咽がひとりでに咽喉から迸《ほとばし》って出た。

それを見て、人々は足音を殺して室外に出た。彼らは祥子が死者の妹であることを、さらに確認のために来ていたのだった。

2

姉は頭から頰《ほお》にかけて白い繃帯《ほうたい》を捲《ま》いていた。髪の毛がはみ出していた。そのため、顔は何となく標本じみて見えた。

祥子は冷たい姉の手を握り、長いこと泣いた。その時間は歔泣《すすりなき》と嗚咽だけが狂暴に祥子を捕えて揺すり、乱した。病室は姉妹を残してがらんとしていた。電燈の光が弱めてある。暗い部屋の隅から寂寥《せきりよう》がたち昇った。

姉はかすかに口を開き、皎《しろ》い歯をのぞかせていた。その歯のきれいさが生きているときと変りはなかった。たったひとりで、こんな場所で生を終った姉への憐愍《れんびん》がこみ上げて来ていつまでも熄《や》まなかった。咽《むせ》び声がひとりでに迸り出た。

姉から、ただの一言も聞けないのが不合理でならなかった。微かに開いた唇は声を出すときの恰好だったが、もうそれはかたちだけの物体であった。姉は妹をそこに置いても、愬《うつた》える力のあらゆる機能を崩壊させていた。

長い時間の末、祥子は自分のコンパクトを出して姉の死顔に化粧して上げた。櫛《くし》で髪を整え、冷い頰を指で撫《な》でた。姉への最後の愛撫《あいぶ》であった。

ドアが開いて、医者が看護婦を連れて入って来た。医者は祥子の様子を眺めてしばらく黙って立っていた。

「突然のご不幸でしたね」

医者は両手を前で組み合せて云った。

「この病院に運ばれて来られた時は、まだ生命がありました。しかし、それは時間の問題であることが私どもに分っていました。全身に打撲傷を負われて内出血がひどかったのです」

医者は静かな説明をした。

「多分、肝臓か腎臓出血だと思いますが、手当ての見込みがありませんでした。意識はここに来られた時から失っていました。ご臨終は――」

医師は看護婦のさし出すカルテを見た。

「九月十一日の午前三時二十九分でした。この病院に来られてから八時間以上生命があった訳です。強心剤の注射やその他出来るだけの処置をとったのですが、はじめからそんな絶望状態なので、残念でした」

祥子は、それに短かい礼を云った。

「姉の様子に、何か目立ったことはありませんでしたか？　たとえば、何か意志を表すような……」

祥子はそのあとで訊いた。

「さあ」

医者は首を傾けた。

「何しろ最初から意識不明でしたから」

「苦痛は無かったのでしょうか？」

「あの負傷状態では、おそらく意識の時間は無かったと思います」

「先生にずっと最後まで診《み》て頂いたのですね？」

「はあ、私がご臨終まで附《つ》き添いました。心臓の鼓動が止むまで、聴診器を胸に当てていました」

若い医師は手落ちのないことを強調するように云った。それから思いついたように、

「ただ、今から考えますと、この病院に担《かつ》ぎ込まれたときは、僅《わず》かながら意識が朦朧《もうろう》状態の中でも残っていたような気もします」

祥子は医者の顔を見て、説明を待った。

「それは救急車から降ろされて、担架《たんか》でこのベッドに運ばれた際、私が最初に診たのですが、脈搏《みゃくはく》を調べようとして手首をとったときに、お姉さんは私の手を強く握るような恰好《かっこう》をなさいました」

若い医師は少し云い難くそうに話した。

「尤も、それきりでした。そのあとは完全な昏睡《こんすい》状態ですから、二度とそういうこと

はありませんでした」

祥子は、それは姉が無意識のうちに妹の手を錯覚して握ったのだと思った。姉が可哀想になり、眼を死者の顔に戻した。サッちゃん、と呼んだような状態で姉は形のいい唇を開いていた。祥子はまた泪《なみだ》が溢れ出そうになった。

バス会社の瘠せた社員が影のように入って来て、祥子に、もとの部屋に来るように静かな身ぶりで促した。

「御遺骸《ごいがい》はこれから安置室にお移し致しますから」

医師が出口に歩いて行く祥子の耳もとに低い声で云った。祥子は胸が縮んだ。死んだ者はこの部屋に置く資格が無いから移すのだ、という風にとれ、その事務的な言葉が冷酷に聴えた。

もとの事務室に入ると、肥った課長が椅子から立った。彼の細い眼は睡《ね》むそうに見えた。多分、その睡気に耐えるために、そこに居る社員と今まで賑かな雑談に耽《ふけ》っていたに違いなかった。机の上の書類函のかげにウイスキーの瓶がかくされてあるのが見えた。

「本当にお気の毒でございましたね。まるで夢のようでございましょう」

課長は礼儀正しい口調を使った。洋服の膝をきちんと揃《そろ》え、両手をその上に置いていた。

「お姉さまお一人に、あなたさまがお一人だそうで」

駅に迎えに来た社員が話したらしかった。祥子はうなずいた。

「それは、それは、何とも申し上げようのないことで、これからは、さぞ、お寂しくなられることでございましょう」

課長は悔みを述べると、ポケットから小さなメモをとり出した。彼は眼鏡をかけた。

「それでは、このような重大な事故が起った事情を一通りお話し申し上げます」

課長は話し出した。祥子はもとより、周囲に神妙そうに控えている部下たちにも傾聴させたいといった様子がみえていた。

「九月十日の午後六時ジャストに当社の弁天島《べんてんじま》行のバス二十一号車が浜松駅を出ました。これは下り急行十七時四十分の《西海《さいかい》》と、上り急行十七時三十八分の《なにわ》のお客さんを受けますので、相当に混み合います。そのため二台を仕立てております。当日も事故車の二十一号の前には十七号車が先行しておりました。弁天島というのは、或《あるい》は、御承知でないかも分りませんが、浜名湖畔に在《あ》って風光明媚《ふうこうめいび》な所で、有名な観光地でございます。そのためバスを利用なさるお客さんが非常に多い訳で、浜松駅から四十分ばかりかかります」

課長はメモを見た。

「事故のあった踏切は、市内を外れた××町にあります。この踏切に二台のバスがさしかかったときが六時十分で、下りの豊橋《とよはし》行十八時六分の普通列車が通過したあとでございます。上りは十八時二十七分の普通列車だから、まだ間がございます。つまり、この六時十分という時刻は列車の通過の無い時間で、それは毎日この踏切を往復している運転手も車掌《しやしよう》も知っていました。つまり、習慣的にこれを承知していたことが今度の禍《わざわい》の原因の一つになったのでございますね」

課長は、そう云って祥子の顔を見た。

「当日は、この辺では俄《にわ》かに強い雨が降っておりました。そのため、遠くがぼやけていた。それから踏切番が、これは本事故の最大の原因ですが、遮断機《しやだんき》を下ろしていなかった。あとで調べると用便に立っていたということですが、鉄道側の責任は全く免れません」

課長はそこを強調した。それが犠牲者に対する弔慰金《ちようい きん》の問題にかかっていることは間違いなかった。

「遮断機が上っていて、しかも、毎日往復してこの時刻に列車の通過のないことを知っている先行の運転手は、一時停車はしたものの、車掌の簡単な合図で出発しました。これは当方の手落ちですが、その女車掌は土砂降りの俄か雨の中を下りたので、濡れまいとしてか確認も匆々《そうそう》にして車の中に戻りました。何度も申します通り、列車の通過が無い時刻だという先入観念と、強い雨に視界がぼかされていたのでございます。それに、現場のすぐ先からカーブになっていて見通しも悪い。まあ、いろいろな悪条件が重なったのでございますね」

課長は膝の手を置き換えた。

「そんな訳で十七号の先行バスが踏切を通った。あとにつづくのが二十二号バスですが、先行車が無事に通過したので、これは停止せずにすぐ後続しました。両車の間隔は五米《メートル》くらいでした。ところが——」

課長は語勢に力を入れた。

「ところが、その時、岡崎《おかざき》方面から来る貨車を運転手が雨の中で発見しました。思いもよらぬ汽車なので仰天し、ブレーキをかけるべきか、速力を出して通過すべきか、一瞬に迷ったと申します。というのは、ブレーキをかけても惰勢《だせい》で車の前部は線路の上に突き込みそうなのに、汽車はすぐ間近かに逼《せま》っているのです。運転手は意を決して速力をかけました。この予測しなかった汽車というのが、臨時の上り貨物でした。

今までそんな時刻に通過したことのない貨物列車でした。踏切番の油断もそこから生じたのでしょう」

課長は湯呑を手にとった。

「突嗟《とっさ》に決した運転手の処置は誤っていないと思います。ブレーキをかけても前部が絶対に線路に乗り上るのですから逃げ切るほかに手がありません。ただ、不幸なことは、バスの車体が大へんに長い。前部は乗り切ったが後部が間に合わなかったのですな。汽車は後部に衝突し、バスは突きとばされ十米あまりのところで横転しました」

課長は、一旦《いったん》、そこで話を区切って静かに茶を一口のんで咽喉を湿した。

祥子はうなだれて聴いていた。その時の凄惨《せいさん》な光景を想像していた。

「そんな訳で、バスのお客さんの犠牲者は、後部のシートに坐っていらした方ばかりでございます。前部のお客さんは負傷しても軽くて済みました。何しろ、後部はひどかった。車体が滅茶滅茶《めちゃめちゃ》でしたからね。即死者四人を出しました。重傷者は八人、その中に不幸なことにお姉さんが入っていらしたのでございます」

課長は再び手を膝の上に置き、心持ち頭を下げるようにした。

「お姉さんは、すぐにこの病院に救急車で運び入れましたが、医者は一目見て絶望だと申しました。それからの経過はいま医者からお聞きになったことと思います。まことに、どうもお気の毒で、お詫《わ》びを申し上げる言葉もございません。当社としては出来るだけ弔慰の方法を講じさせて頂きます」

課長は低く頭《こうべ》を垂れた。

3

祥子は泪が出た。そんな不運に遇った姉の不幸が理不尽だった。この課長が能弁を振ってどんなに弁疏《べんそ》し、謝っても、ものを云ってくれる姉は還って来ない。自分の心の支えであった姉、親切にしてくれた姉、仕事上のことを愉しく聞かせてくれた姉、そのものの云い方や動作の癖が眼底に逼って来るのだった。

何だって姉はこの不幸に遭いに浜松くんだりに来たのであろう。何故、予定の通りに仙台に行かなかったのか。姉の理解出来ない行為に恚《いか》りが湧《わ》いた。

「最初、お姉さまの身許がどうしても分りませんので、私の方も大へん気を揉《も》みました」

課長はまた話し出した。肥えているので暑いのか、首筋の汗を拭《ふ》いた。

「意識が無いし、失礼でしたが、服装を改めて所持品を調べさせて頂きましたが、手がかりになるようなものが発見出来ませんでした」

祥子はそれを聞いて、少し変だ、と思った。するとあの定期券入れはどこから見つけたのであろう。姉はいつもそれはハンドバッグに入れている習慣だった。ハンドバッグは無かったのか。いや、この旅行に提げて出たスーツケースはどうなったのであろう。

「スーツケースはございました」

課長は祥子の考えている疑問に答えるように云った。

「何ぶん、あの混乱の現場ですから、容易に区別がつきませんでした。所持者不明のスーツケースが一個だけ最後に残ったのでございます。それには、N.KASAHARAと記号がついておりました。警官立会で中を開けさせて頂くと、着更えの衣類、化粧具、それに東京のデパートの包紙で包装した焼海苔の函《はこ》が出て参りました。あ、そうだ。その遺品をあなたにお渡ししなければなりません。会社の方に大切に保管してありますから、明日、お手渡し申し上げます」

その焼海苔というのが、祥子が姉に托した仙台の伯父への土産品に違いなかった。すると、姉は自分では何も土産品を買わなかったのだ。つまり姉は仙台に行く意志はなかったのである。

姉は今まで嘘を云うひとではなかった。祥子に新しい疑問が湧いた。

「そうそう、ハンドバッグもそのスーツケースの中に入っていましたがね、われわれがその身許を知りたいためにハンドバッグも開けさせて頂きましたが、これには懐中コンパクトその他が入っているだけで、名前を正確に知る手がかりの品はさらにありませんでした。ただ、スーツケースのカサハラの記号だけがその姓だと推定するばかりでした。これでは家族の方に連絡する方法が無い。全く弱りました。気があせるばかりでしてね」

課長はそのときの困ったという顔を深刻げにして見せた。

「ところが、あの定期券入れがあとで出て来ました……」

あとで？　それはどういう発見の仕方であったのだろう？　――祥子は聞き耳を立てた。

「十一日、つまり事故のあった翌日、今からいえば昨日のことですがね、鉄道の方から連絡がありまして、その定期入れがこちらに廻って来ました。現場の踏切番、これは交替した男ですが、そこにこの定期入れを届けた者があったので、もしかすると事故の関係者のではないかというのです。鉄道の方から廻って来たのが午後四時ごろでした。お姉さまが息をひきとられてから十三時間も経《た》ってからです。私どもは困惑の最中でしたから、大へん喜びました。スーツケースのN.KASAHARAと定期券の名義笠原信子さんとが全く一致するからです。それだけでなく、その中に挟《はさ》まれたご姉妹のお写真の裏に、ちゃんと住所も妹さんのお名前も書いてあります。そこで早速、電報を打った次第です」

事故発生から、通知の電報の来るのが遅かったことが、その説明で初めて祥子に諒解出来た。身許を知る手がかりが無かった。それで病院に収容してから二十数時間も姉はひとりで放って置かれたのだ。

「その定期入れを届けた人は、どういう方でしょうか？」

祥子は訊いた。

「それが、踏切番は子供だったというのですがね」

課長は答えた。

「子供？」

「はあ、七つか八つくらいの女の子だったといいます。踏切番が何処で拾ったのかと訊くと、そこの溝に落ちていたと答えたそうです。恰度《ちょうど》、現場の近くです。踏切番はそれきり女の子の名前も訊かずに帰してしまいました。その拾得物が事故に係《かかわ》りのある品ではないかと踏切番は届けたわけです」

定期入れだけが単独に落ちていた。少し変だ、と祥子は思った。それはいつもハンドバッグに入っているのだ。ハンドバッグはスーツケースに納まっていたという。スーツケースが壊れ、ハンドバッグが壊れて中身がとび出さない限りそのようなことはあり得なかった。

「スーツケースは壊れていたのでしょうか？」

祥子は質問した。

「いいえ、それはきれいでしたよ。明日、お目にかけます」

課長は答えた。

「ほかの方《かた》のは？」

「それは、きれいなのもあり、滅茶滅茶になったのもあります。大体、後部の座席に在《あ》ったのは荷物の破壊もひどかったようですね」

祥子は眼を上げて、離れた壁の一ヵ所を凝視《ぎょうし》した。それは何かを考えている眼であった。

看護婦が来て、遺体安置室の用意が出来たことを告げた。

「大体、事情はこのようなことでございます。尚《なお》、ご納得の行かないことがありましたら、明日でも何なりとおたずね下さい。この事故については、会社は充分に責任を感じて居りますから」

肥った課長は、長い説明を終って茶を呑んだ。

その夜明けまで、祥子は安置室で姉の通夜をした。姉はすでに棺《ひつぎ》に納まり、線香の煙と蠟燭《ろうそく》の火に守られていた。銀紙の蓮《はす》の造花と果物や菓子が壇に盛られていた。南遠交通株式会社の名札の下った花環が一対、このがらんとした倉庫のような安置室に不似合に立てかけてあった。

通夜には、祥子のほかにバス会社の若い人が二人坐った。肥った課長も、瘠せた、主任のような社員もその席には来なかった。

侘《わび》しい通夜だった。まるで冬のような寒さが身に沁《し》みた。二人の社員が遠慮勝ちにぼそぼそと会社の同僚の噂をしていた。

祥子は拳《こぶし》のように両手を組み合せ、じっと一点の思考を追っていた。

バスの座席

1

その日、姉の信子の遺体は浜松の火葬場に運ばれた。それが遺骨になるには、また翌日を待たねばならなかった。

「今晩は、会社の方でお宿を用意してあります。どうぞ、そこへお越しを願います」

一しょに火葬場までついて来てくれた南遠交通会社の肥った課長が祥子に申し出た。

「お悲しみのときに、煩雑な環境もどうかと思いましてね、市内の旅館を避けて、弁天島にいたしました。景色もよいし、ずっと静かです」

祥子はうなずいた。宿はどこでもよかった。今夜は、姉と永久に別れた最初の晩である。たったひとりで居て、そのことを心にしませたかった。

「それでは、ご案内させましょう。いろいろとお疲れでしょうから、ごゆっくりとおやすみ下さい」

課長は、相変らず、扱いが丁寧だった。

「おい、君」

と横に立っている若い社員を呼んだ。

「旅館までお送りしてくれ。湖月荘《こげつそう》だ。分っているな?」

若い社員は頭を下げ、自動車を呼びに駈《か》け出した。

「あの、旅館が分っていましたら、わたくしひとりで結構です」

祥子は辞退したが、課長は、どうぞ、どうぞ、と手を振った。会社は、出来るだけの誠意を尽しているのだと云いたげだった。

自動車が来ると、若い社員が二個の荷物を抱えて座席の隅に置いた。一つは祥子自身のスーツケースで、一つは姉のそれだった。今は遺品となった姉のスーツケースを、祥子が此処《ここ》に来て見るのは初めてだった。

若い社員が運転手の横に乗り込むと、車は動き出した。課長が祥子に微笑を送ってお辞儀をした。

車は浜松の市内に一旦《いったん》戻った。広い舗装《ほそう》道路がつづいている。バスと何台もすれ違った。寂しい通りは、次第に賑かになって行った。

祥子は、姉のスーツケースを膝の上に置き、手で撫でた。荷の重味が、まるで姉の実体を感じているようだった。その品は、去年の暮、姉がボーナスで買い、祥子に見せびらかしたものである。そのときの笑顔が思い出された。クリーム色の革は、撫でるとすべすべして指に冷たかった。

スーツケースは、どこも傷んでいなかった。泥によごれたあとも無かった。底の角になっている部分が少しへこんでいるのが、変化といえばいえた。

祥子は、チャックを引いた。それも滑るように金具が両方に裂けた。開いた内からは、上になっている包紙の画が見えた。祥子が仙台の伯父にと托した焼海苔の箱詰めだった。

その下に姉の蛇皮《じやび》のハンドバッグがのぞいていた。赤い革張りの化粧具入れも見え、一番下にきちんとたたんである着更えのツーピースも一部分の色だけを道具の隙《すき》間《ま》から見せていた。すべて、姉が持っていたままの状態であった。

祥子がチャックを締めたのは、急に車が停ったからである。前方に遮断機が降り、汽車が黒い線になって音立てて流れていた。この車の横にもトラックが停っていた。

助手席の若い社員が祥子をふり返った。妙に厳粛な顔になり、

「お姉さまの乗って居られたバスが事故を起したのは、この踏切です」

と遠慮そうに告げた。

祥子は窓硝子《まどガラス》を下ろした。外をのぞくと、年老いた、背の低い踏切番が赤い旗をつき出して通過する汽車を見ていた。その顔は無表情だが、いくらか寒そうだった。小さな、古い小屋が彼の後にあった。

附近は市街地を外れて、家が遠くに見えるだけだった。田圃《たんぼ》がひろがり、森がその先を区切っていた。

姉はこんな所で死んだのだ。この風景と姉の死との関連が実感に来なかった。なぜ、姉は自分の傍で死なずに、このような寒々としたところで生を絶ったのか、不合理でならなかった。それを納得するためには、もう一度ここにひとりで来てみたいと思った。

気づくと、横に停ったトラックの運転台から、汚れた顔の男が二人で煙草《たばこ》をふかしながら、にやにや笑って祥子の顔を見ていた。祥子は窓をしめた。

車は平野の中につけられた道路を二十分ばかり走った。東海道の名残りをみせるように太い幹の松並木がところどころ、ぽつんと立っていた。舞阪《まいさか》の駅前を過ぎると、すぐに長い橋にかかった。

一方に、広い水面が展《ひら》け、一方には鉄橋がならんでかかっていた。

「もうすぐです」

社員が祥子をふり返って云った。

橋を渡ると、土産物屋の多い町に出た。車は広い道路から横に入った。

旅館は大きな構えをもっていた。門の前に車がとまると、社員は祥子のためにドアを開けてくれ、無理に二個の荷物をとった。女中が走り出た。

「明日は、何時ごろに、あちらにいらっしゃいますか?」

火葬場に行く時間のことを社員はきいた。祥子は、こちらの自由な時間に行くから、どうぞお構いなく、と答えた。

「課長が聞いておけと云うんです」

若い社員は困った顔をした。

「ほんとに結構です。勝手に参りますから、お気遣《きづか》いなく」

「そうですか、では、お帰りには、ぜひ社にお立ち寄り下さい」

社員は女中に荷物を渡し、小さい声で何か云った。祥子のことを頼んだらしく、女中は何度もうなずいた。

通された部屋は八畳ばかりの広さだった。そこから青い海が一ぺんにとび込んでいた。

祥子は手摺《てす》りに凭《よ》って海を眺めた。遠州灘《えんしゅうなだ》は凪《な》いで、白波一つ無かった。漁船が黒い点になって沖にとまっている。空を白い旅客機が、ゆっくりと歩いていた。

年増の女中が、膝を折って挨拶した。

「ご不自由のないように、何でも御用を承るようにと南遠交通の方から聞いておりますので、どうぞ御遠慮なくお申しつけ下さいませ」

「有難う」

別に無かった。女中は茶を汲《く》み、夕食の時間を聞き合せて退った。

祥子はひとりになった。波の寄せる音が高い。

二個の荷物は床の間に、きちんとならべて置いてあった。祥子は姉のスーツケースをとった。N.KASAHARAの文字が附いている。彼女はチャックを開け内のものを全部、畳の上に出した。

海苔の函、化粧具入、ハンドバッグ、着更えのスーツ。まるで姉がアパートの部屋に帰って、

（サッちゃん、疲れたから、あなた、片づけてよ）

と云ってるみたいだった。

祥子はハンドバッグを開けた。札入、コンパクト、手巾《ハンカチ》、口紅棒《ルージュ》などが内容物だった。どれも祥子が姉のものとして見慣れたものだった。祥子は姉の定期券入れを自分のポケットから出した。これはバス会社から返して貰ったもので、踏切番に拾得者から届けられ、バス会社の手に渡った品である。元来は、姉のハンドバッグに入っている筈だった。

祥子は裏を返した。姉と祥子の写真が挟み込まれてあった。二年前のもので、姉は微笑しながら祥子の肩に手を触れている。

祥子はケースから写真を出して、裏を返した。姉妹の名と住所が書かれてある。姉はルーズなところがあるかと思うと、妙なところが几帳面だったりした。字は祥子よりも上手だった。もう、この字を書く人には遇《あ》えないのである。

祥子は、一通りハンドバッグの中を調べたが、別に変化は無かった。しかし、何か足りないものがあった。それが何か、そのときは分らなかった。

2

海の上の雲が赤くなり出した。波の色も、沖から昏《くら》くなってきた。

祥子は、夕食までの時間に、外を歩きたくなった。宿の中から海だけでなく、湖の方にも歩いてみたいと思った。

「お出かけでございますか」

女中は玄関先に送ってくれた。

外に出ると旅館街だった。男女の客が宿の着物で歩いていた。

祥子は、蛤《はまぐり》、あさりなどの看板の出ている土産物屋の前を通り、広い国道を渡って、浜名湖の側に出た。小さな松林の中だった。

湖面にも黄昏《たそがれ》が下りていた。遠くの方でモーターボートが一つ、急速な勢いで奔《はし》り廻っていた。水の上には、海苔の畑が浮んでいた。

海苔――姉のスーツケースに入っていた一個の箱詰めは、祥子が仙台の伯父にことづけたものだ。それ以外に、姉が買った土産品は無かった。買い物の好きな姉が伯父のために手土産を整えぬ筈はない。

姉は、最初から仙台に行く意志は無かったのではないか。そのことは妹の祥子に嘘を云ったことになる。今までの姉には、そんなことはなかった。なぜ、嘘を告げたのであろう。

モーターボートが去ったあと、今度は小舟が出てきて、投網《とあみ》をはじめた。網がひろがり、水面に小さな飛沫《しぶき》が起きた。

祥子は、その動作を眺めているうちに、ふと、目の前の光景とは関連のない或ることに気づいた。

姉のスーツケースがきれいなことだった。傷一つ、受けていない。姉が手に提げて出たときのままだった。持ち主の姉は無残な死に方をした。スーツケースだけは疵《きず》も受けなかった。が、この妙な現象は、昨日、バス会社の肥った課長からきいた説明で解明されそうだった。

(乗客の荷物は、きれいなのもあり、滅茶滅茶になったのもあります。大体、後部の座席に在ったのは、荷物の破壊もひどかったようですね)

後部の座席の荷が破壊されたのは判る。貨物列車は、バスの後部に衝突し、それを十米あまりひきずって転がしたからだ。

(そんな訳で、バスのお客さんの犠牲者は、後部のシートに坐っていらした方ばかりでございます。前部のお客さんは負傷しても軽くて済みました。何しろ、後部はひどかった。車体が滅茶滅茶でしたからね。即死者四人を出しました。重傷者は八人、その中に不幸なことにお姉さんが入っていらしたのでございます)

課長は、そうも云った。

姉はバスの後部に坐っていたから死んだ。荷物が姉の傍《そば》にあるとすれば、当然、滅茶滅茶になっている筈であった。それがきれいだというのは――スーツケースだけが前部の棚に載《の》っていた為ではないか。それだから他の乗客と同じに、無事に荷物は助かった。そう考えるのが自然のように思えた。

では、なぜ、姉と、スーツケースとはばらばらに離れていたのであろうか。

一つは、荷物棚が一ぱいに塞《ふさ》がれて、前部に空いた場所があったので姉はスーツケースをそこに上げた。

一つは、姉の知っている誰かが、前部の席に腰かけていて、その近くの棚に姉の荷を乗せてやっていた、ということである。

だが、前の場合は理由が薄弱のようである。一体、バスの乗客は前部から坐ってゆくのが普通の習慣である。だから、乗客の荷も、前部から順々に塞がる筈なのだ。姉は後部に坐っていたから、多分、遅れて乗車したのであろう。

祥子は姉の性質を知っていた。東京で一しょにバスに乗ったとき、姉は出来るだけ前部に坐りたがったものである。

(サッちゃん、前の方がいいわよ。揺れないし、街の景色がよく見えるわ)

そんなことを云った。前の方に客が詰っていたら、後部に空席があっても、立って吊皮にぶら下っていた。

旅行先だから、姉も運命のバスには後部の席に坐っていたのだろう。スーツケースは当然、自分の網棚にある筈である。そこが塞がっていて、前部の棚が空いていたというのは、理屈が逆であった。

だから、もう一つの場合の方が推定として考えられそうである。姉の知っている誰かが、先にバスに乗ったので、前部に腰をかけ、その上の棚に姉の荷物を乗せたという状態である。——

風が少し出て、潮の匂いを強く運んできた。空の明りが次第に弱くなり、対岸の灯が輝きはじめた。祥子は歩き出した。

一体、そんなことをする人は誰であろう。姉のスーツケースを持ってあげる人、姉がそれを気易く預けた人は誰なのか。その疑問は、次の謎に接続された。

定期入れは、ハンドバッグに入っていた筈だった。姉はいつもそうしていたから間違いはない。そのハンドバッグはスーツケースに入れてあった。

ハンドバッグから定期入れが脱け、さらにそれがスーツケースから脱け落ちることがあるだろうか。バスが転覆して、荷が転がったとしても、二重の殻から滑り脱けることはなかろう。ハンドバッグの止め金が壊れ、スーツケースのチャックが開いていたのなら話は別である。それは無かったのだ。

すると、誰かが、定期入れだけを抜き取っていたことになる。それ以外に考えられないのだ。スーツケースを開き、ハンドバッグを開けてである。

姉は一万円あまりを持って出たが、それは札入の中で無事だった。

なぜ定期入れだけを、その人は取り出したのであろう。しかも、定期入れは、事故のあった日の翌日に、現場の踏切番に届けられた。持参人は七つか八つの幼女だったという。近くの溝に落ちていたと答えたそうだ。

かりに、その通りだとすると事故から丸一日も経って女の児の眼にふれたのは不思議である。事故の現場附近は、当時、多勢の人が集ってあと片づけしたに違いない。もし、そのとき定期入れが近くの溝に落ちていたら、人の眼にふれぬ筈はないのだ。丸一日も経って、幼児に発見されたのは何故だろう。この点がおかしい。

それは別な解釈がある。つまり、姉のハンドバッグから定期券入れを抜き取った誰かが、翌日、その溝に捨てたのではないか、という推測であった。

理由は分らない。なぜ、定期券入れを盗み、なぜ、それを丸一日も握り、その後にわざわざ現場の踏切近くの溝に何故捨てたか。理由は判然としないが、そのことが最も考えられるのだった。——

祥子は、いつの間にか土産物屋の通りを歩いていた。旅館の客が散歩していた。男と女が、肩を寄せて歩いている組が多かった。

店の軒からは、蛤《はまぐり》を焼く甘い匂いがしていた。

その晩、祥子は宿で枕元でする波の騒ぐ音を遅くまで聴きながら考えた。それから疲れて睡《ねむ》った。

3

翌朝、祥子は早く旅館を出た。

「まあ、お早いお発《た》ちでございますね。もう少しごゆっくりなさって、この辺をご見物遊ばしては」

係の年増の女中は云ってくれたが、早く宿を出るのは、昨夜祥子が遅くまで考えた末の行動であった。宿泊代はバス会社の支払になっていた。

祥子はタクシーで浜松の方へ向った。朝の陽が広い国道を光らせていた。乗用車も、バスも、トラックも、もう忙しげに白い舗装の東海道を走っていた。

黄色い小旗を前部に翻《ひるがえ》した黒いクラウンとすれ違った。車の中には男と女が身体をよせて乗っているのが一瞬に眼に残った。

姉の乗っていたバスは弁天島行だった。なぜ、姉と誰かは浜松駅からタクシーで行かなかったか。——

この疑問が祥子の頭を掠《かす》めた。

バスで行っても不都合ではない。しかし、ぴんと来なかった。姉と誰かはタクシーで弁天島に行くのが、祥子の想定の場合、いちばん考えられることだった。姉は、あまり倹約家ではなかった。

車の前方に踏切が見えてきた。遮断機は上っていた。

「その踏切を越したところでいいわ」

祥子は運転手に声をかけた。運転手は、妙な場所で降りるんだなというような顔つきをして、車を停めた。

祥子は二個のスーツケースを持って道の上に下りた。踏切が眼の前だった。

田圃も、森も、離れた人家の屋根も、朝の斜光にくっきりと彫り上げられていた。

空気は澄んで、頬に冷たいくらいだった。

四つの軌条《きじょう》が左右に伸びていた。下りの方面は急に曲っていた。そのカーヴの線路の上に陽が光って溜《たま》っていた。光りは寒々としていた。

た。——

祥子は、五分間もそこに佇《たたず》んで凝視していた。姉は此処《ここ》で死んだ。その場所の風景を脳裡《のうり》に刻み込ませるためであった。同時に、姉の死の不合理を理解するためだった。——

祥子は踏切番小屋に近づいた。

小屋の中では、昨日、車の中で見かけた背の低い老いた番人が煙草を喫《す》っていた。人の影が射したので、きょとんとした眼を挙げた。

「今日は」

祥子は声をかけた。

「はあ」

老番人は口を開けた。

「この間、この踏切でバスの事故がありましたね。バスが汽車にひきずられて横倒しになったのは、どの辺でしょうか？」

番人は祥子の顔をまじまじと見つめていた。

「実は、わたくし、その事故で死んだ乗客の家族でございますが」

老人は煙草を捨てて立ち上った。

「そりゃ、ご愁傷さまです」

かれは丁寧に帽子をとり、短かい白髪頭《しらが》を下げた。

「えらいご災難でしたな。あんな大きな事故は、この踏切が出来て、何十年来、初めてでございますよ。そのときの踏切番は、いま警察に引っぱられていますが、それも勤続十二年の番人でしてな。無事故の男でしたが、不注意というよりも魔がさしたのですな。そのときに限って汽車が見えなかったのは」

老人は番小屋から出た。かれは皺《しわ》の多い指を右手の線路の上に指した。

「あすこに、柳の木が折れたところがありますね、あの辺がそうです。バスがひきずられ、横倒しになって、あの柳を折ったのですよ」

柳の木は大きくなかったが、真ん中から折れていた。そのあとがまだ生々しいくらい白かった。

祥子は手を合せた。眼を瞑《つむ》ると、不意に、泪が溢れ出そうになった。

「あんたさんは、どこからみえましたかな?」

老人は眼をしぼめて祥子を見た。

「東京からです」

祥子は向き直って答えた。

「東京から?」

番人は眼をむいた。

「それは遠方からみえましたな。そういえば、バスで亡くなった方に東京の若い女のひとがありましたな」

「姉ですわ」

祥子は眼を落して云った。

「へえ、そうですか。そりゃ、どうも」

老人は、また頭を下げた。

「ねえ、おじさん」

祥子は眼を挙げた。

「姉の定期入れを拾って、おじさんに届けたひとがあったそうですね？」

「そうそう、そうでした」

番人はうなずいた。

「女の児でした。七つか八つのな。そこの溝に落ちていたと云っていたが。わしは定期入れを駅の方に届けておきましたよ」

「有難うございました」

祥子は礼を云った。

「その女のお子さんは、どこの家の人でしょうか、分りません？」

「近所の子ですよ。けど、お嬢さん、定期入れをその女の児が拾って届けにきた、というのは嘘ですよ」

「何ですって？」

祥子は番人の顔を見つめた。

「あたしは、あとでその女の児が通りかかったので訊きましたがね、そしたら、丸藤《まるふじ》食堂の女中のお常《つね》さんから、そう云えって定期入れを渡されてお使いに来たというのです」

祥子は、息を呑《の》んだ。

「食堂の女中さん？」

「そうです。そのお常という女中も、そのあとで踏切を通りかかったから、わしは呼びとめて事情をききました。すると、こういうのですよ。あの定期入れは食堂に入った男のお客さんからことづかったそうです」

「………」

「なんでも、チップをくれて、その定期入れを溝で拾ったから踏切番に届けてくれと頼まれたといいます。拾ったのは自分でなく、君が拾ったことにしてくれ、とも云ったそうです」

祥子は瞬《まばた》きもしなかった。

「それを、お常の奴、仕事が忙しいから、その辺で遊んでいた女の児に渡して、同じことを云って届けさせた訳ですな。だから、あれは女の児が拾ったんじゃなくて、丸藤食堂に入った客ですよ」

祥子は、胸に動悸がうってきた。

「その、丸藤食堂は何処ですか？」

踏切番は手を上げて、方角を教えた。

「この道を真《まっ》すぐに一町ばかり行って、右側の角です」

4

丸藤食堂は、思ったより大きな構えであった。朝のことだから、店の内はがらんとしていた。十六、七の女中がバケツの水を床に撒《ま》いて掃除をしていた。祥子の声をきいて、その女中はふりかえった。

「ごめんなさい。あなたが、お常さんですか？」

祥子がきくと、女中は、じろじろと祥子の風采《ふうさい》を見ながら首をふった。

「いいえ、お常さんは、昨日、やめましたよ」

「やめたのですか？」

祥子は、思わず訊き返した。

「はい」

若い女中は、濡れた手をエプロンの前で拭いた。

「このお店をやめて、お常さんは何処にいらしたか分りませんの？」

「あたしは知りませんが、おかみさんが知ってるかも分りません」

祥子は、おかみさんに出て貰うように頼んだ。

その女主人は、四十恰好《かっこう》の肥った女で、睡そうな顔をして出てきた。

「分りませんね、何でも、常子は、東京の方へ行って働くと云って暇をとって出ましたが、あんな女は、どこへ行くか分ったものじゃありませんよ」

おかみさんは辞めた雇女にあまりいい感情をもっていないらしかった。

「困りましたわ、ぜひ、お会いしたい用事があって来たのですが」

祥子は、常子が昨日やめたことに不運を感じた。

「どういう御用か分りませんが、そんなにお困りだったら、お常の郷里に訊き合せたらどうですか？」

　女主人は案外、親切だった。

「所が判りますかしら？」

「暑中見舞のはがきが常子の父親からわたしに来ていますからね。待って下さいよ」

　おかみさんは肥った身体を奥に引込ませたが、待つほどもなく、一枚のはがきを手に持って出てきた。

「これですよ」

　祥子はそれを手にとった。田舎のひとらしく、墨で下手な字が書いてあった。

――山梨県《やまなしけん》西八代郡《にしやつしろぐん》下部町《しもべまち》波高島《はだかじま》××番地斎藤《さいとう》稔次郎《ねんじろう》

　祥子は、それを手帳に写した。お常さんは、おかみさんの言葉によれば、常子というのだった。

　祥子は、念のために、定期入れのことで常子が客から頼まれた次第を訊いたが、おかみさんも、そこに立って話を聞いている若い女中も、そんなことはさっぱり知らないと云った。祥子は、店のすぐ前の停留所から浜松駅行のバスに乗った。

　そうだ、今度は姉がどうしてタクシーに乗らずに、バスで行ったかを調べなければならなかった。――

駅前の終点までは十分とかからなかった。下りたすぐ横に、タクシーが十数台もならんでいた。こんなにタクシーがあるのだ。姉が利用しない筈はなかった。

だが、その疑問は、傍にあるタクシー営業所に祥子が行って訊き、すぐに解けた。

「ああ、その日はですな」

窓口の係員は、祥子に説明した。

「恰度、夕方の五時すぎから俄か雨が降り出したのですよ。それで、五時三十八分の上り急行と、五時四十分の下り急行から殆《ほとん》ど同時に降りたお客さんが、血眼になってタクシーを奪い合ったのです。あのときは、全然、三時間くらいは空車がありませんでしたね。だから、弁天島に行くのに、タクシーを諦《あきら》めて、バスに乗って行かれたお客さんが大部分でしたよ」

事情はそれで分った。姉もタクシーが拾えなかった一人であったのだ。それで仕方なく、運命のバスに乗った。そのとき、誰かが、姉のスーツケースを持ってやり、バスの前部に坐った。——

なぜ、誰かは前部に坐り、姉は後部の座席に坐ったのか。どうして隣り合った席に一しょに坐らなかったのだろう。席がとれぬ筈はない。先に乗りこんだ誰かが、隣りを確保出来る筈であった。

あの悲惨な事故が起り、誰かは姉のスーツケースに入ったハンドバッグから定期券入れを抜いた。なぜか。それを丸一日も握っていて、妙な返し方をした理由も分らない。何故だろう。

祥子は、このとき、はっとなった。

ハンドバッグの内容が、何か足りないという気がしていたが、それに思い当ったのだ。それは姉がいつも持っている手帳だった。小型の、濃緑色の表紙で、姉が主に仕事のことを書き入れているメモである。姉の小さい字で、ぎっしりと書き込んである。編集者として身辺から放さなかったものだ。

それが無い。——

祥子は、賑かな駅前の動きを凝視しながら、心細い旅人のように佇んで考えていた。

入社の目的

1

姉の葬儀は、祥子がひとりでした。

祥子ひとりといっても、姉の勤めていた新聞社から、文化部の人たちが多勢で来てくれた。

姉妹、二人だけだったことを文化部長は知っていて、手伝いに婦人課員と、世なれた中年の庶務課員を寄越した。

文化部長は大島卯介《おおしまうすけ》といって四十すぎの柔和な人だった。T大の美学を出たというだけに、絵を観るのが好きで、西洋美術史など、今でも趣味で勉強しているということだった。社では不遇らしいが、部員からは人柄を慕われていた。これは姉が生きているとき、祥子に聞かせた話だった。

「君、ひとりでは心細いでしょう。姉さんは、しっかりした、いい人でしたね。その姉さんのことだ。出来るだけのお力になりますよ」

大島部長は姉の霊前に拝んだのちに祥子に云った。

「これからどうします、やはり、今つとめているところへ勤務しますか?」

祥子は顔を上げた。

「出来ることなら、出版社へ変りたいんです」

祥子の答えをきくと、部長は、ほう、といったような眼をした。

「出版社は給料が安いですよ」

と祥子の顔を部長は見た。

「いま勤めてらっしゃるのは、貿易会社ですか、給料は高いんでしょう?」

「特別ということもありませんが、安いということもありません」

「おそらく出版社は、それよりもずっと安いでしょう。それに、入るとなれば新米《しんまい》だしね。それでも、出版社へ行きたいのですか?」

「ええ」

祥子は、はっきりとうなずいた。

「やはり、お姉さんのあとつぎになりたいのですな」

部長は微笑した。

姉のあとをついで婦人記者になる。その限りでは、その通りの希望だった。しかし、部長は若い女性が華やかなジャアナリストに憧れているように簡単にとったらしかった。

「あなたの希望は心にかけておきます」

と親切な部長は云った。

「一応履歴書を書いておいてくれませんか？」

「はい、そうします」

祥子は、頭を下げた。そのときは、部長がほかの心当りの出版社に紹介してくれるものと思っていた。

葬儀のあと、祥子は会社を三日ばかり休んだ。その間、彼女は姉の遺品を悉《ことごと》く出して整理してみた。みんな姉の匂《にお》いが附いている品ばかりだった。思い出は、祥子にもつながっている。

（サッちゃん、これどう？）

と包紙をといて見せたスーツもあった。

（似合うかしら）

と散々、デパート中をひきずり廻されて、決心して買ったスカートもあった。和服にしても、ふだん用のハンドバッグにしても、小さなアクセサリイにしても祥子に関連のないものは一つもなかった。姉との生活が、どんなに共同体であったかが今さらのように分った。

しかし、祥子が求めているものは、そのような品ではなかった。姉が書き遺したもの、或《あるい》は姉当ての手紙などだった。

姉は日記をつけていなかった。だから、祥子の知らない姉の生活の片面を手さぐるには、姉が机の抽出《ひきだ》しに投げ込んでいる断片的な書きものを捜すほかはなかった。だが、それは詰らないメモであったり、友達に出す手紙の書き損じであったりして、あまり役には立たなかった。姉あてに来ている書簡や、はがきの中にも、祥子が求めるものはなかった。

求めているのは——誰かの手がかりだった。それは姉の信子が、妹にも知らさないで交際していた人かもしれなかった。何ごともかくさずに云ってくれていた姉のことだから、或はそうでないかもしれない。が、とにかく、仙台に行くと出かけた姉が、浜松から弁天島行のバスに乗っていた事実は、誰かとの秘密めいた連繋《れんけい》を想わせる。

誰かが姉と一しょに同じバスに乗っていた。その人は、前部に座席をとり、姉の荷物を預かっていた。しかし、姉は後部に乗っていた。なぜ、ばらばらに席をとらねばならなかったのだろう。

後部の席に居たために、姉は死んだ。前部にいたその人は、無事に助かった。それは、その人が自分の席の網棚に置いていたであろう姉の荷物が、少しも壊れずに無疵《むきず》だったことでも証明できる。

だが、その人は、姉の死の傍には居なかった。姉は孤独に死んだ。その人は、不慮の事故が発生した途端、姉の傍から逃げたのだ。血を出して喘《あえ》いでいる姉を捨てて、その人は遁走《とんそう》したのである。

姉は、意識不明の中にも、その人がまだ傍に居ることを信じていたに違いない。医者が姉の手を握ったとき、姉は強い力で医者の手を握り返したという。祥子は、姉が妹の手と錯覚してそうしたのかと最初は考えたものだが、そうではなかった。姉は、その人の手を意識して強く握ったのだ。

疑問はまだあった。その人は姉の定期券入れを匿《かく》した。あの突発した混乱の中に素早くそれをした。おどろくほど冷静な行為である。その冷静さは、バスの座席を前部と後部と、別々にとっていた事実に通じはしないか。

だが、その定期券入れを、或るかたちでその人は返した。現場近くの飲食店の女中に托し、踏切附近で拾得したように装わせた。実際は、その女中が近所の子供にその役目をやらせたが、とにかく、そのような形式で定期券入れは届け出された。姉の身もとがそれで判明した。

姉の身もとが判ること、つまり、姉の遺体が遺族に渡されるようにする目的が、定期券入れの届出でになったのであろう。その人は自分では、それをしなかった。それは自己を知られてはならないからであろう。自分の人相も、名前も表には出さずに、姉の身もとだけを知らせた。

だが、これには矛盾がある。最初、定期券入れを姉のハンドバッグから抜いて隠匿《いんとく》した行動と、あとでそれを届けさせた行為とは、反対で、ちぐはぐである。なぜ、最後まで、その人は定期券入れをかくさなかったのか。

しかし、その説明はつきそうだった。その人が、最初に匿したのは、突嗟に姉の身もとを知られてはならないと思ったからだ。知られると、その人は、同行している自分の存在まで暴露されると考えたからであろう。定期券入れを奪い、瀕死《ひんし》の姉の傍から逃げ去ったのはその人の自己防衛である。

が、時間が経ち、まだ浜松附近の何処かに滞在しているうち、姉を身もと不詳《ふしよう》の死人にしてはならない、とその人は考えたであろう。それは、その人が少しは人間的なところが残っていたからに違いない。然《しか》し、その人は相変らず冷静だった。姉を遺族に渡す手つづきも、決して自分が隠れたところから姿を出すようなことはしていない。

祥子は、部屋に坐り、姉の遺品を悲しく調べてみたけれど、その人が誰であるか、遂《つい》に知る手がかりを発見出来なかった。姉もまた、その人の正体を隠匿していたのであろうか。

しかし、もし姉が死の際《きわ》に、その人の背信的な行為、瀕死の自分を放棄して遁走した事実を知っていたら、どのような思いをするだろう。あわれな姉――祥子は、死の姉を捨てて、自分だけ安全な場所に遁《のが》れた利己的なその人への恚《いか》りが湧いた。

その人は誰だか分らない。姉も祥子にそれを教えなかった。が、一度だけ、その誰かは顔と姿とを人に見せた。見たのは、あの現場の踏切の近くにある飲食店の女中であった。

2

数日後、祥子は新宿駅発の朝の早い汽車に乗った。中央線松本《まつもと》行の準急だった。

発車して一時間近くで、列車は山岳地帯の中に入って進んだ。山はもう秋の気が動いていた。祥子は窓に凭《もた》れて、流れて行く景色をぼんやり見た。初秋の風景が身体の中に風を送った。

汽車は短かいトンネルをいくつも過ぎた。暗くなっては、すぐ明るくなる。また暗くなる。その激しい光線の明滅がまるで今の自分の心の動きのようだった。

——大島部長が祥子を新聞社に呼んだのは昨日のことだった。どうしても出版社を希望するのか、と改めて訊いた。

祥子が、その希望だというと、部長はうなずいて、

「どうですか、それじゃ、うちの社に入りませんか」

と云った。祥子は愕《おどろ》いて部長の顔を見たものだ。まさか、大新聞社に入れるとは思っていなかった。

「小さな出版社に途中から入っても、いろいろ大変だと思うな。給料もひどいだろうし、それよりも、ウチの方がましだと思いますね」

部長は柔和な眼《まな》ざしを向けて云った。

「でも、そんなことが叶《かな》えられるでしょうか？」

祥子は半信半疑だった。

「いや、ウチの社はね、わりと温情的な、というか、そんなところがあるんですよ。社員が死亡したら、なるべくその遺族を入社させるようにね」

部長は云った。

「げんに、社員の未亡人が採用されています。あなたのお姉さんは優秀だったし、よく働いてもらったので僕も感謝しています。それで、あなたが出版社を希望するくらいだったら、同じような仕事だから、社に勤めませんか?」

「有難うございます」

祥子は礼を云いながら、なにか泪が出そうだった。

「もし、そのようにして頂けたら、ぜひ、お願いしとう存じます」

「そうですか、それじゃ、そのように尽力してみましょう」

大島部長は微笑して云った。

「社員の遺族だとわりに入社が有利なんです。多分、大丈夫だと思います。もし、そうなったら、お姉さんのあとつぎになって貰いますよ」

「有難うございます。でも、もし入社させて頂いても、姉のようにはとても出来ませんわ。私は姉ほど頭脳《あたま》が良くないんです」

姉ほど頭脳がよくない、と云ったものだから部長は笑った。

「なに、それは馴《な》れると勤まるものですよ。とにかく、あなたの意志が分ったから、入社出来るように骨折ってみます」

祥子は部長の勧めるまま、履歴書を書いて出した。

新聞社からの話があったのは意外だったが、祥子はぜひ入社したかった。ほかの出版社に入っても、姉が廻っていた寄稿家や雑誌関係者につながりがもてるかどうか分らなかった。

新聞社に入ったら、それが出来る。姉の代りになれるかどうか自信がないが、姉が関連した先をうけつぐことは出来る。姉と全く同じ条件の世界に身が置ける。それが祥子の最大の望みであった。姉を放棄《ほうき》して逃走した誰かは、必ず、その世界に居る筈であった。祥子は、それを発見したかった。——

汽車は甲府盆地に向って下降するところだった。両方の車窓からは房を垂れた葡萄《ぶどう》畑《ばたけ》が際限なく続いた。八合目から上だけを見せた裏側の富士山が連山の向うにのぞき、甲斐駒《かいこま》や北岳の南アルプスの稜線が片方の側につづいていた。

甲府駅につくと、祥子は身延線《みのぶせん》に乗りかえた。車輛《しゃりょう》が急に小さく、貧しく見えた。

その汽車も間もなく、盆地を南に突き切って進行した。広い平野が次第に狭まると、山峡の入口の駅についた。鰍沢《かじかざわ》という駅名が祥子に詩のような旅愁を感じさせた。川の一部が見えたが、笛吹川《ふえふきがわ》と釜無川《かまなしがわ》とはその辺で合流して、富士川《ふじがわ》がはじまっていた。

汽車は間もなく単調な山間をゆっくりと走った。人家がときどき、蔭《かげ》から見えた。

祥子の前には老夫婦が菓子を喰《た》べ合っていた。

「身延さまはまだかいの？」

老妻が夫に訊いた。

「まだまだ。もう一時間はかかろうよ」

年寄った夫は窓を見て答えた。老妻は黙って夫に袋の中から菓子を抜いて与えた。

祥子は、遠方から身延詣《まい》りに来たに違いないこの老夫婦を黙って眺めていた。網棚には手提げの古いトランクが一つ乗っていた。トランクはふくれて細引きで括《くく》ってある。両親が生きていたら、多分、こんな旅装で祥子の居る東京に来たに違いなかった。

(お母さんでも生きていてくれたら、東京に呼ぶんだけどなあ)

姉は姉妹ふたりだけの寂しさに、よくそんなことを云っていた。その姉も居なくなった。祥子は、もっと孤独になった。

「あんたも身延さまへ詣りんさるの？」

老妻は前に居る祥子に訊いた。

「いいえ」

祥子は微笑して首を振った。老妻は、手に握った菓子の一つを祥子にくれたが、それは指のぬくもりがうつっていた。

下部《しもべ》温泉がすぎてから、車窓の山は急に割れ、広い川と空とがひろがった。富士川は蒼い水をかなりな速さで流していた。汽車が速力をゆるめた。

「お気をつけて」

祥子は老夫婦におじぎをして降りた。

波高島《はだかじま》の駅のすぐ裏を、富士川は流れていた。両岸の水の無い河床には白い石がきれいに埋まっていた。

下流の方を見ると、両方から山裾《やますそ》が落ち合い、その下を汽車の白い煙が動いていた。身延山が右に遠くもり上り、その空に小さな雲がとまっていた。

――山梨県西八代郡下部町波高島××番地斎藤稔次郎
祥子の手帳に控えた名前だった。浜松の事故現場に近い丸藤食堂で聞いて書きつけた文字であった。

その辺を歩いている土地の人に斎藤さんの家を訊くと、山の方を指して教えてくれた。

両側は段々畠《だんだんばたけ》になっている山道を祥子は上った。百姓家は段丘の上に、ところどころしかなかった。畠の土は乾き、熟れかけた陸稲《おかぼ》が、風に揺れていた。

斎藤という家は、畠の中に一軒しかない農家だった。屋根も低くて小さく、見るからに貧しげだった。それでも小広い庭には、莚《むしろ》の上に、馬の飼料が乾してあった。

暗い家の中を祥子がのぞくと、人の気配に気づいたのか、六十ばかりの痩《や》せた農夫が、のっそりと出て来た。

「ご免下さい。斎藤稔次郎さんはこちらですか?」

祥子は腰をかがめた。

「へえ、そりゃわしですが」

農夫は草履《ぞうり》を突かけて庭に出て来た。それから赤くただれたような眼で怪訝《けげん》そうに祥子を見た。

「突然、お邪魔して済みません。私はこういう者ですけれど」

祥子は名刺を出して渡したが、眼が悪いのか活字を見ようともしなかった。

「常子さんは、お宅の娘さんですか?」

祥子は丁寧に訊いた。

「へえ、常子は娘だんども、常子が何かしやしたか？」

斎藤稔次郎は不安気な顔になった。

「いいえ、決してそうじゃございません。実は常子さんにちょっとお訊きしたい用事がありまして上りました」

「へえ、あんたは何処から見えやした？」

「東京からですの」

「東京から？　そら、まあ遠方じゃ。常子とお知合いけ？」

「いいえ。まだ、お目にかかったこともない者です。ですが、ぜひ常子さんにお会いしてお伺いしたいことがあるのです。決して、それはご迷惑をおかけするような用事ではございませんけれど」

この農夫に向って、実際の理由を伝えるのはむつかしい。祥子は、相手を安心させるように努めた。

「常子は、浜松の方へ奉公してるだでなあ」

と農夫は、安心したらしく、すこし気の毒そうに答えた。

「丸藤食堂という家だが、うちに所書きがあるから、手紙でも出しなされ」

祥子は、常子が奉公先を変えたのを実家にまだ報らせていないことを知って失望した。しかし、いずれは新しい勤め先から常子は実家に便りを寄越《よこ》すに違いない。それを待つほかはなかった。

丸藤食堂を常子が一週間くらい前にやめてどこかに移っていることを祥子は農夫に告げた。

「へえ、やめたのけ？」

農夫は眼をしょぼしょぼさせた。

「しようがねえな。どこへ行ったずら」

と舌打ちするように呟いた。

「おじさん」

と祥子は云った。

「常子さんは、あまりおじさんところにお便りなさらないんですか？」

「うむ」

常子の父親は顔をしかめた。

「あいつは、そう悪い娘じゃねえ。うちが貧乏だで、若《わけ》えときから奉公に出しただ。それからずっとひとりで食べて、小遣いも送ってくれたが、一つところに臀《しり》の落ちつかねえ娘での。なんども奉公先を変えやしたよ」

と、ぼそぼそと話した。

「そのうち、情夫《おとこ》が出来た様子だが、それからは金も送って来ねえ。まあ、それも仕方がねえが、苦労してるのが可哀想だ」

農夫は眼を落した。

「でも、手紙は来るでしょう？」

祥子はすこし気の毒になって訊いた。

「へえ、それも来たり来なかったりだ。気が向けば、はがきをくれるくれえだ。今の浜松も、割合と長《なご》う辛抱してるで、わしは夏に暑中見舞のはがきを出しといたが」

「それは、拝見しましたわ」

「お前さんが浜松まで行って常子を探しなさるのは余程の用事に違えねえ。困ったやつだ。どこへ行ったずらな」

父親は気の毒そうな顔をした。

「おじさん」

祥子は近づいた。

「今度、常子さんからお便りがあったら、ぜひ、私の方にお所を知らせて下さいね。お願いしますわ」

それは心からの頼みだった。

「いいとも」

父親は分ったとみえ、何度もうなずき、手にした名刺を大事そうに懐にしまった。

お茶でものんでくれ、という父親の言葉を謝して祥子は別れの挨拶をした。

段丘の山道を辿《たど》ると、富士川が眼の下を流れ、山脈の襞《ひだ》が折りたたんで展《ひろ》がっていた。風が川の方から吹き上ってきた。

3

祥子の入社が正式に決ったのは、それから二週間後であった。文化部長大島卯介の尽力だった。

「よかったね、すらすらと運んで」

部長は自分のことのようによろこんでくれた。明日から出社という時に社の応接室で会った。

「みんな部長さんのお蔭です。ほんとに有難うございました」

祥子は心から感謝した。

「いや、そりゃ、やはりお姉さんの評判がよかったからですよ。そう云っちゃ何だが、いくら社員の遺族だからといっても、その亡くなった社員の評判が悪かったら実現はむつかしいのです。半分は、お姉さんが加勢して君をあとに入社させたんだね」

それは、その通りかもしれなかった。姉の信子の才能は妹の自分がまっ先に認めている。勉強家だったし、行動的だった。祥子は小さい時からこの姉の居ることが他人に自慢だった。その姉が新聞社で認められていたことは、素直にうなずけた。

部長が、入社の半分は姉が手伝った、と云ったのも、祥子には実感としてうけとれた。本当にそうだと思った。姉の成績が悪かったら、部長はその妹に入社させる気持は起らなかっただろう。姉の貴重さがいまさらのように分った。しかし、その貴重な姉は煙のように彼女からは喪失していた。

その賢い姉にも過誤があった。それを過失といってよいかどうか分らない。姉は妹にも黙って、或《あ》る人を択《えら》んだ。それは恐らく周囲の誰にも知られなかったのであろう。過失はその人が姉に値《あたい》しない人物だったということだ。不慮の事故が起きたとき、姉を裏切り、自分だけが遁走する人物であった。

初めて出社のとき、部長は祥子を部員たちに紹介した。文化部は文芸課と婦人課とに分れ、祥子は姉の椅子にそのまま坐って婦人課員の辞令を貰った。

婦人課員は五名、うち先輩の女性が二人居た。みんな良い人のようだった。

「お姉さまによく似てらっしゃるわ」

先輩の婦人記者の二人は祥子の顔をながめて云った。

「お姉さまは優秀な方でしたわ。妹さんのあなたも、きっとお姉さま似でしょうね」

「困りますわ」

祥子は赧《あか》くなってうつむいた。

どこの部に廻っても姉と比較された。部長が挨拶に連れて廻ったのだが、姉を知っている者は、祥子の顔を見ては、

「ああ、ご姉妹ということは、すぐに分りますよ」

と微笑《ほほえ》んだ。

二日目から祥子は、婦人課員としての教育をうけた。まだ、どれという担当は決まらず、当分は仕事を覚える過程だった。

社規だとか、社員名簿とか、当用漢字表とか、活字の大きさの見本とか、——そういう実務上に必要なこまごまとした刷り物が主任から手渡された。

主任は浅野《あさの》さんといって年輩の男だった。そんな印刷物をもらうと、いかにも新入社員といった、初々しい感じが自分でした。

「はい、これは社用の手帳ですよ」

浅野さんは小型の手帳を別にくれた。

祥子は、その濃い緑色の手帳を見て、姉の持っていた同じ手帳を思い出した。ばらばらと繰ると、内容は、重だった文化人の住所と電話番号、主要団体、会社名などが附録《ふろく》としてついていた。あとは日附《ひづけ》順の記入欄だが、無論、空白である。いかにも新しい匂いが白紙の頁《ページ》の間から立ちのぼっていた。

姉のは白紙ではなかった。ぎっしりと小さい字が姉の手で書き込まれてあった。その内容は仕事のことだが、そのどこかに、姉の傍から遁走した誰かのことが挟《はさ》まれているかもしれなかった。いや、必ずその名前があると思うのだ。それを探せば判る。

しかし、それは、すでに見ることは出来ないのである。姉の定期券入れは返ってきたが、姉の使いなれたその手帳は失われたままだった。誰がそれを紛失させたか。見られては困惑する誰かが、それを奪っている筈だった。

祥子は、間もなくこの白い空欄に、自分の文字が書きこまれてゆくことを想像した。仕事上で、沢山な人の名前が書かれるだろう。その文字の中には、姉を浜松に連れて行った誰かも混じるに違いなかった。当分は気がつかないかもしれない。しかし、いつかは必ず自分の書いた文字の中から発見できると思った。

主任の浅野さんは、活字の号数を知り、それに慣れるために、しばらく校正をやってくれと云った。

祥子は一ヵ月ばかり、校閲部《こうえつぶ》の見習いに廻された。号数による活字の大きさ、原稿との読み合せ方、赤インキの筆でかく訂正の符号など祥子はそこで覚えさせられた。彼女の指はいつも赤い色に染った。

「覚えましたかね？」

大島部長は、時々、校閲部に立ちより、祥子の背中から覗《のぞ》きながら笑った。祥子はその親切がうれしかった。

一ヵ月の校閲部での修業が済むと、

「大体、もういいでしょう。今度は記事を勉強して下さい」

と部長に云われた。

祥子は自分の机に久しぶりに戻った。

「大変だったわね」

町田《まちだ》知枝《ともえ》という真向いの机にいる婦人記者が祥子に笑いかけた。全部のひとが自分をいたわり、親切にしてくれるように祥子には思えた。

記事の勉強といっても、それは綴込《とじこ》みの新聞を読むことだった。社の新聞ばかりでなく、各紙を五つも六つも読まされた。文化欄や家庭欄に制限されていたけれど、一年も二年も前からの綴じ込みを読破してゆくことは、ときには退屈さを覚えた。

しかし、自社の新聞を祥子は特に熱心に読んだ。それは自分の社の新聞だから、という理由だけではない。その記事のどれかは姉の書いた文章であり、姉が依頼してとってきた原稿でもあった。

「これ、お姉さまが取ってらした記事よ」

町田知枝は、ときどき、一しょに覗きこんでは指を紙に当てて教えてくれた。評論のようなものもあれば、デザインに関係したもの、美容、生花、育児、身上相談、料理、家庭用品などさまざまだった。それには筆者の署名のあるのもあり、無いのもあった。

署名された名前は、大てい有名な専門家であった。新聞や雑誌などで知った名というよりも、姉の口から聞いて馴染《なじ》んだ名前であった。祥子は、その名前の一つ一つを頭の中に刻み込んだ。仕事上の便利のために記憶するという意味ではなかった。もっと重大な意味の暗記であった。

波高島の斎藤稔次郎からは娘の消息についての来信はなかった。祥子は、その後、彼宛《あて》にデパートから菓子を送ったが、その礼状が来ただけだった。お常の居所が知れたら、すぐにお知らせする、と拙《つたな》い文句で書いてあった。

常子だけが、姉の定期券入れを托した人間の顔を知っている。その顔は、姉が仕事上に関連をもった範囲の中にあるような気が祥子にしてならなかった。

寄稿家廻り

1

その新聞社に入社して、恰度《ちょうど》、二ヵ月目に祥子は外廻りをすることになった。

「これから、いよいよ一本立だからね、しっかりやって下さいよ」

大島卯介部長は、四角い顔をにこにこさせて云い、紹介役に次長の神谷良三《かみやりょうぞう》をつけてくれた。神谷は大きな図体をしていて、いつも、汗を顔に浮かしている部のベテランだった。

「社の婦人課といっても、半分は文化部を兼ねているようなもんでね。間口がなかなか広い。婦人問題の評論から、おむつの作り方まで扱う」

神谷は笑って云った。

「そのうち、笠原君も専門をうけもって貰うけれど、さし当り慣れるまで全体を廻って貰おうね。今日は、君のお披露目《ひろめ》についていくよ」

「お披露目だなんて、芸者みたいでいやね。侮辱だわ、神谷さん」

町田知枝が向うの机から非難した。

「お、そうか。ごめんよ。じゃ、先導役だ。町田君、訪問先の時間割りはどうなっている？」

町田知枝が手を伸ばして鉛筆で書いたものをさし出した。神谷良三はそれを拡げてみた。

「高木《たかぎ》とく子女史が、十一時から十二時の間、佐敷泊雲《さしきはくうん》が十二時から一時まで、内牧《うちまき》淳子《じゅんこ》さん、一時から一時十五分までか。忙しいのを看板にしているだけに、十五分とは刻んだものだな」

神谷良三はメモを読み上げた。

「倉野《くらの》むら子、二時半から三時まで、宇野《うの》より子は三時半からか。これはぎっしり詰めたものだね。お茶ものめないぞ」

「大丈夫ですよ」

町田知枝が云った。

「お茶は、先方で出してくれますよ。こちらの腹がだぶだぶになる位よ。神谷さんのお茶はおビールのことじゃないかしら」

「冗談云っちゃいけない。勤務中に呑めるもんか。笠原君、こんな先輩の口吻《くちぶり》を真似《まね》ちゃ駄目だよ」

神谷良三は汗をふいた。あとで祥子も分ったのだが、この次長は酒が好きで、いい人であった。

いま、神谷が読んだ名前は、みんなそれぞれの畑で有名な人たちばかりだった。新聞や雑誌に始終名前を出している。死んだ姉の口からも度々《たびたび》聞いていた。

庶務から自動車使用の伝票を神谷は貰い、エレベーターで四階から一階に下って、運輸部の判コを貰う。そういうことも神谷は自分でやってみせて、教えてくれた。

玄関を出ると、晩秋の落ちついた陽が明るく降っていた。ごたごたとならんでおいてある自動車の群《むれ》の間を、神谷は伝票片手に、自分の乗る車の番号を探していると、

「よう、神谷さん」

と声をかける者がいた。神谷は顔を上げた。

祥子が遠慮して神谷のうしろに退《さが》って、その人物を見ると、無造作に長い頭髪を乱した男が、ネクタイの無い、黒いワイシャツの上に、グレイの上衣を被《き》て、笑いながら立っていた。

三十六、七くらいで、広い額と濃い眉をもって、顎《あご》が神経質そうに尖《とが》っていた。
「ああ、妹尾《せのお》さん」

神谷が破顔した。

「しばらくですね、ご無沙汰《ぶさた》しています」

「しばらく」

先方は、逆光線で立っていたが、素早い一瞥《いちべつ》を祥子の顔に馳《は》せた。

「どちらへ？」

「論説委員の伊東《いとう》さんを訪ねて来たんだが、あんたこそ、どこへ行くの」

ああ、と神谷良三は佇んでいる祥子をふり返った。

「恰度いい、紹介しましょう」

と相手の方をむいて、

「今度、うちの部に入った笠原祥子さんです。笠原君、こちら、評論や翻訳で有名な妹尾郁夫《いくお》さんです」

雑誌の写真で見る顔だったので、祥子もそれに気づいていた。祥子はおじぎをして新しい社用の名刺を出したが、それが仕事に使った第一号だった。

「有名というのは神谷君の余計な皮肉ですよ」

背が高くて、秀麗という感じのする評論家は祥子に軽く頭を下げた。それから、何か、物体を見詰めるような鋭い眼つきで祥子を見た。

「笠原さんというと、たしか……」

「そうなんです」

神谷良三がひき取った。

「笠原信子さんの妹さんです。姉さんのあとをついで社に入られたから、よろしくお願いします」

「ああ、そう。お姉さんは一、二度お会いしただけでよく憶《おぼ》えていないが、おやめになったんですか？」

妹尾郁夫は深い眼差しをして訊いた。よくみると彼の睫毛《まつげ》は、附けたように長かった。

「いや、そうではなくて、亡くなられたんです」

「亡くなられた？　そりゃあ、どうも」

外国人のように両の掌をかすかに拡げて、

「はっきりした記憶はないけれど、妹さんを見れば、お姉さんの美しさが分りますね。そりゃ、惜しいことでした。どうです、よかったら、笠原さんを慰めたいから、その辺でお茶をのみませんか？」

祥子は、ずけずけとものを云う妹尾に圧倒された。

神谷良三は腕時計を見て、

「いや、そうもしていられない。これから会いに行く人に時間の指定がありまして
ね。遅れると会えなくなるかもしれない」

「誰です？」

「最初が高木とく子さんで、それから順々に笠原君を連れて廻ります」

「高木とく子にね」

妹尾郁夫は口辺に薄ら笑いを泛《うか》べた。

「まあ、いいでしょう。じゃあ」

くるりと背を返すと、彼は玄関の方へさっさと歩いて行った。背が高いから、その
大股な歩き方は、なかなか立派に見えた。

神谷良三は、自動車を探し当てて乗り込むと、運転手に伝票を渡し、

「目白《めじろ》へ」

と云いつけた。車がお濠端《ほりばた》のあたりから速力を出すと、座席からも前部に翻《ひるがえ》る赤
い社旗の一部が見えた。

「妹尾郁夫はね」

神谷良三は祥子に云った。

「高木とく子さんと仲が悪い。評論家として価値を認めていないと、お互が蔭で云い合って軽蔑している。今も、高木とく子の所へ行くと云ったら、先生、機嫌がよくなかっただろう？」

祥子も彼の表情を思い出して、うなずいていた。

「妹尾郁夫は長いこと外国にいて、翻訳をやっていた男だが、近ごろはあちらの思想書を翻訳する傍ら自分でも評論のようなものを書き出して、かなりな名声をとっている。ちょっと、向う仕込みの態度で気障《きざ》だがね。それで毛嫌いする人がいて、先生、損をしているよ」

神谷良三は、そんな人物紹介をした。

2

女流評論家の高木とく子の家は下落合《しもおちあい》の閑静な一画にあった。これは純日本式の古い家屋であった。

門を入って玄関のベルを押すと、女中が出てきた。女中は神谷の顔を知っていて、笑い顔をしたが、うしろに居る祥子にじろりと観察の眼を向けた。祥子は、受持になると、仕事で度々来なければならないので、女中に愛想の笑顔をつくった。女中は知らぬ顔をして奥に引込んだ。

神谷良三は、勝手に靴を脱いで上って行き、廊下を鉤《かぎ》の手に曲った突き当りの部屋の襖《ふすま》を開けた。

そこは十畳くらいの広さで、大きな床の間を背にして、これも大きな黒檀《こくたん》の机を前にして、ずんぐりと肥った五十恰好の女が坐っていた。小さな眼と、小さな鼻と、二重に括《くび》れた顎とに特徴がある。写真で見慣れた顔だから、まるで写真が動いているみたいだった。

高木とく子は、入ってきた神谷良三を見上げ、薄い唇に笑いを泛べて、

「あら、いらっしゃい」

と云って、重そうに身体を揺すらせた。彼女の周囲は積み上げた本で一ぱいだった。床の間にも、本が山になっていた。

「神谷さん、暫《しば》らくね」

と高木とく子は、案外に可愛らしい声を出した。祥子が畏《かしこ》まってお辞儀をすると、

それに愛想のいい目礼をした。

神谷は一通りの挨拶をすると、

「先生、今日は新入社員を連れて来ました」

と祥子をふりむいた。

「知ってるわ、笠原さんでしょう？」

高木とく子は、小さな眼を細めて祥子を見た。原稿用紙の置いてある卓に両肘《りょうひじ》をついて手を組み合せていた。

「顔でお分りになったんですね」

神谷良三は笑い出した。

「そう。信子さんに、よく似てるわ」

高木とく子は、まだ祥子を眺めていた。

「妹さんだけに、若くて、すこし稚《おさな》いけれど」

祥子は、姉がいろいろと世話になった礼を鄭重《ていちょう》に述べた。

「ほんとうにお気の毒でしたね。でも、あなたがお姉さまのあとをついで入社出来てよかったわ。お姉さまみたいに、しっかり頑張って下さいね」

「なにも分りませんから、よろしくお願いします」

祥子はまた頭を下げた。

「新聞社の仕事はね、雑誌社と異って楽ですよ。あまり大そうに考えないで、フランクにやった方がいいわ。ねえ、神谷さん」

「そうですな。楽ということは、ちょっと賛成しかねるけれど、緊張し過ぎない方がいいでしょうな」

神谷は、相槌《あいづち》を打った。

「神谷さん、あなた、ビールの方がいいんでしょう？」

「いや、今日は、これからいろいろと廻らなければいけないんです。この人を連れてね」

「まだ、はっきりとした受けもちは決らないの？」

「まだなんです。当分は、一わたり、ずっと廻ることになるでしょう。お宅にも、度々、お伺いしますから、よろしくお願いしますよ」

「ねえ、神谷さん」

高木とく子は云った。

「笠原さんを私の係りにして下さらない？」

「結構ですな、そりゃあ」

「ほんとう？」

「いや、しかし、それは一応、部長が決めることですがね」

神谷は、すこしあわてて云った。

「でも、なるべくそうしますよ。お気に召しましたら」

「好きになったわ。ねえ、笠原さん、そうして下さいね」

祥子は羞《はに》かんで下をむいた。

「これから、油を売るときには、わたしの家に来るといいわ。時々、仕事のお手伝いも頼みたいし、そうすると、あなたも勉強になるかもしれないわ」

「そりゃ大いに勉強になりますね。高木先生の直接指導なら大へん有難いですな」

神谷は、早速、真意とも、世辞ともつかない賛成をして腰をうかせた。

「では、今日はこれで。まだ、いろいろ廻らねばなりませんから」

「あら、もう少し、いいじゃないの？」

高木とく子は小さい眼を開いた。

「はあ、でも時間の約束をしているもんですから」

神谷が立ち上ると、高木とく子も重い身体を上げた。神谷が、どうぞ、そのままで、と云ったが、高木とく子は客を送る礼儀を実行するために、廊下を緩慢な足どりで歩いた。

そのとき、一方の廊下から格子縞《こうしじま》の派手なシャツを被《き》た五十すぎくらいの男がマドロス・パイプをくわえて現われた。頭の前の方は禿《は》げていたが耳からうしろは縮んだ髪が長く伸びていた。彼は太い眼鏡《めがね》をかけていたが、頬のあたりがすぼみ、そのへんに深い皺《しわ》が刻まれていた。

「ああ、パパ」

と高木とく子は若い声を出した。パイプの男は立ちどまった。

「うちに来ていた、R新聞社の笠原さんの妹さんよ。ほら、浜松で交通事故のために亡くなられた……」

「ああ、そうか」

五十男はパイプの先を握って口から放し、眼鏡の奥から祥子を睨《にら》むように見つめた。

「よろしくお願いします」

と神谷が出た。

「笠原君、先生の御主人の利彦《としひこ》さんだ。彫刻の方をやっていらっしゃる」

祥子は、姉の話の中にそんなことをきいたような気がした。

「姉が大変お世話になりまして、有難う存じました」

礼を厚く述べると、利彦氏はちょっと頭をさげて、

「どうも」

と云っただけで、祥子も神谷も妻の客だから他人事だと云わんばかりにしてパイプを口に戻し、廊下を踏んで去った。後から見ると猫背で、肩幅が広かった。妻と違って、口の重い人のようだった。

「彫刻家だけどね、作品は一向に売れないのだ。しかし、ああして呑気《のんき》にわが儘《まま》な制作をつづけているようだね」

神谷良三は高木とく子の夫について、車の中で祥子に話して聞かせた。

「女房が稼ぐからね。亭主は安心だ」

3

生花の大家、佐敷泊雲の宏荘な家は、富裕な邸町《やしきまち》で知られた区域内にあった。車はそのまま砂利を嚙《か》んで門内に入り、前栽《せんざい》を廻って玄関に着いた。

式台の正面には、金箔地《きんぱくじ》に墨絵で描いた衝立《ついたて》がありそれが匿《かく》れるくらいに大きな生

花が設置されてあった。佐敷流の標本が来訪者の前に立ち塞がっているみたいだった。ここに立っただけでも、空気が冷えて、重圧感があった。それは高名なせいかもしれなかった。

二十七、八位の細面の、きれいな女のひとが出て来て、神谷良三の顔を見ると、

「いらっしゃいませ。どうぞ」

と膝を突いて招じた。

「先生は？」

神谷は汗を拭いて訊いた。

「はい。研究室の方でお待ちになっていらっしゃいます」

玄関の踏石には靴が三、四足脱がれていた。神谷はそれを指でさして、

「お客のようですな。構いませんか？」

「雑誌社のお方ですから、どうぞ」

女のひとは静かなものの云い方をした。

「そうそう、関谷《せきや》さん」

神谷は祥子を前に出した。

「今度、うちに入った人です。ほら、あなたも御存知の笠原さんの妹ですよ」

「まあ、そうですか」

彼女はきれいな微笑をした。

「笠原君、こちら、佐敷先生の秘書をなすってらっしゃる関谷しず子さんです」

「雑用係と仰言《おつしや》って頂きたいわ」

女秘書は祥子に一礼した。

「お姉さまが大変でしたわね。お寂しいでしょう」

姉のことは、何処でもよく知られていた。社内だけではなく、仕事先でも、どんなに好感をもたれていたかが分った。祥子は、この女にも丁寧な礼を云った。

「佐敷先生は忙しいからね」

神谷は祥子に云いきかせた。

「先生にお眼にかかるときは、先《ま》ず、この関谷さんに都合をきいて貰うのですよ。だから、そういうことでは、先生よりも大事にしなければいけない」

「大へんね」

女秘書は笑い、

「出来るだけご便利を計りますわ。ただ、なるべく二、三日前に電話をかけて下さいね。うちの先生は京都の支部には毎月一度はいらっしゃるし、ほかの支部大会だの会合だのが多くて、なかなか身体が空かないんですから」

「全く、先生は忙しいですからな。あの体格で、よく身体が保ちますな」

廊下は、たった今訪問した高木とく子の家と異って料亭のように幅が広くて、滑るように磨きがかかっていた。しかし、全体が冷たくて重々しい印象は内部に入っても変りはなかった。

関谷秘書が導いてくれたのは、二十畳くらいはたっぷりあるような広間であった。五、六人くらいの男が忙しく内で動いていた。

それは生花を次々に運んでは、衝立のような鼠色無地のスクリーンの前に置き、また次々に持ち去っている運搬作業だった。しかしこの作業は、甚《はなは》だ静かで緩慢であった。というのは、スクリーンの前に置かれた生花は、雑誌社が撮影に来ていて、カメラマンがシャッターの音を立てるまでには、五、六人の佐敷泊雲の門弟が、先生の作品の修正に手間をかけていた。そして佐敷泊雲自身は、細い痩せた身体を新調の洋服に包み、腕組みして佇立《ちょりつ》しながら、殆《ほと》ど声を出さないくらいに、ものしずかに修正の指図をしていた。佐敷泊雲は、これまた祥子が写真で見た通りの顔をしていたが、実物の方が遥《はる》かに気品があって、瀟洒《しょうしゃ》な老紳士であった。さすがに神谷もすぐには近づけずに、後の方から撮影の模様を見物していた。

関谷秘書が先生の傍にこっそりと忍び寄って、低声《こごえ》で何か云うと、佐敷泊雲は分ったのか分らないのか、そのまま、五分は顔も姿勢も方向を変えなかった。

やっとのことで、秘書が手招きしたので、さすがの神谷良三も固くなって佐敷泊雲の横に進み、頭を下げた。

「先生。御無沙汰をいたしました。今日は、お仕事中をお邪魔いたします」

白髪をきれいに撫《な》でつけた佐敷泊雲は、きびしい顔をふり、神谷におだやかな微笑を投げた。

「しばらく」

低いが、重味を多年の間に自分でつけた声であった。

「どうしたの、今日は？」

秘書から聞いたにもかかわらず彼は空とぼけた。当人に、初めから訊くのが、親愛を見せているつもりだった。

「笠原祥子です。今度、入社してわが部に来ましたから、先生に御挨拶に伺わせました」

神谷が祥子を紹介すると、佐敷泊雲はゆっくりと祥子に視線を移した。その眼には、端正な顔にかかわらず、猛禽《もうきん》を思わすような気味の悪さがあった。

「先生も、ご存知でいらっしゃいましょう。度々、お伺いしていたと思いますが、笠原信子の妹でございます。姉が死にまして、そのあとに入ったのですが、故人も先生には、いろいろとお世話になりまして……」

「さあ、そうだったかな」

佐敷泊雲は上品に首を傾《かし》げた。

「そういう人が来てたの？　よく憶えてないね。なにしろ、いろんな新聞社や雑誌の人が来るから」

「はあ」

神谷は恐縮していた。

が、佐敷泊雲の眼は、祥子を無遠慮に凝視していた。

4

「全国に千数百の支部と数十万の信者が居るんでね、まあ、新興宗教の教祖みたいなものだ。やはり、現代の怪人物だな」

神谷良三は、風を切って奔《はし》る車の中で云った。

「今までは毀誉褒貶《きよほうへん》の激しい中で、苦しい闘争をしてきたが、もう大丈夫固まったね。かえって佐敷流の方がアカデミズム化している。近ごろは、自分の若い弟子の中から反逆児が出て来たりなどしていてね。しかし、彼の細い身体に、ここまでのし上ったあの精力がひそんでいると思えないな。ちょっと見ると、フランス型の紳士だがな」

祥子は、自分を見ているときの佐敷泊雲の鋭い眼を思い出した。誰にでも、初対面の者なら、あんな眼つきをするのであろうか。が、これは神谷良三には訊けなかった。

「佐敷さんは、京都の支部には毎月出かけるんですか？」

祥子は、それを質問した。

「そう。関西も有力な前進地盤だからね。大事にしている。そのほか、あの秘書が云ったように、方々に旅行しているよ」

祥子はうなずいただけで、そのことについては言葉を切った。

車はお茶《ちゃ》の水《みず》の方へ走っていた。学生の群が並木の下を歩いていた。

「今度は、どなたですか？」

「内牧淳子」

と神谷良三は有名な洋裁学院の院長の名前を挙げた。彼は腕時計を見て、困ったな、と呟いた。

「彼女も忙しい一人だからね。時間が過ぎたら絶対に遇《あ》わない」

小規模だが、白い美しい近代的な建物が近づいて来た。晴れた蒼い空に、その白さは氷のように光っている。

年ごろの女生徒ばかりが群れている玄関に上ると、恰好のいいスーツをきた、三十すぎの背の高い女が、生徒の間をかき分けるようにして出てきた。

「遅かったですね」

女は、神谷良三に笑いかけた。

「院長は、十分前に出かけましたわ。放送で座談会がありますの」

「やっぱり間に合わなかったか」

神谷良三は苦笑した。

「五分でも遅れるととても駄目ですわ」

「よく分っていますが、つい、よそで時間を食われて……」

「それは、お気の毒でした」

「池谷《いけたに》さん、あなたにご紹介しておきます。これは、今度入社した笠原祥子です」

神谷が云うと、

「さっきから、そうだと思って拝見していましたわ」

池谷という女は軽く笑った。

「よく似てらっしゃいますね。お姉さまは素晴しい方でしたわ」

と祥子に話しかけた。

「池谷さんは、内牧先生の秘書です。才女でね、筆も立つし、事務の才能はあるし、社交はうまいし、先生の信任を一身にうけている方です」

神谷がそんなことを祥子に云ってきかせると、

「大へんね。その三分の一に割引きして聞いて下さいね」

洋裁学院の秘書は、実際に愛想がよかった。

「院長が帰ったら、よく伝えておきますわ。あなたがお見えになったことをね。院長もお姉さまをほめていましたから、あなたがこれからいらしたら、きっとお気に入ると思いますわ」

祥子はおじぎをした。

「ま、よろしく頼みますよ」

神谷も横から云い添えた。

このとき、突き当りの階段から、書類を小脇に抱えた四十ぐらいの紳士が、ゆっくりと降りてきた。

「あら、理事長だわ」

池谷秘書が見つけて、

「理事長にお遇いになったら、いかが？」

と神谷の顔を見た。

「そうですな。そりゃ、恰度いいです」

池谷秘書が、それを聞いて、小走りに行き、

「理事長先生」

と呼んでいた。

「理事長というのはね」

神谷は、早口で祥子にささやいた。

「内牧淳子の亭主だよ。なかなかの事業家で、内牧学院がこれだけ大きくなったのも、亭主の腕のお蔭なんだ」

それ以上のことは、当の理事長が恰幅《かっぷく》のいい姿を近づかせて来たので、神谷の口から洩れなかった。

「やあ」

と内牧理事長は神谷に片手をあげた。四角い赭《あか》ら顔で、なるほど実業家の型だった。

「しばらく。珍しいですな」

「しばらくです。今日は、新入社員を連れてご挨拶に伺ったのですが、院長先生がお留守だそうで」

「いま、出かけましたよ。あれも忙しい身体だから、つい、失礼します。ははあ、この方ですか?」

と洋裁学院の理事長は祥子の方を向いて、白い歯を出して笑った。

「笠原さんのお妹さんですってね」

祥子は、おじぎをしながら、名刺をさし出した。

「や」

理事長は、うけとって眺め、

「お姉さまはよく見えていましたが、私よりは院長に御用があるものですから、それほどお親しくしていませんでした。なるほど、お妹さんと伺うと、その面影はありますな」

と祥子の顔を正面からみた。

「お姉さまはお気の毒でしたね。院長は始終、お噂《うわさ》していましたが……」

「自分の女房のことを、院長、院長と呼んで立てているようだがね」

次に向う車の中で神谷良三は祥子に云った。

「女房孝行かと思うと、さにあらずで、あれで、結構、蔭では女の噂があるんだから ね。尤《もつと》も、あれ位の働きなら、それは普通かもしれないがね、どうもあの女房を呼ぶ 言葉は気に入らない」

祥子の心の中には、四人の男の名前が刻まれていた。

――妹尾郁夫、高木利彦、佐敷泊雲、それと内牧学院の理事長。

それは、死の姉を放棄して逃げた誰かを発見するための採集の第一頁《ページ》であった。

遇《あ》った人々

1

京橋《きょうばし》に近い銀座通りに、倉野むら子の店があった。服装雑誌や婦人雑誌で高名なこのデザイナーの店も、近くのビルや大店舗にはさまれて小さく見えるが、それでも店に一足入ると、近代感覚の贅沢《ぜいたく》な空気が膨らんで充ちていた。

その前に車が着いたのが恰度《ちょうど》二時半で、指定の時間に間に合った。

神谷が店さきの若い店員に取次を頼むと、奥に訊きに行ったが、

「先生は、お客さまですから、階上《うえ》でお待ち下さいとのことです」

と返事をもってきた。

階段は店の入口のすぐ横についている。神谷のあとについて祥子は上ったが、階下は、陳列窓の壁と奥との間に客が溢れていて、倉野むら子が何処に居るか分らなかっ

た。

階上は裁断室になっているが、半分は生地で埋っていて、まるで日本橋あたりの生地問屋の店に迷い込んだような錯覚を起させた。有名なデザイナーの店だけに、その材料品の豊富なことは、ちょっと壮観であった。

そこにも四、五人の女店員、というよりも裁縫師や助手がいて、それぞれの客と話をしていた。客はどれも二十前後から二十四、五歳くらいまでの若い人であった。馴《な》染客《じみきやく》とみえて、店員との間には絶えず愉しそうな笑い声が起っていた。

「旺《さか》んなもんですな」

隅の応接セットに坐って、神谷は、あたりを眺めながら、にやにやと笑っていた。男の用事のない、女だけの世界に身を置くというのは、彼としてもくすぐったいらしかった。

「倉野さんはね、あんまり先生ブラないし、それに商売人だからね、お客には、云ってみればバーのマダムといったような愛想のよさがある。それで、こんなに繁昌《はんじよう》するのかもしれないな」

神谷はそんなことを云った。

「おいくつ位の方ですの？」

祥子は、小さな声で訊いた。

「さあ、あれで四十ちょっとくらいだろうね、見かけは三十四、五くらいにしか見えないが。未亡人だから若い」

それは若づくりで、派手な意味かと思っていると、そうでないことはあとで分った。

二十分待ち、三十分待ったが、倉野むら子は容易に姿を見せなかった。助手たちは入れ替り立ち替り出入りする客たちの相手に余念がなかった。

「おそいなア」

神谷も腕時計を眺めながら、苛々《いらいら》していた。次に遇う宇野より子との約束の時間が無くなりそうだった。

「君」

堪《たま》りかねたように神谷は立って、女店員のところへ行き、

「先生に言ってくれませんか。ちょっとでいいからお目にかかりたいってね」

と頼んでいた。

「まさか、忘れたんじゃないだろうな」

彼は戻って来て、心配そうに呟いた。不服な顔を別にしていなかったのは、倉野む

ら子の多忙を承知しているからだろう。

「すぐ参るそうです」

女店員が知らせて来てからも、本人は容易に来なかった。

「随分、流行《はや》っているんだな。倉野むら子は客を大切にするからね。新聞や雑誌の編集者が来ても、面会はいつも後廻しになるんですよ。その点、マスコミというと、その利用に眼の色を変えるほかのデザイナーとは、ちょっと異《ちが》うがね」

神谷はそんなことを言っていたが、あんまり遅いので、さすがに苛々しはじめた。出されたお茶の残りも冷えた。

三時が十分くらい過ぎたころ、倉野むら子がいそいで上ってきた。彼女は、ひきつめ髪で、グレイのブラウスに紺のカーデガンという、何の変哲《へんてつ》もない、そこらの平凡な主婦の恰好だったが、助手や女店員相手に話している若い客たちに、

「いらっしゃいませ」

「いらっしゃいませ」

と首を振りながら、にこやかに愛想をふりまいて来る。有名を鼻にかけて、つんと澄ましてセンセイ振っている他のデザイナーと異って、ひどく庶民的であった。

「随分、お待たせしましたわね。申訳《もうしわけ》ございません、気になってしようがなかったん

ですけど、つい、手間どって」

にこにこと笑っている顔は、気どりがなく、眼を糸のように細め、口を一ぱいに開けている。祥子は好感をもてた。

「あら、お茶も冷えちゃって」

と、早速、新しい珈琲《コーヒー》とケーキを持って来るように言いつけるところなどが如才ない。

「倉野さん、これ、うちの新入生ですよ」

神谷が例によって祥子を紹介すると、

「お姉さま、よく存じ上げていましたよ」

倉野むら子も、やはり、それを言った。

「あたくし、お友だちのようになっていましたわ。ここ、忙しいでしょう、だから、お姉さまがいらっしゃると、その仕事の話を口実に、店を抜け出て、近所の喫茶店かどこかで油を売ってたものです。愉しかったわ、あたくしの知らない、いろいろなお話を伺ったりして」

「妹さんも、お姉さんに負けない才女ですよ」

神谷が、待たされたときの焦燥を忘れ顔に、人のよさそうな微笑で口を入れた。

「とんでもありませんわ。わたしなんか、何にも分らなくて駄目なんですわ」

「お姉さまにそっくりね、お顔が」

倉野むら子は、祥子をつくづくと見て、

「お姉さまは、ほんとにお気の毒なことになって、あたくしも悲しいんですが、これからは、あなたがお姉さまのかわりに、出来るだけあたくしのところにいらしてね。若い人も随分居ますのよ」

「若い方って？」

祥子は眼を上げた。

「あたくしが、こんな商売をしているでしょう？ですから、お客さまが、いつか友だち交際《づきあい》になったりしますのよ。映画の人とか、歌手の人とか、そういった芸能関係の方から、いいとこのお嬢さままでね。自然、そのつながりで、若い男性も交って来ますわ」

倉野むら子は、また眼を細めた。

「姉も」

と祥子は何気ないように訊いた。

「その方たちと、お近づきになっていたでしょうか？」

「なかにはね」

倉野むら子はうなずいた。

「お姉さま、おきれいで、才気煥発でしょう？　青年の間では、人気をお持ちでしたわ」

祥子は、瞬間に考える眼差しになった。

このとき、倉野むら子が、ふと祥子たちの背後に眼を挙げた。

「あ、下田《しもだ》さん」

はい、という男の返辞は、うしろから聞えた。

「何か、お客さまにジンフィズでも持って来て下さい」

「はい。承知しました」

男の靴音が忍びやかに去ったが、しばらくして引返したときは、祥子の眼の前に銀盆を持って現われた。

「どうぞ」

女のように長い指で、グラスをすすめる手つきもキャバレーのボーイのように馴れていた。

祥子が見ると、二十五、六の青年で、色が白く、きちんとわけた髪が、黒い蝶《ちょう》ネクタイによく似合った。

祥子と眼が合うと、彼は白い頰を赫《あか》らめた。

「この人、いま言った若者グループの一人よ」

と倉野むら子が笑った。

2

「さあさあ、遅くなった」

待たせてある車に乗って、神谷は忙しそうに云った。

「宇野さんとの約束の時間が、だいぶ切れた。もう居ないかもしれないな」

宇野より子もデザイナーで、その若くて美しい顔を、よく婦人雑誌などで見かけている。

「宇野さんも、やっぱり、お忙しい方でしょうね？」

祥子が訊くと、神谷はすこし首を振った。

「倉野さんとは、ちょっと対照的だね。倉野さんはあの通り、あまり構わない方だし、商店の女主人といった感じの愛嬌《あいきよう》のいいひとだが、宇野さんの場合は、何というのかな、知性派というのだろうな」

神谷は自分で云った、知性派という言葉に興《きよう》がった。

「きれいだしね、それに、とても若い。それだけに、倉野さんのようなマダム的な愛嬌はありませんよ。第一、店を持っていない」

「あら、お店がありませんの？」

「店というよりも、仕事場だけだね、彼女の場合は」

神谷は、走っている車の内で説明した。

「飾窓《ウインドー》も無いし、マネキン一つ置いてない。店員は一人も居ないで、助手だけですよ。その仕事場も、ビルの一室といった具合さ。その一事が彼女のやり方を見せているようだな」

「それで、お客が来るんですか？」

祥子は、自分ながら素朴と思う質問をした。

「そりゃ、来る」

神谷は、無論だ、というように明言した。

「あれだけ売り出した女だからね。固定した客がある。それも、彼女の方で、厳選主義をとっているから面白い」

「どういうことですの？」

「お客の粒を揃《そろ》えているんですよ。みんな、いいうちの夫人や令嬢といったところで、主人の名前は紳士録にちゃんと載っているような家庭だね。それを確実に五十人以上は握っている。紹介者無しのフリの客は相手にしない。とんと赤坂あたりの一流料亭みたいなもんさ」

神谷は笑った。

「それだけ高踏的ともいえるし、合理主義ともいえる。お客というものは、殊《こと》に、良家の女客の心理は妙な自己満足があってね、そんな会員制度みたいな店の常連になっていると思うと、甚《はなは》だうれしいらしいね。自然と気前がよくなるというものだろうね。宇野より子のやり方は、中流以上の婦人の虚栄心を美事に逆手にとった商売ともいえるだろうね。まあ、倉野むら子が大衆的といえば、宇野より子は貴族的とも評すべきかな」

話を聞いているうちに、祥子に一つ分らない疑問が起きた。

「ですが、宇野さんは、お若い方なのに、どうしてそんなにえらくなれたのでしょう？」

「それだ、誰でも、不思議に思うのだろうが」

神谷は、わが意を得た質問だというように、にっこりうなずいたが、

「おう、もう着いたね」

と、窓の外を見て、

「それは、あとで言いますよ」

と座席から腰を浮かせた。

そのビルは西銀座裏の繁華街の中にあった。東京で一ばん高級で高価な品を売っている店舗がならんでいるから、日本で一ばん高いおしゃれ品をならべている商店街かもしれない。ビルは五階建だが、二階までは店舗で、洋品店、洋装店、和服の店、菓子屋、本屋、それに二階には、喫茶店、割烹《かっぽう》店、化粧品店、理髪店まである。

宇野より子の「デザインの店」はそのビルの二階の隅で、店舗の中では最も目立たなかった。三階以上にある事務所と同じ風な構えで、入口は殺風景なドアがあるだけだった。

神谷がノックすると、女の声で返辞があって、内側から開いた。背の高い、細い身体の女がのぞいたが、

「あら、いらっしゃい」

と言った。それが宇野より子であった。

「お待ちしてたんですけど、あまり遅いから今日は駄目かと思って、出かけるところでしたわ」

彼女は、その通りに青っぽいオーバーを着ていた。

「いや、どうも」

神谷が頭に手をやった。

「つい、遅くなりましてね。済みません。お出かけなら、その辺までお供しながらお話ししましょうか。新しい部員を紹介するだけですから」

「そうね」

彼女はうしろを振り向いた。その部屋は洋装店というよりも、工房と呼んだ方がふさわしく、女の子が空色の作業服のようなものを着て、裁断台にかがんだりアイロンを動かしたり、ミシンを踏んだりしていた。

「一時間ほど出かけますからね」

宇野より子が言うと、女の子たちは一斉に手を休めて立ち上り、

「いってらっしゃいませ」

とおじぎをした。宇野より子は凛《りん》とした威厳をもっているようだった。

「お茶でも、ちょっと飲みましょうか」

そこに祥子が居るのに、宇野より子は眼もくれずに神谷に言った。紹介のないうちは、絶対に相手を認めない、といった態度らしかった。ものの言い方も、静かで、ゆっくりとした調子である。

「恐縮ですな。遅く来て」

神谷が頭を下げた。神谷をこのように恐縮させるだけの威風のようなものが宇野より子の様子には確かにあった。横顔は、鼻が高く、顎も恰好が良かったし、黒っぽい大きな眼のふちには翳《かげ》があって、いわゆる彫《ほり》の深いという形容詞があてはまった。上流の婦人と交際して、その気風が彼女の身に移っているのか、それとも初めから、そんな性質《たち》なのか、どこかとり澄ましていた。

3

階段を降りていると、下から、うつむき加減に上ってくる紳士がいた。肩幅が広く、がっちりとした体格だったが、五十すぎの年輩で、長い髪には白髪がまじり、頭の真ん中が禿《は》げかかっていた。オーバーは、ひどく派手な、赤い筋の格子縞だった。

「あら」

先に宇野より子が小さく叫ぶと、初老の紳士は顔を上げた。でっぷりと肥えて、赭《あか》ら顔をしていた。細い眼を開けて、

「おう、外出かい？」

と宇野より子に云い、神谷と祥子とに眼を流した。

「鶴巻《つるまき》先生、しばらくでした。ご無沙汰しています」

神谷が、あわてて頭を下げた。

「やあ、神谷君」

老紳士は、ちょっと唇を笑わせて、眼を宇野より子に戻した。

「先生、今ごろ、なあに？」

宇野より子は、それまでの取り澄ましを放擲《ほうてき》したように、顔一ぱいに媚《こ》びた微笑を浮べ、少女のような声を出した。

「会が五時からあるんでね、それまでのツナギに、ちょっと寄ってみたのさ」

紳士も、やさしい声を出した。

「ツナギはひどいわ」

宇野より子は睨むような眼つきをして、

「でも、困ったわ、わたし、約束があって一時間ばかり出かけるとこなんですけど。

だって、先生、お電話も下さらないんですもの」

「いいよ、いいよ」

紳士は、うなずくように顎を上下させた。

「じゃ、僕は、折角《せっかく》ここまで来たんだから、君の部屋でお茶を一ぱいご馳走《ちそう》になって退散することにしよう。ゆっくり行っておいで」

「あら、悪いわ」

困ったという眼を、宇野より子はした。

「いや、僕は構わないよ」

「会は何時に終りますの？」

「八時には済む筈だ。有楽町のレバンテだがね」

「じゃ、そのお帰りに、こちらにお寄りになったら？　わたしも、今夜は少し仕事がありますの」

「へえ、忙しんだね」

紳士は眼を細めた。

「お蔭さまで」

宇野より子は笑った。

「大谷《おおたに》さまの奥さまが、とてもおいそぎになってらっしゃいますの」

「ふむ、あの奥さんは、せっかちだからね。旧華族は、いつまでも我がままが直らない。じゃ、君の云う通りにしようか」

「ええ、お待ちしています」

紳士は満足な用談が済んだというように、顔を神谷に向けた。

「神谷君。君、いつまでも外に出て働くのかい？」

「先生、今日は、お披露目ですよ」

神谷は、笑って頭を下げた。

「お披露目？」

「先生、ご紹介します」

神谷は、祥子を向き合せた。

「これ、うちの部に入って来た笠原祥子です。そうそう、紹介が遅れましたが、宇野さんも、どうぞお見知り置き下さい」

祥子は二人の前に謹んで立った。

「笠原君。こちら、画家の鶴巻莞造《かんぞう》先生です。有名な方だから、君の方がよく存じ上げているだろうがね。こちらは、申すまでもなく、宇野より子さん。これから、いろいろとお世話にならなければならん方ですよ」

祥子は、丁寧にお辞儀をしたが、宇野より子は、初めて微笑《ほほえ》んで、よろしく、と短かく云った。

鶴巻莞造は、たしかに有名だった。が、それはタブローの方ではなく、雑誌の表紙や、挿絵《さしえ》や、ポスターなどで、殊に、そのスタイル画では大家といってもよかった。繊細な線と、淡い色調とに特色がある。

「笠原君？」

鶴巻莞造は、その画とはおよそ似つかわしくない肥えた顔をむけ、祥子をじっと見た。その鋭い眼は、さすがに画家の凝視だった。

「それじゃ、君……？」

「そうなんです」

神谷がひきとった。

「うちにいた笠原信子の妹です。ああ、先生とこにもお邪魔したことがあるんですね？」

「うん。二、三回だがね」

鶴巻画伯は、軽く云った。それから、思い出したように煙草をとり出して喫った。

「それじゃ、よろしくお願いします」

神谷は間を感じたのか、きりをつけるように云った。

「やあ」

鶴巻画伯は応え、宇野より子に、

「じゃ、君、あとで」

と、これはやさしく云って、手を振り、階段を上って行った。

宇野より子は、表に出たが、彼女の明るい陽ざしをうけた顔は、再び、あの高貴な静寂がかえっていた。

「神谷さん、今日は、別に用事はないんでしょう」

彼女は急に立ち止って云った。

「ええ、ありません、ありません」

神谷はすこし慌てて答えた。

「そう、そいじゃ、わたし、ここで失礼しますわ。約束の時間に遅れそうだから」

「そうですか」

神谷は、時間のことを云われて、責任を感じたように頭を下げた。

「どうぞ、どうぞ。僕たちが遅れて来て、ご迷惑をかけました」

神谷が詫《わ》びると、宇野より子は祥子には一瞥《いちべつ》もしないで、

「じゃ、またね」

と軽く頭を下げて、先に勝手に歩き出した。うしろから見ていると、上背があり、すんなりとして恰好がよかった。

「このごろ、少し威張《いば》ってるね。女はあれだから始末が悪い」

車に乗ってから、神谷は宇野より子の悪口を云った。

「すこし名前が出るとあれだからね。倉野むら子とは、まるで正反対だろう？」

祥子は、別に意見を云わずにうなずいた。これがデザイナーの両極の型なのだろうか。

「そうそう、君のさっきの質問ね、彼女があの若さで、どうして、あんなに、えらくなったか、ということだったな」

「ええ」

「恰度、その解答の当人に遇ったよ。あれだよ」

祥子は、よく分らない表情で神谷を見た。神谷はにやにやして、

「ほら、あの鶴巻画伯さ。あの画伯の推挽《すいばん》なんだ」

4

車は、何処に行くのか、銀座をはなれて、三宅坂《みやけざか》あたりのお濠の傍を通って行く。

「鶴巻画伯は顔が広い」

神谷は、さっきの説明をつづけた。

「殊に、いわゆる上流や中流の婦人方に人気がある。画伯のあの画が彼女らの気に入るんだね。それに、有名な人だから、彼女らの趣味に合うんだろう。実際、あの画伯は婦人方にはやさしい。フランスにも居たことがあるし、そのエチケットは洗練されているんだね。まあ、あの肥った初老の男が、いんぎんに婦人方の世話しているところを見ると、われわれ男性の同類の中では、殴りつけたくなる奴が出てくるかもしれない」

神谷は、当人の前とは打って変った顔つきをした。

「そんな訳で、いいとこの婦人方に顔が広いから、あの、宇野より子の顧客を紹介してやったのさ。当時、宇野より子なんて、名前も聞いたことのないチンピラでね。アメリカの何とか洋裁学校を出て日本に帰ってきたばかりのところだった。それを拾い上げて、今日あらしめたのは、一重《ひとえ》に鶴巻画伯の努力の賜《たま》ものだ。だから、一説によると、鶴巻画伯と、宇野より子との間は、タダごとでないというんだがね」

神谷は、薄笑いしたが、祥子も、いやな話だと思いながらも、さっきの店での両人の様子を思い出して、その噂の根拠も分るような気がした。

「まあ、それは一説としておくが、満更《まんざら》、われわれも頭から否定も出来ないね。なぜかというと、画伯は、女関係では、今までとかくの噂が立っていた。どちらかというと、それが真実だろうと思われるからね」

鶴巻画伯は、姉の信子が、二、三度仕事で自分のところに来ていたと言った。本当に二、三度だろうか。祥子は、そのことを言ったときの画伯の妙に曖昧《あいまい》な表情を思い浮べた。

もしかすると、画伯はあのとき、眼の前に立っている宇野より子を意識したのではなかっただろうか。祥子は、ふと、そんな気がした。

「鶴巻先生は」

祥子は訊いた。

「よく、ご旅行なさるんでしょうか？」

「分らないが、そりゃするだろうね」

神谷は、何も気づかないで答えた。

「なんでも、京都や、大阪にはよく出かけると聞いたね。関西でも鶴巻信者が居るんでね」

東京と関西――祥子は、或ることを頭に描いていた。……

「すこし、時間があるから、これから、Q病院に寄ってみよう。序《つい》でだから」

神谷は祥子の空想を断ち切るように云った。

「Q病院？」

その病院は、東京の私立の綜合《そうごう》病院としては、設備の大きさも、名声も、一流なのである。

「ああ、そこの小児科の医長で西脇満太郎《にしわきみつたろう》という医者が居るんでね。育児相談で厄介《やっかい》をかけている」

神谷は、そう説明して、

「婦人欄というのはね、前にも云ったように、高遠な理論から、おむつの作り方まで扱うところだからね。まあまあ、これから、あんたも幅の広いもの知りになりそうだね」と笑った。

車は、間もなく神宮外苑から左に曲り、高台の静かな一画に停った。Q病院の白い建物が、裸の林の中に立っていた。

門前で車を降りて玄関に進んで行くと、恰度、そこから出て来た三十くらいの男と神谷は顔を見合せた。

「やあ、今日は」

神谷は声をかけた。

「今日は」

その男は笑顔で挨拶を返したが、気づいたように足をとめて、

「神谷さん、どこへ行くんですか？」と訊いた。

「西脇先生とこです」

「西脇先生はいらっしゃいませんよ」

彼は云った。

「もう、お帰りになったんですか？」

神谷も、歩きかけた足を停めた。

「いや、お帰りになったんじゃありません。ご出張です」

「ほほう、どちらへ？」

「仙台です。研究会ですよ」

た。

「なるほど。それは知らなかった」

神谷は、車の方に足を戻したが、自然とその男と肩をならべるような恰好になった。

「あ、この女《ひと》は、今度、入社した笠原君です。よろしく頼みますよ」

神谷は、また祥子を紹介して、

「西脇先生のお弟子さんで、上田《うえだ》さんです」

上田という青年医者は祥子に目礼した。

「先生は仙台から、いつお帰りになるんです?」

神谷は訊いた。

「明後日《あさって》が予定です」

「研究会みたいなものは、よくあるんですか?」

「いや、年に二回くらいです。それと、学会があります。今年は、名古屋でありましたがね」

祥子は、はっとして聴耳《ききみみ》を立てたが、

「ああ、そうですか。何かと忙しいですな」

神谷はそれきりにして、青年医者と別れた。

「やれやれ、やっと、一通り廻ったな」
車の中で、神谷は、自分の手でうしろ頸《くび》を按摩《あんま》するように敲《たた》いた。
「ほんとうに、ご厄介をかけて有難うございました」
祥子は心から礼を述べた。この善良な次長には実際に厄介をかけた。
「今日は、あんたも、さまざまな世界の人物に遇ったわけだね、実際、世の中には、いろいろな人物が多すぎる。たった一ン日、廻ってこれだからね」
その、いろいろな人物の名を、祥子は、ひとりだけのアパートに帰って、その夜、手帳にメモした。
妹尾郁夫（翻訳兼評論家）
高木利彦（彫刻家）——女流評論家　高木とく子
佐敷泊雲（生花家元）——地方出張アリ
内牧理事長——洋裁学院長　内牧淳子
鶴巻莞造（画家）関西出張アリ。——デザイナー　宇野より子
西脇満太郎（Q病院小児科医長）学会、研究会ノタメ地方旅行アリ
下田と呼ぶ青年——デザイナー　倉野むら子
線をひいたのは、その特殊な相互関係を示している。

「地方出張」は特別な註《ヽ》であった。

祥子が、この名前の頭に、○印を付けるのは、これからであった。

歓待

1

祥子は、スクラップに切り抜きを貼《は》っていた。よその新聞の婦人欄に載っていたものから、あとで参考になると思われるような記事や写真を鋏《はさみ》で丹念に切って貼りつける。それも今の彼女の仕事の一つであった。窓から射す、ひるに近い明るい外光が、光った鋏の小さな面に溜《たま》っていた。

向いの机の町田知枝もザラ紙に鉛筆で何か書いていた。部長が席に居ないから、男の二、三人の部員は煙草を喫《す》って雑談していた。次長の神谷は居るが、誰も怕《こわ》がっていない。

神谷の前の電話が鳴った。神谷は受話器を上げ、横を向いて両脚を塵箱《ごみばこ》の上に置いた。

「ああ、妹尾さんですか。神谷です。一昨日《おととい》はどうも」

と彼は云っていた。それから、はいはい、と先方の用件をきいていたが、

「ああ、笠原君をですか。分りました」

と云ったので、祥子はびっくりした。急に自分の名が出たので、貼りつけている指を思わずとめた。

神谷は受話器を置くと、祥子の方を向いた。

「ああ、笠原君、原稿をとりに行ってくれませんか？」

「はい」

祥子は糊でよごれている指先を拭いた。

「どなたのところでしょうか？」

「妹尾郁夫さんだ。ほら、一昨日、出がけに社の前で遇ったでしょう。背の高い評論家ですよ」

祥子は、車を探すときに歩いてきた評論家の顔を思い出した。

「君をお名指しだ。折角だから行ってみて下さい。まあ、早いとこ、みんなにお近づき願う方がいいでしょう」

「はい」

祥子は机の上を片づけた。男の部員三人は雑談をつづけていたが、前にいる町田知枝が顔をあげて、黙って笑った。

祥子が廊下に出ると、町田知枝があとを追うようにして、自分も出てきた。

「ねえ、祥《さつ》ちゃん」

彼女は姉の信子と同期だし、笠原さんというと死んだ姉のようだというので、祥子をそんな名で呼んでいた。祥子は立ちどまった。

「妹尾さんとこへ原稿とりに行くんですって？」

「ええ」

「じゃ、予備知識を与えとくわ。妹尾さんって、ちょっと変った人ですよ、その心構えでいるといいわ」

「あら、どういうこと？」

「いいの。それはあなたが経験した方がいいわ」

町田知枝は、眼を笑わせただけで、それ以上のことを云わなかった。

妹尾郁夫の家は上目黒《かみめぐろ》にあった。祥子は、社旗を翻《ひるがえ》した車に初めて独りで乗り、青山から渋谷へ抜けて走る窓の風景を眺めていた。

外には寒い風が吹いているらしく、歩く人が肩をすくめていた。

運転手が妹尾の家を知っていて、和洋折衷《せっちゅう》のしゃれた家の前で停めた。さして大きくはないが、家の前にはヒマラヤ杉が高く伸びていて、いかにも外国の新しい思想を翻訳紹介している人が住んでいるにふさわしい。

玄関のベルを押すと、若い女中がドアの錠を内側から外して顔を出したが、祥子を見ると主人からいいつけられているらしく、内へ導いた。

応接間は、なかなかきれいである。荘重な原書が書棚に装飾品のようにならべられてある。外国の古い皿がやたらに飾ってあった。女中は、ガストーブに火を入れ、紅茶を運んで去った。

主人はすぐには現われなかった。客に応接間を充分に観賞させる時間を与えるためのようであった。ドアが開くのに十五分はたっぷりとかかった。

妹尾郁夫が入ってきた。祥子は椅子から起《た》ち上った。一昨日、社の前で見かけた尖った顎の顔を彼女は迎えた。それは、妙にゆっくりと笑った。髭《ひげ》を時間かけて剃《そ》ったという印象が、まず、その顔から祥子にきた。

「いらっしゃい」

妹尾郁夫は、澄んだ声を出し、一層《いっそう》、豊かな表情で笑いをひろげた。ばさばさした長い髪は、無造作のようだが、よく見ると、入念な手入れをしていることが分る。

祥子が挨拶すると、妹尾郁夫は持って入った原稿を片方に握ったまま、両手をひろげた。祥子が一瞬にとまどっていると、彼はいきなり前にすすんできて、祥子を抱くようにひろげた両手を肩に置いた。

祥子は、愕いてとび退ろうとした。男の息が頰にかかった。妹尾郁夫はすぐに身をあとに退いて、何でもない微笑をつづけていた。祥子が顔色を変えているのに、彼は平気であった。

「まあ、おかけ下さい。こっちが楽です。ご苦労さまでした」

彼は礼儀正しく長椅子の方をすすめた。祥子の胸にはまだ動悸《どうき》がうっている。

「あ、失礼。今ので愕かれたのでしょうか？」

妹尾は、まだ椅子にかけ得ないでいる祥子を見上げて、濃い眉を上げた。

「永いこと、外国で暮していましたのでね。つい、向うの挨拶の癖が出てしまうのですよ。どうも日本のは堅苦しくて、本当に親愛の感情がこもりませんね。それが、どうにか出るのは、五、六度も遇ってからでしょう。ぼくは日本人ですが、こっちへ帰ってくると、向うの礼儀のいいところを守りたくて、知らずに身についてしまいました」

なるほど、外国映画にはそんな場面がある。祥子は妹尾郁夫に説明されて一応は分ったが、どうも、実感が来なかった。彼女は、おずおずと弾力の利いたクッションに腰を下ろした。町田知枝の妙な笑いが頭に泛《うか》んだ。

「ええと、お渡しする原稿ですがね、昨夜、おそくまでかかって書いたんです」

妹尾郁夫は向い側に掛け、事務的な口調で、真ん中の机の上に原稿をひろげた。

「それは、どうも有難うございました」

祥子は、ようやく気を落ちつけて、礼を云うことができた。

「婦人の知識問題、最近の世界の刊行書から、という題をぼくは一応つけておきましたが、題名は編集部で適当に変えてもらって結構です」

妹尾郁夫は、きゃしゃな指先で、原稿のはじめをさした。

「まあ、一応、ここで読んでみて下さい。ぼくの文字は癖があって、読みにくいのがあるかもしれませんから、分らない字句は説明したいと思います」

2

祥子は、五、六枚の原稿を手にとった。おどろいたことに、虫が匍《は》ってるみたいな小さな字である。桝目《ますめ》の中に、縮こまったように、字がくしゃくしゃになっていた。

一枚目を見ただけでも、五、六字は判読のしようがなかった。それに、消したり、書き込んだり、その連絡もよく分らないところがある。

「あの、これは、何という字でしょうか？」

祥子は、三つか四つをかためて指した。

妹尾は、のぞき込んで、

「あ、それは、演繹《えんえき》ですね。糸ヘンですよ。それは、輓近《ばんきん》です、そいつは止揚《しよう》です。どうも、ぼくの字は分りにくいかな」

分りにくいもいいところであった。二枚めにも三枚めにも、厄介なところが沢山ある。

「一々、紙を廻わしていては面倒だから、ぼくがそっちへ行きましょう」

妹尾郁夫は向いの椅子から立ち上ると、卓《テーブル》を廻って祥子の横の長椅子にならんで坐った。クッションが彼の重味で沈んだが、祥子はまさか立って逃げるわけにもゆかない。できるだけ離れるように、そっと動いた。

「これで見易《みやす》くなった。さあ、分らない字はどんどん訊いて下さい」

妹尾は、張り切ったように、にこにこした。祥子との隙はあまりあいていなかった。

「これと、これが分んないんです」

祥子は、出来るだけ事務的な口調になったが、妹尾とならんで原稿にかがみこんでいると、彼の息がまた頰にふれたようで、気になって仕方がなかった。

「そう、それは……」

妹尾は、一々説明した。祥子がその通りに分り易い字を横に書く。文章の連脈《れんみゃく》も、赤鉛筆で印をつけてゆく。その協同作業は一つの雰囲気のようなものを造りあげていた。妹尾の横顔は、それに浮かされたように調子づいていた。

「そこんところはね、こういう風につながるんです。こっちから、こっちへ……」

訂正の部分を教えているのだが、妹尾の片手は、突然、祥子の腕を抑えた。祥子が、あっと立ち上りそうなのを、

「そら、こうするとよく分るでしょう……」

と眼だけは原稿の上に熱心に落して説明していた。

祥子は仕方がないから、そのままに随《したが》っていた。妹尾郁夫の無作法な動作も、外国仕込みの習慣であろうか。彼の手は、別に力を入れるでもなく、軽く抑えたままであった。特別な意味をもっているともとれるし、ただ、少しばかりの型の変った習慣ともとれる。何か、変に騒ぐと、かえってこちらが独り合点して、おかしいような意識

にもなるのであった。

五枚半の原稿がすっかり終るまで、祥子は妹尾に圧迫されて、少しも気持が落ちつかなかった。

「やっと済みましたね」

と妹尾は言ったが、横から起とうともしない。そのままの位置を、ずるずると続けるつもりのようであった。

「有難うございました」

祥子は、原稿を社の大きな封筒の中に入れた。

「疲れたでしょう。まあ、お休みなさい」

妹尾はすすめた。さすがに、手は彼女の腕から離れたが、坐り直したついでに、もっと身体を近づけてきた。

「どうです、僕の書いていることは？」

彼は原稿の出来の感想を求めた。祥子は、字を訊くのが精一杯なので、どのようなことが述べてあるのかさっぱり分らない。それでも、欧米の婦人の社会意識を、かなり進歩的な筆つきで、書いてあることは、おぼろに判った。

「結構と存じますわ」

祥子は無責任に答えたが、妹尾は満足そうにうなずいた。

「日本の婦人層も、近ごろ、だいぶん社会意識に目ざめたようですが、向うにくらべるとまだまだ幼稚のようですね。一体、イギリスでは十九世紀末から……」

妹尾郁夫は講義をはじめた。祥子は、彼のうまい饒舌《じょうぜつ》を聴いていたが、心では別のことを考えていた。姉は妹尾郁夫をどう評価していただろうか。この新進評論家の「進歩的」な理論に、世間の一般読者と同じような漠然《ばくぜん》とした尊敬を払っていただろうか。妹尾郁夫は、どうやら、フェミニストというよりも、女好きというようにみえる。彼のやり方は狡《ずる》い。外国流儀という遁《に》げ道をつくって、露骨な誘惑をぼかしている。自信をつけたら踏み込むつもりかもしれない。自分がそう思うくらいだから、姉はもっと妹尾郁夫を軽蔑《けいべつ》したであろう。

妹尾の流暢《りゅうちょう》な理論の披露が一くぎりついた。彼は効果を確めるように、祥子の顔を見た。

「面白うございましたわ」

祥子は感想を言ったが、その次には全く別なことを口にした。

「先生は、ご旅行が多うございましょうね？」

「旅行？」

妹尾は、歩いている道が急に切れたような顔をした。

「そら、しなくもないですが。なぜですか？」

「近ごろ、お名前が出はじめましたから、方々から講演をお願いしているんじゃないかと思いますの」

妹尾郁夫は、微笑をうれしそうに洩らした。

「できるだけ断っているんです。あんなものに出ると勉強が出来ないからね。それでも、義理があったりして、引張り出されるようになるんだが」

「今年は、いかがでした？」

祥子は何気ないように訊いた。

「今年は三月と七月に北陸に行っただけです。忙しいし、そうは東京を出られない」

「そのほか、小さな旅にもお出かけになりませんの」

「あまり行かないんですよ。行きたいとは思うんだが……」

妹尾は祥子の顔を窺《うかが》うようにみた。

「笠原さんは旅行が好きですか？」

「ええ、好きです」

祥子は、すこし笑ってうなずいた。

「そう、それはいい趣味だな。ぼくも頭休めに二、三日くらいは何処かに行きたいと思っている……」

妹尾郁夫は、早速、誘うような言い方をした。祥子は下をむいて黙った。

「お姉さんも聡明な人だったが、あなたもいい人だな」

彼は祥子の様子を観察するように言った。

「そうですか」

祥子は顔をあげた。

「姉は、先生に、親しくご交際を願っていましたか?」

「いや、それほどでもなかった」

妹尾郁夫の顔にかすかに変った表情が揺れた。

「仕事の上のことで、来て貰っていたくらいです」

「それだけでも、お世話になったと思いますわ」

祥子も、そこは、あっさりと通った。

「いや。しかし、そう言っては何ですが、あなたの方がいい。姉さんはどこか寄りつきがたいところがありましたよ。あなたの方が親しみがもてる」

「姉と違って、わたしの頭が悪いからですわ」

「いや、そんなことはない。あなたには知性がありますよ」

妹尾は首を振って、強く言った。

「これから、ぼくとつき合ってくれませんか。ぼくもあなた方のような若い人に接触しないと、書物の上だけでは、現実から遊離しそうな気がする。どうです、これから、ときどき食事などに誘ってもいいですか？」

「え、結構ですわ」

「じゃ、そうしますよ」

妹尾は明るい声を出した。

「有難う。約束だ」

彼は、祥子の手を不意にとって、握った。

「握手です」

と彼は自分の動作を説明した。

祥子はその手をすり抜けて起ち上った。うかうかしていると、例の外国の風習が始まるかも分らない。

「先生、有難うございました」

3

妹尾郁夫は、まず嫌疑者から外していいだろう、と祥子は社に帰って行く車の中で考えた。姉が、あんな軽薄な男を相手にする筈がない。理論は大そう立派に聴えるが、あの、きざな態度は鼻もちがならなかった。一体、妹尾郁夫は、何年、外国で生活を送ったのであろう。一応、洗練されているようにみえるけれど、それを楯《たて》のように使って、誘惑の正体を胡魔化《ごまか》している。先方が戸迷うのをその蔭から窺っているのだ。それから、相手の混乱が、自分の作った道に傾いてくると、彼は楯を払って、武器をくり出すに違いない。狡猾《こうかつ》な手段である。

姉と親しく交際していたか、ときいたら、妹尾の顔に、微かに狼狽《ろうばい》の影が走った。彼は、姉にもその作戦をつかったに違いない。彼女がそれにひっかかる訳はなかった。一番、軽蔑していた種類の人間である。姉の嘲笑《ちようしよう》する表情が眼に見えるようであった。祥子の頭の中で、妹尾郁夫の名が最初に抹消された。

社に帰ると、次長の神谷に、妹尾の原稿を渡した。

「有難う」

神谷は、ばらばらと原稿を見て、

「ほう、随分、手が入れてあるね」

と感心したように言った。

「いいえ、それは、分らない字や文章を訂正したのです」

祥子は言った。机の上で書きものをしていた町田知枝が、首をもたげて、ひとりで、にやりと笑った。

祥子が自分の机に坐りかけると、町田知枝が、眼顔で誘ったので、そのあとに跟《つ》いて行った。社内食堂は時間外れで閑散としていて、窓からおだやかな陽が射し込んでいる。

「最初の原稿とりね」

町田知枝は窓際の卓《テーブル》に坐ると、珈琲《コーヒー》を頼んだあとに云った。

「ええ」

祥子は、この先輩に羞《はずか》しそうな微笑みを向けた。

「妹尾郁夫氏の印象はどうだった？」

「え」

祥子は町田知枝の平べったい、にやにや顔を見て、すぐには返辞が出来なかった。

「抱かれたでしょう？　いきなり」

「………」

「外国に居たときの習慣だと云って」

町田知枝は、おかしそうに眼を細めていた。

「あの方、誰にでもそうなんですか？」

祥子は訊き返した。

「わたしも、初めにやられたわ」

町田知枝は声立てて笑った。祥子は呆《あき》れて見た。

「わたしでもやられたのだから、誰にも、と云えるわね。あなたのお姉さまもそうだったのよ。お姉さまなんか、妹尾さんをとても軽蔑していたわ」

やはり想像の通りであった。

「それから、原稿の字が分らないだろうから訊いてくれ、といって一しょに長椅子に坐って、腕をさわられたでしょう」

「ええ」

祥子はうなずいた。

「神谷さんが、随分、手を入れた原稿だと云ったときから、すぐに分ったわ。あの小さな字ね、あれも、はじめから計算に入れて、わざと読めないような字を書くという説があるわ」

祥子は眼を瞠《みは》った。そんな策略までは知らなかった。

「あのテで、ひっかかるひとが、あるんでしょうか」

「過去にあったかもしれないわね。ほかにも婦人雑誌の編集者が行ってるんですから。とにかく、はじめ、あれには眩惑《げんわく》されるわ。外国流と断ってくるんだから、下心があってしているのかどうか、こちらが迷うからね。敵ながらうまいやり方と思うわ」

「もし、あれに惹《ひ》かれたとしたら、女性の方がどうかしてますわ。あんな見え透いたこと、見破られないかしら？」

祥子は、旅行まで、それとなく誘いかけようとした妹尾郁夫の口吻《くちぶり》を思い出した。

「でも、判っているつもりで、つい、途中で判んなくなるのじゃないかしら、女って、そんなところがあるわ」

町田知枝は、年上らしく意見を云った。

「だから、相変らず、あの戦法を使ってるのじゃないかしら」

「妹尾さんって、そんなに女を誘惑することに趣味をもっているんですか？」

「男って、大ていそうよ。ことに、少しばかり世間的に名前のある人の方に、その傾向が多いようね。自分は有名人だからっていうアルファをいつも付けているのね。あなたも要心なさいよ。きれいだから」

町田知枝は、また、笑いながら忠告した。

「ただ妹尾さんは、ちょっとばかり、その度が強いだけよ」

食堂の女の子が近づいてきた。

「あの、婦人課の、笠原さんとおっしゃるのは」

「私ですわ」

祥子が瞳をむけて応えた。

「すぐにデスクに帰って下さいって、神谷さんからお電話です」

「忙しいわね」

町田知枝は祥子の肩を敲《たた》いた。

4

「あ、笠原さん」

神谷は、祥子の顔を見ると云った。

「これから、高木とく子さんとこに行って下さい。原稿が三時までに出来ている約束ですから」

「はい」

神谷は微笑して、

「折角、妹尾さんのがはじまりですから、今日は評論家関係とゆきましょう。高木さんも、あなたが気に入ったようだから、恰度《ちょうど》いいや」

と、励ますように云った。

高木とく子女史は女だから、妹尾郁夫氏のように、いきなりおどかされることはないだろう、と祥子は安心して、エレベーターで降りた。

乗った車が、偶然に前と同じ運転手であった。

「だいぶ忙しいようですな、今度はどっちですか？」

運転手は車を動かしはじめながらきいた。

「高木とく子さんのお宅です」

ふしぎなことに、二度目になると、車に乗って居ても、かなり新聞社員らしい気持になれた。

下落合にくると、陽がかなり傾いて弱まっていた。高木とく子の家は古いから玄関が昏《くら》い。

「先生はお出かけです。五時ごろでないと帰られません」

この前のときの女中が、白い眼で祥子を見上げて、無愛想に云った。

「あの、三時に頂くお約束のお原稿があるんですが、お判りにならないでしょうか？」

祥子が訊いても、女中は、

「聞いておりません」

と動こうともしなかった。祥子は困った。こういう場合、素直に帰るものなのか、それとも、待ってまで貰ってくるものか、よく分らなかった。

「あの、お書斎に置いてありませんかしら？」

祥子は押したが、

「お書斎にお留守に入ると、先生に叱《しか》られます」

と女中は、そこに膝を突いたままであった。

祥子が当惑していると、のそりと黒い男の影が女中のうしろに立った。

「どうしたんだい？」

とかれは女中にきいた。

薄い光線でよく分らなかったが、シャツの色と、パイプをくわえていることで、その男が、高木とく子の夫の利彦であると祥子に分った。彫刻家である。

「原稿をとりにみえたが、分らないんです」

女中は、主人の利彦にも、無愛想な云い方をした。

「それなら、おれが書斎で捜す」

利彦はそう云い、玄関に立っている祥子に向うと、

「一昨日、見えた新聞社の方ですね。家内は居ないんですが、どうぞ内へ上って下さい」

と招じた。

祥子は、ごめんください、とお辞儀をして上った。女中は腹を立てたように、横に避けた。利彦は、さあどうぞ、と自分で案内したが、それは、この前の高木とく子女史の座敷ではなく、廊下を曲って奥まったドアの前だった。

「ぼくのアトリエです。ここで待って下さい。留守に人を書斎に通すと、あれが憤《いきどお》りますのでね」

利彦はそう云うとドアを開けた。

内は、思わず眼を瞠《みは》るくらいの広い部屋で、天井も高く、下は板の間だった。利彦の作品なのか、石膏の彫像が、大小とりまぜてやたらにならんでいた。白い土でよごれた制作台や脚立《きゃたつ》なども置いてあった。

「下手な作品ですが、ここで見ていて下さい」

利彦は禿げた頭を振り、口から放したパイプを握ったままの手で、アトリエの隅を指した。そこには、簡単な客用の椅子が三つ置かれてあった。

「恐れ入ります。それでは此処で拝見しております」

祥子は礼を述べて、佇んだ。

「どうぞ、どうぞ」

利彦は格子縞のシャツの背中をドアの外にかくした。

一昨日、廊下で会ったときは、いやに気むずかしげな人物だと思ったが、こうして会ってみると、案外、人なつこく、愛想がいい。あの玄関の女中とは、まるで反対だった。女中は、祥子のような新米の客には、敵意をもっているようにみえた。

それにしても、高木利彦は、どうやら妻のとく子女史に遠慮している様子がある。書斎に客を無断で通すと、あれが憤ると云ったが、それは当然としても、その口吻にはどこか怯《おび》えたところが祥子には感じられた。

祥子は、利彦の作品というものを観賞したが、それは殆んどが前衛的な抽象で、上手なのか、下手なのか分らなかった。これでは作品によって収入を得ることは困難に違いない。神谷が云ったように、妻の働きで、黙々と好きなものを作っているというわけであろう。

高木利彦は、間もなく自分のアトリエに帰ってきた。手には長い封筒を持っている。

「ありましたよ。これでしょう?」

彼は勢よくさし出した。祥子は中を調べたが、まさしく社が頼んだ高木とく子の原稿である。

「どうも恐れ入りました。有難うございます」

祥子は礼を言うと、利彦は、にっこりと笑った。いかにも、よかったね、と言いたそうだった。

「見てくれましたか?」

彫刻家は、自分の作品のことに触れた。

「はい、拝見しました」

祥子は答えたが、感想に困った。

「結構ですわ」

そうですか、と彼は、うれしそうにうなずき、祥子を椅子の前に案内した。大きな窓を天井にもとっているが、外は、たそがれはじめ、室内は昏《くら》くなった。彫刻家は電燈のスイッチも捻《ひね》らないで、その薄暗がりの中に祥子を坐らせ、自分はその正面に腰を下ろした。

彼はパイプを喫った。その火だけが赤い。彼は急に沈黙した。今までの愛想のよい明るい様子が不意に変って、もの想いに耽《ふけ》っている姿となった。祥子は、一昨日、廊下で見た利彦の印象が、やはり本ものか、と思った。

祥子が、帰る挨拶を言い出そうとしたとき、その気配を察したように、利彦は、もう少し居てくれ、というような合図を、手をあげてした。

利彦は、パイプをくわえたまま、眼をじっと祥子の顔にそそいだ。その片方の眼が、黄昏の逼《せま》った昏い中に残っている薄い明りを反射して光った。ドアの外は女中の跫音《あしおと》もせぬ。

祥子は、薄気味悪くなって、思わず、腰を浮かした。

殺人

1

十二月二十五日の朝であった。別の意味で、祥子は、この日附をあとまでよく覚えている。つまり、前夜がクリスマス・イヴであった。

その朝の新聞にも、イヴの馬鹿騒ぎが記事になっていた。銀座の人出が五十万とか六十万とか書かれてあった。ナイトクラブやキャバレー、バーなどは相変らず満員で、紙帽子を被《かぶ》った連中が深夜まで騒ぎ、紙花火が豆を煎《い》るように鳴ったと賑かに報道されていた。

祥子が出勤したとき、文化部にはまだ誰も出ていなかった。十時が出勤時間だけれど、大てい十一時を過ぎないと顔が揃《そろ》わない。この朝は特に皆の来るのが遅かった。やはり、昨夜、遊び廻って、夜ふかしをしたのかもしれなかった。

そういえば町田知枝も姿を見せなかった。彼女は活潑《かっぱつ》な性質だし、賑かなことが好きな方だから、昨夜、誰かに誘われて三角帽子を被って踊った組かもしれない。祥子は、自分とは多少、異質な性格をもっているこの先輩が好きだった。

男の部員が出揃ったのは、正午近くで、殆どが睡そうな顔をしていた。話題は、果して昨夜の騒ぎに湧いていた。

「ひどいもんだ、おれは昨夜、オーバーとネクタイとをどこかに置いて来ちまったぜ。今晩は心当りを一軒一軒捜索さ」

とぼやく部員もいた。

「どうも頭が痛くていけねえ。高い前売券を押しつけられて、このときとばかり安酒を呑ませやがるんだから、敵の商魂は見上げたもんだ。こうなると、日ごろ顔馴染《かおなじみ》の女給の親切も興ざめだな」

と蒼い顔をして、頭を揉《も》んでいる部員もいた。

そのなかで、次長の神谷は、

「一体、日本人が一晩だけクリスチャンになってイヴを騒ぐのは、ありゃあ商魂の宣伝に踊らされてるんでね、情ない話だ。うちのかみさんまでデパートのクリスマス売出しに昂奮《こうふん》するんだからね。西洋の神さまの方が宣伝マンだね。日本人は大てい仏教のくせに、未《いま》だ曾《か》つて四月八日にキャバレーが騒いだことがない。せいぜい子供が甘茶を舐《な》めるくらいなもんだな」

と傍観者的な意見を云っていた。

「笠原君、君は昨夜、踊りに行ったかい？」

神谷は訊いた。

「いいえ。家に引込んで、本を読んでいましたわ」

祥子は苦笑しながら答えた。酒だの踊りだの、興味がなく、相手も居なかった。

「そりゃあ感心だ」

神谷は、うなずいて、祥子の前の席に眼を移し、

「おや、町田君はまだ来ていないね？」

と云った。祥子も、それは、とうに気づいていた。町田知枝は、いつもは祥子と前後して出勤しているのだった。

「さては、彼女もイヴを遊んだかな」

と云ったのは、オーバーを喪《うしな》った部員だったが、神谷の、

「へえ、町田君は酒が呑めるのかね？」

という質問に遇って、

「神谷さん。そう不思議がることはありませんよ、近ごろの若い女は、なかなか活潑なもんですよ」

と愍《あわれ》むように次長を見た。神谷は沈黙して煙草をとり出した。

それから、外から電話がかかってきたりして、編集部がようやく仕事の気分が出はじめたころになっても、町田知枝の席は空いたままであった。

(町田さん、今日はお休みかしら)

祥子は思った。朗かだし、姉の友だちだから、余計に親しさが湧き、また何かと祥子のことを気にかけてくれている。町田知枝を一日見ないのは寂しかった。

電話が神谷の席の前で鳴った。

「はいはい、文化部」

と神谷が応えた。

「え、町田知枝?　ああ、町田君はまだ来ていませんよ。今日は休むかもしれない。そちらは、どなた?　え、社会部?」

はたで神谷の声を聴いている者は、何か仕事の連絡だと思っていた。

「えっ、なに?」

突然、神谷が大声を出し、椅子を蹴倒さんばかりにして起ち上ったので、みながびつくりした。

「殺されたあ？」

祥子は顔色を変えた。電撃に搏《う》たれたように感覚が痺《しび》れた。みると、顔を赤くして受話器に取りついている神谷を、そこに居る部員の全部が、口を開けて凍ったように見つめている。誰も微動もしていなかった。

「ほ、ほんとうですか？」

神谷の上ずった声だけが室内に響いた。

「ど、どこで？　え、多摩川《たまがわ》……。え、今朝発見？」

皆は眼をむいて神谷を凝視していた。

「そうです、たしかに、うちの部員ですが。あ、そう。はあ……」

神谷は受話器を置くと、自分でもぼんやり立っていた。

「神谷さん、町田君がどうしたというんです？」
二、三人が同時に起ち上ると、神谷をとり巻いた。
「殺された、そうだ。いま、社会部から、人が来る」

神谷は誰の顔も見ないで、呆然《ぼうぜん》と、視線を壁に投げていた。

「多摩川ですって？　今朝、発見されたのですか？」

神谷の電話を横で聴いた通りのことを一人が性急な口調で反問した。神谷は黙ってうなずいた。

「犯人は、捕まったんですか？」

別な部員がつづいて怒鳴るように訊いた。

「まだだ、そうだ」

起っている全員が、これを聞いて石のようになった。異常なことに出遇った人間がよくするように、眼だけを光らせていた。

「詳しいことは」

神谷は、どもって云った。

「いま、町田君のことで話を聴きに社会部から来るから、判るよ」

電話が鳴った。一人が急いでとり上げたが、それは誰か執筆者から原稿を取りに来てくれ、ということらしく、それに答えている部員の声が、いまの場合、全く間抜けて聞えた。

入口のドアを煽《あお》って、二十七、八の社会部員が大股で入ってきた。

「さきほどは、どうも」

と彼は神谷を見て近づいた。

2

その社会部記者を、全員が囲んだ。みなは昂奮し、中心に立っている記者を見つめていた。

「一体、どうしたんです？　それから先に説明して下さい」

部長が出張で居ないので、神谷が代表格で記者に質問した。

記者は、手帳を開き、それと、自分をとり巻いている一同と、両方を見ながら、

「この事件をみなさんが知ったのは、初めてですか」

と神谷の方に訊いた。

「そうです、いまの電話が最初です」

神谷は高い声で答えた。

その社会部員は、頑丈そうな肩幅をもっていたが、

「それじゃびっくりなさるのは尤もですな。では、今までに判ったところまで云います」

と彼は、脂気のない、もじゃもじゃした髪を掻《か》き上げて話し出した。

「今朝、八時三十分ごろです。都下北多摩郡狛江町和泉《きたたまぐんこまえまちいずみ》附近の多摩川河畔の草むらの中で、人が寝ているのを、出勤中の工員が見つけ、堤防上の道から下に下りて近づくと、それは若い女で、うつ伏せになった死体であることが分りました。工員はすぐに所轄署に届け出ました。これが発見の順序です」

社会部記者は要領のいい話し方をした。皆は息を詰めて聴いていた。祥子も胸の動悸を激しくしながら、すこし離れたところに立っていた。人の肩の間から、背の高いその記者の横顔はよく見えた。

「所轄署で検死すると、その女は二十七、八歳くらいで、海老茶《えびちゃ》がかった色の格子縞のスーツに、黒っぽいモヘヤのオーバーを着ていました。但し、オーバーは身体の上に掛けてあったんです。死因は絞殺《こうさつ》ですが、それに使用した凶器、つまり紐のようなものですな、それは発見されていません。服装は乱れてないのです」

溜息が一同の口から洩れた。海老茶色のスーツに、黒っぽいモヘヤのオーバー。それは祥子も見覚えのある町田知枝の所有物で、町田知枝はその両方とも、仕事の関係上でよく知っている、銀座のデザイナー倉野むら子に頼んでつくったものである。そして、それは彼女が三、四日前から着て、社に出勤しているのだった。

「検死したところ、大体、死後、八時間乃至《ないし》九時間、つまり前夜の十二時前後という推定です。但し、これは解剖の結果でないと正確なところは分りません。いま、K大に死体は運ばれていますがね」

解剖と聴いて、祥子は哀しくなった。昨日まで元気で笑い、朗かに冗談を云ってい
た町田知枝が冷い解剖台の上に載せられてメスで截《さ》かれている。祥子は指先が慄《ふる》え
た。

「ハンドバッグは死体から一メートルばかり離れたところに放り出してありました」

と記者はつづけた。

「内容を検《しら》べると紙入れとか、化粧道具とかはきちんと納まっているし、金は五千八百円ばかり入っている。つまり盗難の形跡はありません。強盗の目的ではないという見方ですね、警察では。ただ、身許を知る手がかりがありませんでした」

「通勤パスの附いた名刺入れを持ってた筈ですが。ああ、それと、社員手帳もあった筈です」

神谷が言葉を挟んだ。

「両方とも無いんですよ。やっぱり、そうですか。なるほど。僕も変だと思った。それじゃ犯人がわざと身許が判らないように持ち去ったんですな」

記者は手帳に書いていた。

祥子は、あっと声を立てるところだった。名刺入れと手帳が無い。それは、全く姉の信子の場合と同じではないか。姉も名刺入れを兼ねた定期券ケースと、社員手帳とをハンドバッグから抜き去られていたのだ！

祥子は頭の中が燃えた。

「それで、身もとが判るのが遅れたんですよ。よく検べてみると、オーバーの衿《えり》にそれを作った店の名前が附いてましてね、銀座の倉野洋装店でした。それで刑事がすぐにその店に飛んで注文受帳を繰り、調べてみて判ったわけです。町田知枝さんの身許の判明が遅れたのは、そんな手間をかけたからです」

「それで、家族の方へは連絡してあるのですか？」

神谷が、せき込んで訊いた。

「警察で報らせたから、K大にお母さんがかけつけている筈です。町田さんの家庭は、親ひとりで、中野《なかの》のアパートに居るんですね」

「そうなんです」

神谷が答えて、

「それじゃ、僕もすぐにK大に行ってみよう」

と、そわそわした。

「ちょっと、待って下さい」

記者は手をあげて制《と》めた。

「今度は、こっちからお伺いしたいことなんですが、町田さんの性格はどうでしたか？」

「性格？　そうですな、朗かな、いい娘さんでしたよ。仕事も熱心だし、入社して五年ですから、慣れていました。可哀想なことをした」

神谷は、そこに立っている同僚を見廻して、すこし鼻に詰った声で云った。みなも、一様に粛然となっていた。そっと、姿勢を正したものだった。

「ひどい災難だ。町田君が殺されるなんて全く夢みたいなことだ。信じられんくらいだな。そうだ、これはすぐ出張中の部長に電報を打たなくちゃ。それから局長にも報告せねばいかん」

「部長への電報は、僕が打ちましょう」

部員の一人が、すぐに机に戻った。

神谷の昂奮を前にしながら、記者は手帳を構えていた。

「朗かな性格と仰言《おっしゃ》ると、その、つまり男性との交際も有ったんでしょうな？」

記者は、誰でもいいから答えてくれ、と云ったような顔で、皆を見廻した。

「さあ、それは」

と云いかけて、神谷は気づいたように、

「何か、そんなことが、町田君の死因に関係があるんですか？」と反問した。

「警察では」

と、記者は鉛筆を持った指で、ばさばさと頭の髪を掻いた。

「いまのところ痴情関係が原因だと見ているんですよ」

「痴情関係？」

神谷も、他の部員も呆然とした顔つきをした。新聞記事では、お馴染《なじみ》の文字だが、身近かな人間の上に起った一つの言葉として聴くと、ぴんと来なかった。

「いや、愛情関係ですよ」

記者は、微かな苦笑を浮べて訂正した。それなら、まだ実感があった。

3

「なぜかというと」

と、その記者はつづけた。

「強盗にやられた形跡は全くない。現場は、夜は大へん寂しいところです。登戸大橋《のぼりと》から西へ五百メートルばかり行った地点で、人家は堤防の道から北側にあるが、相当に離れています。一方は多摩川で、これは堤防の下から水の流れているところまで、洪水時の決潰《けつかい》防止の石積みと枯草ばかりです。対岸は、こちら側よりもっと寂しく、遠くに工場の建物が見えるだけです。要するに、女性が夜中に、ひとりで歩けるところではありません。タクシーの運転手も怕《こわ》がって行かない道ですからね」

皆は、また黙って耳を傾けていた。

「そんな場所に夜の十二時ごろに町田さんは行った。尤も、別な場所で殺して、死体をそこに運んだという考えもありますが、今のところ、発見の場所が現場説です。すると、当然、男性と一しょに行ったのではないか、と思われます。それも自動車でね」

記者は、自分のメモしている手帳を見た。

「警察の考えでは、もし、自動車なら、タクシーではあるまい、というのです。なぜなら、運転手の口からすぐに割れますからね。しかし、当然に都内のタクシー業者に手配はしてますがね。もし、タクシーで無かったら、自家用車です」

自家用車？——皆は眼を見合せた。

「自家用車で町田さんがそんなところまでついて行ったという推定から、痴情、いや愛情関係説が出ているんです。それで、どうなんでしょう、町田さんの交際関係は？　これはうちの社員だし、正直なところ、町田さんを傷つけるようなことは、書かないつもりですが……」

「町田君は、そんな人柄ではありませんよ」

神谷が、すこし腹を立てたように云った。

「真面目なひとでした。そりゃあ朗かな性格には違いなかったが、男性関係の噂は聞いたことがありません。諸君、どうだね、町田君に恋人が居たのを知ってるかね？」

神谷次長はならんでいる部員たちの顔を見廻わした。

「知らないな、僕は」

と云う者が多かったし、黙って首を振る者もいた。

すると、その記者は、神谷の眼につれて、ぐるりの顔を眺めていたが、離れたところに祥子が立っているのを見つけると、足早に彼女の前に近づいてきた。

彼は祥子に、ちょっと目礼すると、

「失礼ですが、あなたは女性ですから、町田さんとは親しくして居られたと思います。ほかの男の部員の方とは違って、何か、そういうようなことで、ご存知ではありまませんか？」

と控え目な態度で訊いた。

社会部の記者というと、およそ荒っぽいものと思っていた祥子は、ちょっと意外だった。若い記者は、かすかな笑みを唇に漂わし、熱心に祥子の顔を見ていた。

「町田さんとは、よくお話はしましたが、そんなことは一度も伺ったことはありません。私、ここへ入社してから日が浅いものですから、本当は、それほど立ち入った話はしなかったんです」

「ああ、なるほど、そうですか」

記者は素直にうなずいて、

「では、町田さんが昨日、社を出られたのは何時ですか？」と、これは神谷に再び訊いた。

「定時だったと思いますな。つまり、五時です。昨日はみんな仕事が早く済みましたよ」

神谷は歩いてきて答えた。

「町田さんは帰るときは、何処かに行くというようなことは云いませんでしたか？」

「さあ」

神谷は、また部員たちを見たが、誰も何とも答える者が無かった。

その質問を聴いて、祥子は、自分なりに考えてみた。町田知枝を最後に見たときの様子は、どうだったであろう。

そうだ、昨日の夕方、五時になると町田知枝は机の上をさっさと片づけて、前の机で仕事をしている祥子を覗くようにして言ったものだった。

「祥子ちゃん、まだ済まないの？」

祥子が顔を上げると、町田知枝は、にこにこと笑っていた。

「ええ、もう済みますわ」

祥子が答えると、

「今夜はクリスマス・イヴよ。銀座は大へんだわ。あなたも、ちょっと遊んで帰らない？」

と知枝は云った。それは必ずしも相手の返事を求める云い方ではなく、それが証拠に、祥子が黙って微笑すると、彼女はハンガーの懸《かか》っている方へ歩いて、モヘヤのオーバーを手にとったものである。

「じゃ、お先に。さよならね」

「さよなら」

祥子は応えて、彼女が靴音を鳴らせてドアの外に出るのを見送った。それが町田知枝の生きている姿を見た最後になった。そのときの彼女の様子には、心なしか、いそいそとした風が見られた。ああ、町田さんはイヴの銀座に遊びに行くんだな、そして、それには誰か伴《つ》れがあるんだなと、ふと感じたことである。

然《しか》し、いま、この社会部の記者が手帳と鉛筆を持って構えていると、そのことは云い出しにくかった。何か、みなの前で、それを云うのが死んだ町田知枝に悪いような気がする。それに、そう感じたのは、自分の独り合点かもしれないので、軽率なことは口に出せなかった。

「そうですか。なるほど」

記者は、思うような話が聞けないので、すこし失望した様子だったが、それでも、

「よく分りました。要するに、町田知枝さんは、日ごろから朗かなひとだったが、男性との交際関係はあまり無かったわけですね」

と確かめるように云った。

「そうなんです。少くとも、僕らは、そういう噂を聞いていません」

神谷次長が代表格で答えた。

「どうも、有難うございました」

記者は神谷と周囲に礼を云い、祥子にも軽く頭を下げて、入って来たときと同じように大股で出て行った。

文化部は、それから騒ぎになった。殆んど入れ違いに、警視庁の捜査一課員が三名くらいと、他社の新聞記者が五、六人、風が舞い込むように入って来たのだった。

4

まだ五時前だったが、冬の昏《く》れ方は早く、殆んど夜になっていた。

「登戸大橋はここですよ」

タクシーの運転手は、祥子をふり返って云った。橋についた灯が間隔を置いて長くのびていた。ほかの自動車の灯が、その橋の上を走っていた。

「その橋を右に曲って下さい」

祥子は云った。

「え、右ですって、この川堤をですか？」

運転手は窓から覗いた。乏しい灯が遠くにぽつぽつとあるだけで、真暗なのである。闇だけが広い空間にひろがっていた。大きな川だが、むろん、水も見えなかった。

「撮影所にでもいらっしゃるんですか？」

この堤防の道を遠くに行くと、N映画撮影所があるし、その先にはD社の撮影所やT社の撮影所がある。運転手が訊くのは当然で、その間には人家一つ無いのであった。

「いいえ、そうじゃありません。ここから五百メートルばかり行って下さるといいんです」

運転手は身体を捻《ね》じ曲げて、祥子の顔を見ていたが、奇妙な客だな、という顔つきをした。

「まあ、いいや。女の方なら」

とアクセルを踏んで、ハンドルを曲げた。男なら自動車強盗と思って、行かないつもりらしかった。

それくらい寂しい場所であった。車は、ごとごとと小石を散らして揺れながら走った。ヘッドライトが道を匍《は》うのみで、光りは全く無かった。ただ、遠くに人家の疎らな灯と対岸の遥か彼方に、小さな灯が散っているだけであった。

「その辺でいいわ」

祥子は、大橋からの目測で、ストップを命じた。

「へえ、ここでいいんですか?」

運転手は、また、ふり返って停めた。中年の男で、気のよさそうな人を彼女は択《えら》んで、乗ったのである。

「ちょっと、降りるわ。待っててね」

祥子はドアを開けた。闇から冷たい風が顔に吹きつけてきた。彼女は道から川の方へ下りかけた。

「大丈夫ですか?」

運転手の方が、見ていて心細がった。

「大丈夫よ。運転手さん、そこに立っていて下さいね」

「へえ」

昏《くら》いが、足もとの枯草がほの白く見えた。彼女はそれを踏みながら、急な斜面を気をつけながら降りた。眼が闇に慣れてきて、近いところなら少しは分った。曇っていて、月も星も見えないのである。

離れたところに水の音がしていた。川の中心までは距離が相当にあるらしい。枯れた草むらは、いま祥子が立っているところだけで、その先は、石がたたんであった。

電車が灯を連ねて橋を過ぎている。その音が遠い山鳴りのように暗い空間を渡って聴えた。正面に黒い山があって、針で突ついたような小さな人家の灯がかたまっていた。強くて、寒い風が川を渡ってくる。

堤防を見上げると、意外に高いところに線があって、祥子の乗ってきたタクシーの赤い尾燈がみえた。分らないが、運転手はその辺に立っているに違いない。

町田知枝は、この辺で、誰かの手で生を絶たれたのか。風が吹き、短かい枯草が揺れている。暗黒が祥子を包み込み、ここに人が立っているとは、たとえ堤防を通る人があっても気づかないであろう。時間はもっと遅かったが、町田知枝も、こうした闇の中で誰かに絞められたのだ。

祥子は、風に吹かれながら、夕刊に出た記事を思い出した。

町田知枝の死体発見から、警察の捜査が始まった順序は、肩幅のひろい、若い社会部の記者が云った通りである。ただ、死体解剖の結果と、捜査の見込みは次のように出ていた。

「——解剖の結果、死後約九時間、犯行時間は前夜の十一時から十二時ごろと推定された。

当夜は、クリスマス・イヴ、被害者も誰かと銀座方面で遊んだという推定は立つが、当夜は、ナイトクラブもキャバレー、バーなども非常な混雑で、目下の聞き込みでは手がかりが得られない。町田さんは、夕方五時ごろ、勤め先のR新聞社を出たまでは分っているが、それから先の足取りが摑《つか》めないでいる。

現場は、多摩川の堤防で、非常に寂しく、人家も離れていた。附近の民家で、その時刻に悲鳴を聞いた者は無い。また、そのころは人通りもないので目撃者も無く、この方面からの聞き込みは何も得られないようである。死体は乱暴された形跡は無いが、かなり抵抗したあとは見られた。

捜査本部の見込みでは、町田さんは退社すると、誰かと連れ立ってイヴの銀座を飲み歩き、十時から十一時すぎの間に自動車に乗せられ、自宅の中野とは全く方角違いの現場に連れて来られ、絞殺されたものと考えている。犯行が自動車の中で行われ、犯人が死体を抱えて堤防下に遺棄したものか、一しょに車から下りて現場で殺されたものか、よく分らない。

いずれにしても、犯人は町田さんとかなり親しい間柄であることは推測されるが、町田さんは朗かな性格ではあったが、男友達の噂は無かった。しかし、本部では、町田さんが誰にも知らさない親しい男性がいて、その痴情関係から殺されたのではないか、とみている。この根拠は所持金はそのままにして置きながら、町田さんの通勤パス、名刺入れ、手帳だけを奪って、すぐに身許が分らない工作をしていることでも判る。と本部では云っている。

その寂しい現場に行くには、当然、自動車で行かねばならないが、タクシーを利用したとは考えられず、また、現在のところ、タクシーの運転手からも届出がないところからも、犯人は自家用車を持った男ということになる。目下、その時刻、銀座や渋谷方面から来て、現場方面へ走っている白ナンバーの車を見たものはないか、と捜査本部では一般に呼びかけている。また、絞殺に用いたものは、被害者の表皮の剥落《はくらく》が少いところから、柔い布、たとえば犯人が自分のネクタイで絞めたのではないか、と推理している。……」

祥子は、その記事を思い出しながら立っている。

姉は殺されたのではなかった。しかし、その瀕死《ひんし》の姉から、誰かが定期券と手帳を奪って、遁《に》げた。（尤も、定期券だけは別な方法で、あとで届けたが、この理由はまだよく判らない）そのやり方が、あまりにも、町田知枝の場合と似ているではないか。姉の信子を遺棄して遁げた誰かと、町田知枝を殺した誰かとは、全く同じ人物ではなかろうか。

その男は、非常に要心深い人物らしい。そして、その要心深さの故に、町田知枝を完全犯罪に近い殺し方をしている。

不意に、堤防の上に音が起った。祥子が見上げると、恰度《ちょうど》、祥子のタクシーが待っているうしろに、走ってきた黒い影の自動車が停り、灯りを消した。

その車から人が出てきて、こちらの方へ下りて来る。

協力者

1

暗い夜だったが、祥子が立っている場所から堤防を見ると、遠方の人家の灯が背景の空の下にうすく映えて、一直線にのびた堤防と、その上にとまっている二台の車を黒いかたちで出していた。

堤防の斜面をこちらへゆっくりと降りてくる人影は、草の音をしばらく聞かせていた。顔はもとより、どのような風采《ふうさい》をしているか、闇の中で、さっぱり分らなかった。判っているのは、枯草を踏む靴音が、次第に祥子の方へ近づいてくることだけである。

祥子は身体を硬くして立っていた。いざという場合、堤防の上に居る筈のタクシーの運転手を呼ぶつもりであった。そのために、見守っていてくれと頼んだのだ。しかし、その声を上げるのも、遁げ出すのも、まだ早かった。

先方で、そこに祥子が立っていることを気づいているかどうかも不明だった。靴音が途中でとまった。その停止の仕方は、こちらに人が居るのを認めたからではなく、どうやら自分勝手にそうしたようにみえた。

祥子がそのまま佇んでいると、先方では、ゆっくりとその辺を歩き廻りはじめた。長い枯草の折れる音で、それが分るのである。ときどき、立ち止ったり、歩いたり、戻ったりするのだ。

何のために相手がそんな旋回運動をしているのか祥子には解らなかった。散歩に来たとは云えない。夜、こんな殺人のあった場所に車で乗りつけて来たのだ。推察されるのは、先方もまた町田知枝の殺された現場を見に来た、ということだった。

祥子は、身体が寒くなった。川から吹いてくる風が冷いからではなく、犯人は必ず現場に戻る、という言葉を何かで読んで思い出したからである。凍ったように、そこに棒立ちになった。

靴音が、今度は緩慢《かんまん》にこちらへ近づいて来た。祥子は自分の姿を見られたと思い、思わず脚を動かした。悪いことに、下が小石になっていてそれが鳴った。

先方の靴音が熄《や》んだ。祥子が頬に手を当てたとき、眩《まぶ》しい光が正面から射出された。

「あ」

光だけしか見えない。それから脱れて駆け出そうとしたとき、

「やあ」

と男の愕いた声がした。

「うちの社のひとじゃありませんか？」

祥子が脚を停め、光線を見詰めると、相手の男は懐中電燈を彼女の顔から外して近づいた。黒い輪廓《りんかく》がはっきりした。

「愕いた」

と向うでは云った。

「こんなところに女の人が、居ようとは思わなかった！」

祥子は、相手が、「うちの社のひとじゃありませんか」と云った言葉で、一どきに安心した。社の新聞記者なのである。取材上のことで夜の殺人現場を見に来たに違いない、とすぐに気がついた。

それにしても、人数の多い新聞社で、新米の自分の顔をどうして憶えているのであろう。

「今日の午前中に、文化部でお目にかかりましたね。僕ですよ」

黒い影の相手は、懐中電燈を自身の顔に向けた。その光の輪の中に、髪をもじゃもじゃさせた男の顔が、眩しそうに笑っていた。

「あら」

祥子にも見覚えがあった。今朝、町田知枝の不幸な死を伝え、彼女について、いろいろと話を聞きに来た社会部の記者であった。

「僕、社会部の吉井《よしい》といいます。こんな場所で妙ですが、よろしく」

相手は軽く頭を下げた。

「笠原祥子です。よろしくお願いします」

吉井は小さく笑い声を立てた。

「僕は犯人が立っているのかと思いましたよ」

彼は遠慮そうに距離をおいて佇んで云った。

「犯人ってものは、現場を見に、一度帰ってくるといいますからね」

やっぱり同じことを考えている、と思って祥子は微笑した。

「私も、実はそう思いましたわ」

「あ、なるほど。そりゃどうも。怕《こわ》がらせましたね」

と吉井は快活に云った。

「僕が堤防を降りてくるときは、さっぱりあなたの存在が分らなかったのです。尤《もっと》も、タクシーがとまっていたので、変だなとは思いましたが、まさか女のひとが独りで此処に居るとは知らなかった。あなたは、ずっと見てたんですか？」

「はい。車が来て停り、吉井さんがこっちへ下りていらっしゃるまで……」

「犯人が来た、と思いましたか？」

「もう少しでタクシーの運転手に声をかけて走り出すところでしたわ」

「済みません」

吉井はまた頭を下げて笑った。それから彼はポケットから煙草を出して口にくわえ、マッチを擦《す》ったが、風でうまくつかなかった。彼は三度目をすって、掌で火を囲ったが、その赤い明りが、吉井の瞳と隆《たか》い鼻を照らした。

彼は煙を吐き出すと、見物するように、あたりを眺めていた。ずっと向うの橋の上に小さな灯を連ねた電車が音立てて走っている以外、この周囲は真暗であった。川の水面がわずかに光っていたが、この闇の中に溶け込まれそうな寂しさであった。

「心細い所だなあ」

と吉井が呟いた。

「ここで、人が殺されたかと思うと、余計に寂しい」

吉井は、煙草の小さな赤い色をしばらく呼吸《いき》づかせていたが、

「笠原さんは、どうしてここへ、ひとりでいまごろいらしたんですか？」

と躊《ため》った揚句のように時間を置いて訊いた。

「町田さんが、ここで亡くなったからですわ」

祥子は答えようがないので、突嗟《とっさ》にそう云った。

「町田さんとは親しかったんですか」

「新米の私の面倒をよく見て下さいましたわ。それに、姉とは仲がよかったんです」

「お姉さん？」

「やっぱり、文化部に居ました。四ヵ月ぐらい前に、交通事故で死にましたけれど」

祥子は答えてから、はっとした。思わず口から出たのだが、交通事故などと云うのではなかった。

果して、吉井は何かを感じたらしい。彼は川風に吹かれながら、しばらく煙草を喫っていた。

2

「こんなことをお訊きするのは不躾《ぶしつけ》かもしれませんが」

吉井は、捨てた煙草を靴で踏んで云った。

「その、お姉さんの不幸な事故と、町田さんの災難とが、何か関係があるんですか。いや、あなたは、もしかすると、そう思ってらっしゃるんじゃないでしょうか？」

祥子は前を眺めていた。遠い、高いところに微かな灯があつまっている。多摩丘陵の稜線は見えなかった。

「何故ですの？」

「そう思っただけです。あなたが、ここに立ってらっしゃるから」

吉井はすぐに答えた。

「吉井さんがここにいらしたのは取材ですか？」

「町田さんが殺されたのは夜です。尤も、もっと遅い時間ですが、この辺は夜に入ると同じことです。僕は今日の午前中にもここに来ていますが、町田さんが殺されたときの夜の条件も見なければと思って来たんです。だから、あなたも夜に来ているので、よほど関心が強いと思ったんです」

吉井は一息吸い込むようにした。

「いま、お姉さんが事故死されたとおっしゃったので、あなたの熱心さがそれに関係があるんじゃないか、と思いました」

たしかに、その通りなのだが、初めて会ったような吉井に、しかもこんな所で、そうだ、と云えなかった。

「いいえ」

と祥子は否定した。

「それとは異うことですわ。ただ、町田さんの最期の場所を、その同じ夜に来てみたかっただけですわ」

「そうですか」

吉井は、それに意見を加えなかった。彼は自分のことを云った。

「僕のは商売ですが」

と、ひとり言のような口調であった。

「今のところ、警察ではまだ犯人の目星がつかないんです。都内のタクシーの運転手を調べていますが、まだ何も出ません。なるほど、ここは車で来る以外に来ようがありませんな。こうして夜来るとよく分りますよ。犯人は町田さんと自動車で東京方面から来て、この土堤の上でぼくらのように車を停めて、ここに降りるか、或は、あの橋の際で乗り捨てて歩いてきたか、どっちかです。夜は、こんなに寂しいのですから、町田さんが易々《やすやす》として連れられて来るからには、親しい間柄だということは想像がつきます。まさか脅迫されて来た訳じゃないでしょう。刃物や拳銃を突きつけられて拉致《らち》されるのは、映画や小説的すぎるな」

町田知枝が易々とこの場所へ夜つれて来られるからには、よほど親しい間柄に違いない――祥子も、それは同感なのだ。彼女は、姉が仙台に行かずに、浜松に行った意志が、町田知枝の場合にも共通しているような気がするのだ。その相似が、祥子をこの時間に、ここに立たせた。

「警察では」

祥子は、急に吉井の方に顔を向けた。

「犯人の目星がついているのですか？」

「未《ま》だなんです」

吉井は枯草の上を少し動いた。

「町田さんが、二十四日の夜、銀座裏のバー・パンションとサロン・アムールに姿を見せたことだけは確められたんですが」

「町田さん、そんなバーに、始終行ってらしたのかしら」

「いや、バーでは初めて見たというんです。警察の捜査課員が写真を見せたら、たしかにこのひとだと女給が証言したんですが……」

——当夜はイヴで、バーの内はごった返していた。踊っている組と、酒を飲む組とで芋のこを洗うような状態であった。喧《やかま》しい音楽と、客の唄うジングルベルの合唱と、笑い声と、爆竹のようなクラッカーの音とで、みんなが赭《あか》くなって昂奮していた。そんなとき、町田知枝そっくりの女が入り口のドアを開けて、店の内を覗いたというのである。

「そして、誰かを探すように、客の顔を見廻して、すうと出て行ったというんですがね」

「誰かを探すように？」

「そうなんです。パンションでもアムールでも、同じことを云っています。時刻は、大体、九時から十時の間、騒ぎが最高潮にかかったときですね」

「誰かを探すように……」

祥子はまた呟いた。誰であろう。その誰かは、姉の傍に居た誰か、と同じような人物ではなかろうか。

「ですから、町田さんが、あの晩、銀座をうろついていたことは確実なんです」

吉井は言葉をつづけた。

「ただ、それ以後の確認が出来ませんが、警察では、町田さんが探している或る人物と遇って、どこかを飲み廻り、十一時ごろ自動車に乗ってこの現場に来て殺された、という推定を立てているんです。で、目下、町田さんと一しょだった人物の目撃者を探しているのですが、なにぶん、イヴの晩ですからね。あの混雑じゃ、ちょいと分りそうにもないんです」

風がすこし強くなった。

「警察では、町田さんの交際範囲を調べていますが、まだ、はっきりしたことはつかんでいません。町田さんには、あまり男友だちが居なかったようですね」

吉井は、寒くなったのか、オーバーの衿を立てた。

「なにしろ、被害者が、うちの社の人間ですからね。生前のお行儀があんまり悪いとなると困るんですが、その点は安心しました。それで僕もこの事件に突込む勇気が出たんです。自分とこの事件を他社に追い抜かれては恥ずかしい話ですからね」

あっさりした吉井の話し方が、そこですこし強い調子のものになった。

「吉井さんがお調べになるんですか？」

「出来る限りね」

と彼は答えた。

「警察がまだ五里霧中で迷っているこういう事件こそ新聞記者の意欲と闘志をかき立てるんですよ。他社の奴も昂奮していますよ」

祥子に、不意に、或る考えが起きたのは、吉井の弾んだ声を聴いてからであった。

「吉井さん」

彼女は呼んだ。

「はあ」

「お話があるんです。聴いて下さらない？」

吉井は、ちょっと黙っていたが、

「伺いましょう、何ですか？」

と緊張した声で訊いた。

「いえ。今は駄目なんです。すこし、整理してお話ししたいんです。明日、どこかの喫茶店でお目にかかりたいんですが」

「社の近くに、ルナールという店がありますね。あすこの二階でよろしかったら」

「十二時半にお待ちしています」

祥子は、暗い空気を吸いながら、これで自分が頑固に守っていた中心が揺れるのではないか、と思った。

3

祥子がルナールの階段を上り切ると、吉井の姿はすぐに分った。窓際の奥のテーブルの上に屈《かが》み込んでいた。祥子が近づくと、吉井はザラ紙の上に、速いスピードで鉛筆を走らせていた。

祥子は声が掛けられずに躊《ため》らっていると、吉井は、紙の上にうつむいたまま、

「どうぞ」

と云った。

「もう、済みました。失礼」

と最後の一枚を書き終り、「止メ」と記した。

「お仕事なんですか」

「すこし、早目に来て、時間を稼いでいたんです」

吉井は十五、六枚もあるザラ紙を揃えると、無造作に二つに折ってポケットに入れ、祥子を見上げた。一仕事済んだあとの軽い昂奮《こうふん》が彼の顔にあった。その眼は光を帯びていた。

「昨夜は、失礼しました」

吉井は、もじゃもじゃした髪の頭を下げた。

「いいえ。私こそ、お呼び出《だ》しして済みませんでしたわ」

昨夜は暗くて分らず、その前は、僅《わず》かな印象ではっきりしなかったが、こうして向い合ってみると、吉井のふっくらした頰は、どこか子供じみた線にみえた。その顔の皮膚に、うすい汗が光っているのは、店内の煖房《だんぼう》が高いせいだけではなく、彼がひどく上気しているようにとれた。

「早速ですが、お話を聴きたいものです。実は、ぼくは愉しみにしていたんです。あ、愉しみと云っちゃ悪かったですな」

吉井は眼を輝かせていた。彼が、祥子の話を意気込んで期待していることがそれでよみ取れた。

「構いませんわ。私も吉井さんにお話しするというよりも、ご相談したいのです。私だけの考えではなく、吉井さんのお考えをお借りしたいのです」

「あんまりいい知恵は持ち合さない男ですが」

と吉井は微笑《わら》って白い歯を見せた。皮膚が浅黒いだけに、その皎《しろ》さが目立った。

「お姉さんの事故死のことでしょう？　それは町田さんの死に方にも関係していることでしょう？」

「それが正しいかどうか分りませんけれど」

祥子は、眼を伏せた。

「私には、そんな気がします」

「そうだと思ったから、お約束の時間より早く駆けつけたんです」

吉井はわざと軽口めかして云った。

「さあ、早く仰言《おつしや》って下さい。どういう点で関係があるんですか？」

祥子はかすかにうなずいた。吉井は祥子の話を待つように、珈琲をすすった。

隣りの席の若い男女が立ち上った。祥子は、それできっかけがつけられたように話し出した。

「昨夜もお話ししたように、姉は町田さんと同じように文化部に居ました。私は、その姉のあとをついで入ったのですが」

祥子は、心配したが、一度言葉が出ると、思ったより平静に話すことができた。

「今年の夏の休暇に、それは九月十日の朝でしたが、姉は仙台の伯父を訪ねて行くと云って、私と一しょに住んで居るアパートを出かけました。ところが、その日の夕方の六時ごろ、姉は意外にも浜松市内の鉄道踏切で、乗っていたバスが貨物列車と衝突して事故死を遂げました」

「え？　お姉さんは、仙台へ行くと仰言ってたんですね？」

吉井が訊き返した。

「そうなんです。なぜ、そんなことを私に云って、その日に浜松に行ったか、実際のところはよく分りません。姉は、今まで私に嘘を云ったことはありません。それが、初めて私に嘘を云ったのは、何か特別な事情があってのことです」

「事情とは？」

「これからお話ししますと判りますわ。姉の乗っていたバスは大型で、列車は後部を潰したものですから、後部に席をとっていた姉は重傷を負って、間もなく病院で死にました。ところが、妙なことに、姉のスーツケースは、運転台に近い前部の棚に置いてあったんです。その前部の乗客は、殆ど助かったんですが」

「それは、どういう意味ですか？」

吉井は、よく呑み込めない顔をした。

「私の推察では、誰かが、姉のスーツケースを自分の席の上の網棚に置いたのだと思います。そうでなければ、普通は自分の荷物は近くに置いておくものですわ」

「なるほど。すると、お姉さんには同行者があった訳ですか」

「そう思います。姉は、私に、その人のことを隠していたんですわ」

吉井は珈琲に眼を落し、茶碗をとった。

「姉は、さっぱりした性分で、ずっと以前には恋愛の経験もあったようですが、そのときは誰ともそんなつき合いはなかったのです。いえ、私はそう思っていましたけれど、やっぱり好きな人が居て、私には黙っていたんです」

「しかし」

と吉井は遮《さえぎ》った。

「その同行者が好きな人かどうかは判らないでしょう？」

「そのバスは弁天島行のバスでした。夕方、そんな遊覧地に向っていたとすれば、相手の人がどんな人か想像がつきますわ」

「だが」

吉井は控え目に云った。

「それは、決定的ですか？」

「決定的ですわ」

祥子はきっぱりと云った。その強い肯定の仕方に、吉井はすこし愕いた眼をした。

「何か判ったんですか？」

「姉の事故を報らせる電報が私のところに来るのが遅れたんです。その事情は、姉の身元が判らなかったからですわ。理由は、誰かが、姉のスーツケースの中から定期入れと、手帳を抜き取って遁げたからです」

「えっ、何ですって？」

吉井は、はじめて眼をむいた。

「定期入れと、手帳とを？」

「町田知枝さんの場合と全く同じですわ」

4

吉井は眼をぎらぎらさせた。彼はポケットから皺だらけになったハンカチをとり出し、顔を拭いた。彼の顔色はもっと上気していた。

「似ている」

と彼は低く叫ぶように云った。

「町田さんも、通勤パスと社員手帳とを取られていた。そのため身元の割り出しが遅れ、オーバーについていた洋裁店の名前からやっと手がかりがついたくらいです。これは似ている！」

「姉の場合は、定期入れを返してくれました」

祥子が云うと、吉井は、また眼をまるくした。

「それは、どういうことです？」

「踏切番に、近所の子供が、落ちてたからって届けたんです。それは事故のあった翌《あく》る日です。ですが、よく調べると、それは、近くにある飲食店の女中さんが、客からことづかったのを、さらに子供を使って踏切番に届けたんです」

「じゃ、飲食店にことづけた客が当人ですね？」

「そうなんです。それは男の人だったそうですが」

「もっと、詳しい人相は判りませんか？　そうだ、その女中に訊けば分るでしょう？」

「残念ですが、その女中さんは、私が訊きに行った前日に暇をとってどこかに行って了《しま》ったのです。その女中さんに会えると、人相が詳しく聞けると思ったのですが」

「行先は分らないのですか?」

「飲食店では知らないと云ってました。奉公先を自分の都合で変える人だそうです。仕方がないから、そこで女中さんの親もとを聞いて、私は甲州《こうしゅう》まで行きました」

吉井は、祥子の顔を見つめていた。祥子が相手を探している執拗《しつよう》さに愕いたような表情であった。

「身延山に近い、波高島《はだかじま》という田舎でした。でも、折角《せっかく》、そこまで行ったんですが、女中さんの行方は分りませんでした。彼女のお父さんも知らないのです」

「それは残念だな」

吉井は同情するように云った。

「どうしても、判らないんですか?」

「そのうち、娘から、はがきでも来るだろう、そうしたらお知らせする、ということでしたが、まだ来ないんです」

「その女中が、ただ一人の目撃者というわけですね。そりゃ口惜《くちお》しい話だ」

吉井も、残念そうな顔をした。

「姉の場合は」

祥子は云った。

「はっきりと事故死ですから、殺されたというわけではありません。でも、私は、その人が憎いのです。姉の死を見捨てて遁《に》げたんですから。姉が、私にも隠しているほど、秘めた愛情を捧げているのに、その人は姉を、まるで死体を遺棄するように打ち捨てて逃走したんです」

「分ります」

吉井は、深くうなずいた。

「あなたが、お姉さんを愛していらしたことがよく分ります。それだけに、お姉さんの相手の人に憎悪を感じるんですね」

「その利己的な打算が憎いのです」

祥子は云って、泪が出そうになった。

「姉は、その人に一生懸命だったんですが、先方では遊び心だったんでしょう。だから、そんな不慮の事故があって、ことが暴《ば》れるのを恐れて逃げたんです。しかも、姉の身もとがすぐに分らぬよう、パスと手帳を奪ってまで……」

吉井は黙って、うなずいた。

「私は、その相手の人を、どうしても探し出したいのです。私が、姉のあとを襲って、新聞社の同じポストに入れて頂いたのは、一つは、姉の相手を探し出したいからです」

吉井は、祥子の顔をまた凝視した。

「というのは、その相手の人が、姉の仕事の交際範囲の中に在《あ》るような気がしたからです。姉は、私の口から云うと変ですけれど、私よりはずっと教養も深く、頭脳もすぐれていました。私は姉を愛し、尊敬していました。だから、姉の対象となる人は、姉の年齢から云っても、かなりな知識人だと思うのです。それも、或る程度、社会的な地位のある人です」

「それは、どういう理由からですか？」

「その人が、大へんな要心深い人だからです」

祥子は答えて、思わず昂《たか》ぶってくる気持を抑えるように胸に手を当てた。

「バスの中で、姉のスーツケースが前部にあったのは、そこがその人の席だったからです。普通、一しょにバスに乗って、人に見られて都合の悪いときは、別々に離れた席をとることはあり得ます。でも、それは知人の多い都内のことです。東京を遠く離れて、どうしてそんな遠慮が必要でしょう。旅先まで、そんなに気を兼ねる人は、よほど要心深い人です。そのことは、かなり、社会的な地位をもっている人ではないかと思うんです。姉が一言も、私に新しい恋愛を洩らさなかったのも、それで分るような気もします」

「お話を聞いていて、僕も、その通りだと思います」

吉井は、煙草をとり出しながら云った。

「あなたは、自分の想像が間違っているかもしれないと仰言ったけれど、それは間違っていないんですよ。それから、それを町田知枝さんの殺人事件に結びつけることもね」

祥子は、吉井の眼を見ながら、その言葉を聴いた。

「町田さんの場合は、原因が何といっても愛情関係です。警視庁でもその見込みで捜査しています。しかし、町田さんには、その方面の聞込みが得られない。全然、浮んで来ないのです。もし、愛情関係があるとしたら、よくも隠したものです。この点も、あなたのお姉さんの場合とよく似ています」

吉井は勢い込んだせいか、すこし早口で云った。

「それから、パスと社員手帳とを抜きとったことも。これは決定的と云っていいでしょう。同一人物ですね、これは」

吉井は眼を光らせていた。

「なぜ、その人物が町田さんを殺さねばならなかったか、いまのところ想像はつきませんが、その人間も、たった一つ、手抜かりをしたものですね」

祥子は問うように眼を挙げた。

「お姉さんのとき、パスを返したことです。恐らく、身もとが知れぬまま、無縁仏になってよその土地に埋れさせては可哀想だと思ったからでしょう。その人にも、わずかな人間性があったんです。でも、その人間性のため、小さな破綻をのぞかせましたね」

リスト

1

　ルナールという喫茶店は、きれいな店だし、ここに来る客は、若い人が多い。菓子がうまい故もあった。ボーイが大きな銀の器に、さまざまなかたちのケーキをならべて客に見せるのである。

　祥子と吉井が坐っている卓《テーブル》の周囲にも、派手な色彩をもった若い女性が多かった。年末で、大てい買い物の包みを持っていた。何となく気忙《きぜわ》しくて、華かな空気なのである。

　それでも、ここは銀座を歩いての帰りの客が多いせいか、ゆっくりと構える組が大部分である。珈琲を飲み終っても、しばらくは喋《しゃべ》舌っているのだった。

　――姉の信子の死を見捨てて逃げた人物にも、たった一つ手落ちがあった、それは、姉を身もと不明の死者にしたくない感情が動き、彼女のパスを返しに来た……非情の中の、わずかな人間性が思わぬ隙となって、そこから追及し得る手がかりを与えた――と、吉井は、祥子に云うのである。

「例えば、パスを返す工作をしなかったら、飲食店の女中に顔を見られることもなかったでしょう。その人物は唯一の目撃者をつくったのです」

「でも、その女中さんは何処に行ったか分りませんわ。未だに山梨県の実家の方から連絡が無いんです」

「焦燥《あせ》ることはありませんよ」

吉井は、なだめるように云った。

「それは、いつかは使う、われわれの切り札として取っておこうじゃありませんか？」

吉井が、われわれ、と云ったので、祥子は愕いて眼を挙げた。

「いや」

吉井は、祥子の瞠《みは》った眼に、すこしうろたえたように、ハンカチを取り出して顔を拭いた。スチームも熱かったが、吉井の顔が上気して赭《あか》く見えた。

「笠原さん」

吉井は、遠慮そうに、吃るような調子で云った。

「ぼく、少し、お節介をやいてもいいでしょうか？　なんだか、お姉さんの場合にも興味をもったんです。いや、興味と云っては悪いし、商売根性を出したわけではないのですが、真相を確めてみたいんですよ」

そう云って、

「それも、あなたがご迷惑だったら止めます」

と祥子の顔を見た。

吉井の眼は、熱心な感情に光っていた。祥子は、ああ、これでわたしが心の中にひとりで頑固に持ちつづけた意志が崩れるのだ、と思った。しかし、その意志だけでは、早晩、手に負えない予感はあったのだ。

姉の死の対手《あいて》を、ひとりで追求したい最初の決心に、限界があることがちかごろ分りかけてきていた。吉井なら、協力者として信頼することができるだろう。仕事も、調査するには、一ばん適《ふさ》わしい彼だった。若い上に、行動的だし、意欲的な新聞記者なのである。

「いいえ、迷惑なことなんかありませんわ」

祥子は、はっきりと云った。

「吉井さんが、町田さんの気の毒な死の原因をお調べになるには、どうしても姉の死の対手を探さねばならない。そういうお気持は、よく分るんです。興味だけでやって下さるとは、全然、思っていません」

「そりゃ有難い」

吉井はテーブルの上に手をかけて、身体を浮かしそうにして云った。

「じゃ、承知して下さるんですね？　決してご迷惑はかけません」

「いいえ。わたしも、姉のことは、どなたかお願いしなければいけないと思ってたとこなんです。吉井さんにして頂けたら、ほんとに幸いですわ」

「困るんです。かえって、そう云われると」

吉井は、眩《まぶ》しそうな顔をした。

「僕には、それほどの実力はありません。しかし、やるとなったら熱心にやりますよ。それだけは請け合いです」

彼はすこし笑った。

「幸い、僕の仕事は、どこでも勝手にとび廻われるように出来ています。そのことも便利ですね。あなたは坐ってて考える。僕は足で歩く。そういう分担にしてもいいくらいです」

それを聞いて、祥子も笑った。笑いながら、眼の奥が温くなった。

隣のテーブルには、若い人が去って、母娘連れがきた。娘は二十くらいで、四十四、五の母親に、祥子たちの様子を見ながら話している。母親もこちらを見て微笑していた。仲がいいと娘が告げたらしい。

「考えるといえば」

吉井が云った。

「お姉さんの対手の人について、あなたは何か考えられたでしょう？　それを話して下さい。秘密は絶対に守りますよ。だから、間違ってもいいから、あなたの考えを聞かせて下さい」

このときになって、祥子は、さすがに躊《ため》った。自分ひとりでは、何度となく繰り返したことだが、やはり、口に出して云うには、かなりの決心が要ることだった。

しかし、これは勇気を出さなければいけない。それは吉井を信頼することしかない。信頼を与えなければ、誰も力を藉《か》してくれる者はない。

「姉は」

と祥子は云い出した。

「仕事だけのひとでした。交際といえば、仕事先の範囲しかないと思うんです。その範囲というのは、姉は婦人欄をうけもっていましたから、主に女性の執筆者の間を廻っていました」

「それじゃ、男性はなかったのですか？」

「まるきり無かったわけじゃありません。評論家とか、生花の先生とか、お医者さんとかは男の方でした。けれどもそれだけじゃないのです。交際している女性の関連から、男性の方もあったと思うのです」

「ああ、なるほど」

吉井は分ったという風にうなずいた。

「それではその男性の範囲というか、限界というか、そういう中で、あなたに心当りの人があるんですか？」

「あります」

このとき、彼女は勇気の必要を感じた。だが、それは自分で鞭《むち》うたねばならぬことだった。

「これを見て頂きましょうか」

祥子は手帳を出し、それを開いた。それが、あのリストだった。

2

妹尾郁夫（翻訳兼評論家）
高木利彦（彫刻家）——女流評論家高木とく子
佐敷泊雲（生花家元）地方出張アリ
内牧理事長——内牧淳子洋裁学院長
鶴巻莞造（画家）関西出張アリ。——デザイナー宇野より子
西脇満太郎（Q病院小児科医長）学会、研究会、地方出張
下田と呼ぶ青年——デザイナー倉野むら子

このリストを、吉井は舐《な》めるように見渡していた。それから祥子は、それにいろいろと説明した。

「これは面白い」

彼は思わず云って、失言に気づいたように、

「面白いと云っては悪いけれど、あなたの着眼がいいのです。なるほど、そうだと思いますね。ところで、これは訊かなくてもいいことかも分りませんが、このほかに、

お姉さんと附き合っている人はないのですか？」

「それは、あるかも分りません。しかし、それは知っているという程度でしょう。そう云うと、おかしいのですが、姉は、執筆家の間を廻って、仕事の上で、その方面の方とかなりお親しくしていて、それがひそかな自負でもありました。ですから、どうしても、この圏内と思うんですよ」

「なるほど、ブラック・リストという訳ですな。そう思って眺めると臭《くさ》い」

吉井は小さな冗談を云った。

「みんな、そうそうたる人物ばかりですね。これは、旅先のバスでも別々に席をとったという、あなたの推定の条件になりますね」

吉井は指先を頻に突き、考えこんでいたが、

「お姉さんと附き合っていた誰かが、町田知枝を殺した犯人、又はその関係者だとすると、お姉さんが浜松に行っていた九月十日と、町田さんが多摩川で殺害された十二月二十四日の晩十二時前後と、その人間のアリバイ不成立は重なる訳ですね」

と呟いた。

それは、そうなのだ。誰かが、姉と町田の死の場所に立っていたら、その両方の時間におけるアリバイは無い訳である。

「多摩川のクリスマス・イヴの晩は、つい最近だから、訳はないが」

と吉井は、祥子に眼を上げて云った。

「九月十日となると、百日も前のことだから、このアリバイを調べるのは、少々、厄介ですな」

「そう思います」

祥子もうなずいた。

これが、警察のような捜査権を持っている調べ方だったら、当人たちを呼び出して、訊問《じんもん》することができるが、さり気なく、それを調査するのは困難に違いないのである。

「とにかく、やってみます」

吉井は、しかし、熱の入った口調で云った。

「むつかしいが、やってみます。但《ただ》し、ぼくだけでは手に負えません」

「と、申されますと？」

祥子は訝《いぶか》しい眼つきをした。

「つまり、これだけの人々を僕がひとりで当るわけにはゆかないのです。いや、時間的な問題ではなくて、適当なコネクションがないのです。この調査は、対手方に怪しまれないことが大切ですからね。僕がひとりで廻っていると、あいつ、おかしなことをすると、いつか気取《けど》られます」

吉井は話した。

「ですから、僕の知った奴に頼んで、それぞれの方面に当って貰います」

祥子が、何か云いそうになったので、吉井は指をあげて、それを制した。

「分っています、秘密を要することはね。だから、僕が頼むほかの連中には、絶対に実際の理由を云いませんよ。その点は、充分に気をつけてやりますから、安心して下さい」

「分りました」

祥子は、ここまでくると、吉井のやり方を信頼するほかはなかった。

吉井は、自分の手帳を出し、リストを書きうつしていたが、祥子は吉井が持っているその緑色の表紙を見ると、一つの考えが頭に閃《ひらめ》いた。が、これは、熱心に文字を書き取っている彼にも今は云えないことだった。

吉井は、写し終ると、その手帳をポケットに入れた。

「やってみます。ただ、問題は」

と彼は、背をすこし、うしろにひいた。

「その誰かが、町田さんの場合は、犯人といってもいいのですが、このなかの人とは必ずしも限らないことですね。お姉さんの交際の範囲から考えて、まるきり無関係ではないが、この表に現われていない人物かもしれない」

その疑問は尤もだったし、可能性はあるのだ。しかも、祥子には、このリストの中に彼が居るという直感は捨て切れなかった。

「仰言《おつしや》る通りですわ」

祥子は、一応は云った。

「でも、わたしは、このなかの方に疑いをもっているのです。はっきりした理由は説明できませんが、感じとしてそうなんです」

吉井は、まるっこい顔に微笑を浮べて、それには別に反論しなかった。

「直感というのは、往々にして正しいことがありますからね。とにかく、早速にとりかかってみます」

彼は時計を見た。祥子も腕時計を見ていたときなので、期せずして、その動作は一しょになった。

「お時間を長らくとらせて済みません」

祥子は頭を下げた。

「いや、そりゃ、僕は平気ですよ」

吉井は、にこにこして云った。

「われわれの勤務は、外の何処をほっつき歩いているか分らんのですからな。ひどい奴は映画館に入って、一睡《ひとねむ》りして社に帰って来ますよ」

「まあ」

「しかし、あなたは、そうはゆかないでしょう。では、ひき上げましょうか？」

吉井は伝票を摑《つか》んだ。祥子も、その端を取ろうとしたときなので、二人の指がすこし触れた。吉井は、うろたえたように、別なところを握り変えた。

勘定を払うことで、小さな争いが起ったが、吉井が、伝票を取り上げて、レジに歩いた。うしろから祥子が見て、吉井の肩幅は広かったし、頸《くび》は柔道でもやっている人のように太かった。

「じゃあ、いずれ」

表へ出てから、吉井は、白い歯を見せて笑い、手を挙げた。

「できるだけ早く報告しますよ」

その広い肩が、買い物の包みをさげている人なかの間に消えて行った。

協力者は出来た。祥子は、いろいろな場所に現われて聞き込みをしている彼の姿が眼の先に動いた。

今まで、ひとりだけ心の中に持っていた核が、この瞬間に真二つに割れたのを祥子は感じた。しかし、それは失望ではなかった。

祥子の足もとに、年末売り出しの紙旗が一枚、風に舞って落ちた。

3

祥子が、社に帰ると、文化部のデスクで神谷が顔をあげて彼女を見た。

「ああ、笠原さん」

と神谷は呼んだ。

祥子は、喫茶店の時間があまり長かったので叱られるかと思っていると、

「これから、すぐにQ病院に行って下さい」

と云った。

「Q病院？」

「小児科の医長の西脇満太郎さんですよ。今日の約束で、原稿をお願いしているので、それを貰って来て下さい」

神谷は、そう云って気づいたように、

「あ、そうだ。あなたは、まだ西脇さんには会わなかったですな?」

と祥子の顔を見た。

「はい、前に、神谷さんとご一緒にQ病院に行ったのですが、ご出張とかでお目にかかれませんでした」

「そうだった」

神谷は、合点合点をした。

「あなたも、だいぶ馴れたようですから、ひとりで行っていいでしょう。Q病院の受付に訊けば、すぐに通してくれます」

「はい」

祥子はメモにつけた。

「町田君が、あんなことになったから、代りが入ってくるまで、あなたも、当分忙しくなりますよ」

「はい。分りました」

「西脇さんの原稿は、明後日の組み込みですからぜひ、今日のうちに貰って来て下さい」

「承知しました」

神谷次長は、自動車伝票に判を捺《お》して渡してくれた。祥子は、文化部を出て、階下に降りた。

自動車で、Q病院までは三十分くらいだった。街なかの商店街は、歳末売り出しに飾られている。それが切れると、外苑の林が、裸の梢《こずえ》を空に立てていた。天気がいいせいか、風は冷たかったが、オーバーを着た若い組が、樹の間をゆっくりと歩いていた。

車を待たせて、白い建物の内に入って行くと、清潔な硝子窓《ガラスまど》の中に、受付の女子が居たが、祥子の用件を聞くと、電話をかけてくれた。

「四階の小児科医長室へおいで下さい」

受話器を措《お》いて、女子は告げた。

エレベーターに乗り、リノリュームをしいた飴色《あめいろ》の廊下に出ると、薬液の匂いが漂っていた。

白い上被《うわっぱ》りをきている三十くらいの男が、昇降機《エレベーター》の下降を待っているように立っていたが、祥子の顔にふと眼を走らせると、

「笠原さん、ですね？」

と笑顔を見せた。祥子は、誰だか、ちょっと憶《おも》い出せなかったが、

「この間、神谷さんといらしたときにお目にかかった上田ですよ」

と云われて、気づいた。病院の門の前で遇《あ》って、西脇氏が出張だと教えてくれた青年医者だった。

「どうも、失礼しました。この間は有難うございました」

祥子が腰をかがめると、

「医長に会いにいらしたのですね？　待って下さい、先生はたしか手術の筈だが。見てきてあげましょう」

上田が引返しそうなので、

「あの、いま、電話で訊き合せて頂いたんです」

「あ、そうですか。そんなら、いらっしゃるでしょう。この廊下の右端の部屋です」

上田は指さした。

「どうも、有難う」

「さよなら」

下って来た昇降機に上田はとび込んだ。

窓に白いカーテンの下っている部屋をいくつも通り過ぎ、右端の部屋の前に立つ

と、「小児科医長室」の札がかかっていた。

祥子が入ってゆくと、それは事務室のような所で、二、三人の医員と、年嵩《としかさ》な、婦長といった感じの女が机に坐っていた。

その白衣の女が、祥子を見て、すこし愕いたような眼つきをした。

「R新聞社の方ですね？」

と覗きこむようにして云った。

「はい、そうです」

「こちらへ、どうぞ」

痩せて、骨張った身体を、真直ぐに立てて衝立で仕切った奥へ連れて入った。

壁一ぱいを本棚にして、それを背景に、ひとりの、血色のいい初老の医者が、身体を椅子から斜めに置いて、分厚い本を読んでいた。

祥子が入ると、少し頬のたるんでいる医者は顔から眼鏡を外して、彼女を見上げた。耳のあたりには、短い白髪が匍《は》い上っていた。

「やあ、原稿かね？」

小児科医長の西脇満太郎は姿勢を戻した。細い眼だが、それが血走っているようにみえた。

「はい。R新聞の文化部の者でございます。婦人欄の担当で、今度、入社いたしました」

祥子が名刺を大きな机の端に置くと、医長は手を伸ばして摘《つま》んだ。

「ふん。前の笠原君の妹さんだね？」

西脇博士は、名刺の名と、彼女とを見較べ、

「神谷君から、話を聞いていたよ。なるほど、姉妹だね」

と顔の似ていることを云った。祥子はうつむいた。

「ところで、原稿は、まだ書いてないのだが」

医長は、ちょっと当惑した表情をした。

「明日にして貰えないかね。明朝、病院に来るまでに書いて置くが」

「いえ、先生。それは困るのです。明日の組込みですから、どうしても、今日のうちに頂かないと……」

祥子が云うと、

「そりゃ弱ったな。ぼくは、これから病院の会議に出て、それが終ったら、夕方から、ある会に招待されているのだ。とても、今日、間に合いそうもないがね」

と医者は指先で、額を軽く敲《たた》いていた。

「先生。なんとかして頂けませんでしょうか？」

祥子は粘った。

すると、小児科医長は、ひょいと顔をあげて、

「待ってくれ、原稿は、今日渡すけれど、夕方の宴会の場所で書く。君、そこまで取りに来てくれるかね？」

と訊いた。

「はい。参ります。場所は、どこでございましょうか」

「築地《つきじ》だ」

医長は、祥子の顔に視線を当てて答えた。

「登美福《とみふく》という料理屋だがね。九時ごろになる。よかったら、そこまで来て欲しいな」

4

玄関までの通路は狭く、敷いた石は、うすく水を撒《ま》いたように灯をうけて光っていた。両方が竹を結った垣で、隅の石燈籠《いしどうろう》には明りが入っていた。

式台に、女中が膝を突いたが、祥子の用件を聞くと、承っております。と云って、どうぞ、と上に招じた。通されたのは、玄関からすぐ横の、応接間のような待ち合せ部屋であった。

「西脇先生のお席は、もうご飯が出ておりますから、間もなくお開きとなると思います。テレビでも、ご覧になって、お待ち下さい」

「え、有難う」

三味線の聞える場所だったから、落ちつかなかったが、祥子はクッションに腰を下ろした。女中がテレビのスイッチを入れて出て行った。

画面は少しも面白くない。別の女中が茶と菓子とを置いて行ったが、手を出す気にもなれなかった。

二階のあたりには、拍手や、崩れるような男女の笑い声が聞えるのである。この界隈がみんなそうだったが、祥子の落ちつく世界ではなかった。

やがて、廊下を踏む多勢の乱れた足音がして、玄関のあたりが騒がしくなった。大きな声で云っている男の声もあるし、女たちの嬌声もあった。それが踏石の上を移動して、戸口の方へ流れた。

「こちらで、お待ちでございます」

女中の声と一しょに、応接間に人影がさした。西脇医長が一人で入って来た。

「やあ、待たせたね」

医長は、磊落《らいらく》に笑っていたが、すこし、酔っているようだった。オーバーを被《き》たままで、その外ポケットから、まるめた大型の封筒を取り出し、

「はい」

と祥子の眼の前の卓に抛《ほう》るように置いた。

「どうも有難うございました」

祥子は立ち上って、おじぎをした。封筒の中を開けて、原稿を読もうとすると、彼は制《と》めた。

「それは、社に帰ってからにしてもいいじゃないかね？　君、車じゃないのだろう？」

晩は、社に寄るのも面倒だったから、祥子は、銀座から歩いて来たのである。

「はい」

「そんなら、序《つい》でだから、僕の車で行こう。送るよ」

「はい」

断るのも悪い気がして、祥子は、西脇医長の申し出でに随《したが》った。

彼は、恰幅《かっぷく》のいい身体を悠然と玄関に降りると、女中たちが、五、六人で外の車のところまで見送った。

「先生。お近いうちに」

と口々に云っている。

肥った女将が、西脇氏のところへすり寄ってきて、笑いながら口をすぼめ、

「先生。若い女と相乗りで、いい気になっちゃいけませんよ」

と囁《ささや》いた。博士は顔を反《そ》らせて、横に振っていた。

その小さな声が、祥子の耳に聴《こ》えるのである。彼女は、厭《いや》な気がした。こういう世界のひとは、平気で眼の前でそういうことを云うのであろうか。

運転手が畏《かしこま》って開いたドアの前を、西脇氏が屈んで入り、座席の向うに片寄って坐った。外に立っている祥子を見て、横のシートを指し、おいで、おいでをしている。

祥子は、遠慮そうにその横に縮んだ。

窓の外に一斉におじぎをしている女たちの姿が流れ去ると、車は、瀟洒《しょうしゃ》な塀《へい》のつづくうす暗い一画を通り抜けて、銀座の灯が正面に見える明るい通りに出た。

その灯の海が次第に近づくと、

「君、今から社に寄るの？」

西脇医長が話しかけた。

「はい、頂いたこの、お原稿を入れておきませんと……」

西脇氏は腕時計をめくり、走っている外の灯に透かして見ていたが、

「もう、九時半だ。どうせ、社に行っても、文化部の人は誰も居ないだろう？」

「………」

その通りで、西脇氏には一日、よけいにサバをよんでいるのだ。明日、出勤のときに持って来ていいと、神谷次長も午後の報告のときに云っていた。

「どうかね、ぼくは、これからナイトクラブに行くところだが、よかったら一しょに行きませんか？」

よかったら、と云っているが、西脇医長の口吻《くちぶり》にはぜひ、誘いたいという熱心さが溢《あふ》れていた。

「でも、そういう場所は、わたくしは……」

祥子が断ろうとすると、

「いや。これは、無理とは云わないが、知らなかったら、一度はのぞくといい。新聞の文化欄でも編集しようというのなら、勉強になると思うがな。君は、一度も行った

ことがないのだろう？」

博士は訊いた。

「はい。まだ、ございません」

「だったら見ておき給え。決して変なところじゃない。そりゃ、二、三流となると怪しげなところが多いが、一流になると、立派な社交場だ。みんな紳士だし外人は夫婦づれで来ている。それに、歳末だから、もう正月を迎える気分で、きれいな飾りつけがしてある。綺麗だよ。どうだね、いい序でだ。観ないかね」

祥子は黙っていた。無論、断るつもりなのである。新聞社の建物が、ネオンの重なりの向うに高く見えてきた。三階にはあかあかと灯がついている。

「ぼくだったら、へんなことはしないし、それは安心だよ」

博士は、煙草を喫《す》い、片手は行儀よく膝の上にきちんと置いているのである。

「でも……」

「そうか。それは残念だな。君の姉さんは来たものだがね」

お姉さまが……祥子が、急に、誘われたナイトクラブに行く気になったのは、西脇博士の唇から、それを聴いたためである。

「先生」

「うん？」

「わたくし、今夜、そこへお供させて頂きますわ！」

「そうか」

小児科医長は、低く笑った。

影

1

自動車は、坂を上ったり下りたりした。この辺はヘッドライトの光芒《こうぼう》の疾駆が激しいが、人通りはあまりない。国会議事堂が黒い大きな姿で眼の前に出ていた。

西脇小児科医長は、上機嫌で、クッションにもたれ、低い声で小唄を口ずさんでいる。いまの宴席の名残りらしかった。

姉も、この医長と一しょにナイトクラブに行っていた——

西脇医長が自分で云った言葉である。祥子が、その誘いに応じたのは、その言葉をきいてからだった。その決心は一分の躊躇《ちゅうちょ》もないくらい速かった。

「姉は」

と祥子は隣の肥った紳士に云った。

「先生にお伴して、方々に連れて行って頂いてたのですか？」

西脇医長は、小唄の微吟を熄《や》めた。

「いや、それほど方々でもないがね」

クッションに凭《もた》れかかったままの姿勢だった。

「気さくな女《ひと》だったから、ちょっと踊りに行こうといえば、ついて来てくれましたよ」

医長は笑った。

「尤も、そこまでだったがね。それ以上は無かった」

車は最後の坂を下りた。正面の夜空に東京タワーの赤い灯が高く組み立てられている。赤坂見附《あかさかみつけ》の交叉点《こうさてん》から左に曲った。

(……それ以上は無かった)

祥子は、その言葉を考えている。医長が誘って、姉に断られた意味があるのだろうか。

自動車はUターンをして、「スカーレット」というネオンのついているナイトクラブの前に停った。

赤い服を着たボーイがかけよってきて、ドアを開けておじぎをした。

「さあ、どうぞ」

西脇医長は祥子を先に立てた。

小さな石段を上る。ドア・マンが扉を開ける。うす暗い、紅い絨毯《じゆうたん》の通路を、祥子は西脇医長にうしろから押されるようにして歩いた。

ボーイが三人佇んでいたが、西脇医長の顔を見ると丁寧に頭を下げた。医長は、ここでは顔が売れているようだった。

黒いカーテンの入口を入ると、ホールが一どきに眼に入った。正面にバンドがならび、半裸の女が三人で踊っていた。

「恰度《ちようど》、よかった」

と西脇医長は云った。

「ショーがはじまってるね」

「左様でございます」

案内に立ったボーイが合槌《あいづち》を打った。

「これが三番目でございます」

バンドと踊り場を明るくして、客席は灯を消していた。ほの白いテーブルの上に筒型の赤いスタンドが漁火《いさりび》のようについている。半円にならんだ沢山なテーブルの客は、顔を一斉に舞台に向けていた。

テーブルに案内されると、早速、ボーイが祥子のために椅子をひいてくれた。

ボーイは、小腰をかがめてメモを出し、

「お飲みものは何んになさいます？」

と窺った。

「君は？」

医長は祥子に訊いた。

「わたくしは頂けませんの。ジュースで結構ですわ」

「ジュースか」

医長は笑った。

「ジンフィズぐらいは飲めるだろう？」

「いいえ。本当に駄目ですの」

「そう云わないで」

医長は云った。

「ここに来たら、多少のアルコール気は飲むものだ。それではごく軽いのを、何か見計って」

「畏《かしこま》りました。先生は何に致しましょう？」

「スコッチウオラーだ。いつもの」

「はい」

ボーイはメモして引き退った。

西脇医長はやさしい眼つきで祥子を見た。

「君、はじめてかね、こんなところ？」

「ええ。来たことありません」

祥子は舞台の方を見ながら云った。

裸女がひっこみ、今度は男と女のアクロバットが始まっている。楽団は緩かな音楽に変った。

客席には外人が多かった。若い者だけではなく、頭の禿げた老人もいる。黄色に光った髪の女性も交っていた。

「どうだね？」

医長は感想を求めた。

「え。なんだか外国の映画を見ているみたいですわ」

医長は声立てて笑った。

「姉さんも初めてのときは、同じことを云ってたね。日本人の顔が少くて、外人が多いのでびっくりしていた」

「姉は、先生とたびたびここに来ましたの？」

医長は煙草を喫いかけていたが、それを止めて答えた。

「いや、そんなでもなかった。ぼくも忙しいし、姉さんも忙しいひとだった。そんなに来れる筈がない」

ボーイが銀盆にグラスを持って来た。西脇医長のところにはうす飴色の液体のを置き、祥子の前には、きれいな緑色のグラスを据えた。

「まず」

と西脇医長はグラスをあげた。祥子もそれに倣《なら》うと、医長はグラスのふちを合わせた。

「これ強いんでしょう、先生？」

祥子は緑色を光線に透かして躊《ため》った。

「いや、強くない。軽いよ。婦人用だ」

祥子が一口つけると薄荷《はっか》の味がした。口の中が涼しくて甘いのである。祥子は怕々《こわごわ》と卓に置いた。

「どう、おいしいだろう？」

西脇医長は、祥子の顔をのぞき込んだ。

「はい」

「おいしかったら飲み給え」

「でも、あとで酔いそうですから」

「じゃ、半分くらいにして置くさ。こんなものは馴れだから、次第に上達する。姉さんは強かったがね」

たしかに姉は強かった。遅く帰ってくる夜は酒の臭いがしたものだ。どの位、飲んだの、と訊いたことがある。ハイボールで八杯ぐらいねと姉は答えたものだ。それも祥子には姉を特別な人間に見せていた。

そういえば、姉は死の旅行に出発する晩、酔って帰った。着更えているときでも、小さなハミングをしていた。ご機嫌ね、と祥子が云うと、社のみんなが送別会をしてくれたのよ、と云っていたが。

ボーイがテーブルにオードブルを持ってきた。

「飲めなかったら、これでも食べるんだね」

西脇医長は、代りのグラスをボーイに頼みながら云った。

2

ショーの最後が終ると、客席はいくぶん明るくなった。バンドがタンゴを鳴らしはじめた。席から起《た》つ客が多い。

「踊って貰えるかね？」

西脇医長はグラスを持ったまま祥子を見た。

「駄目ですわ」

祥子は断った。

「でも、出来るんだろう？」

「いいえ。下手なんです」

「そんなこと構わない」

医長は勇気をつけるように云った。

「ここの客だって、まともに踊れやしないよ。みんな適当に脚を動かしているのさ。さあ、踊ろう」

「あとにしますわ」

祥子は遁《のが》れた。

ホールでは、客が混み合って踊っている。やはり外人が多かった。しかし、パートナーは殆どこの店のダンサーで、少い数だが背の高い金髪もあった。とにかく、ホールがせまく、踊る客が多すぎた。赤い色彩だけが動いている。

装飾はクリスマスのつづきで、十字架と柊《ひいらぎ》とが無いだけであった。星もそのままだし、点滅する豆電球もそのままだった。Happy New Year《ハッピー ニュー イヤー》の文字を掲げるだけになっているらしい。

曲が変ってブルースになった。

西脇医長は椅子から起ち、祥子に手をさし伸べた。

「困りますわ」

祥子は身体を退いた。

「いいでしょう。折角、来たんだから」

「でも、ほんとに駄目なんですの」

「構わないよ。さあ」

祥子は仕方なしに起った。その肘《ひじ》のうしろを、西脇医長の手が軽く触れ、前に押し進めるようにした。

客席の間のせまい路を歩いて、その芋の子を洗うような群の中に医長は祥子を連れこんだ。

西脇医長はかなり肥っている。しかし、身の動きは軽かった。混みあっている中をうまくリードして縫うようにして踊る。

「なかなか、うまいじゃないですか？」

医長は微笑して動いていた。

「あら、先生こそお上手ですわ。わたし、ついてゆくだけが精一杯です」

「いや、これも酒と同じように馴れでね。自然と上達する。ぼくは若いときに独逸《ドイツ》に行っていたからね」

道理で、と思って祥子は医長の頭を見た。半分白くなった髪をきれいに分けている。眼の輝きも、初老の人ではなかった。

祥子は内心おそれていたが、西脇医博は紳士だった。彼女の背中に当てた適度の手の力、組んだ指の軽やかさ、適当な胸の間隔、押しつけがましくない脚の触れ合い、それは充分な行儀を守っていた。彼女は、やや安心した。

「姉は、わたしよりもずっと上手だったでしょう？」

祥子は訊いた。

「そうだな」

西脇氏は回転しながら答えた。

「姉さんは上手だったね。ここいらのダンサーに負けなかった」

祥子は抗議した。

「いやですわ。姉がダンサーみたいで」

「失敬失敬」

西脇医長は苦笑した。

「そういう意味じゃなかった。ただ、姉さんは何をしても、普通の人よりはうまかったことを云いたかったんですよ。君もそう思うだろう？」

「ええ」

祥子はうなずいた。

「それは、わたくしが叶《かな》いませんでしたわ。本の知識のことでも、世の中のことでも。妙に聞えるかも分りませんが、姉を小さいときから尊敬していたんです」

「亡くなって惜しいことをしたね」

医長は云った。そこのところだけが祥子には強い印象だったが、西脇氏は淡々とそれを云ったのだ。

「先生は」

祥子は切り込むように訊いた。

「姉がお気に入ってたんじゃありません？」

西脇医長はちょっと黙った。そして珍しく隣りで踊っている外人の老夫婦につき当った。

「そりゃア好きだった」

医長は快活に答えた。

「あのひとが来ると、気持が明るくなったからね。何しろ、ぼくの周囲に居る看護婦《プレ》は低い。姉さんは仕事のことで来るんだが、会っていて愉しかった。それで、つい、こういう場所にも誘いたくなった」

今度は祥子が黙った。答えは優秀だった。回避もせず、足をすくわれる隙もない。それ以上に追及させない礼儀的な防禦《ぼうぎょ》もあった。祥子は一先《ひとま》ず姉のことはそこで停止しなければならなかった。

「姉の同僚だった……」

祥子は別の方向に廻った。

「町田知枝さんというのを先生ご存知じゃありませんか？」

これは西脇医博の表情を見るために、正面の顔を見つめた。

「ああ、この間、不幸な目に遇ったひとだね、新聞で読んだが」

西脇医長は即座に云った。

「知らないね。ぼくの所には来なかったから」

医長の顔色は動いていなかった。

曲が終った。

「もう一曲踊るかね？」

西脇医長は誘うような眼をしたが、祥子は頭を下げた。

「有難うございました。この次にしますわ」

「そうか」

西脇氏は諦《あきら》めたような顔をした。卓《テーブル》に戻るとき、ジルバがいそがしく鳴りはじめた。

誰かの声が横から聞えた。

西脇医博がたちどまった。傍のテーブルから、紳士が手を挙げている。日本人ではなかった。

医長が叫んで、その方へ進んで、手をさしのべた。

祥子がひとりで戻ろうとすると、西脇医博が呼びとめた。

「笠原君」

医博は握手を終って、その外人に祥子のことを紹介した。外国の礼儀だった。雑誌の編集者だと云っている。

外人はアメリカ人らしい。若いが、まるい赭《あか》ら顔で、背が高い。蒼い眼で祥子を見つめ、手を出した。

「横浜に居るアメリカ商社の社員でジョージ・バウエル君です」

バウエル君は皓《しろ》い歯をのぞかせて微笑した。卓にはダンサーを三人集めていた。

3

西脇医長はアメリカ青年と、しきりと話している。医長の英語は流暢《りゅうちょう》だった。祥子は両人の話が長くなりそうなので、断って先に席に帰った。バウエルは別れるとき日本流のおじぎをした。

祥子はテーブルに坐って、西脇医長の方を見ていた。ここからはよく見えるのだ。医長はアメリカ人に誘われたとみえ、隣りの空いた椅子に坐って話している。青年は大げさな身振りをしていた。

ホールでは、客がジルバを踊っていた。忙しい踊り方で、手をつないだり、身体をくるくる廻わしたりしている。祥子は、それをぼんやり見ていた。

その群のなかに外人の老夫婦が居た。亭主は胴が広いが、背が低い。妻君の方は背が高くて細かった。両人は抱き合うようにして踊っていた。亭主は笑わないが、妻君の方は眼鏡をきらきら光らせて、終始笑っていた。日本には観光団か何かで来たのかもしれない。いかにも愉しそうなのである。

横に白いものが近づいた。ボーイが立っていた。

「失礼ですが」

ボーイは丁寧に訊いた。

「笠原さまでいらっしゃいましょうか？」

祥子は、すこし愕いて眼を挙げた。

「ええ。笠原ですが」

ボーイは真顔で、

「これを、あちらのお客さまからことづかりました」

と名刺を置いた。

った。

「わたくしに？」

人違いではないか、と思った。こんな場所で自分を知っている人間が居る筈がなかった。

「はい。このテーブルにいらっしゃる笠原さまに、と仰言《おつしや》いました」

祥子は名刺を手にとった。充分でない照明だったが「妹尾郁夫」という活字は読めた。祥子は、西欧風の歓迎の仕方をした評論家の顔を忽《たちま》ち想い出した。

祥子は向うの客席を見た。テーブルが半円にひろがり、赤いランプが点々とならんでいる。うす暗い中に、小さな顔がならんでいる。もとより人相はさだかに分らない。

その中から、突然、片手が高く挙った。祥子が見ていることを知って、名刺の主が目印に上げたに違いなかった。

祥子は、名刺に眼を戻した。肩の空白の部分に、万年筆で書き入れがしてある。

「明晩、T会館でフランス文化の会があります。八時ごろに終ると思いますから、T会館のロビーでお待ち下さい。仕事の用件でお話ししたいことがあります。西脇ドクトルには内密のこと」

祥子が西脇医博の方を見ると、折から医者はアメリカ商社の社員と握手をしているところだった。祥子は名刺をハンドバッグに入れた。再び向うの客席を見ると、手は降りていた。

妹尾郁夫は何を云い出そうというのか。西脇医長に内密にしてくれ、という意味は、ただ仕事のことで呼び寄せようというだけではなさそうである。これは明らかに「誘惑」の匂いがあった。それにしても妹尾郁夫はどうして西脇医長を知っているのか。

西脇医長はテーブルに帰ってきた。

「失礼した」

飲みかけのジョニオーカーの水割りをとると、

「あの男、なかなかのやり手でね」

とジョージ・バウエルのことを云った。

「もうすぐに横浜の出張所の主任《ボス》になるらしい。当人、そう云って喜んでいた。なかなかの呑み助でね。酒を呑み出したら、腰をすえて、ああして動かない」

若いアメリカ人は、ダンサーの酌で、しきりと陽気にビールを傾けていた。

バンドの曲は、つづいてマンボを演奏していた。

「この次に踊ろうかね?」

西脇医長はまた誘った。

「どうも、マンボは性に合わない。次はおとなしい曲だろう」

「わたくし、遅くなるから、もう失礼しますわ」

祥子は申し出た。

「帰る？」

医長は眼を大きくして、

「十時半だ。まだ早い。もう三十分程ここに居たら？」

「でも、遅くなりますから」

「そう」

医長は諦めた。

「じゃ送ろう」

「あら、結構ですわ。先生はどうぞ、ごゆっくりして頂いて」

「いや、ひとりで帰すわけにはゆかん。ぼくが誘ったのだから。家はどこだったかね」

「大久保です。でも、いいんです、タクシーを拾いますから」

「いや、送らせて貰う」

医長は主張して、手を上げてボーイを呼び、勘定を支払った。

席を起って、黒いカーテンが開けている出口へのトンネルのような通路に向ったのだが、祥子はほの暗い客席から妹尾郁夫が眼を光らして背中を見ているような気がした。

支配人のような男が出口に立っていたが、西脇医長を見ると、

「有難うございました。先生、ぜひお近いうちに」

とおじぎをした。西脇医長は、このナイトクラブではいい顔のようだった。

ドアの外に出ると、急に風が冷たく感じられた。今まで暖房の中に居たせいもあった。

赤い制服の給仕が、西脇医長の、待っている自家用車に合図をした。車が祥子の立っている眼の前に滑ってきて停る。給仕が一揖《いちゆう》してドアを開けた。

医長は祥子を先に乗り込ませた。

「大久保へ」

医長は、よいしょ、とかけ声をかけて祥子の横に坐ると運転手に命じた。

医長は酒臭い息を吐いていた。宴会の酒につづいていたから酔ったのであろう。祥子は隅に身体を寄せて警戒した。

しかし、ここでも西脇医長は紳士だった。両手を腕組みして、うしろに凭《よ》りかかっている。

「どうだったね、今夜は？」

医長はゆったりと云った。

「ええ、とても愉《たの》しゅうございましたわ」

祥子は礼を述べた。

「そう、それはよかった」

医長は鷹揚《おうよう》にうなずいた。

「では、また今度、誘うことにするかな」

祥子は微笑して返辞をしなかった。

自動車は、四谷へ抜けて、塩町《しおちょう》の通りを新宿に向って走っていた。戸の閉まった商店街の軒には赤い小旗が風にひらめいている。

医長は軽い鼾《いびき》を立てはじめた。腕ぐみした手がほどけて、ぱらりと落ちると、故意か偶然か、祥子の手に触れた。彼女は急いで手をひいた。医長は眼をつむって鼾をつづけている。

大久保の通りに出て、アパートが見え出した。灯を消している窓が多い。

「ここで結構です」

運転手が車をとめると、その反動のように西脇医長が眼をさました。

「ああ、此処？」

窓の外をのぞいて、

「あのアパートかね？」

ときいた。

「そうです。姉と借りてたときの部屋ですわ」

医長はそれには答えず、

「暗いから気をつけて行き給え。小走りにね」

と行き届いた注意をした。運転手が降りてドアを開けてくれた。

「先生。どうも有難うございました」

外から見送ると、

「いや、ではまた。さよなら」

医長は窓から手を振ったままの姿で去った。

赤い二つの尾燈《テール》が暗い中を遠去かってゆく。祥子はそれを見詰めて、今夜の西脇小児科医長を分析していた。

4

翌日、祥子は社に出勤した。

このごろ仕事がひどく忙しいのである。年末から年始の五日間は社はお休みの上に、正月用の記事を埋めなければならぬのだ。紙面も増ページで、文化部の収容量も大きかった。社外原稿の依頼とか、写真版用のネタの蒐集《しゅうしゅう》とか、記事の調査などで、戦場のような忙しさであった。尤も、こういう忙しさは一年に一ぺんきりだと教えられた。デスクの神谷も、額にうすい脂汗をかいていた。

その後、吉井からは祥子に電話はなかった。彼が引きうけた調査が未完成なのかもしれなかった。それはもっと時間がかかるのだろう。それに、新聞社の眼と云われる社会部だから、彼は余計に忙しいに違いなかった。

新聞には、町田知枝の事件のことが、その後も散発的に出た。現場に彼女を運んだ自動車が依然として不明で、その方面の捜査は絶望であると報じていた。捜査本部では、最初年内に解決したいと云っていたが、どうやら年を越しそうだ、とも書いてある。

祥子は、その小さい記事を、誰よりも深い関心で読んだ。しかし、そのことは誰にも話さなかった。

西脇医長との昨夜のことが、仕事をしていても頭に泛《うか》んだ。遊び上手の、らいらくな初老の紳士という感じだった。祥子は、もう一度、この医者に会う必要があった。昨夜訊けなかったことを、次に質問するためである。人間は最初に会ったときは警戒するが、二度目からはそれが緩むものだ。祥子は、医長を呼び出せる自信があった。

仕事を六時頃に片付け、社を出たのが六時半だった。

T会館に妹尾郁夫の誘いをうけていたのは八時である。まだ一時間半あった。半端な時間である。銀座でも彷徨《ほうこう》しているよりほか仕方がなかった。

銀座の街には歳末の飾りつけがしてあった。人出が多く、デパートも遅くまで灯りをつけていた。歩いている人の眼まで忙しそうだった。通行者が祥子を追い越して流れた。

明るいショーウインドーを見るともなく見て歩いていると、横の歩道すれすれのところで自動車がかすかな音を立てて停った。きれいな外車だった。

運転手がドアを開けると、痩せた、瀟洒《しょうしゃ》な老紳士が膝を折りながら出てきた。その横顔を見て、祥子ははっとした。写真でも、むろん承知している顔だが、いつぞや神谷次長に連れられて訪問した、生花の佐敷流の家元、佐敷泊雲であった。泊雲のあとから、細面のきれいな女性が出てきた。和服を着ていたが、この顔にも見覚えがある。あのときに会った秘書の関谷しず子であった。

関谷しず子は佐敷泊雲の傍により添うようにして立った。車からはつづいて中年の男が二人出てきた。これは家元のお供という恰好だった。

佐敷泊雲が先に立って歩き出す。今ごろ珍しいことだが黒い細身のステッキをついていた。関谷しず子が泊雲に何か云いながら、ふとこっちを向いたが、その眼がうしろに居る祥子を捕えたらしい。はっきりと、それを意識した笑い方をした。

祥子が頭を下げると、関谷しず子はひとりで近づいてきた。

「笠原さん、でしたわね」

と微笑みながら首を傾げた。

「はい。笠原です。先日はどうも有難うございました」

「いいえ」

と佐敷泊雲の方へ関谷しず子は眼を遣《や》った。

「今夜は、先生のお供なんです。どこか食事をご馳走して下さるというのでこちらへ来たんですが」

泊雲が、ステッキを立て、こちらをふり向いていた。祥子の顔に遠くから眼をまっすぐに当てていた。

祥子は、泊雲のところへ進んで、丁寧なおじぎをした。

「先生。R新聞の笠原でございます。先日は大へん有難うございました」

泊雲は端正な容貌をしている。いかにも生花の家元といった上品さがあり、祥子を見ていても、柔和な眼つきのなかに、どこか鋭さがあった。

「うむ、うむ」

と口の中で返事している。大家の貫禄をそれで見せていた。

「ねえ、笠原さん」

関谷しず子が云った。

「あなた、お食事、まだでしょう?」

「ええ」

祥子が低くうなずくと、

「だったら、これからご一緒にどう? ねえ、先生」

と秘書は泊雲を見た。

「うむ」

泊雲はやはり、口の中で云ったが、祥子を観察するように見ていた。

「いいえ。それは、結構ですわ」

祥子は辞退した。

「あら、どうして？」

関谷しず子は大形《おおぎょう》に眉をしかめた。

「お姉さんも、よく先生とお食事なさったのですよ。あなたもいいじゃありません？」

「これから、約束があるんです」

祥子は云った。

「もう時間がありませんから、この次にさせて頂きとうございます。ほんとうに有難う存じますが」

5

姉も、佐敷泊雲とはよく食事をしていたのか。人見知りをしなかった姉だし、仕事の上ではどのような人のところにも出入りをしていたから、そのくらいのことがあっても不思議はなかった。しかし、今の場合、姉の信子が持っていたあらゆる線が意味ありげにみえてくるのだ。

祥子は、いま別れたばかりの佐敷泊雲の印象が眼に遺《のこ》っていた。上品で、貫禄のある風采だ。全国に沢山な支部と弟子をもつ一流家元の権威を、見ただけでも身につけていた。この権威に姉がどの程度に近づいていたのか。

祥子の肩を軽くたたく者がいる。

振り返ると、デザイナーの宇野より子が笑っていた。

「お買いもの？」

デザイナーは美しい笑顔で訊いた。

「あ、先日は大へん失礼しました」

祥子はおじぎをした。デザイナーだけではない。横にスタイル画家の鶴巻莞造が悠然と煙草をくわえていた。

祥子は画家にも会釈した。

「お買いものなの？　それともただのそぞろ歩きなの？」

「ただ、歩いてみてるんです」

祥子が云うと、鶴巻画伯が煙草を口から放した。

「いまのは、佐敷泊雲だったね？」

立ち話をしているところを画伯は見ていたようだった。

「そうです、佐敷先生ですわ」

祥子は控え目に答えた。

「随分、威張ってるな」

画伯は、生花の大家を批評した。

「あんなのは芸術家でもなんでもない。ちょっと目先の変ったことをしたり、云ったりするものだから、いつの間にか妙な人気が出て祭り上げられたんだね。生花という古い世界で変ったことをしたから、何んとなく新しがられたのさ。内容は何もない。理論も勿体《もったい》ぶったことを云ってるようだけれど、要するに思いつきだけの空疎なものさ。性根は商売人だ」

「まあ、悪いわ」

宇野より子が、たしなめた。この両人がならんでいるところは、まるで夫婦のようだった。

「悪くないさ、ちっとも」

画家は、すこし昂奮していた。

「泊雲のインチキ性を叩いてやりたいくらいだ。おれは、あの男の裏側を知ってるからな」

「およしなさいよ、先生」

宇野より子がまたとめた。

「こんなところでみっともないわ。ひとのことはどうだっていいじゃありませんか。先生には先生の芸術がありますわ」

スタイル画家は機嫌の悪い顔をして黙った。

「失礼します、笠原さん。この次、ゆっくりいらしてね」

美しいデザイナーは祥子に微笑した。

「伺わせて頂きます」

おじぎをすると、鶴巻画伯が祥子の傍にきた。

「笠原君、佐敷泊雲にはあまり近づかない方がいいですよ。あれで、女の方は相当なものだからね」

「まあ、あんなことを」

宇野より子が、画伯の肩を押すようにした。

「ごめんなさい、笠原さん。気を悪くなさらないで」

「いいえ、ちっとも」

祥子はかすかに笑った。

「有難いご忠告だと思いますわ。失礼します」

ひとりになった。

鶴巻画伯は、佐敷泊雲にいい感情をもっていないらしい。泊雲の名声があまり高いせいだろうか。高級車を乗り廻し、銀座に食事にくるのでも、若い秘書や、高弟などをお供に引具してくる、その豪勢な羽振りに反感を抱いているのか。

それとも、デザイン画家としては名があるが、泊雲にくらべると天地の相違のある自分に劣等感をひそませての、芸術家特有の嫉妬《ジエラシー》からであろうか。

いずれにしても、祥子の耳に残ったのは、画伯が最後にささやいた「忠告」だった。泊雲は女には相当なものだ、という言葉。これは憶えておく必要があった。

祥子は、いつか泊雲に近づいてみたいと思った。

今夜は、よくいろいろな人に会う晩だった。

最後が、翻訳家であり、評論家の妹尾郁夫であった。八時きっかり、T会館のフロントへ祥子は行った。

「承っております」

事務員は云った。

「もうすぐに会が済む筈です。どうぞ、二階のロビーでお待ち下さい」

ロビーは広くて豪華だった。贅沢なクッションや椅子が、ところ狭いくらいに一ぱいにならべられてある。角には売店があってきれいなスーヴニールをならべていた。

そういえば、外人が三組くらい、椅子に凭《よ》って話していた。

十分待った。もっと待たせるかと思っていると、妹尾郁夫が、入り口からやや気取った歩き方で入ってきた。

祥子は起ち上った。また、両手を大きく拡げられるかと思って警戒したのだが、今度はさすがに、日本流だった。

「いらっしゃい、よく来て下さいましたね」

妹尾郁夫は新しい洋服を着て、いいスタイルで立った。きれいに分けた髪を、天井から吊り下っている華かなシャンデリアに光らせて、うれしそうな微笑を祥子に向けた。

「昨夜は失礼しました。実は、ああいう方法をとったので、今夜来て頂けるかどうか、危ぶんでいたのです。安心しました」

妹尾郁夫は椅子をさした。祥子はそれに落ちついた。

「何か、お仕事の話のように思いましたので……」

「いや、それもありますが」

妹尾郁夫は、一瞬に眩しい眼つきをしたが、すぐ大胆に祥子をのぞきこむようにした。

「昨夜、スカーレットであなたがQ病院の小児科医長の西脇満太郎氏と一しょにいらっしゃるのを見かけたので、ご忠告したかったんです」

彼は、すこし鼻にかかった声で云った。

「あのドクトルは危険です。あまり、あのような場所に行って、親しくならない方がいいですよ」

黒い彷徨

1

あのドクトルは危険です、あまり親しくなさらない方がいいですよ、妹尾郁夫が西脇小児科医長のことを云ったので、

「ご忠告して頂いて有難うございます」

と祥子は妹尾に礼を述べた。

「でも、西脇先生はいい方のようですわ。昨夜、ナイトクラブにお供しましたけれど、全然、わたくしに異性としての興味をお持ちにならないようですわ。なにか、父親か、叔父《おじ》さまという感じで、わたくしも安心して居られましたわ」

この言葉は祥子に、多少、心理的な企《たく》らみがあった。

「それですよ」

果して妹尾郁夫は、肩をそびやかさんばかりに、力をこめて云った。

「それが危険なんです。西脇氏くらいの年齢と貫禄があると、すぐには手を出さないで、相手を自由に遊ばせておくのです。そして、すっかり親しみと安心感を持たせておく。それから機《おり》をみて、手を伸ばすという寸法です」

祥子は笑い出した。

「そんなに、うまくゆくものでしょうか？」

「あなたは、ご存知ないから、そんなことを云う」

妹尾郁夫は、歯がゆそうに云った。

「ぼくは西脇博士に対しては、何の恩怨もありません。従って、単なる中傷をしている訳ではないのです。これには根拠があるのです。その根拠に立って、あなたにアドバイスしている訳です」

「伺わせて頂けます？」

祥子は妹尾を見上げた。

「その根拠というのを……。わたくしも、伺っておいた方が、これからのお附合いの上に参考になると思いますわ」

「さあ」

妹尾は嗜《たしな》みのいい困惑をみせた。

「そういうことは、あまり云いたくないんです。なにしろ他人の醜聞《スキャンダル》ですからな。漠然と西脇氏が危険な人物とだけ承知して頂きたいのですが」

しかし、祥子は妹尾郁夫が実際は話したがっていることを見抜いていた。

「あら、そこまで仰《おっ》しゃるなら、それが中傷でないことを証明なさる義務がありますわ。わたくし、それだけでは、納得出来ませんもの」

「弱りましたね」

妹尾は、あまり困っても居ない顔で頭をかいた。彼の顔には、薄い微笑さえ泛んでいた。

「絶対、ほかには洩らしません」

「そうですか」

「それはお約束しますわ」

「参った」

妹尾郁夫は、ロビーを見廻わし、自分の腕時計を眺めた。

「こうなったら仕方がありません。云いたくないけれど、お話ししましょう」

「どうぞ」

「しかし、生憎《あいにく》と人と遇う時間が逼《せま》っています。約束なんです。出版社の人が来るんです」

翻訳家は顔をしかめた。

「ここですか？」

「それならいいんですけれど、仕事場なんです。ぼく、いま、仕事のためにKホテルに入っています」

「あら、そうですか」

「そうだ、あなたもぼくの仕事場に来てくれませんか。そうすると、ゆっくりお話しも出来るし、出版社の人との約束も果せます」

その仕事場がホテルなので祥子の心にひっかかった。が、Kホテルというのは、ここからも近く、かねて作家などの文化人がよく仕事に使うことで有名なので、祥子は危惧を振り捨てることにした。妹尾の話は聴きたいのである。西脇氏と姉との線が浮ぶかも分らなかった。

「では、お伺いします」

祥子が答えると、妹尾の顔にうれしそうな笑いが拡がった。

「そうですか。それは済みませんね。では、時間がありませんから、すぐに出かけましょう」

妹尾郁夫は先に椅子を起った。

T会館の玄関を出て、妹尾はタクシーをとめた。Kホテルまでは十分とかからなかったが、車の中では彼は行儀よくしていた。運転手の耳を憚《はばか》ってか、当り障りのないことを、明るく話していた。

Kホテルにつくと、妹尾は先に立って玄関を入った。フロントの前で、事務員が、

「お帰りなさいまし」

と妹尾に云い、

「あの、メッセージがございます」

と鍵と一しょに紙片を出した。

「そう」

妹尾は伝言票《メッセージ》を拡げて一瞥《いちべつ》したが、忽《たちま》ち破ってポケットに入れた。ちょっと苦い顔をしている。どういう訳で、すぐに裂いたのか、祥子などには分らなかった。

妹尾郁夫は、それからフロントの横のロビーをのぞいたが、

「客が多勢でテレビを見ています。こんなところでは話せないから、ぼくの部屋に行きましょう。四階なんです」

と祥子に云った。

祥子に躊躇《ちゅうちょ》が起った。部屋に行くとは考えていなかった。拒絶しようと思ったが、ロビーで客が五、六人集まって、テレビを見ているのは事実だった。騒音で話が出来ないのは本当だし、ここまで来て、部屋を避けて無駄に帰るのも大人気ない気がした。それに西脇氏についての話は、ぜひ聴きたいのである。

エレベーターに一しょに乗って四階に出た。妹尾郁夫は先に立ち、左廊下の突き当りの部屋のドアに鍵をさしこんで、かちかちと音を鳴らして廻《ま》わしている。うしろに立っている祥子は気味が悪かった。

ドアが開き、妹尾がスイッチを捻《ひね》ると室内に灯がついた。

「どうぞ」

妹尾郁夫が祥子を見て、すこし腰をかがめた。祥子は思わず腕時計を見た。九時半になっていた。

祥子が、おそるおそる入ると、部屋は、むろん洋室で、窓際には机が置いてあり、その上に洋書が五、六冊と、原稿用紙などがあった。原稿用紙は一行の字も書いてなかった。

それはいいが、眼が困るのはベッドと、壁際にある三面鏡であった。祥子に軽い恐怖が起った。

「まあ、おかけ下さい」

妹尾郁夫は、椅子を指した。祥子は妹尾の両手が拡がり、自分の肩にかかるのではないか、と危惧したが、さすがに翻訳家もその奇異な挨拶をとりやめていた。メイドが入ってきて、コーヒーをならべてひき退った。祥子は自分がどんな眼で見られているかと思うと身がすくんだ。

2

「お話、早くお伺いしとうございますわ」

祥子は、妹尾郁夫の顔をまっすぐに見て云った。

「仕方がありません。お話ししますよ」

妹尾郁夫は、ゆっくりと煙草に火をつけて喫《す》った。

「どうです、ここは落ちついたいい部屋でしょう?」

彼は煙を吐いて別なことを云った。それは早く話すのが惜しいようでもあり、このような場所で仕事をしている自分を祥子に認めさせたいようでもあった。洋書の上の一冊は開いて、こまかい活字が黒く詰っていた。

「ほんとにいいお部屋ですわ」

祥子は仕方なしに云った。

「いつも、ここでお仕事なさるんですか？」

「忙しくなると、ここへ遁《に》げこむんです。やはり能率が上りますからね」

妹尾郁夫は、いくぶん自慢そうに云ったが、こんな話のつき合いをしていると、きりがなかった。時間が遅くなるばかりだった。会いに来る約束だという出版社の人も、現われる様子はなかった。

「先生、それでは西脇先生のお話、早くお聴かせ下さい」

祥子は催促した。

「ゆきがかりで止《や》むを得ませんね。話しましょう」

妹尾はようやく云い出した。

「西脇氏はね、あれで女の方は相当な腕前ですよ。失礼、ご婦人の前ですが」

「いいえ、どうぞ」

「漠然とした噂話は、確めようがないから、この際、省《はぶ》きましょう。はっきり判っているのは、自分の病院の看護婦を二人も手をつけ、一人は堕胎させて辞めさせましたが、一人はそのために自殺しました」

「まあ」

祥子はさすがに愕いた。

「ね、びっくりなさるでしょう？」

妹尾は効果を確めるように祥子の表情をのぞきこみ、

「まだ、あります。西脇氏は赤坂などの待合で遊んでいるのですが、ひとりの芸者の旦那になっています。それに、キャバレーの女給とも関係があります」

とつづけた。

祥子はすぐには信じられなかった。或る程度、覚悟してきたのだが、まさかそれほどとは思わなかった。

「嘘のように聞こえるか分りませんが本当なんですよ」

妹尾は、祥子の顔色をよんで云った。

「西脇氏の女関係は乱脈を極めていますよ。あの人のやり方は秘密主義でしてね。絶対に外部に洩れないようにしています。というのは、ひどく体面を考える人でしてね。近ごろ婦人雑誌や、新聞に書くものですから余計なんです」

その用心深さが祥子の注意をひいた。

「それは本当でしょうか？」

祥子は訊いた。西脇氏の秘密主義の情事を、妹尾郁夫がどうして知ったか、である。

「実際ですよ。出鱈目《でたらめ》を云ってるんじゃありません」

妹尾は、祥子の心を察したように云った。

「実を云いますとね、これは絶対に洩らしてもらっては困るんですが、上田正夫《まさお》という西脇さんの弟子から聞いたんですよ」

上田正夫――どこかで聞いたことのある名前だったが、それはすぐに思い出した。いつぞや初めて神谷次長と病院に西脇氏を訪ねて行ったとき、病院の前で会った青年医者であろう。

西脇先生は仙台に出張して留守だ、と神谷に云い、神谷も祥子を紹介したあと、西脇先生のお弟子さんで上田さんだ、と教えた、あの青年に違いない。祥子は目礼を交したときの対手の背の高い姿を覚えている。

「上田とぼくとは高等学校が同じでしてね、それでつきあってるんですが、西脇さんの弟子のあいつが云うことですから間違いありませんよ。奴は学問の上では師匠として西脇さんを尊敬していますが、私行では憤慨しているんです」

妹尾郁夫は語りつづけた。

「こういうと西脇さんは、芸者とか女給とかプロに興味をもっているように思えますが、決してそれだけではなく、看護婦の例でも分る通り、素人にも手を伸ばしています。最近、小さな患者の母親で、若い未亡人を誘惑して、トラブルを起したそうです。尤も、これも例によって表面に出ずに終りましたが……」

妹尾は、祥子の反応を見るようにした。

「だから、あなたが、西脇さんに誘われて、あんなナイトクラブなどで一しょに居られるのを見ると、ひやひやしたのですよ。これは、ぜひ、アドバイスしなければいけないと思いましてね。そら、あなたが、さっき云ったでしょう。西脇さんには父親か叔父みたいな安心感があるって。それが危いのです。外見は一応紳士だし、地位もあって、おっとり構えていますが、あれがテなんですよ」

「姉も」祥子は訊いた。

「西脇先生とは附き合っていたのでしょうか?」

知りたいのはそれだけだったのだが、妹尾郁夫は、急に注意深い眼で祥子を見た。

「さあ、それはよく知りません。上田からは聞いていません。あなたのお姉さんは怜悧《りこう》な方だったから、そんなことはないと思います。でも、仕事の上ではよく訪問されたのではないですか」

「ええ」

祥子はうなずいた。心では、上田正夫に一度会って訊くことに決めていた。西脇小児科医長の素行を聞いた以上、医長は最も注意を要する人物になった。

「笠原さん」

妹尾郁夫は、やはり祥子を凝視して云ったが、語調が妙に変った。

「こんなことを、わざわざあなたに云うのは、なにも西脇さんの悪口を云いたいためではありません」

「それはよく分っています。わたくしのことを考えて下さってるからでしょう。有難いと思いますわ」

「ああ、分って下さいましたか？」

突然に、妹尾郁夫が椅子から起ち上った。

「笠原さん！」

祥子は、あっと思った。無意識に椅子をひいたのは、妹尾郁夫の眼が、油を注いだように、ぎらぎらと光っているからだった。

「ぼくは……」

声が詰まって途切れ、

「ぼくは、あなたが好きになったのかもしれないのです。だから、こんなお節介をやくのです。西脇さんみたいな男の手に奪われたくないからですよ。いや、きっとあなたを愛しているからです」

と云いながら近づいてきた。

「駄目です、先生」

祥子は蒼くなった。瞬間に、横の白いベッドが眼に映った。椅子を倒すように引いて思わず起ち上った。

「笠原さん！」

今度こそ妹尾郁夫は両手を拡げた、哀願するように眼をむいている。舞台の上の俳優みたいだったが、それを考える余裕が祥子にはなかった。いまにも、拡げた両手に肩をつかまれそうだった。祥子はドアの方へ少しずつ後退した。眼の前に逼《せま》ってくる圧迫で、足がもつれて倒れそうな不安を覚えた。ベッドの枕元に置いてある小さな紅いスタンドがいまわしく眼を脅《おびや》かした。

突然、卓上電話が鳴った。妹尾郁夫は棒立ちになった。躊《ため》らうように祥子を見つめて何秒か突立っていたが、ベルの連続音に彼の姿勢が負けた。

「待って下さい、笠原さん」

受話器をとり上げ、妹尾郁夫は一方の片手をあげて祥子を招き返すように振った。

祥子はドアの方へ歩いた。

「誤解しないで下さい、笠原さん。待って下さい」

片手に握られた受話器から、「もしもし、妹尾さん？」と甲高《かんだか》い女の声が洩れて聞えた。祥子は、ドアを開け、廊下に出た。

自分でも、顔から血の気を失っていることが分っていた。

3

遅くなったが、祥子は社へ戻った。残りの仕事をしていると電話がなった。

「笠原さん、いらっしゃいますか？」

祥子はその声に憶えがあった。

「わたくしです」

「あ、ぼく、吉井です」

やはり社会部の吉井であった。

「こんばんは」

祥子は挨拶した。待っていた声なのである。

「どうも。例のこと、遅くなりました」

「いいえ。お忙しいところを、ご厄介かけて済みません」

「どうにか、一通りの目鼻がつきましたが」

吉井は云った。

「あら、そうですか」

「しかし、まだ充分ではありません。あまり遅くなりそうだから、今の段階で分っていることをお話しします。いま、三十分ばかり、この間の喫茶店まで出られませんか？」

祥子は机の上を見た。仕事の状態は三十分くらいの余裕を宥《ゆる》していた。

「伺います。これからすぐに」

「お待ちしています」

電話はそれで切れた。祥子は机の上を、ちょっと片づけて、神谷次長に断った。

「済みません、三十分ばかり出させて頂きます」

「おそい呼び出しだね？」

神谷は人のいい顔で笑った。

「行ってらっしゃい、ゆっくり」

祥子は頰を赧《あか》らめて部屋を出て行った。

社から喫茶店のルナールまで歩いて五分とはかからなかったが、祥子は胸に軽い動《どう》悸《き》がうった。それは吉井の調査の結果がどのようであったかの期待だったが、同時に吉井に遇うことも一つの期待であった。

ルナールに入ると、二階の、この間と同じ場所に吉井は坐っていた。卓《テーブル》の上には、コップのアイスコーヒーが半分になっていた。

祥子が歩きながら、離れたところからおじぎをすると、吉井も微笑で迎えた。相変らず、もじゃもじゃさせた髪だが、眉のあたりに清潔感があった。祥子は、さきほどの妹尾郁夫と比較しないで居られなかった。

「例の調査ですがね、思わぬ時間がかかって済みませんでした」

吉井は謝った。

「いいえ。わたくしこそ、ご迷惑をかけましたわ。お忙しいんでしょう?」

祥子の方が済まない思いだった。

「いや、それは構わないんです。こういうことは割合と慣れていますから」

吉井は云って、ズボンのポケットから手帳を出し、それに挟んだ紙をひろげた。

「残念なことに、九月十日の分は、大体のことしか分らないのです。なにぶん日が経ちすぎていますからね。それぞれ、ぼくの知った奴に頼んで調べて貰ったのですが、まあ、間違いはないと思います」

吉井は、そういいながら、紙を祥子に見せた。それは次のような表になっていた。

祥子がこれに見入っていると、

「すこし、註釈をしますとね」

吉井もそれに眼を落して云った。

「先ず、九月十日の分からです。妹尾さんは熱海に仕事を持って行ってたそうです。宿は決っていないので、はっきり分りません。高木さんは、東京から離れていないらしいです。佐敷泊雲さんは、京都で、その前から三日間滞在し、支部の会をみています。次は、内牧さんですが、デザイン学校の仕事が忙しいので、東京を離れていない模様です。鶴巻画伯は、関西方面に個展の打ち合せとスケッチ旅行で一週間滞在、最後に西脇博士は、名古屋の学会に二日前から行って居ります」

吉井は一通り説明した。

「よく調べて頂きましたわ」

人名	九月十日	十二月二十四日
妹尾郁夫（翻訳家）	熱海	銀座
高木利彦（彫刻家）	東京	友人の家
佐敷泊雲（生花家元）	京都	銀座
内牧理事長（洋裁学院長の夫）	東京	自宅
鶴巻莞造（画家）	大阪	銀座
西脇満太郎（医者）	名古屋	赤坂

祥子が云うと、

「いや、そうでもないんですよ」

と吉井は頭をかいた。

「これは、当時、その土地へ行っていた、或は、東京に居たという漠然としたことで、果して九月十日の午後六時発、浜松の事故バスには乗っていなかったという確証にはならないのです」

彼は、祥子の視線をうけて、そのことを説明した。

「例えばですね、最初の妹尾さんにしたところで、熱海の何処に泊っていたか分らない。熱海から浜松までは急行で、ほぼ二時間半です。げんに、お姉さんの乗られていたバスは下り急行十七時四十分の客を受けて居ります。それから、高木さんも内牧さんも東京に居たというけれど、正確なところは分りません。浜松までは急行で四時間ですから日帰りは出来ます。胡魔化《ごまか》そうと思えば、東京に居たということもできます。佐敷さんの京都も、鶴巻さんの大阪も、浜松までは、それぞれ約四時間と五時間、日帰りには困難とみても、浜松は東京への帰り途中です。あのバスは同時に上りの急行の客も受けていましたからね。西脇博士の場合は、名古屋ですから、距離的に最も近い。浜松までは、急行で、約一時間半です」

吉井は、そこで一度、言葉を切った。

「ですから、たとえばです、特に上り列車の場合に云えることですが、お姉さんが誰かと約束なさって、浜松駅で待ち合せをされたことだって可能なわけです」

祥子は、眼を呆然と吉井に向けた。

4

「なにしろ、九月十日といえば」

吉井はつづけた。

「いまから、百日以上も以前のことですからはっきりとは分りません。これだけ聞き出すのも、諸氏の当時のスケジュールなど聞いて見当をつけた程度です。要するに、正確なことは分らないという実状です」

吉井は、今度は、表の下の段に指を当てて、

「と、いって、この十二月二十四日もですね、五十歩百歩なんですよ」

と云った。

「当日は、生憎《あいにく》とクリスマス・イヴです。銀座はごった返しています。妹尾さんも佐

敷さんも、鶴巻さんも銀座に出たそうですが、町田知枝さんが殺された推定時間、午後十二時前後のアリバイは全然分りません。なにしろ、イヴの晩はキャバレーもバーも午前二時ごろまでは騒いでいましたからね。ただし、この三人ともご帰館は午前二時ごろだったそうです」

吉井は、別の箇所に指を当てた。

「この内牧さんは自宅に居たそうですが、果して、一晩中、在宅していたかどうか分りません。内牧さんの住所は、田園調布《でんえんちょうふ》です。ここから多摩川の現場まで、車だったら三十分くらいで往復できる筈です。最後の西脇氏の場合ですが、赤坂で遊んでいたというけれど、一ヵ所の待合でなく、近くのキャバレーも二、三歩《ある》いているらしいですよ。この各氏の行動については、われわれに捜査権のない悲しさで、一々、訊問するわけにはゆきません。また、たとえ訊いても、銀座のあのごった返しの晩では、店の女も正確なところを憶えていないでしょう。それに、みんないい加減酔払っていたに違いありません」

祥子はそのことも判るのである。十一時すぎたら、バー、キャバレーなどのイヴの騒ぎは最高潮のときだ。

「こう考えてくると、この表なんか、当てにならなくなります。ほんの参考程度です。が、今となっては、実際のことを追及する方法がないでしょうな」

祥子は、吉井の調べに期待し過ぎていたことを知った。話を聞くと、尤もだったし、期待していたのが無理だと分った。

「済みませんでした」

祥子は、吉井に心から感謝した。忙しいのに、これだけでも、よく調べてくれたのである。

「申し訳ありませんわ。こんなに努力して下さって」

祥子は頭を下げた。

「いや、あまりお役に立たないで、ぼくの方が済まないです」

吉井は、もじゃもじゃした頭を指でかいた。

「そんなことありませんわ。これ以上のことは誰にも出来ないと思います。あとは警察の精密な捜査によるか、神に恃《たよ》るかしかありませんわ」

祥子が、神といったものだから、吉井は、ちょっと愕いたように眼をあげた。

「その神のような力を、われわれは持ちたいものです」

と吉井は云った。祥子には、それが少しも気障《きざ》には聞えなかった。それは吉井の真剣な表情のせいかもしれなかった。

「笠原さんは、あまり遠慮なさることはないのですよ」

と吉井は祥子を宥《なだ》めるように云った。

「これは、一つは、われわれの仕事でもあるのです。と、いうのは、町田知枝さん殺しの犯人が未だ挙らないでいるものだから、各社とも、この事件を追っているのです。あなたは、ぼくがあなたのためだけで働いているように思われるかもしれませんが、実はぼくの方があなたの協力を得ているのかも分りませんよ」

吉井は小さな声で笑った。

「げんに、町田さん殺しの犯人の手口が、殺しではないが、あなたのお姉さんの場合とよく似ている事実、従って、犯人はこの両方に関係しているという推定は、よその社では知りませんからね。決して遠慮は要りませんよ」

聞いてみるとそうかもしれなかったが、祥子は、吉井の好意としてうけ取った。

「町田知枝さんの捜査は、その後、どうなんですか？」

祥子は、それも気になっているので訊いた。

「ぼくは捜査本部に、毎日、行っていますがね。どうも思うように進捗《しんちょく》しないようです。捜査の連中は、渋い顔をしています」

吉井は教えた。

「例の、町田さんを運んだと思われる自動車のことですがね。タクシーやハイヤーなどは絶望です。残っているのは自家用車ですが、これは調査が不可能といってもいいでしょう。これは痛いのですよ。本部では、自動車で現場に行ったか、死体を運んだかという線を捨てていませんからね」

　そこで、彼は思いついたようにつけ加えた。

「解剖の結果、町田さんの食事の状態が判ったんです」

「どうでしたか」

「胃の残留物で、死後時間の推定や、最後にどこで食事をしたかの推測が出来るのですが、町田知枝さんの場合は、奇妙なことに、胃の内容物が殆ど消化してるんです。つまり、生前は空腹な状態にあったんですね。おそらく、昼食くらいで、晩には何も食っていなかったのでしょう」

　祥子は、吉井の顔を見つめた。

「ね、これは変でしょう。あ、そうそう、町田さんは酒も呑んでいないのですよ。胃袋の中にはそれも無かったし、血液中にアルコール分を検出しなかったのです。ちょっと妙じゃありませんか。クリスマス・イヴの晩に銀座に遊びに出た町田さんが、一物も食べず、酒がのめるのに、イヴに一滴も呑まないというのは、どうかしてるんじやないでしょうか」

「そうですわね」

それは、たしかに奇妙であった。

「捜査本部では、このことからこういう推定をしているんですよ。町田知枝さんは、社を出て、銀座のバーで誰かを捜していた。何軒か廻ったのち、目的の人物に遇った。そして、その人物のために、死の直前まで、食物を与えられずに、どこかに監禁されていたか、何処かを歩き廻らされていたか、そのどっちかだというのです。目下、その目撃者を捜していますが、まだ誰も見つかりません」

祥子の眼には、あの快活な町田知枝が、頭を抱えてうずくまっている姿や、どこと も知れぬ場所を彷徨している哀れな恰好が泛んだ。

祥子は犯人に憎しみが湧き上った。

5

新年用の増頁《ページ》で、仕事がひどく忙しい。毎晩、帰りが十時をすぎていた。尤も、これは女子社員だからで、男の社員は、夜中になっていた。今夜は祥子も吉井と話したので、十二時を過ぎていた。

社の車に送られて、アパートに帰った。姉の信子がよくしていたことである。仕事も、生活も、祥子は同じものになっていた。

鍵でドアを開ける。一ぺんに内にこもっていた自分の空気が溢れて、顔を打つのである。

仕事の疲れも、外での緊張も、この空気が彼女の神経をほぐし、身体をいたわってくれるのである。たった八畳の間一間だったが、誰の眼も無い、自分だけの場所であった。

電燈をつけ、ハンドバッグを投げ出した。行儀が悪いが、疲れているのである。が、どのように疲労していても、郵便受だけはまっ先にのぞいた。姉もそうしていた。外からの便りが、ただ一つの慰めであった。

郵便物と夕刊とが一しょになってかたまっている。祥子は夕刊を除けた。これは社で読んできたから必要がなかった。

郵便物は、第四種の茶色の封筒が一つと、はがきが一枚あった。封筒は化粧品の宣伝物である。これも捨てた。祥子ははがきの差出人の文字を見たとき、俄かに胸が鳴った。

——山梨県西八代郡下部町波高島××番地、斎藤稔次郎。

来た、と思った。急いで裏を返した。

「拝啓、時下御清栄のことと存じ候、扨《さて》、先日、はるばる御足労をおかけ申した愚娘常子儀、間もなく正月が近きこととて、本日奉公先より帰宅仕候。当分の間、拙宅に逗留《とうりゅう》いたす由申し居り候えば、過日のお約束に従い、一筆御報知申上げ候。敬具」

文字は下手糞だし、律義な候文であったが、祥子は胸が衝き上げられるような衝撃をうけた。

あの女中が姿を見せたのだ。

姉を見捨て、定期券入を奪った人間から、それを預かった飲食店の女中が遂に出てきてくれた。それが誰であるかを見ている唯一の目撃者だった。証人なのだ。

祥子の胸は、苦しいくらいに動悸が激しく鳴った。じっとして居られないのである。

常子は、その人物を見ている。それが、死の姉を見捨てた者であり、町田知枝を殺した犯人かもしれないのだ。常子だけが、指をまっすぐにあげて、この人です、と当てることが出来るのだ。

祥子は思わず、うろうろした。一ときも身体が落ちつかなかった。すぐにも汽車に乗りたかったが、十二時過ぎでは、どうしようもなかった。

年末で社は忙しかった。しかし、明日は社を休む決心をして、階下の電話のある管理人室に行った。

「今晩は」

「おや、電話ですか、さあ、どうぞ」

管理人のおばさんが縫いものをしながら、にこにこした。祥子は、社に電話した。文化部ではまだ人が残っていた。

祥子は、明日、どうしても休まなければならぬ事情を云って、許可を頼んだ。それは宥《ゆる》された。

電話を一旦切って帰りかけたが、すぐに気づいてもう一度社を呼んだ。

「社会部を呼んで下さい」

社会部が出た。男の声だった。

「もしもし、吉井さん、いらっしゃいますか？」

「吉井は居ませんよ。取材に出ています」

無愛想な返事だった。

「何時ごろお帰りになりますか？」

「さあ、時間は分りませんな」

「あしたの出勤は何時ごろですか?」

「さあ、そいつも分りませんね」

祥子は失望して電話を切った。

明日の朝はできるだけ早い汽車を択《えら》ぶために、管理人のおばさんから時刻表を借りることにした。

波高島《はだかじま》からくる汽車

1

「おばさん、済みませんが汽車の時刻表がありましたら貸して頂けません？」

祥子は、管理人のおばさんに頼んだ。

このおばさんは六十近くで、かなりの確《しっか》り者である。肥えて、顎は二重に括れているが未だに濃い化粧をしている。金に執着心の強いところから、もとは洲崎《すさき》あたりのおいらんだったと蔭で悪口を云うアパートの住人もいた。それは家賃が少しでも溜《よ》まると、口汚い云い方をして仮借《かしゃく》のない取り立てをするのに因《よ》るらしい。亭主は人が好く、女房の采配《さいはい》に任せきりであった。

「はいはい、どこかにある筈ですよ。待って下さい」

おばさんは、押入れの中をごそごそと探していた。他の人にはとも角《かく》祥子には親切なのである。

「はい、お待ち遠さま」

おばさんは、時刻表の表紙の埃《ほこり》を敲《たた》いてさし出した。

「済みません」

祥子は、そこに立ったまま頁を繰った。中央線のところを見ると、新宿発八時十分の《穂高》という準急がある。これは甲府に十時四十七分に着く。波高島に行くには、甲府から身延線に乗り換えるのだが、その頁を探していると、おばさんは、じっとそこに立って祥子の指先を眺めていた。他人のすることには、ひどく興味をもつ性格なのである。

身延線甲府発は十一時十九分で、波高島には十二時四十五分着である。時刻も恰度《ちょうど》いい。これに決めることにした。

「どうも有難う」

時刻表を、そこに立ったまま動かないでいるおばさんに返す。

「笠原さん、どこかにご旅行ですか」

とおばさんは興味満々といった顔つきで祥子を見た。

「ええ、ちょっと甲府の先まで行って参ります」

「甲府まで？　へえ、そりゃ大変ですね」

おばさんは急に火鉢の前に坐って、沸いている鉄瓶を急須《きゅうす》に注いだ。

「笠原さん、いま、茶が入りますから、どうぞお入り下さいな」

おばさんはうしろ向きになって云った。

「え、有難う。でも、また参りますから」

祥子は尻ごみしたが、

「まあ、よろしいじゃありませんか。ちょっとお入りなさいよ」

とおばさんは茶碗を盆に置く音をさせた。祥子は断りきれなくて、仕方なしにそこに坐った。

おばさんは、眼尻に皺を集めて笑い、茶を出した。それからうしろの戸棚を開けて、煎餅《せんべい》を紙に乗せた。

「なんにもありませんよ」

「いいえ、どうも有難う」

おばさんは、自分でも息を吹いて熱い茶を啜《すす》り、

「甲府の先というのは、どちらですか？　わたしもあの辺には親戚があるので知っていますが」

と祥子をのぞき込んだ。

「波高島というところですわ」

祥子は、また仕《し》ようがなしに云った。

「ハダカ島？　へへえ、妙な名前の島があるんですね？」

おばさんは眼をまるくした。

「いいえ、島じゃないんです。そういう名前の土地です。富士川のすぐ傍で、身延山の近い田舎ですわ」

「あれ、身延山が近いのですか？　わたしは身延山には二度ばかりお詣りしましたよ。親類の者に連れられましてね。東京から随分あるじゃありませんか？」

おばさんは煎餅を噛《か》み砕きながら云った。

「え、でも、遠いといっても四時間くらいですわ」

「四時間でも大変ですよ。で、そのハダカ島というところに、お仕事でいらっしゃるんですか？」

祥子は面倒臭いから、よっぽど、そうだと答えようかと思った。しかし、考えてみると、或はあの女中をしばらく自分の部屋に置くようなことになるかもしれないのである。斎藤常子という浜松の飲食店に勤めていた目撃者は、当分の間、自分のところに留めておいて、姉の定期券入れを預けて逃げた人間の首実検をゆっくりして貰うつもりであった。そのときの予備知識に、或る程度、管理人のおばさんには話しておく必要があった。

「いいえ、仕事ではありません。私用なんですけれど或る女のひとに会いに行くわけです」

「へえ。そりゃお知り合いなんですか？」

「え、まあ、知り合いみたいなものです」

祥子は曖昧《あいまい》に云いかけたが、そうだ、これはもっと素性を説明した方がいいと気づいた。

斎藤常子を手もとに呼びよせるのはいいが、いつまでも置いておく訳にはゆかない。なにか、仕事口を探してやらねば、先方だって困ることになる。幸い、この管理人のおばさんは、口が達者なだけに顔が広い。どこか適当な働き先を紹介してくれそうな気がしてきたのだった。

「ねえ、おばさん」

祥子は改めて云った。

「その人、実は浜松で女中さんをしていたんですの。それで、事情があって、東京に呼びよせることになるかも分りませんが、そのときは、おばさんの心当りで仕事を探して頂けませんでしょうか？」

「へえ、女中さんですか？」

「そうなんです」

「いま、女中さんが少くて、どこも困っていますからね、それは訳はありませんよ。頼まれている先だってありますから、すぐにお世話しますよ」

おばさんはすぐに承知したが、これはいい家の女中のことらしい。祥子はそのことに、ちょっと不安を覚えた。

「そのひとは、浜松で、飲食店に勤めていたんです。ですから、なるべく水商売のお家の方がいいかも分りませんわ」

「へえ、飲食店に奉公していたのですか？」

おばさんの眉には微かに軽蔑《けいべつ》したような色が現われたが、如才なくうなずいて、

「いいですとも。そっちの方にも心当りがあります。わたしが口を利いてあげますよ」

と請け合った。祥子は、おばさんの返事が安請合《やすうけあい》すぎるようだったが、やはり安心した。はじめ気がすすまずにここに坐ったが、結果的には話してよかったと思う。

「けれど、笠原さん、あなた、どうしてその人とお知り合いになられたのですか？」
と、おばさんはいつもの穿鑿癖《せんさくへき》を出しはじめたが、祥子はこれには曖昧な返事で通した。

2

空気は冷たいが、陽が暖いので、山道を登ってゆくと顔が汗ばむくらいだった。空は蒼く拡がり、身延の連山が冬枯れた色でつづいていた。段々畠の上には鴉《からす》が黒い翼《はね》を動かして啼《な》いている。富士川は水が少く、寒い色で流れているが、天気がいいし、師走《しわす》とは思えないのどかさであった。

祥子は、二度と来ることはないと思っていたこの畑の中の坂道を上った。波高島駅で降りたときは、汽車から七、八人の人が一しょだったが、この道を歩いているのは祥子がひとりだった。道の行く手には三、四軒の農家が散在しているだけである。見覚えの斎藤稔次郎の家は、一ばん南端にあった。

大根を干している庭を廻って、門口に立つと、さすがに祥子はときめきを覚えた。少くとも十分か二十分以内には、浜松で、姉の定期券入を渡した人物の顔を聴くことが出来るのである。

「ごめん下さい」

声をかけると、暗い奥から痩せた農夫がゆっくりと歩いてきた。

「おう」

斎藤稔次郎は眼を細め、顔中を皺だらけにして祥子に笑った。

「おいでやしたか」

「しばらくでございます」

祥子はおじぎをした。やはり、なつかしかった。

「この間は、お手紙を有難うございました」

「常子が、ひょっこり帰って来ましたでな、すぐにお報らせしました。まあ、お上んなさい。常子も居ります」

老人は大きな掌を出してすすめた。

広い座敷だが、天井も畳も煤《すす》けていた。炉が切ってあって、太いまきに火がついている。農夫はその傍に座布団を置いた。

「どうぞ、お構いなく」

祥子が云うと、稔次郎は、こんなところだから、何もお構いできない、まあ、ゆっくりして行ってくれと云った。

「常子をすぐにここに呼んで来ます」

農夫は白い頭を振って、暗い奥に消えた。祥子は、その間、冬陽の明るい障子に映っている干大根の影を見ながら、じっと胸を鎮《しず》めて待った。

長い時間に思われたが、二、三分くらいだったであろう、ほどなく稔次郎に伴われて、若い女が現われた。これは田舎の娘とも思われないくらい派手な着物を着ていた。その着物の色も柄も、商売女の好みであった。

女は父親に似て瘠《や》せていた。頬がすぼみ、眼ばかり大きい。髪を赤く縮らせ、真白い化粧をしていた。

「いらっしゃいませ、初めまして」

女は、祥子の服装をじろじろ見ながら、都会風な挨拶をした。

「これが、娘の常子です」

稔次郎は、眼をしょぼしょぼさせて云ったが、それでもどこかうれしそうであった。

「初めまして。笠原と申します。今日は突然お邪魔に上りました」

祥子はできるだけ親しそうに微笑したが、常子はきょとんとして、祥子の身なりばかり露骨な眼で羨《うらやま》しそうに見ていた。

「常子、お客さまに、お茶でもあげんかい」

父親が云った。

「あの、もうどうぞ、お構いなく」

それよりも、常子から早く話を聴きたかったが、常子は父親に云われた通り奥に起って行った。空気が動き、安香水の匂いがした。

「あんたの見えることは、あの娘に云ってあります」

父親は、娘の居なくなったときに云った。

「ところが、あんた、娘はあんまり知恵の多い方ではないでな、ものを訊くのだったら、分り易く訊いて下さいよ」

祥子はうなずいた。常子がちょっと変っていることは、初めて見たときに感じていた。稔次郎の言葉はそれを裏づけた。しかし、記憶していることは表現できるだろうと祥子はあまり心配していなかった。

常子はコーヒー茶碗を運んで来た。

「どうぞ」

と彼女は職業的に馴《な》れた手つきですすめた。

「どうも、ごちそうさま」

祥子は一口のんだが、コーヒーは缶入りの粉末で、苦くて、砂のようなかすが舌にざらざらした。祥子は我慢して、半分を残した。

その間にも、常子は大きな眼で祥子を凝視していた。

「常子さん、早速ですが、お伺いしたいことがありますの」

祥子は、やさしい微笑を向けた。心は緊張している。これからが肝腎《かんじん》の質問だった。このために常子の帰るのを待ち、東京から飛ぶような思いをして来たのである。

「常子さんは、前に浜松の丸藤食堂にいらしたことがありましたわね？」

「はい」

常子は、こっくりとうなずいた。

「九月十日に、弁天島行のバスと貨物列車とが衝突したことがあるでしょ？　憶えていらっしゃる？」

「ああ、ありました。あのときは、私も見に行きましたわ」

常子は眼を輝かして答えた。

「そう？　大へんでしたわね。ところで、そのあくる日のことなんですが、常子さんに誰かが定期券入れを渡しませんでしたか？」

「…………」

常子は、大きな瞳を宙に据《す》えて、考えるような顔つきをしていた。

「その定期券入れを、踏切番へ届けてくれとその人は頼んだ筈です。思い出しませんか？」

常子は二、三秒黙っていたが、いかにも想い出したというように、口をまるく開けた。

「ええ。そんなことがありましたわ」

やはり憶えていてくれたのである。祥子は思わず吻《ほっ》として吐息が出た。が、すぐに胸が鳴った。

「その定期券入れを常子さんに渡したのは、どんな人だか憶えています？」

祥子は動悸《どうき》が激しく搏《う》った。強い眼になって、常子の反応を見まもった。

常子は、ぼんやりした表情をしていたが、今度は、別段に考える風もなく、

「さあ、よく分りませんわ」

と、あっさり答えた。

「常子さん、わたくし、その人のことを伺いに上りましたの。よく、考えてみて下さいません？」

祥子は、常子から簡単に突き放されたので、必死になった。

3

「覚えていません」

常子は、祥子の真剣な表情に関りなく、自分の答えを明快に云った。

祥子は落胆した。大事な点を常子は憶えていない。多分、これは常子の頭脳の弱さのせいだけではあるまい。食堂で働いている忙しさに、客の顔を一々、見覚えて居られないためもあろう。

が、祥子は、ここまで来て、諦めきれなかった。

「常子さん、わたくし、本当にその人のことを知りたいんです。あなたが、定期券入を渡されたことは確かなんでしょう？」

「はい」

常子は、それにはうなずいた。

「その人は、定期券入を踏切番へ届けてくれと云いましたね？　そうそう、そのとき、その人は、いくらかお礼を常子さんに出しませんでしたか？」

「百円くれたと思います」

常子は答えた。

「あら、そうでしたの？　それだけ分れば、思い出すでしょう？　その人、女ですか、男ですか？」

「男だった……と思います」

常子は考えて答えた。祥子はこの調子だと思い、元気が出た。

「男ね。それなら、どういう顔だちの人？」

と訊くと、常子は茫漠《ぼうばく》とした表情をした。

「分りません」

と、あっさり答えた。祥子は、ここが辛抱のしどころと思って、

「瘠せた方、肥えた方、それとも中ぐらいの人？」

と訊くと、さあ、と云って常子は首を傾げる。この辺から、自分でも考えるという努力を始めたようだった。

「よく考えて、思い出して下さい。あなたは、その人とどれくらいお話をしたんですか？」

「ちょっとの間です」

何分間、という時間の推定が出来ないらしい。

「でも、定期券入を渡され、踏切番へ届けてくれと頼まれたんでしょ？　あなたはそれを女の児に、させましたね？」

「そうでしたわ、そんな気もします。鍛冶屋《かじや》の房《ふさ》ちゃんだったわ」

それは覚えていた。それを記憶しているなら、男が肥えていたか、瘠せていたかぐらいは分りそうなものと思った。この区別だけでも祥子のリストにある人間は半分くらい整理されるのである。

「あなたが、その人と話をなさったのは二分間ぐらいと思うわ。判りませんかしら？」

祥子が云っても、常子は首を捻《ひね》っていた。子供が解けない問題を出されて、困っている顔に似ていた。

「そう」

祥子は失望したが、別の方角から訊いた。

「その人は、お年寄りでしたか、若い人でしたか、それとも中年の人でしたか？」

常子はまたも曖昧な顔をし、薄ら笑いしながら黙っていたが、

「よく分りません」

と答えた。だから、無論、次のような無駄な問答を重ねるのは仕方がなかった。

「その男の人、眼鏡をかけていましたか?」

「さあ、どっちだったかしら?」

「口髭《くちひげ》を生やしていましたか」

「憶えていません」

「声は、渋い声ですか? 澄んだ声ですか?」

「よく分りません」

「帽子を被っていましたか?」

「それは無かったと思います」

「それでは、その人の髪が黒かったか、おじいさんのように白髪があったか、髪が薄かったか分りません?」

「さあ、はっきりと憶えていません」

まるで判っていない。しかし、常子はこれらの返辞の都度、努力して考える風であった。

祥子は絶望した。斎藤常子からすぐに明快な話が聴けるものと勢い込んできただけに、不意に、歩いている地面が消えて無くなったような状態だった。が、絶望するのはまだ早い、まだ早いのだ、と自分の心に懸命に云い聞かせた。

「常子さん」

祥子は呼んだ。

「あなた、その人を、実際に眼の前に見たら、今でも当てることが出来ますか？」

常子は思案していたが、

「思い出すかもしれませんわ」

と、わりにはっきりと云った。

想い出してくれるのだったら、それが一番いい。しかし、判らなくとも効果はある。常子を連れて、これと見当をつけた人物の前に現われる方法もある。当人だったら、常子を見て、必ず動揺するに違いない。顔色を変えるかも分らないのだ。その反応を見よう。常子は知らなくても、対手の方が狼狽するに違いない。この場合、常子よりも、当人が自分で立証する結果になる。常子は、この実験のリトマス液である。

「常子さん、東京へ出て頂けませんか」

祥子は云った。一、二ヵ月くらいは自分のところで遊んでもらってもいい。働きたかったら、自分が責任を持って、世話をしようと云った。

「東京なら行きたいわ」

常子は眼を輝かして答えた。

「わたし、もう先《せん》から東京へ出たかったんです。東京で働きたいわ」

「そう、それだったら、わたし、お世話しますわ。急ですけれど、今日、わたしと一緒に東京に行って頂きたいくらいですわ」

祥子は性急だった。

が、これはあまり急な話だというので、父親の稔次郎が断った。結局、明後日ということになった。出発するときは、電報で祥子に知らせるから、祥子が新宿駅まで迎えに出ることなどの細かい打ち合せをその場で決めた。祥子は電報の宛先を昼間だったら新聞社宛にするようにした。

祥子が帰るとき、稔次郎も常子も家の外まで送ってくれた。

永く居たので、冬の陽は身延の連山へ傾きかけていた。富士川が下の方に白く光って流れている。希望があったので、祥子にはこの風景が、一層、美しく見えた。道から離れた畠の中に、土地の者らしい男がしゃがんで、川の方を眺めていた。

その日、夜になってアパートへ帰った祥子は、習慣で郵便受けをのぞいた。はがきが一通あった。

はがきは速達で、妹尾郁夫からだった。祥子は眼をしかめて、裏をよんだ。

「お帰りになってから、すぐにこのはがきを書きました。書かずには居られなかったのです。あなたは、多分、ぼくを誤解なさったことと思います。それがかなしくて、残念でなりません。ぼくはあなたが誤解なさるような男ではありません。そういう印象をあなたに与えたのは、ぼくの不明ですが、実際は、あなたのことを心から思っているために、つい、思わず軽挙に出たのです。これはどのようにもお詫びいたします。このまま、あなたとお友達の縁が切れるのは堪《た》えがたいほど辛いのです。もう一度、お会いしたいと思います。いずれ、お電話をさし上げますが、このままだと睡れそうもないので、とり敢えず、このはがきをさし上げました。（ぼくは今夜十二時すぎまで仕事ととりくみますが、あなたのことで気が散って、思うように進まないと思います）」

はがきに小さな字が、ぎっしりと詰っていた。割合に、うまい文字だった。

祥子はあざ笑った。何が、誤解で軽挙なものか。ホテルの自室にひき入れるのは、妹尾郁夫の計画的行為のようであった。いま、考えても身慄《みぶる》いするのである。向うでは、勝手に友達と決めている。だれがあんな男と友だちになんかなるものか、と思った。むろん電話がかかっても、切るつもりでいる。

が、ふと、妹尾郁夫は、どうして自分の住所を知ったのか、と思った。表の宛先は、間違いなくこのアパートの名で、室番号も合っているのだ。

姉だ、と祥子は思い当った。自分が社の関係者以外、誰にも知らせないこの住所を妹尾郁夫が知るわけはなかった。姉が生前に知らせているのである。

すると、姉は、妹尾郁夫と或る程度の交際をしていたことになる。祥子は思わず首を振った。姉はもち前の開放的な性質だから、平気で住所を教えていたのであろう。聡明な姉が、あんな軽薄な男と親密な交際をする訳はない、と思った。

が、やはり、心のどこかで気にかかるのだ。妹尾郁夫の存在は、案外、無視出来ないのではないか、という気にもなった。

4

「そりゃ、好い都合になりましたね」

あくる日、社に出て、電話で吉井を喫茶店に誘って、斎藤常子のことを話すと、吉井はにこにこ笑って云った。

「その常子という女中は、お話の具合だと、頭が少々弱いようだけれど、案外、当人を見ると、この人ですと云い当てるかもしれませんよ」

吉井は祥子を元気づけるように云った。

「つまり、そんな人間には、かえって普通の者より特別に感覚が発達していることがあります。ぼくは、何だか、その女がまっ直ぐに指を突き出して、この人です、と云いそうな気がするな。愉快だな、彼女を連中の前に、一々、ひっ張って面通しさせるんです」

吉井は顔を輝かしていた。

「でも、彼女が憶えてくれていなくてもいいと思いますわ。本人だったら、彼女を見て、とっさにびっくりするでしょう。あとで努力して隠しても、最初の狼狽は正直に顔色に出ると思いますわ」

「そりゃ、そうです。対手の眉の動きまで、入念に観察するんですな」

「でも、心配なことが一つありますわ」

「何ですか？」

「もし、本人が、常子さんの顔を見て忘れていたらどうしましょう。そのときは、無論、当人は平気で居るでしょうから」

「あ、そうか」

吉井は煙草を喫《の》んでいたが、

「それは心配いりませんよ。なるほど、そういう場合も考えられますが、そのときは、斎藤常子を紹介するんです、このひとは浜松の丸藤という飲食店で働いていたひとですといってね。唐突な云い方だけど構いませんよ。もし、当人だったら、思い出して、はっとして顔色を変えるでしょう」

そうだ、そういうやり方もある、と思って祥子は安心した。

「ぼくらが、いろいろ推理しても、目撃者の証言ほど強いものはありませんよ。いいときに、その女中さんが実家に帰って来ましたね。で、いつ、こっちに来るんですか？」

「明日の予定です。電報を打つように約束していますから、それが来たら、わたくし、新宿駅に飛んでゆくようになっています」

「先方にとっては怕《こわ》い人物がいよいよ上京してくるわけですね。面白くなってきた」

吉井は手を拍《たた》きそうに弾んでいた。

「ぼくも、ご一しょに、新宿駅に彼女を出迎えに行きたいくらいですよ」

「わたくし、電報が来たら、電話でお報らせいたしますわ」

「そうして下さい。何とか都合をつけて行きます」

吉井は勢いづいていた。

その電報は、その夜、祥子がアパートに帰ってから遅く来た。

十一時ごろ、アパートのおばさんがドアを敲《たた》いた。

「笠原さん、電報が来ましたよ」

祥子は、社から帰ったばかりで、着替えもしていなかったので、すぐにドアを開けた。

おばさんは手に電報を持ってうす暗い廊下に立っていた。

「どうも有難う」

電報をうけとり、部屋の灯りの中で披《ひら》いた。

「ツネコアス一六ジ三〇シンジュクツク　サイトウ」

波高島の斎藤稔次郎からだった。常子が、明日の午後四時三十分に新宿駅に着く
――

約束通りだったが、祥子は胸が躍った。

「何か、悪いことでも起ったんですか？」

おばさんは廊下から覗き込むようにして訊いた。

電報が来るのは、よくない報らせだとおばさんは考えているらしい。尤も、おばさ

んの好奇心は、それを半分期待しているのかもしれなかった。

「いいえ、そうじゃないんです」

祥子は、うれしくなって、笑いながら云った。

「一昨日の晩、おばさんにも話したでしょ、波高島の娘さんが、明日の四時半の汽車で、新宿に着くという報らせです。当分、わたしの部屋に置くようになりそうだから、おばさん、よろしくお願いしますね」

「ああ、そうですか。それは承知していますよ。笠原さん、その娘さんの奉公先も、わたしが骨を折ってみます」

おばさんは親切に云った。

「ほんとにお願いします」

祥子は頭を下げた。

「そうですか。いよいよ、ハダカ島のムスメさんが明日の四時半の汽車で来るんですかね」

「いやですわ、おばさん。ハダカと云っても字が異うんですよ」

祥子は笑った。

「でも、ハダカと云うのには違いありませんよ。おかしな土地の名前もあったもんですね」

おばさんも笑いながら、

「まあ、悪い電報でなくて安心しましたよ。おやすみなさい」

と薄暗い廊下を行くおばさんに、祥子も、お寝みなさい、を云った。

その夜、祥子は年末追い込みの忙しい仕事をしたあとにもかかわらず、気持が昂《たか》ぶってよく睡れなかった。

翌日の午後四時ごろに、祥子は次長に知人が上京して来るからと断って暇を貰い、新宿駅にタクシーを飛ばした。

吉井に電話したが、取材に出ているとかで連絡がつかなかった。年末だから、新聞記者は誰もが血眼である。常子を迎えるのは自分ひとりで足りるわけだから、吉井にはあとで話そうと思った。

新宿駅のホームに待っていると、間もなく準急の上りが定時の四時半に入ってきた。

終着駅だから、乗客は悉《ことごと》く吐き出される。祥子は、眼を凝らして降りる客の中から斎藤常子の姿を探した。見失ってはならない。新宿駅は出口が四つもあるが、ホームで待っているという約束だから、常子は出口に流れる降車客の群にはついて行かない筈であった。

しかし、常子の姿は無い。どのように眼で捜しても居ないのである。祥子は、流れて行く、婦人客の一人一人に視線を当てた。素速いが、念を入れた視線だった。やはり居ない。

電文は間違いなく、この列車を指定していた。最後の乗客の一人がホームから消えるまで祥子は立っていた。万一、見失っても、斎藤常子だけは、祥子を待ってホームに居残る筈なのだ。それが居ない。

時計は五時近くなっていた。短かい冬の日は暮れて夜になっている。灯だけが、構内にも、外の街にも明るかった。

もしかすると、常子は間違えて、改札口を出たかもしれないとも思った。祥子は、北口、西口、南口、中央口の四つの改札口をぐるぐると大急ぎで廻った。息が苦しいくらいだった。きっと血走った眼になっていたに違いない。すれ違う人が、祥子を不思議そうに見て通った。四つの改札口の近くにも、斎藤常子の姿は無かった。

祥子は、次の汽車を待った。一時間半後にその汽車は来た。祥子は再び常子の姿を求めたが、発見出来なかった。次は、甲府発の七時四十分着の普通列車、その次は九時十分だった。その両方とも常子は降りて来なかった。

5

もしかすると、常子は出発の予定を変更したのかもしれない。祥子は最終列車を空しく迎えたあと、アパートに電話した。おばさんが出た。

「おばさん、わたくしに、電報が来ていませんかしら？」

祥子は訊いた。

「いいえ。来ていませんよ。来たら、わたしが預かっておくんですがね」

おばさんは返辞した。

電報が来ていないのは、予定通り常子は準急列車に乗ったことを意味している。何か不安な予感がしてならない。

祥子は駅の構内から電報を打った。

「ツネコサンナンジノキシャニノッタカ　カサハラ」

この電報を打ってのち、吉井に電話したが、やはり外を廻っているという社会部の返事であった。不安が募ってくる。常子はすこし頭脳が弱い。途中で妙な間違いが起っていなければいいがと思った。返電が来るまでは落ちつかなかった。

祥子は、社に大急ぎで帰り、十二時近くまで仕事をした。アパートに帰ったのは、午前一時に近かった。電報は来ていない。祥子の留守のときは、管理人のおばさんが預かってくれている筈だが、祥子が帰ったと知ると、夜中でも届けてくれる人が、何の音沙汰も無いのである。

祥子は、その夜、とりとめのない夢ばかり見た。

朝、九時ごろ、社に出勤しようとしたとき、管理人のおばさんが大急ぎで廊下にやってきた。

「笠原さん、電報が来ましたよ」

祥子はドアを開け、すぐに電報を披《ひら》いた。予定が変った返電であればいいと祈りたい気持だった。

「ツネコサクジツノハクバデタッタ　サイトウ」

祥子は、息を呑んだ。「白馬」は新宿着十六時三十分の準急列車の名である。斎藤常子は、予定通り昨日のその汽車で発《た》っている。

あの列車は、昨日、充分に見張ったから、常子を見落す筈はない。祥子は、それには自信があった。では、常子は一体どこに行ったのか。

父親の報告だから、常子がその列車に予定通り乗ったのは確実である。すると、常子はその汽車の中から消えたことになる。まさか消えるとは考えられないから、途中で下車したか、祥子の警戒の眼をくぐって新宿駅から脱出したかである。

「何か悪い報らせですか？」

おばさんは、そこに立って前と同じことを訊いた。

「いいえ。何でもないんです」

祥子は、おばさんが煩《うる》さくなったので、無愛想な返辞をした。あとで、悪いと思ったくらいである。

常子は途中下車したのだろうか。普通の人間より、すこし知能程度が鈍いから、ふらふらと気が変って、降りたかもしれない。それとも、近ごろは悪い男が居るから、常子を誘って、途中で一しょに降りたかもしれない。祥子は唇が白くなるのを自分でも知った。

準急が甲府を出て以来、停車する駅は、時刻表によると、日下部《くさかべ》（編集注　現、山梨市駅）、塩山《えんざん》、大月《おおつき》、八王子《はちおうじ》、立川《たちかわ》、新宿の順である。祥子は今日一日待って消息が知れないときは、新宿駅に頼んでこれらの途中駅の駅員に様子を訊き合せてもらうつもりでいた。祥子は、常子に、社の名前を云ってあるから、もしかすると、ひょっこり社の受付に現われるかも分らない期待があった。祥子は、そのため、受付の人にもよく頼んでおいた。

祥子は、仕事が落ちついて出来なくて困った。アパートのおばさんにも留守の間に電報が来たら、すぐに知らせてくれるよう頼んでおいたが、そこからの電話も無かった。

もうじきに、十二時になるというときだった。

仕事をしている祥子に電話がかかってきた。

「笠原さん、電話だよ」

と隣りの部員が受話器を渡してくれたときは、すっかりアパートのおばさんからと思っていた。

「もしもし、ぼく、吉井ですが」

吉井の声は、いつもよりは早口だった。

「あ、吉井さん？」

祥子は、昨日から留守の吉井に電話しているが、今度は吉井が常子の上京のことを気にかけて電話してきたのか、と思った。

「常子さん、まだ、こっちへ着かないんですよ」

祥子の方から先に云った。

　すると、吉井の声は、

「実は、そのことですが」

　と昂ぶった声で云った。

「その常子さんは殺されているんですよ」

「えっ」

　祥子は、自分の耳を疑った。あたりが急に、ぼうと霞んできた。

「もしもし」

　吉井はつづけたが、祥子の耳には遠くから聴えてくるような気がする。

「いま捜査本部が設置されました。今晩の夕刊には出る筈ですが……」

「い、一体、どういうことなんですの？」

　祥子は喘《あえ》いだ。周囲の部員が、彼女の異常な声をきいて顔を見た。祥子は蒼くなっていた。

「立川から乗り換えて川崎へ行く南武線《なんぶせん》という鉄道がありますが、矢野口《やのくち》という駅から近い梨畑の中で、今朝の八時ごろ、若い女の死体が発見されたのです……」

　吉井は早口でしゃべった。

「所轄署で検視したところ、二十五、六くらいの女が絞殺されているのです。死後経過時間から推定すると、昨日の午後六時頃というのですが。現場は、梨畑のつづいている寂しい場所です。暮れて了《しま》ったら、そんな犯行があっても分らないような所です……」

吉井はつづけた。

「ところが、被害者の所持品を調べると、波高島から甲府経由、新宿駅までの三等の通し切符が出て来たんです。立川駅で途中下車の検札の鋏《はさみ》が入っています」

祥子は呆然とした。

「もしもし、聴えますか。ぼくは、それを知って、すぐにピンと来ました。あなたから聞いた波高島の斎藤常子さんに違いありません。まだ被害者の身もとは、本部には割れていませんが、常子さんだということは確実です……、ぼく、いま、日野《ひの》署の捜査本部に居ます。忙しいでしょうが、すぐに来てくれますか？」

「参ります」

祥子は電話を切った。

事件の個性

1

　それは十二月の終りだった。だから、今年中の仕事は終っていた。

　文化部の仕事は、一日明けた来年正月の六日分までの原稿は出来上り、すでに校了になっていた。

　吉井の電話を聞いた笠原祥子が、大島部長に、急用がありますから、これで失礼させて頂きますと云ったとき、

「どうぞ。早く帰って新しい年を迎える準備をして下さい」

と部長は云った。吉井の電話の内容は誰にも云わなかった。祥子は机の上を片づけた。

　神谷次長が、笑いながら、

「これから、みんなで簡単な年忘れの乾杯をします。笠原さんもどうですか？」と云ったが、祥子は、申し訳ないけれど失礼します、と丁寧に断った。社の玄関には、大きな門松が立っていた。

日野警察署というと、どこだか見当がつかなかったが、吉井は電話で府中《ふちゆう》の近くだと云った。祥子は、中央線で武蔵小金井《むさしこがねい》まで行き、そこからタクシーに乗った。車は多磨《たま》墓地の横を通って、甲州街道に出た。この道は雑木林と、杉垣の家が多い。見るからに昔の街道だった。

府中の町を通り抜けて、長い橋を渡った。川は多摩川の上流だった。日野警察署は、その長い橋を渡ってすぐ左側に在った。

ここまで来るのに、都心から一時間半はたっぷりかかった。その長い時間祥子は、斎藤常子の不幸な死について、いろいろなことを考えた。

常子が殺されたのは、突発的な犯罪とは思えない。彼女の死は、明らかに、その上京の目的につながっていた。つまり、常子が東京に来る理由を知った者の所為《せい》なのだ。そのことは、祥子が常子を呼び寄せたことを、知っていたことになる。

それは誰だろうか、祥子にはまるで心当りがなかった。例えば、リストにある六人の男性を考えてみても、彼等が、彼女の計画を察知出来得るとは思えない。祥子は、自分の想像以上の黒い何かが、気味悪く覗《のぞ》いているような気がしてならなかった。

日野署は、二階建のモダンな建物だった。祥子は玄関のドアを押して、警官たちが、一斉に彼女の方を見る時の、面映《おもは》ゆさを思ったが、玄関の前には吉井が、道路まで出て待っていた。彼は寒い風に吹かれ、オーバーの肩をすくめて立っている。祥子はほっとして吉井の心遣《こころづか》いが嬉《うれ》しかった。

「お待ちしてたんです」

吉井は急いでタクシーのドアを開けてくれた。祥子は車から降りた。

「大へんなことになりましたね」

吉井は祥子の前に立って云った。

「電話のこと、ほんとうなんですか？」

祥子はそれでもまだ、被害者が常子かどうか、僅《わず》かな疑いを心に残していた。

「ほんとなんです。いま、死体は解剖の為に、立川の病院に運ばれています。もう一時間経たないと、解剖が済まないそうです。然《ただ》し現場写真があるから、顔は解りますよ。すぐ内に入りますか？」

吉井は祥子の顔を、見まもるようにして訊いた。

「入ります」

祥子は云った。心が震えていた。

吉井は案内するように先頭に立って、玄関のドアを押した。正面がすぐに広い一室になっていて、カウンターを隔てた向うには、警官たちが事務を執ったり、立って話をしたりしていた。ドアの音で、そこにいる十二、三人が祥子を見た。

「一寸《ちょっと》ここで待っていて下さい」

吉井は一人で奥に入って行ったが、正面の課長らしい人に身体を屈めて耳打ちしていた。それから、待合せ椅子のところに立っている祥子を手招きした。

祥子が、吉井の立っている所に行くと、四十年配の警官は、廻転椅子を廻して祥子を見た。

「うちの文化部の笠原君です」

吉井はそう紹介し、祥子には、

「ここの吉村《よしむら》捜査課長です」

と、教えた。

捜査課長は髪の薄い、肥えた人だったが祥子に、笑顔を向けた。

「大体のことは、吉井さんから聴きました。あなたが今度の被害者に、心当りがあるんだそうですね？」

課長は祥子に丁寧に前の椅子をすすめた。

「その人かどうか解りませんが、殺された方が波高島からの切符を持っていたとすれば、私の心当りの人と、たいへんよく似ていると思います」

祥子は膝の上に固く両指を組合せて云った。唇が少し白くなっていた。

「死体は後で見て頂くとして、ここに被害者の顔写真があります。先ずこれで、見分けて下さい」

課長は机の引出しを開け、茶色の封筒を出した。それから封筒の中から、四、五枚の写真を引抜いて、祥子の前に並べた。

それは所謂《いわゆる》現場写真だった。

仰向けになった大写しの顔を一目見た時、祥子は思わず唇にハンカチを当てた。眼を見開き、口をかすかに開いているその顔は、間違いなく斎藤常子であった。髪を乱し草の上に、上体を寝せていた。眉、眼、鼻、口、それらをまとめた丸っこい輪廓の顔――波高島の暗い農家の中で見た、同じ面貌《めんぼう》なのである。

予期はしていたが、祥子はその生々しい写真を見て、眼を閉じ、咽喉の奥から声をあげそうだった。

「この人です。私の知った人に間違いありません」

祥子は、それだけをやっと云った。

「そうですか、助かりました」

捜査課長は、やはり微笑を変えないで、大きくうなずいた。

「何んと云っても、被害者が解るのが第一番です。被害者が判明すれば、犯人は容易に見当がつくもんです」

課長は早速、メモに祥子のいう通り斎藤常子の住所を書いた。それから部下を呼び、すぐに遺族に来るように、山梨県の市川《いちかわ》署に電話で連絡を命じた。

「この被害者、つまり斎藤常子さんを、どうしてあなたはご存じなのですか」

課長は祥子に訊いた。

「私が呼んだのです」

祥子は云った。続いて課長の問うままに、常子が波高島から昨日の準急白馬号で、東京に来るようになっていたこと、迎えに行ったが彼女の姿がなく、心配していたことなどを話した。然《しか》し、どのような理由で、彼女を呼び寄せたかは話さなかった。

2

捜査課長は祥子に、犯人について何か、心当りはないか、若《も》しくは常子が殺される
ような理由に、思い当ることはないかと訊いた。
「それは全然ありません。今度の事が起ってほんとうにびっくりするだけです」
祥子はそう答えた。
「すると被害者の常子さんは、まっすぐに新宿駅に行くわけだったんですね」
課長はこのことを確めた。
祥子が、そうだというと、課長はだまって顎をひいた。恐らく課長の胸にも、波高
島新宿間の通し切符のことがあったのであろう。
「被害者は立川駅で、途中下車しているんです。恐らく南武線で、矢野口駅に降りた
のでしょうが、この矢野口附近には、被害者の知人か、友人があるのですか？」
「いいえ、それは知りません。何しろ私と常子さんの間は、ごく最近、ある事で知り
合った程度なので、詳《くわ》しいことは何も解らないのです」
この問答の間、吉井は傍に立っていて、聴いていたが、
「課長さん、矢野口駅に当日のその時刻、下車した乗客については、調べがついてい
るのですか」
と横から質問した。

「うん。まあ大体ね」

「で、どうなんです？」

「目撃者、今のところ出て居ない」

課長は少し不機嫌そうに云った。それは捜査の進展が、思うように延びない為なのか、或は新聞記者が横から口出ししたのを、不満に考えたのか、よく解らなかった。

「大体解りました」

課長は祥子に向って云った。

「もう暫《しば》くして、解剖の終った被害者の顔を見て頂くことにしますが、それまではどうぞここから離れないで下さい」

祥子は承知して椅子から立上り、玄関から外に出た。甲州街道には冬の傾いた陽射しが当り、走って通る車の影も、人の影も長くなっていた。風の強い、如何《いか》にも師走らしい寒い日だった。

「解剖が済むまで少し時間があるので、その辺を歩きながら話しましょうか」

吉井が祥子の傍に来て云った。二人は、甲州街道を後戻り長い橋の傍に来た。川は多摩川の上流で、洲も、水の色も、冷たい光りで下に沈んでいた。向い側の遠くには、立川の街の屋根が見え、米軍の飛行機が、しきりと舞い上ったり降りたりしていた。

「捜査は全くお先き真暗なんですよ。第一被害者の身許が、あなたのお蔭で割れたので、課長はほっとしていたじゃありませんか」

吉井は橋から土手の方へ、歩きながら云った。

「わたし、常子さんに申訳《もうしわけ》ないと思います。わたしがお呼びしなかったら、こんな災難に会わなかったと思うと、責任を感じますわ」

祥子は、心から云った。

「お気持はよく解るが、これも常子さんの不運だと、いうよりほかはありません。また、それで割り切らないと、やりきれませんよ」

吉井はそう慰めたが、彼にも他に適当な言葉がないような顔をしていた。祥子は黙って眼を川に向けた。堤防には、芒《すすき》が枯れて、黄色い草が短かかった。

「兎《と》に角《かく》、今はそんなことを考えるよりも、何故常子さんが殺されたかを、先ず推察して見る必要があります」

吉井は云った。

「あなたも常子さんが殺されたのを、全くあなたが呼び寄せた用事と無関係とは思わないでしょう?」

祥子はその通りだと答えた。

「常子さんを殺すというのは、彼女に浜松でパスを渡した人物、若しくはその関係者が、自分の顔を、見られたくない為の防衛策だと思うんです」

祥子にも、その推理は分っていた。が、それはどこか空疎だった。つまり、内容にそれを実証する手がかりの欠片《かけら》も無かった。

例えば、常子を祥子が呼び寄せたことを、どのような方法で対手《あいて》は知りえたか、また常子が証人であることをどうして知り得たであろうか。常子の上京する汽車の時刻を、精密な測定器のように、対手が正確に知ったのは如何なる手段によったのか。このことが判らぬ限り、吉井の理論も、祥子の考えも、漠然として概念という感じだった。

その事を吉井にいうと、彼もうなずいた。

「では、一つ一つの事実から帰納してゆきましょう」

彼は云った。

「常子さんが矢野口駅に降りたのは、自発的な行為かどうかということです」

「常子さんの意志ではないと思いますわ」

「僕もそうだと思います。誰かが常子さんを、立川駅で途中下車させ矢野口駅に連れて来たと思います。この場合二つのことが考えられる。一つは強制的に、拉致すること、一つは彼女を詐《いつわ》って途中下車させたことです。前の場合は、まさか現実には考えられぬから、後の場合でしょう」

「私もそう思います」

「その場合、あなたが新宿駅で待っていることは、常子さんは知っているので、容易なことでは、彼女を納得させることは出来ないでしょう。そこで考えられるのは、笠原さんが予定を変更して、矢野口駅で待っているということを、常子さんに云って、信じさせることです。常子さんにしてみれば、笠原さんの名前が出るので、容易にその言葉を信用したことと思います」

祥子はそれはその通りだろうと思った。普通の者でも、そういう場合は、だまされるだろう。まして、斎藤常子は頭が少し弱いのだ。彼女がなんら不審も起さず、立川駅からその人物と一緒に、矢野口駅に向ったのは不自然ではない。

「では、その人物は何処で、常子さんと会ったかということですね。波高島から常子さんと一緒に汽車に乗り込んで来たのか、または途中で、たとえば甲府、大月、八王子あたりで待って、常子さんに近づいたか、という問題です。途中で乗車したとするならば、当然その人物は、常子さんの顔を知っていたとしなければならない。何故というと、たくさんの乗客の中から、彼女を識別することは出来ないからです。若《も》し、波高島から乗車したならば、常子さんの顔を知らなくても、常子さんが乗車する時の状況から見て、彼女だと見当をつけることが出来るでしょう。つまり、その人物が波高島から乗ったのか、途中駅から乗ったのか、一つの鍵だと思いますね」

二人は多摩川の寒い水の色を見ながら、それからもいろいろなことを話し合った。

3

二時間後に、祥子は立川の或る病院の屍室《しかばねしつ》で、白木の棺に納まった斎藤常子に対面した。解剖の跡は少しも解らず、着物もきちんと整い、髪も梳《す》かれ、顔には薄化粧さえ施してあった。

祥子は哭《な》いた。それは自分の責任感であり常子への哀惜《あいせき》であった。

日野署の吉村捜査課長が、祥子の確認を満足した。

「遺族は今夜遅くこちらに来るという連絡がありました。何《い》れ詳しい事情は、遺族の到着を待って、本格的にお聴きしたいと思います」

祥子が外に出ると、廊下に吉井が待っていた。

「解剖結果が解りました」

　吉井は手帳を出した。

「死因は絞殺による窒息死。死後経過は解剖時から十九時間乃至《ないし》二十時間で、外傷は認められず、また暴行された跡もありません。解剖所見には、胃部に食物が僅かに認められる程度だというから、常子さんは夕食を摂《と》っていなかったことが分ります。この事からも常子さんは、十五時五十六分に立川駅に降りて、夕食を摂る間もなかったことになります。若し南武線を利用したとしたら、その連絡は二十分後の、十六時十六分の立川発に乗ったと考えられます。矢野口駅に降りるのは、十六時三十六分で、死亡時が解剖の結果によると、三十日の午後五時ですから前後の事情は、大体一致しますね」

　吉井は手帳を納め、腕時計を見た。

「今が丁度《ちょうど》常子さんの殺された時刻と同じ五時です。これから車で現場に行って見ましょう」

　祥子はそれに従った。

　二人は病院の前に待たしてある、社の車に乗った。

　あたりは急速に昏《く》れていた。甲州街道に出ると、車の往来が激しい。

しかし、矢野口駅に向う道に出ると、車の数はうんと少なくなっていた。

「日野署では、新聞社の本社から来たのはぼく一人です」

吉井は話した。

「他社は土地の通信員の姿が、ちらほら見えただけです。何処の社もこの事件には、あまり興味を持っていないと見えますね」

吉井はここでちらりと新聞記者の満足を見せた。

また長い橋を渡った。車の窓から見ると、昏れたなかに川面《かわも》が鈍く光っていた。

小さな矢野口駅を過ぎると、あたりは全く田舎町で街道に沿って両側に、雑貨屋、たばこ屋、散髪屋などが少しかたまっていて、そこからはまた家が途切れて暗かった。

十字路に出た。吉井はポケットから心覚えの現場見取り図を出し、左に曲ってくれと運転手に命じた。

「えらく悪い道だな」

運転手はぼやいた。道は穴だらけで車がひどく揺れる。ヘッドライトの光りの先は、道の両側の田舎家をまばらに写し出した。進むにつれて解ったことだが、田舎家は途切れ途切れにあるだけで、あとは両方とも真暗な梨畑だった。

街道沿いの家は、杉垣で囲い、戸を閉じて、殆ど灯も見えなかった。梨畑が拡がった所では、農家もずっと奥の方に、ぽつんぽつんと乏しい灯を侘しく見せているだけだった。人通りもなく、車の通りもなかった。ここには大晦日《おおみそか》の忽忙《そうぼう》さは何処にも見られなかった。

「ストップ」

吉井は命じた。其処は一番家のない所で、暗いなかに背の低い梨の木が、枝を棚の上に匍《は》わせて闇のなかに沈んでいた。

「降りてみましょう」

吉井は先に降りた。

彼はヘッドライトの光りにメモを当て、あたりを見廻し、大体の現場の見当をつけたようだった。運転手は車の灯を消した。

吉井は梨畑の方へ歩いた。風が上の方で鳴っていた。星のない晩で、農家の灯が離れた所でちらちらする以外、全くの暗黒であった。看板が倒れている。

「とりたての梨を即売致します」と書いてあった。秋の看板がそのまま捨ててあるのだ。

小さな小径が暗く奥の方についていた。吉井は闇の中を先頭に立って進んだ。左も右も果てしなく梨の樹林が拡がっていた。あたりには声一つなく音もなかった。二十米《メートル》ばかり来た所で、吉井は立停《たちどま》った。彼は街道の方を振り返った。

「なるほど、こういう場所に連れ込まれては何をされても解りはしない」

と暗い中で呟《つぶや》いた。

その通りだった。斎藤常子が殺された現場は正確には解らないが、このような地点であることは間違いなさそうだった。祥子は身震いがした。

「然《しか》し常子さんはこんな寂しい場所に、疑いもせずに蹤《つ》いて来たのでしょうか？」

それは当然の疑問だった。誰にしても、このような寂しい所に、夜連れ込まれたのでは不審を起すに違いない。然し、常子の場合は少し違う。彼女は多少頭が弱いのだ。だから疑いもせずに、その人物の案内に従ったのであろう。

両人はまた暗い小径を歩いて道路に出た。ここで初めて気づいたことだが、この道にはタクシーはおろか、乗用車が一台も通っていなかった。ときたまトラックが音立てて、走っているだけである。

「これから、矢野口駅の近所を少しあたって見ましょう」

吉井は云った。二人はまた車に乗った。もとの方角に引返す時、

「この道は何処に行くんだね」

吉井は運転手に訊いた。

「南に下ると登戸《のぼりと》の方に出ます。北だと八王子の方角です」

車は右に折れた。またちょっと賑やかな灯のかたまっている一画を過ぎると、左側に寒々とした矢野口駅があった。二人は車から降りた。吉井は駅員のいる窓口に行って、常子のことを訊いた。

むろん駅員は、近所の梨畑で行われた殺人のことを知っていた。

「そのことは、警察からいろいろと訊かれたんですがね、どうもわれわれに記憶がないようです。この駅は降りる客が少く、日頃見かけない顔だと、すぐに解るんですがね。若《も》しかすると、電車で来たんではないんですね」

駅員は首をかしげていた。

その言葉は、駅前の売店でも、角の雑貨屋でも、駄菓子屋でも殆ど同じであった。要するに、この駅から降りる客は、土地の人が殆どだというのである。

今の今まで、立川駅で、途中下車して南武線に乗換えたものと思っていた、祥子も吉井も、ここで少し考えなければならなかった。

両人は車を待たせたまま、橋の方へ歩いて行った。この道の正面は府中で、反対側を真直《まっすぐ》に行くと、厚木《あつぎ》に出るのである。

橋の上に立って川を見ると、日野署の橋で見た時よりも、川の幅が広くなっているように思えた。川下には灯一つ見えず、暗い堤防の上に黒い林が、まばらに散っていた。水がうすく光って、うねっていた。

4

祥子は暗い川面を眺めているうちに、あっと低い声を出した。

「どうしたんです？」

吉井が振り向いた。

「川」

祥子は、暗い川を指した。

「え？」

吉井は分らない顔をした。

「ほら、これ多摩川でしょう。これで、吉井さん何か思い当りませんか？」

吉井も祥子の声が終らないうちに、気付いたように、あっというような声を出した。

「町田知枝さんですね？」

吉井の方が昂《たかぶ》った声を出した。まさに、そうなのだ。町田知枝が殺されたのは、この川が流れている、三粁《キロメートル》くらいの下流である。いま、斎藤常子が殺された現場も、地点こそ違え同じ多摩川畔である。それは偶然の暗合であろうか。

「暗合とは思えませんわ」

祥子は叫んだ。

斎藤常子を波高島から呼んだのは、浜松の姉の事故についての「証人」としてであった。姉の事故と町田知枝の事件が、一脈の糸で繋《つな》がっている以上、斎藤常子が多摩川畔で、殺害されたのも、一つの線上にあることが、今やはっきりしたのである。

この事件は、一人の犯人の性格を語ってはいないだろうか、例えば、或る犯人が、殺害場所として、多摩川を好んで選ぶことは、充分に考えられるし、また犯人自身が、多摩川近辺に居住しているというのも、行動的になりたつのである。

つまり、町田知枝の場合と、斎藤常子の場合は、互いに相似点があり、一つの性格《キャラクター》が、窺えるのである。

ここまで考えてくると、町田知枝の場合は、運搬方法が問題であった。彼女は銀座から現場に何で運ばれたか。タクシーによったのか、トラックなのか、オート三輪車か、或《あるい》は自家用車か、皆目判っていない。尤も、タクシーやオート三輪車などの営業用の車は、運転手を精密に調査したが、その車は出なかった。が、届出がないからと云って、絶対にタクシーやトラックを利用しなかったという証明にはならないのである。

斎藤常子の場合、矢野口駅附近の聞込みによっても、彼女が電車を利用した形跡はなかった。若し、駅員と、駅附近の商店街の人々の眼が正確ならば、常子はまさか立川から歩いて来たとは思えないので、電車以外の交通機関によったとしか考えられない。つまり、この場合もタクシー、乗用車、トラック、オート三輪車などが考えられる。被害者を運ぶ方法として、町田知枝の場合と、この点でも、二つは似ているのではなかろうか。

「タクシーなら立川ですね？」

吉井は云った。

「この辺はめったにタクシーが通らないから、それだとすぐに判るに違いありません。無論警察もその辺は、手抜かりなく、調べているでしょう。然し、捜査の進展していない模様を見ると、どうも、その手懸りはなかったように、思われますよ」

吉井は続けた。

「犯人の方だって、こんな寂しい所にタクシーを利用すると、後ですぐ足がつくらいは、分っていますから、そんな事はしないでしょう」

祥子は、それもその通りだと思った。

「だったら、常子さんを殺した犯人は、自家用乗用車を持っていて、始めから計画的に、立川駅に迎えに行っていたことになりますわね。そうすると、犯人が一人の場合、その車を、立川の何処かに預けておいて、常子さんを途中まで、例えば、八王子とか大月辺まで迎えに行き、それから一緒になって、立川に戻ったことになります」

祥子は考え考え云った。

「そうしますと、相当長い時間、車を預けっ放しになるわけですから、後で調べれば当然、疑いを持たれることになります。犯人はそのような危険な事をするでしょうか？」

「そうだな」

吉井も腕を組んで考えていた。

「その危険をなくするには、車を立川の駅の近所まで持って行き、汽車の到着を待っている人間と、常子さんを途中まで迎えにいった人間と、犯人は二人の共犯となります」

「それは自然な考えだが、二人というのはどうかな」

吉井は首を傾げていた。

「わたしも、犯人は一人と思うんですよ。だけど、いま云った車の問題があるので、これが少し厄介なんですの」

「兎《と》に角《かく》、そのタクシーのことと、自家用車またはトラックなどが、何処かで長い間、預けられていたのではないかという点で、立川署の調査が、どこまで出来ているか訊いてみましょう」

ふたりは、そこまで行って待たしてある車の方に戻った。祥子は、ここまで来て、朧気《おぼろげ》ながら、二つの発見をした思いだった。そのことは彼女に、自分が一つの的《まと》に向って、間違いなく進んでいることを意識させた。

日野警察署に帰ると、吉井は早速自動車のことを捜査課長に訊いたらしかった。遠慮して隅の方にいる祥子の所に彼は来て、

「やっぱり警察ですね、その辺はぬかりなく調べていますよ」

と微笑しながら告げた。

「タクシーについては、全然、犯行前後の時刻にあの現場附近に行った者はないということです。それは分りますね。僕等が行った時刻でも、タクシーは一台も、見かけ

ませんでしたからな。ああいう場所に行けば、運ちゃんは必ず覚えているものです。また乗用車のことですが、立川だけではなく、府中あたりまでも、長時間預けっ放しになっていた車はないかと調べたそうですが、これも事実がないということです」

そうすると犯人は二人であろうか。いや二人と考えるのは、やはり不自然なのだ。どこにその不合理があるか、明確には指摘出来なかったけれど、どうもぴんと来ないのである。

例えば、さっき多摩川の上流に立って、感じたことは、この三つの事件に一貫して流れる一つのキャラクターであった。共犯ではその事が弱くなるのである。

5

新しい年が来た。然し祥子は三十一日の晩は、遂に常子の父親と共に、病院の屍室で一夜を明かした。

祥子は姉の信子の時を、回想せずにはおられない。あの時は、知らない土地で、侘しい通夜だった。バス会社の社員が、如何《いか》にもおつき合いという恰好で、退屈そうに坐っていた。部屋の寒さを今でも覚えている。銀紙の蓮の造花と果物と菓子が壇の上に飾られ、南遠交通株式会社の、名札の下った花輪が一対、今でも眼に浮ぶようである。

然し、常子の場合はもっと哀れであった。祭壇には祥子が、心から供えた菓子と果物とが、載っているきりだった。

祥子は波高島から駈《か》けつけた、斎藤稔次郎に泣きながら詫びた。この田舎の老父は、祥子のせいではなく、総《す》べてが運命ですと、かえって彼女をいたわってくれた。

――

暗い正月だった。祥子は四日目に新聞社に出た。社では、若い、女社員たちで、まだ日本髪に結って来ているものもいた。総べてがまだ正月の空気だったし、晴れやかさに満ちていた。文化部でも始めて出勤した者同士が、笑いながらお目出度《めでと》うを交わしていた。しかし、祥子は、挨拶はしたけれど、いつも心は逸《そ》れていた。

四日目の出勤は午前中までだった。大体まだ仕事が軌道に乗らず、とそ気分なのであろう。一時過ぎに祥子が帰ろうと思うと、電話がかかって来た。吉井からだった。

「笠原さん。今日は出勤ですか？　僕、いま池袋にいるんですが、常子さんが殺された日の、例の六人の、アリバイを一応調べておきました。そのことでお目にかかりたいんですが、何時頃社を出られますか？」

吉井の声は、はずんでいた。

「すぐ出ますわ」

祥子は電話を切った。

社の外に出ると、街には冬とは思えない、明るい陽が歩道に当っている。銀座の方に向って、歩く人通りはふだんより多かったが、婦人たちの着飾っているのが眼についた。祥子は歩道に立って、タクシーを止めようと思ったが、空車が容易に見つからなかった。やはり正月のことで、車の数は何時もより多いのに、空いているのは無かった。五分間も、そこに立っていたが、諦めて祥子は、日比谷の方へ向って歩いた。そこだと、交叉点あたりで、タクシーが拾えると思ったからである。池袋の喫茶店で、吉井が待っているかと思うと、彼女の心は急《せ》いた。

そのとき、彼女の歩いている歩道すれすれに、自動車が、滑《す》べるように徐行して寄って来た。それは胴の細長い緑色の外車だった。

祥子は、自分にかかわりのないこととして、歩いていると、その自動車も、それに合せてゆっくりした速度で、並行するように進んだ。

それで初めて彼女も気がついた。車に眼を向けると、運転台には一人の外人が、彼女に軽く手を上げて笑っていた。

祥子は立停った。外国人に彼女は近づきはなかったが、相手は明らかに祥子に、挨拶を送っているので、足を停めないわけにはゆかなかった。

すると外車も完全に停り、中から粗い格子縞《チェック》のオーバーを着た、背の高い外人が身体をかがめて出て来た。

外人の顔は、祥子に向って余計に笑っている。明るい陽射しが、その外人の黄色い髪の毛を輝かせていた。祥子ははじめ、人違いされているのではないかと思った。

「こんにちは」

外人は祥子の前に来て、にこにこしながら日本流のお辞儀をした。

祥子は戸惑った。記憶のなかに無い顔なのである。すると、祥子の当惑をした表情が、相手に解ったと見え、

「わたし、バウエルです。いつぞや、ドクター・ニシワキとお会いしましたね」

祥子はその瞬間に、やっとそれが、忘れていた顔だと気付いた。たしかに西脇医長に連れられて、ナイトクラブに行った時、客席で紹介された横浜のアメリカ商社の社員だった。

「どうも失礼いたしました」

祥子も笑顔を見せて慌《あわ》てて云った。

アメリカ人は、祥子の笑顔を見て安心したらしく、両手をすこしひろげた。

「おもいだしていただいたわけですね。ありがとう。でも、わたし、あなたをおぼえていました。くるまのなかでみて、すぐきがつきました」

バウエルは流暢な日本語で快活に喋舌《しやべ》った。祥子は云うことがないので、少々、迷惑しながら微笑した。すぐ後を流れる通行者の群が、二人をじろじろ振り返った。

バウエルは車を指した。

「おのりになりませんか？」

「え？」

祥子は愕いた。急なことだし、勿論《もちろん》それに乗り込む筋合いもないので、辞退しようとすると、

「あなた、くるま、さがしているんでしょ？　さっき、あなたのようすからわかりました。どうぞおのりください」

祥子はびっくりした。この若い外人は祥子の動作を、観察していたのだった。彼女は道路を見廻した。が、流れ行く夥《おびただ》しい車の群のなかには一台の空車も見当らなかった。

彼女の眼には、池袋の喫茶店で待っている吉井の姿がよぎった。

「でも、わたしは池袋の方に、参るんですの。方向が違ってたら、申し訳ありませんわ」

祥子がそう云うと、

「おお、イケブクロ、けっこうです。わたし、からだ、あいてます。ニホンのショウガツ、わたしたちもやすみ、どこでもおおくりします」

バウエルは、蒼い瞳で祥子を見つめて云った。

「わたし、アンゼンウンテンです。カミカゼないです」

祥子は笑い出した。アメリカ人は、素早く後のドアを開けた。

「どうぞ」

祥子はお辞儀をして乗り込んだ。クッションに坐ると、バウエルは外から祥子をのぞきこんで、

「わたし、あなたのおナマエわすれました。ドクター・ニシワキ、いちどしかいいません。もういちどきかせて下さい」

祥子は自分の名前を云った。

「おお、カサハラ、わかりました」

バウエルは顎を上下に大きく振り、皓《しろ》い歯を出してにっこり笑った。

アメリカ人は運転台に入ると、車を走らせた。祥子は、彼が池袋を知っているのかどうか、心配だったが、車はお濠端を通り、九段下《くだんした》に出て、飯田橋《いいだばし》の方へ向っていた。方向は正確なのである。

誰が知っていたか

1

アメリカ人の運転する自動車は、飯田橋から護国寺《ごこくじ》の前を突きあたり、電車通りを左に曲った。バウエルの背中は、愉しげに鼻唄でもうたっているように揺れている。

祥子が窓の外を見ていると、通りには門松が立ち、女の子が振袖で外で遊んでいた。

バウエルは運転をしながら、若い女の子の盛装を見つける毎に口笛を鳴らした。

池袋のデパートが近づいたころ、アメリカ人は車の速力を緩めた。

「いけぶくろ、きました。どちら、つけますか、ミス・カサハラ?」

バウエルは、褐色の髪の毛を振って、祥子を半分ふり返った。

「突きあたりの所で結構です」

吉井が待っている喫茶店は、東口の入り組んだ所にあった。しかし、そこまでバウエルを運転させるのは気の毒だし、正月のことで、小さな道は雑踏しているので厄介だった。

「イケブクロ・ステーション」

バウエルは顎を大きくうなずかせた。彼は器用に、混み合っている車の群に、自分の自動車を入れて停めた。バウエルはそこで降りて、外からドアを開けてくれた。

「どうも、有難う。済みません」

祥子が礼を言うと、

「ノー、ノー」

とアメリカ人は首を振った。祥子が見上げるほど高い背で、明るい笑いを泛べて彼女を見詰めていた。

「ミス・カサハラ」

とアメリカ人は器用な日本語で言った。

「いつか、おしょくじにおまねきしたいです。ドクター・ニシワキといっしょでいいです」

バウエルは、祥子が前に、ナイトクラブに西脇医長と行っていたのを見ているので、彼女を医長のホステスと思っているらしい。が、祥子は別に、アメリカ人にそれを弁解する必要はなかった。

「どうも、有難う」

と曖昧に招待の礼を述べただけである。

「リアリイ？」

祥子の眼を覗きこむようにして念を押す。ほんとうか、と尋ねているバウエルの顔はひどく真剣だった。うっかりしたことは言えないのである。

「西脇先生のご都合がよろしかったら、お目にかからせて頂きます」

祥子は、バウエルが握手でも求めかねないので、お辞儀をすると急いで離れた。舗道《ほどう》を向う側に歩いてふと振り返ると、自動車の傍に立ったバウエルがまだこちらを見つめていた。祥子は、ふだんより人通りの多い狭い道を奥に入った。

吉井が待っている喫茶店は、入って見ると殆ど満員だった。見渡すと、吉井の影が無い。レジに坐っている女が祥子を見て、

「失礼ですが、笠原さんでしょうか？」

と訊いた。

そうです、というと、

「お連れの方は、お二階でお待ちでいらっしゃいます」

と教えてくれた。吉井が言伝《ことづ》けておいてくれたものと見える。

二階はレストランになっていた。さすがに此処は、下の喫茶ほど混み合っていない。窓際に坐っていた吉井が、にこにこしながら起って来た。

「どうも」

吉井は、自分の席に祥子を案内しながら、

「此処まで出て来るのが大変ではなかったですか？」

と前の椅子を指した。

「いいえ、すぐ出掛けられました」

「そうですか、あ、そうだ」

と吉井は気づいたように、

「まだ、あなたにお正月の挨拶をしていませんね。どうも、明けまして、おめでとう」

吉井は几帳面に挨拶をした。祥子の方が少し赧《あか》くなって、

「いいえ、こちらこそ。本当に、今年もよろしくお願い致します」

今朝、電話で話したばかりなので、初めて顔を合せた気持はしなかった。

「階下《した》があんまり混んでいるので、上にしたのですが、何か召し上りますか」

時計を見ると、二時になっていた。ボーイが来たので、祥子は軽いものを頼んだ。

「タクシーがなかなかつかまらなかったでしょう？」

吉井は、窓の下を眺めて言った。舗道には正月の客を載せた自動車が忙しそうに走っている。

「ちょうど、知り合いの外人の方に奨められて、その方の車で送って頂きました」

「外人ですか？」

吉井は微笑んで、

「それは、都合がよかったですね。うまく、また此処まで序《つい》でがあったものだ」

「それが――」

と祥子はちょっとためらったが、

「前にちょっと、一度だけお目に掛ったことがあるだけなのに、わざわざ送って下さいましたの」

「外国の人は、フェミニストですからな」

吉井は、そう言いながら、ポケットから手帳を探し出した。

「ところでさっき、お電話でちょっと言ったのですが、例の六人の当日のアリバイを、大体調べておきましたよ」

「そう、分りましたの？」
祥子は、手帳をひろげている吉井の手許を覗きこんだ。
「僕がいちいち言うより、これを見て頂きましょうか」
吉井は、手帳を祥子の方に廻した。彼女はそれを見た。原稿を書く時は乱暴な吉井の字だが、祥子に見せることを予期したのか、かなり几帳面に書かれてあった。
十二月三十日午後二時から午後七時頃までの推定アリバイ。
妹尾郁夫　翻訳の仕事のため、都内渋谷のT旅館に籠《こも》っていた。
高木利彦　彫刻家仲間の会合で、午後零時半から銀座のレストランで二時間を過ごしたが、それ以後は行動不明。
佐敷泊雲　品川の弟子に当る婦人グループの越年招待宴に午後一時より出席、会は一時間で済んだが、泊雲は一人で車を運転して帰り、以後の足取りは不明。
内牧理事長　某新聞社の主催でバザーがあり、その打上げ宴のために新橋某料亭で午後八時より十時まで出席した。その前後は単独行動、本人はすぐに自宅に帰ったというが証明はない。
鶴巻莞造　スケッチ旅行のため、上野駅より信越線《しんえつせん》で上州《じようしゆう》方面に行ったというが、果して当日汽車に乗ったかどうかは不明。

西脇満太郎　医師会の忘年会があり、当人は午後九時頃、三十分ばかり席に顔を出
　しただけ、前後の行動は不明。

2

「大体、こんなところです」

祥子が見終ったので、吉井は説明した。

「この日、ちょうど、波高島から斎藤常子さんが上京の途に就き、午後三時五十六分に立川駅に降りたことになっています。常子さんの殺されたのは、解剖の結果によっても、当日の五時ごろです」

吉井は、そう言って、人名の一つ一つに指を当てた。

「これを見ても判る通り、その時刻は、殆ど彼らは家におりません。しかも、その行方の所在場所は、どこまでが本当か、信用度はきわめて薄いのです。会合の席に一緒にいた人に当ると、確かに彼の顔は見ていたと言うが、しかし、常子さんの殺された前後に当人がいたかどうかということは、どれも曖昧になっています」

祥子は、吉井の言うことを聞きながらそれを見たが、

「でも、これは、吉井さんが一人でお調べになったのでしょう？」

と念を押すように訊いた。

「そうなんです。僕が調べたものであるだけに、内容の不確実さが分るのです」

吉井は妙なことを言ったが、聞いてみると、それは尤もであった。

「われわれ新聞記者は、ある程度、周囲を調査することはできます。それ以上のことになると、限界があります。つまり、われわれは警察官と違って、捜査権がありません。今一歩という突っ込みができないわけです。この表にしたところで、丹念に調べはしましたが、極端に言うと、当人の言うことや、その場所で一緒にいたという友達の言うことなどが、嘘であったとしても、それは、立証のしようがないわけです」

吉井は、新しく運ばれてきた珈琲《コーヒー》に口をつけた。

「まあ、これは、気休め程度ということでしょうね。前回のリストといい、今度のリストといい、要するに、六人とも確実なアリバイの立証はできません。例えば、この画家にしたところで」

と吉井は鶴巻氏のところを指さした。

「当人は、その日は上野から汽車に乗ったと言っていますが、これは保証する誰もいません。警察の権力ですと、ここのところで、車掌を調べたり、あるいは、彼が降りたと思われる駅々に手配したりするわけですが、そこまではわれわれの力では及ばないのです。殊に、これはぼく一人ですからよけいです。西脇さんにしても、会に出席した前後は全然ブランクです。それから、妹尾さんにしても、渋谷のT旅館で仕事をしていたということは、女中の言葉でも判りましたが、或いは、妹尾氏は、僕たちにそう言うように、女中にしむけているかも知れません。また、女中が気がつかないように彼一流の工作で、必要な時間だけを抜け出ているのかも分らないのです」

祥子は、吉井の言うことが解った。その表を眺めて見ると、斎藤常子が立川に降りた三時五十六分と思われる時間に、六人の時間が妙にずれているのである。例えば、泊雲氏が品川のお弟子さんのグループに顔を出したというのは午後一時から二時の間だったし、内牧理事長が新聞社の主催でバザーの打上げ宴に出席したのは八時ごろからである。これは、東京から立川まで車で往復する該当時間の外に置かれている。

祥子は溜息をついて、吉井の顔を見た。

「僕は、これで、三度リストを作りましたね」

吉井は言った。

「第一回は、お姉さんの亡くなった九月十日です。第二回は、町田知枝さんの殺された十二月二十四日です。三度とも、それぞれのアリバイが全部曖昧です」

祥子は考えた。一人の人間のアリバイを追求するのなら、もっとやさしいであろう。しかし、六人の人間をひとりで追うのであるから、これ以上のことは望めないのは当然だった。

「アリバイの方が望み薄となると」

吉井は言った。

「別の方から事件を考えてみましょう。これは見方が二つあると思います。あなたは、矢野口の橋に立って、常子さんが殺されたのも、知枝さんが殺されたのも、奇妙に川に縁がある、と言っていましたね。それは非常に重要なことです。犯人は、多摩川のこの辺に行動半径を持つ何らかの理由がありそうです。が、もう一つの見方は、今の場合、もっとわれわれに利益的です」

「もう一つの見方と言いますと？」

祥子は眼をあげた。

「つまりですね、常子さんが上京して来るということを、誰が知ったかということです。斎藤常子さんは、お姉さんと浜松に行っていた男の目撃者です。彼女の上京の目的が、あなたに招かれて、お姉さんの伴《つ》れの人間を判定する有力な証言者になる役目です。ですから、常子さんを殺したのは、当然、その目撃者を消そうとする犯人の手に違いありません。問題は、誰が目撃者の上京を知ったかということですね」

祥子にも、その疑問は前からあった。斎藤常子が自分の所に来るのを知っているのは、彼女自身と吉井とである。自分の判っているのはそれだけで、こちらで気づかない誰かが、それをどのような方法で知ったのであろうか？

「あなたと僕とが、先ず知っていますね」

吉井は言った。

「それ以外というと、常子さんのお父さんの斎藤さんが入りますね」

吉井は言う。

そうだ、斎藤稔次郎がいた。誰かが斎藤稔次郎から話を聞いたのか？　しかし、それだとしたら、どのような因縁で斎藤稔次郎に結びつきができたのか。その人間は、絶えず波高島の斎藤稔次郎に連絡をとっている者でなければならない。が、それはちょっと考えられないことだった。

「常子さんのお父さんを、その中に入れるのは無理ですわ」

祥子は意見を言った。

「そうです。それは無理ですね。でも、われわれは、一応、それを知っていた人間をここに出して見る必要があります」

吉井は言った。

「斎藤稔次郎さんと、……もう、ほかにはありませんか？」

「ほかには……」

祥子は眼を宙にとめて考えたが、ふと、或ることに気がついた。しかし、まさか、と思うのである。

「当人が事件に関係がありそうな人物かどうかは問題でないのです。とにかく、それを知っていた人間は、もうほかにありませんか？」

「もう一人いますが」

祥子は眼を吉井の顔に戻した。

「え、もう一人ですって？」

吉井は祥子の顔を思わずのぞき込んだ。

3

「誰です？」

祥子は、まさかと思うのである。しかし、事件に関係があるなしは問題でないというのならば、その人の名を言わねばならなかった。

「アパートの小母《おば》さんですわ」

「アパートの小母さん？」

吉井は、おうむ返しに言って、祥子を睨《にら》むようにして見た。

「それは、どういうことです？」

「わたしが波高島に行く時、汽車の時刻表を借りに管理人のおばさんの所に行ったのですわ」

「その時、あなたは事情を話したのですか？」

吉井は少々勢い込んで訊く。

「全部は話しません。ただ、そこで、一人の女性をアパートに連れて来るということだけは話しました。だって管理人ですから、常子さんをわたしの部屋におくとなると、いずれ、いろいろな便宜を頼まなければならないんですもの」

吉井が腕を組んで、眼を閉じた。彼はそれを懸命に考えようとしていた。

「待って下さい」

吉井は言ったが、まだ眼を開けずに、

「その小母さんが、あなたが波高島へ行くことを知っていた……それから、常子さんという名前は分らなくとも、一人の女性を東京に連れて来ることも知っていたわけですね？」

「そうなんです」

「その小母さんは、むろん、今度の事件に関係があろうとは思われません。しかし、波高島から、名前は判らないが、土地の女性をあなたが連れて来ることを知っていたというのは事実ですね」

吉井は考えながら、祥子を見つめて言った。

「すると、こうは考えられませんか？　小母さん自身は関係がなくとも、他人にそれを話すかも知れないという可能性です」

それはあるだろう、と祥子は思った。アパートはいろいろな人が住んでいる。そして、他人のことを噂するものである。しかし、管理人の小母さんが、祥子のその日の行動を誰かに話したとしても、それが犯人側の方にどのようにして通じたであろうか。まさか、同じアパートに犯人がいるとは思われないのである。また、一歩ゆずって、小母さんの話が偶然に伝わって犯人の耳に入ったとする。すると、犯人は、波高島から来る女が誰であるかすぐに判るものだろうか？

祥子がそれを言うと、

「いや、それを偶然と考えないで、必然的に結びつけるんです」

と吉井は言った。

「必然的と言いますと？」

祥子には、その意味が判らなかった。

「つまりですね、犯人の方で、絶えずあなたのアパートに注意をしているとしたら、そこの管理人に何らかの方法で連絡をつけるというのは、当然考えられます。だから、その場合も、管理人の小母さんは、誰かに頼まれてあなたの行動を知らせていた、という仮定は成立しませんか？」

祥子は迷った。吉井の言うことは、少し突飛すぎるような気もする。そんなところまで犯人は手を延ばしているのであろうか？

「いや、それは可能性がありますよ」

吉井は、祥子の表情を見て、自分の意見を強く言った。

「問題は、あなただけではありません。お姉さんのことがあります。お姉さんも、同じアパートのあなたの部屋に住んでいました。僕は考えるのですが、犯人は、お姉さんの生きてらっしゃるころからアパートを知っている人間ではないかと思います」

祥子は「あっ」と思った。そうだ、姉のことがある。吉井が言う通り、先方で、自分が姉の死の原因を探っていることを知っているなら、当然、自分の行動を知りたいに違いない。姉のいた時から住んでいるアパートの管理人だと考えると、何か一脈の糸をひいているような気がする。

「何だか、そんな気がしますね」

吉井は、顔色に興奮を現わして言った。

「そうですね」

祥子は眼を伏せて答えたが、次第に、吉井の意見が本当かも知れないと思うようになった。彼女の唇も少し白くなった。何時の間にか、犯人の手が自分のアパートまで延びてきているような感じだった。

あの人の好いおばさんが？　と祥子は思うのである。考えられないことだが、吉井の言うことは論理的だった。おばさん自身は人が好くても、相手の側が策略をめぐらせば、おばさんを引きずりこんで何をするか分らないのである。

「一体、それはどんな人間でしょう？」

祥子は、考えこむような眼差《まなざ》しになった。前の吉井も腕を組んでいる。

「相手はきっと」

と吉井は言った。

「あなたが波高島に行くということを、おばさんから連絡を受けて、先廻りしたに違いありません。常子さんが殺されたのはそのためです」

「姉が死んだのは事故死です。それなのに、どうして常子さんを殺す気になったのでしょうか？」

「そこです」

と吉井は言った。

「相手は、語るに落ちた形ですね。つまり、お姉さんのことだけで常子さんを殺したのではなく、町田知枝さんのことがあったからだと思います。そのことは、つまり、お姉さんの死を見捨てて逃げた人間と、町田知枝を殺した人間とは同一人物だという証拠になります」

それはそうだった。事故死だけを目撃した人間を消すということはあり得ない。吉井の言う通り、姉の死の傍についていた人間が常子に顔を見られて指摘されると、そのことから町田知枝殺しのことまで索《ひ》き出されるのを恐れたからであろう。では、どうすれば、おばさんと連絡をとっていた相手を突きとめることができるであろうか？

祥子も吉井も、黙ったまま、必死にそれを考えた。二階のレストランには、家族連れの客が出たり入ったりしていた。正月らしく、みんな着飾っている。祥子はそれにぼんやり眼を向けていたが、視界にはただ、声の無い人間が動いているとしか映らなかった。

「一番いいことは」

吉井が沈黙を破って言った。

「おばさんを問い詰めて、白状させることですが、それは、ちょっと困難でしょう。どうせ、対手は、金でおばさんを買収していることでしょうし、また、おばさんも、こうなっては滅多に口外しないでしょう。そこで僕が思うには、そのおばさんを使って相手を突きとめることですね」

「おばさんを使って？」

祥子は吉井の顔をみつめた。

「そうです。こうなったら已《や》むを得ません。僕らで、うまくおばさんを囮《おとり》に使うのです。勿論、おばさん自身がそれを気づかないで、僕らの言う通り動かすようにするのです」

「どうすればいいのでしょう？」

祥子は吉井に訊き返した。

4

祥子が管理人の部屋に降りたのは、夜の八時頃だった。

「こんばんは」

祥子は戸をノックすると、

「どうぞ」

と、おばさんの声がした、ドアを開けると、おばさんは火鉢に寄りすがるようにして本を読んでいた。祥子を見て雑誌を閉じ、

「あら、いらっしゃい」

と笑った眼で迎えた。

「お電話ですか」

おばさんの方から祥子に訊く。

「いいえ」

祥子は首を振って微笑した。

「時刻表を拝借に来ましたわ」

「あら、そうですか、さあ、さあ、どうぞ」

「すみませんね」

「いいえ、ちっとも」

おばさんは、いそいそと立って、隅の戸棚の中から時刻表を出してくれた。この前、彼女が波高島に行く時借りたと同じ時刻表であった。

「笠原さん」

おばさんは窺うように、時刻表を繰っている祥子に声をかけた。

「また、どっかにお出かけですか？」

「ええ、ちょっと」

「おや、おや、お正月から大変ですね、何処までいらっしゃるか知りませんが、汽車が混むんじゃないですか？」

おばさんは、それとなく行先を知りたがっている。祥子はそれには黙って、中央線の時刻を調べていた。本を閉じて返し、

「どうも、有難う」

と、おばさんに渡して礼を言った。それから、部屋の中を見廻して、

「今夜は、おばさんおひとりなの？」

と訊いた。

「ええ、おやじさんは寄席《よせ》に行くといって、早くに出かけましたよ」

「そうですか、おばさん、退屈でしたら、私の部屋に遊びにいらっしゃいません？頂き物ですけれど、ちょうどお菓子もありますわ」

おばさんはその誘いに乗った。

「おや、まあ、そうですか。じゃあ、ちょっとお邪魔しましょうか」

おばさんは上機嫌で祥子の後からついて来た。部屋に入って坐ると、見廻わすようにして、

「笠原さんのお部屋は、いつもきれいに、きちんと整理してありますのね」

と褒《ほ》めた。

「いいえ、構わないんですよ」

祥子は、そのために買って来た菓子折を出した。ヒーターで珈琲も沸かした。おばさんはその歓待に眼を細めていた。

「お姉様がいらっしゃる時もそうでしたね、お二人ともお勤めでしたのに、いつもきちんと、綺麗なお部屋でしたよ」

姉のことが出たので、祥子は、おばさんの顔をちらりと見た。が、おばさんの方で

は、祥子の視線の意味に気がつかないらしかった。

「汽車の時間などを調べていらしたが、どっかへお遊びにお出掛けなんですか。そう、そう、新聞社はまだ休みでしたね？」

「それならいいんですけど」

祥子は微笑んで答えた。

「変な用事で、大月まで出掛けるんです」

「大月まで？　へえ」

おばさんは眼を一杯に開いていた。

「大月というと、甲府の手前の？」

「そう、富士五湖の方に行く乗換えの駅ですわ」

「じゃあ、この寒いのに、富士五湖にいらっしゃるんですかね？」

「ううん、そうじゃないの。とても変な用事で行くんです」

「変な用事で？」

おばさんは釣り込まれたような顔をした。

「あのね、この間、こちらに呼ぶつもりで、波高島のお友だちを誘ったことがあるでしょう？　来る前に、急に亡くなったひとです」

「ええ、ええ、そんなお話でしたね」

おばさんは、菓子を食べながら、うなずいた。祥子は、その顔をそれとなく眺めたが、心なしか、おばさんの顔色は少し悪いようだった。

「その大月の町の或る家に、亡くなったそのお友だちが、覚え書を書いた帳面を預けていたんですって。それを親御さんから知らせてくれたものですから、わたしの知りたいことが書いてありそうなので、見に行こうと思うんです」

「へえ」

おばさんは大形《おおぎょう》に感心していた。

「そんなに、わざわざ見に行くほど、大事なことが書いてあるんですかね？」

「ええ」

祥子は、珈琲を注いでいた。おばさんの顔色を観察するわけには行かないが、確かに反応は感じられた。それは、そのあと、おばさんの声が急に熱心になったことで解った。

「大月には、いつ、いらっしゃるんですか？」

「明日ですわ」

祥子が、珈琲を奨《すす》めて眼を上げると、おばさんは、正直に、顔色に真剣なものを出していた。

「そりゃ、また、急ですね。明日の汽車はお早いんですか？」

おばさんは時刻を聞こうとしている。

「ええ、いま拝借した時刻表を見ると、新宿発十二時二十五分の準急があります。これで行くと、大月にきっちり二時に着きますから、ちょうどいいんです」

「へえ。新宿発十二時二十五分なの……」

おばさんは、暗記するように呟いた。が、忽《たちま》ち気づいたように、

「その時間だと、混むんじゃないですか？　何でも中央線はひどく混むそうじゃありませんか」

と紛らわすように言った。

祥子が吉井と大月の駅に降りたのはひるの二時だった。

車輛《はこ》に乗っている時も、それとなく注意していたのだが、別に怪しげな人物は見当らなかった。ホームに降りてからも、今度は、跟《つ》けて来る者を見分けるために、わざと、改札口の方には出ずに、ホームの片隅に、用事でもあるように立っていた。これだと、自分たちを監視している者があると、逆にこちらから観察して判る筈であ

る。

祥子も吉井も、一語も交さずに、ぼんやり佇んでいた。乗って来た汽車は発車して、降りた客は悉《ことごと》く改札口を出て行った。反対側に接続している河口湖《かわぐちこ》方面行きの富士山麓電鉄（編集注　現、富士急行）のホームには、青年たちが四、五人、冬仕度の登山姿ではしゃいでいた。

ホームには、二人のほか人影は残っていない。しかし、油断はできないのである。むろん、相手は、二人の眼の触れる所にいる筈はない。一旦、改札口を出て、駅の構内の待合室からこちらを見ているかも分らないのである。

「ホームには、もう誰も居ませんね」

吉井は小さい声で言った。

向い側の河口湖行きの電車にも客が乗っているが、そこからこちらを観察する者も無さそうだった。

二人はぽつぽつと出口の方に歩いた。掛りの駅員が、最後に残ってノロノロと歩いて来る二人に、不満そうな顔をしていた。切符を渡して外に出た。しかし、其処には土地の人ばかりが佇んでいて、二人に注意を向けている者はなかった。駅の売店の方に廻って見たが、一人の客も店の前に立っていないのである。

「待合室に入ってみましょうか？」

吉井は様子を見てまた囁《ささや》いた。

待合室に入ると、上りの汽車を待っている人たちが椅子に腰かけていた。が、二人が入って来ても、誰も顔をあげなかった。実際、祥子が眺めても、乗客の殆どは土地の人のようで、正月の東京に遊びに行くためか、着飾った娘や、古い外套《がいとう》を着た農夫のような人が、つくねんと腰かけてならんでいるばかりであった。祥子たちと一緒の汽車を降りて、改めてこの待合室で二人を監視して居そうな人間は見当らなかった。が、二人は、まだ要心をした。油断はならないのである。観光ポスターの貼ってある壁際に腰かけ、持って来た週刊誌などをひろげて見ていた。祥子は、うつむくと、何者とも知れぬ視線を感じるような気もした。が、これは気のせいであろう。

十分ばかりもすると、甲府方面から来る上り列車が入ってくると知らせるアナウンスがあった。椅子の客が殆ど起《た》ち上がり、改札口の方に群れて行った。

列車が来た。が、二人は立ち上がらなかった。わざと汽車の方は見ずに、その儘《まま》の姿勢でいると、発車のベルが鳴り、汽車が動き出す音がした。その時になって初めて顔をあげて見たのだが、待合室はがらんとして、土地の子供が二、三人遊んでいるだけであった。

すると、吉井は、何を思ったか、大股で駅の構内を出た。彼は、祥子が呆気《あっけ》にとられている間に、駅のぐるりを歩き廻っていた。

「どうなさったの？」

戻って来た吉井に祥子は訊いた。

「誰か、僕たちを見ている奴が残っているんじゃないかと思ったんです」

吉井は苦笑して答えた。

「ところが、全然、居ないんです。おかしいな？」

彼は、首を傾げていた。

「確かに、アパートのおばさんに、この汽車の時間のことを言ったんでしょうね？」

「それは言いましたわ。おばさんの方からそれを憶えるように訊き返したくらいですもの」

祥子は答えた。

「おかしいな。今までの相手のやり方だったら、必ずぼくたちを跟《つ》けて来るんだがな」

こちらの知りたいことが書いてある斎藤常子の覚え書を見に行くと、おばさんに話してあるのだから、姿の無い相手がその連絡を受けると、これは重大なことだから、必ず、放っておく筈はないのである。祥子が知りたい常子の手記というだけで、相手にはぴんとくる筈だった。つまり、手記のなかに書かれていることが、姉の信子のパスを届けた人間の人相を書いてあるかも知れないと勘ぐるに違いないのである。

「これは、トリックがまずかったかな？」

吉井は、苦笑した顔で呟いた。

「相手は、僕たちのトリックに引っかからなかったようですね」

そうだろうか？　そうだと、必ず、今までのやり方から見て、向うの人間が出てくる可能性は十分にあると思っていた。が、実際にはそんな人間が見当らないので、やはり、当てが外れた感じであった。

二人がぼんやり立っていると、アメリカ軍人の家族らしい一団が、子供や女連れで駅に入って来た。

二人は次の上り列車に乗った。

大月までわざわざ来たが、目的を果せなかった。目に見えない敵を誘い出すのに、これは失敗したのであろうか？　それとも、自分たちの考えていたことが見当を外れたものだったのだろうか？

汽車が大月の駅を離れても、二人は窓からホームを見たが、やはり、彼らの方を注意していたような人影はなかった。

「どうも、失敗だったようですね」

吉井は、祥子に苦笑して言った。

「けれど、あのときのおばさんの様子では、私が大月に来るのを、ひどく気にかけていたようですから、連絡したとすれば、必ず、向うに通じていると思います。私たちのアイデアは、間違っていないと思いますわ」

しかし、それも、アパートのおばさんが、見えざる相手と連絡をとっているという前提の上であった。もし、この仮定が誤っていたら、プランの全体は崩れてしまうのである。

しかし、祥子には、失望に伴う空虚感はなかった。わざわざ大月くんだりまで来て、そのことが失敗しても、それほど悔いはなかった。その感情はどこから来るのであろうか。

窓の外には、相模湖《さがみこ》の一部が冷たい色で光って見えた。

「さあ、これから東京に帰って、もう一度、案を練り直すことだな」

吉井は、窓の外に眼をやりながら考えていたが、ぼそりと言った。

祥子も、その意見には同感であった。それ以外に、姿のない敵をおびきよせる方法はなさそうだった。

しかし、思いもよらぬ出来事が、東京に帰った祥子を待っていた。

吉井と新宿駅で別れて、祥子がアパートに帰ったのは、短い冬の陽がもう暮れている頃だった。アパートの入口まで来て、思わず足がすくんだものである。ただならぬ空気が、思いがけなく、そこに集まっている人々の間から立ちのぼっていた。

アパートの入口は近所の人で取り巻かれており、中も、祥子も顔を知っているアパートの住人たちが、管理人室の前を右往左往していた。

「一体、どうしたんですの？」

入口の所に立っている知合いの顔を見つけて、祥子は訊いた。

その人は中年の婦人だったが、

「え、まだ知らないの？」

と言うのである。そして、声をひそめて告げた。

「今日ね、アパートのおばさんが、自動車事故で死んじゃったの」

「えっ？」

祥子は、あっと息をのんだ。思わず足が震えた。

犯人の資格

1

祥子が、アパートに戻って管理人のおばさんの変事を聞いたのは、吉井と大月駅から帰った午後七時ごろであった。

おばさんの自動車事故の事情は、あとで判った。それは次のようなことだった。

おばさん(名前は小川《おがわ》カズといった)は、その日、五日の午後五時ごろ、近所の薬屋に買いものに行くと云って出かけた。薬屋は、アパートから出て表通りにある。事故が起きたのは、その通りに出た角から千米《メートル》ばかり離れた所だった。

この通りは、普段、それほど自動車の通行は激しくない。平行した広い通りが別にあって、大抵の自動車はそこを通っていたのである。

薬屋は反対側の方にあった。おばさんは、暫らく歩いて、薬屋の手前、五百米くらいの所から道を横断しようとしたそうである。その時、一台の中型タクシー（目撃者はタクシーと思った）が疾走して来た。これが、アッという間に、おばさんを跳ねとばしたのである。

しかし、その椿事《ちんじ》の瞬間を見た者はなかった。突然の悲鳴で、近くを通りかかっていた人たちが振り返ったのである。目撃者たちは、人間が仆《たお》れ、車が走って行く光景を、二、三秒の間、ぼんやりと眺めていたと云っている。不意の突発に、却《かえ》ってぽかんとした恰好だった。

人間が路に仆れているのを見て、初めて、目撃者たちは我にかえった。四人の通行者がそれを見たのだが、その中の一人が、素早く、走り去って行く自動車のうしろのナンバーを読んだ。

この辺は、表通りとはいえ、ほかの街よりも街燈も疎らで、あまり明るくはない。それでも、自動車のうしろの番号は読み取れたのである。あとでその人が警官に申し立てたところによると、その車は、中型車で、番号は五く九二四一であった。プレートの地が黄色に塗られてあったというので、自家用車ではなく営業車であった。中型車なので、とっさに、タクシーと思い込んだのである。

その車は、事故を起したことを知ってか、知らないのか、とにかく、一散に通りを逃げて行き、忽《たちま》ち、見えなくなってしまった。目撃者たちは、仆れているおばさんの所に走り寄った。被害者は、頭をやられたらしく、顔から血が流れていた。救急車が、すぐに電話で呼ばれたのである。

翌日になってのことだったが、警察署では、目撃者の話から、問題のナンバーのタクシーを捜索《そうさく》した。すると、その番号の該当車《がいとうしゃ》はすぐに見つかった。ところが、その五く九二四一のタクシーの運転手は、五日の午後五時ごろは、全く別な所を走っていたと申し立てた。運転手は、こう主張するのである。

自分は、四時半ごろから、四谷で拾った客を乗せて、上野駅に送った。上野駅からは、新しい客が浅草に行けというので、その通りに走った。浅草に着いたのが、大体、六時ちょっと前で、現に、運転日誌には、その通りの記入があった。

警察では、はじめ、運転手が嘘をついているのではないかと思った。が、調べて見て、彼の申し立ては正当であると認められた。四時半ごろにその運転手が客を上野に送ったことは、ほかの車の運転手が証言したのである。四谷の駅で客を待っていた他社の車の運転手もそう云ったし、上野駅に着いて客を降ろし、そこで新しい客を拾ったことも、たまたま、彼の顔を知っている別の運転手が証明した。さらに、上野から浅草に客を送って行ったことも、その客が判ったので、当人に当って確められた。

すると、当然、その事故の車の車体番号は偽物《にせもの》だと推定されるのだ。タクシーに同じ番号が絶対にあるわけはないから、誰かが、偽のナンバー・プレートを作って、自動車の後尾に取りつけていたことになる。

今までは、単なる交通事故とばかり思っていた警察署では、偽番号のことから、俄かに計画的な犯行かもしれないと推測した。しかし、それは、まだ断定できなかった。それは次の理由による。

タクシーは、大抵《たいてい》、それぞれの会社によって車体の色が塗られている。目撃者たちに訊くと、見たという車体の色はまちまちで、或る者は青だったと云い、或る者は緑だったと云い、また、反対に、赤とか黄とかの色も出た。冬の午後五時だと、陽はすっかり暮れている。瞬時に疎らな街燈の光で見た目撃者たちの眼は、色彩を正確に憶えていないのであった。不意の出来事に茫然《ぼうぜん》として気を呑まれ、色まで確めなかったというのが本当のところらしい。

そうなると、自動車のナンバー・プレートの番号も当てにならないわけだが、その目撃者は、自分の読んだ数字には自信があると云った。

事故の起った現場と、その番号の車の走っていた場所とは、ひどく離れていて、客を降ろして、途中でその現場に来ることは、絶対に不可能である。また、上野駅でも、浅草でも、その車を目撃した証人があるので、時刻から云っても、その車の起した事故でないことは明瞭だった。

警察官たちは、目撃者に、そのタクシーの車の型を訊いた。中型車だと、タクシーに多いのは、トヨペットだとか、ダットサンとか、プリンスとかそれに近いルノーである。ルノーの型は特殊であるから、誰にも判る。目撃者たちは、口を揃えて、ルノーではないと云った。

すると、トヨペットかダットサンか、プリンスが考えられるわけだが、タクシーには、その屋根に防犯燈が付いている。轢《ひ》いた車について、この防犯燈の有無を警察官は目撃者たちに訊《たず》ねた。答えは、ひどく曖昧なのである。防犯燈があったというのと、なかったというのと、二通りの答えが出た。目撃者は四人だったが、防犯燈の有無については、答えは半々だった。

防犯燈のことと云い、車の型と云い、車体の色と云い、目撃者の証言はいずれも、曖昧な記憶で、ナンバーのことも、確かにそれだとは決め兼ねた。ナンバーのその字を読んだのは一人だけなのである。こうなると、その数字も当てにならなくなる。どの桁か一字違えば、どうしようもないのである。

警察では、その轢き逃げ車の行方を捜索したが、遂《つい》に、手懸《てがか》りはなかった。

2

アパートのおばさんの交通事故について、祥子は、吉井と会って、話し合った。二人の意見は、それが偶然の事故でないということで一致した。

おばさんは、計画的に殺されたのだ、と思われた。その理由は、吉井と祥子とが大月に行った時、誰も後を尾《つ》けて来る者が無かったことに依るのである。

「今から思えば」

吉井は残念そうに云った。

「あの時、誰も尾行者や監視者が来なかったのは、犯人側がぼくらの誘いに気がついたからですよ。先方は、必ず、あなたが大月に行くというおばさんの連絡を受けたに違いありません。そのとき、早くも、そいつは、僕らの計画を見破ったのです。大月に常子さんの手記を見に行くというのはまずかったな。これは、不自然でしたね」

「そう、ちょっと、不自然過ぎたわ」

祥子も同感だった。常子の出京が中央線だったので、大月に設定したのだが、殺された彼女に手記が残っていたというトリックは、いかにも拙劣《せつれつ》である。これでは、先方が、こちらの意図を見抜くのは当り前だった。

「犯人は僕たちの計画を見抜いたとき、同時に、おばさんが犯人に内通していることをぼくらが知ったと気づいたんです。そうすると、犯人自身にとって、おばさんの存在が危険になって来たわけです。つまり、おばさんの口から、いつ、自分の名前が割れるか分らないと思って不安になり、永久に、その口を塞いだのでしょう」

祥子も、その通りだと思った。そのアパートのおばさんを手馴《てな》ずけて、自分たちの行動を内報するように頼んだ人間こそ、犯人なのである。

そういえば、捜査陣は、まだ、町田知枝殺しも、斎藤常子の殺人事件も解決していない。新聞では迷宮入りを伝えているくらいだった。

犯人としても、必死の防衛である。おばさんの口からうっかり自分の名が洩れようものなら、ずるずると、この二つの殺人事件がひき出されて来るわけである。犯人は、大変な危機に直面していたわけであった。

「警察では、その轢き逃げ自動車を、タクシーと見て捜査しているが、ぼくは、タクシーではないと思うな」

吉井は、新聞記者だけに、そのことについての警察の動きをよく知っていた。

「また、目撃者が瞬間に読みとった黄番号の数字も、警察では当てにならないと云っていますが、僕は、案外、目撃者の眼が正確ではないかと思いますね」

「でも」

と祥子は、怪訝《けげん》な眼をして吉井を見た。

「その該当番号車は、よそを、走っていたんでしょう？」

「だからです」

吉井は云った。

「この事件は、悉《ことごと》く、計画されたものです。アパートのおばさんを殺したのも、その計画犯罪の一環なんです。つまりですね、犯人は、自分の持っている中型車の後のナンバーを、黄ナンバーのでたらめな数字に付け替えたんです。それは、目撃者にナンバーを読まれることを予想して、要心したのでしょう。果して、その通り、ニセのナンバー・プレートは読まれましたね」

この事件が計画的なものである以上、街のタクシーを使う筈がない。おばさんを轢き殺すには、自分の運転する自家用車でなければならなかった。黄ナンバーの偽装は、そこから起ると吉井は云うのである。

「目撃者は、防犯燈のこともよく憶えていないし、車体の色もよく憶えていない。つまり、犯人は、そこまで計算して、冬の日暮れの午後五時という時間を犯行に選んだのでしょう」

「けれど」

祥子は、ちょっと、疑問に思った。

「ちょうど五時に、おばさんが外に出るということが、どうして計算されるのでしょう。偶然だとしたら、あまりに巧《うま》く行きすぎていますわ」

「それです」

吉井は云った。

「僕は、おばさんが薬屋に買い物に行くと云ったのは、多分、口実で、その犯人に呼び出されたのではないかと思います。例えば、おばさんが外に出る前に、犯人はおばさんの所に電話をかけて、いつもの場所で待っているから来てくれ、と誘い出したのではないだろうか？　これは、あなたがアパートで調べてみて下さい。おばさんが出かける前に、電話がかかって来たかどうか」

「判りました」

「それがその通りだとすると、犯人はおばさんが外に出たところを待ちうけて、車を走らせ轢き殺したのです」

吉井は、重い口調で云った。

祥子は眼を伏せた。犯人の計画の非情さが分った。

祥子は、吉井に別れてから、彼の云う通りのことをアパートで調べた。すると、確かに、そのような事実があったことが分った。

当日、その時刻おばさんが薬屋に行くといって出掛ける前に、電話がかかり、たしかに誰かと話していたそうである。それはちょうど、その折に管理人室に来たアパートの人の話で、確かめられた。その人は、アパートの部屋の修理のことで、おばさんに苦情を云いに来たのだが、おばさんはひどく慌《あわ》てていて、十分ばかり待って下さい、そこの薬屋に行って来るから、と云って出かけ、事故に遇ったということだった。のみならず、おばさんは、近ごろ、時どき、薬屋に行くと云って出ていたことも、ほかの人の話で分った。

祥子は、念のため、その薬屋にも行って問い合せてみたが、おばさんはここ数ヵ月、一度も買い物に来ていないことが判った。

すべて、吉井の云う通りだった。薬屋に行くと云って出かけていたのは、おばさんの口実である。おばさんと犯人とは、そのようにして待ち合せ、情報を伝えたり、報酬を貰っていたのであろう。

祥子は、早速、吉井と落ち合ってこの事実を彼に伝えた。吉井は、うなずいていた。

「やっぱり、思った通りですね」

吉井は、自分の推察が当ったので、興奮した顔色だった。

「犯人は、絶対、自家用車を持った男です。他人の車を借りてそのような犯行をするとは思えない。しかも、運転のできる人間です。その車も、タクシーと同じような中型車です。それに、この事件は、殆ど都心から離れた所で犯罪が行われている。町田知枝の場合は多摩川畔の和泉《いずみ》附近だし、斎藤常子の場合は同じ川の上流で矢野口附近でした。常子さんの場合は、被害者を連れ込むのに、自動車を使ったと思われる。今度のおばさん殺しは街のなかだったが、やはり車です。妙に、自動車ばかり使われている事件ですね。それで、ぼくらの推定した疑わしい人物リストから、中型の自家用車を持っている人間を拾って見ましょう」

そう云いながら、吉井は、手帳を出してリストをひろげた。

妹尾郁夫、高木利彦、佐敷泊雲、内牧理事長、鶴巻莞造、西脇満太郎の六人である。

「ぼくは、今から、大急ぎで、この六人に当って見ます。中型車を持ち、運転のできる人間を探すんです。まさか、運転手を使って犯行をやったとは思えないから、運転できることが、犯人を決定する一つの条件です」

吉井は張り切っていた。

彼が、その返事を持って来たのは、まる二日と経《た》っていなかった。吉井からの電話で、二人はいつもの喫茶店で落ち合った。

吉井は、再び手帳を出して、例の人名表をひろげた。早速、検討がはじまる。

「妹尾さんは、翻訳兼評論家ですが、まだ、あまり流行児でないと見えて、自家用車は持っていません。運転は自分ではできるようです。しかし、われわれの考えは、自家用車の所有主でなければならないという建前《たてまえ》ですから、一応、これは除外しましょう」

吉井は妹尾の名前の上に×印をつけた。

「高木さんは、自分の車ではないが、奥さんの女流評論家、高木とく子女史の車があります。無論、夫婦ですから、奥さんの車を勝手に使うのは当り前でしょう。実際、高木さんは、自分でも運転ができ、乗り廻しているようです。奥さんのとく子女史は、執筆が忙しいので、あまり外出はしません」

吉井は、高木利彦の名前の上に○印をつけた。

「次の内牧理事長は、内牧洋裁学院長の淳子さんが、素晴らしい外車を持っています。理事長乃至《ないし》は夫の権利として、これを自由に使っているが、われわれの考えているのは、国産の中型車ですから、これも除外しましょう。無論、彼は運転ができます。友だちからでも中型車を借りられるわけですが、自家用車ではないので外します」

吉井は、内牧理事長には×印をつけた。

「この次は、鶴巻莞造画伯です。この人は、流行のスタイル画家ですから、収入も多く、車を持っていますが、これも、やはり、大型の外車です。運転はできるが、この点から、除外しましょう」

鶴巻画伯に×印がついた。

「なお、内牧淳子女史も運転ができます。しかし、二人で車一台というところですから、理事長と同じように、現在のところ、圏外に置きます」

吉井は次に移った。

「次は、Q病院小児科医長、西脇満太郎博士です。先生は、トヨペット・クラウンを持っています。ですから、問題なく○印です」

吉井は印を記入した。

「最後に、佐敷泊雲さんですが、これは、今を時めく新興生花の家元ですから、勿論、自家用車を持っています。しかも、三台ですから、豪勢なものです。二台は最新型の外車で、一台はダットサンです。外車の方は改まった訪問用で、国産車は普通の外出用というところでしょう。これも資格はあります」

吉井は、云い終って、リストの上に○をつけたのを見せた。高木利彦、佐敷泊雲、西脇満太郎の三人であった。

「これで、一応の資格審査はできたわけだな」

吉井は、軽く笑った。

「次は、おばさんが轢かれた五日の午後五時ごろ、彼らが、この車に乗って外出していたかどうかだな。それを調べて、最後に、その行き先を突きとめることになりますね」

3

吉井が、そのことを調べて来たのは、二日目であった。彼は、その調査に熱中していた。

「高木さんの方は判りましたよ」

吉井は、祥子に報告した。

「高木利彦さんの場合は、五日の午後五時ごろ、ダットサンに乗って出かけて留守だったことが判りました。とく子女史に会ったら、大変なお冠《かんむり》なんです。それは高木さんが、神奈川県平塚《ひらつか》署で車のスピード違反に問われたことが判ったんです」

「あら、なぜ、スピード違反で、とく子女史が怒っているんですか？」

祥子が訝《いぶか》しそうに訊くと、

「それはね」

吉井は、ここで、おかしそうに笑った。

「とく子女史の所に来る雑誌社の女編集者を、高木さんが車に乗せ、ドライヴしていたわけですよ。高木さんの弁明は、その辺を一廻りして来る積りで出掛けたが、女編集者にせがまれて、夜までに帰って来る積りで東海道を走ったというんですがね。しかし、そんな見え透《す》いた言い訳は、とく子女史には通りません。つまり、高木さんは、女房の所に来る若い女編集者と、こっそり愉しんでいたわけです。ところが、悪いことはできないもので、うっかり、近ごろ流行の、スピード感を愉しんだため、つい、平塚署の白バイに引っかかったわけです。それが署からの通知で分ったので、とく子女史は大憤慨というわけです」

「まあ」

祥子は、あのアトリエの中で、じっと自分を見つめていた利彦氏の眼を思い出した。その射竦《いすく》めるような眼つきを今でも忘れない。彫刻家は、同じ視線を、若い女編集者に投げたに違いなかった。祥子はアトリエで数々の利彦氏の作品を見せてもらった時、氏の気配に或る予感を覚えたが、それは誤りではなかった。いま、吉井の話を聞いて納得できたのである。

しかし、利彦氏は、その情事の途中の事故で、この事件に関係がないことが判った。少くとも、アパートのおばさんを轢き殺した時刻の彼のアリバイは成り立つのである。

「次は、佐敷泊雲氏です」

吉井は続けた。

「泊雲さんは、今を時めく斯界《しかい》の第一人者ですから、これは利彦氏と違って、公然たるものです。泊雲氏が女性群に取り巻かれているのは有名な話ですが、問題の五日の午後五時ごろには、その愛人の若い生花師匠の家にいたんです。これは、側近者の話で判りました。つまり、泊雲氏とその愛人とのことは、周囲では、もう公然たる秘密になっているわけです」

祥子は、返事もできずに、ただ、聞いているだけである。あの、瀟洒《しようしや》な老芸術家の泊雲氏が、自作の作品を彫像のように立って眺めている姿を思い出す。高弟たちが、泊雲氏の指図に従って手足のように動いている光景が、まだ、眼に残っていた。豪壮な彼のアトリエだった。泊雲氏の鶴のように痩せた体は、いかにも、その道の教祖という崇高な感じだった。それから、いつぞや、銀座で見かけた、派手な女性群を引き連れた泊雲氏の姿を思い出す。

「その、女師匠の家はですな」

と吉井は云った。

「品川《しながわ》の方なんです。側近者の話だけでは判らないので、僕は、行って見ましたがね、調べて見ると、確かに泊雲氏は、午後三時から八時までの間、その家にいたことが判りました。これでは、到底、問題になりません」

「そのとき、泊雲さんは、どの車に乗って行ったんですか?」

これは、泊雲氏が、豪奢《ごうしや》な舶来車を二台と、中型の国産車を持っているところから起った疑問である。その品川の愛人の家に泊雲氏が舶来車に乗って行ったとすれば、中型車の方が問題になる。

「ぼくも、それは考えて、よく調べてみたが、その時は、泊雲氏は中型車だったんです。公式の会合のような場所に出るときは、泊雲氏は外車を使うんですが、そういうお忍びの時は、必ず、中型車だそうです」

これで、佐敷泊雲も、嫌疑の外に去ったわけである。最後は、西脇満太郎博士であった。

「これは、ちょっと、厄介だった」

吉井は、眉を寄せて云った。

「調べてみたが、西脇博士は、五日の五時ごろには、病院にも自宅にもいないんです。それで、彼の持っている中型車はどうかと思って、病院で訊いたんですが、看護婦たちは、午後四時ごろ先生の帰る時に見たが、外からハイヤーを呼ばせた、と云うんです」

「そうすると、ご自身の持ってらっしゃるクラウンは、どうなったんでしょう」

「ぼくは調べに、自宅まで行きました。ドクターが自家用車に乗らなかったと判った以上、その車は、当然、家の方にある筈ですからね。初めて行ってみたんですが、博士の家は、郊外の杉並区《すぎなみく》にあって、閑静な住宅街なんです。車庫も、ちゃんとありました。住宅は道の横の高い所にあって、車庫は、その土手をくり抜いて造ってありました。ところで、ぼくは、女中さんに訊いたんですが、それとなくヤマをかけたところ、五日の朝早く、先生はクラウンに乗って病院に出かけた、と云っていました」

吉井は、簡単に女中に訊いたというが、それは、相当に苦心をしたことであろう。

それにしても、問題の五日の朝早く、西脇博士が中型の自家用車に乗って出勤したのは注目に価する。

「しかし」

と吉井は祥子の表情を見て云った。

「われわれは、慎重にしなければならない。五日の午後四時ごろに、西脇博士が病院にハイヤーを呼ばせて帰ったのは変な話です。博士は、出勤には自家用車で家を出かけているから、帰りにはその自家用車が無かったことになる」

祥子は考えた。博士は自家用車で家を出ているから、病院に到着したのは、その自家用車でなければならない。帰りにハイヤーを呼ばせたのは、吉井の云う通り、午後四時ごろに、その自家用車が無かったのである。すると、その自家用車はどうなったのか？ いつ、病院から博士の自家用車が無くなってしまったのか？

祥子がそれを云うと、吉井もうなずいた。

「そうです、そうです、これは、もっと追求してみる必要があります」

祥子も、その通りだと思った。

「けれど」

と吉井は云った。

「僕は、西脇さんをよく知らないんです。いつでしたかね、あなたが、西脇さんに誘われてナイトクラブに踊りに行ったというのは？」

「ああ、それは、ずっと前ですわ」

祥子は、吉井にそのことを話していたのを思い出した。

「僕は、それを思い出したんですよ。これは、僕が当るよりも、あなた自身が、博士に接近して訊き出したらどうです。なまじっか僕が訊くと、変に疑われそうです。それよりも、さり気なく、あなたが探り出した方が得策だと思いますがね」

吉井が云う通り、彼が変に動き出したら、西脇博士に警戒されそうである。祥子は、博士から、今度また、とナイトクラブに誘われているので、その機会を利用しようと思った。

西脇博士は、考えれば考えるほど変だ。

博士は、以前に、姉の信子を、たびたびナイトクラブに誘ったと、自身の口から云っていたし、帰りにアパートまで送り届けたとも云った。博士は姉のアパートを確実に知っている。今度、アパートのおばさんが殺されたことで、その直前におばさんを電話で表に誘い出したとすれば、西脇博士が、その推定される資格の人物として有力である。

祥子は、西脇博士に接近しようと思った。一つは、吉井に、そのような厄介をかけたくなかったからでもある。吉井は、新聞記者として、仕事の上の情熱でこの事件に当っていると云っているが、祥子から見れば、自分のことで頼んでいるような気がしてならない。それは、かなり、心苦しいことだった。西脇博士を調査することくらいは自分がやらねばならなかった。

「博士に、いきなり当るよりも」

吉井は、ふと思いついたように云った。

「あなたは、博士のお弟子さんを知りませんか？　そういう人が、案外、本当のことを云ってくれるかも分りませんよ。お弟子さんというのは、始終、先生の行動を見ているものですからね」

祥子は、博士だけに会っているのでお弟子さんを知らない。そう答えようとして、気づいたことがある。いつぞや、次長の神谷に連れられて、西脇博士を病院に訪ねて行った時、ひょっこり出会った若い医者のことである。その医者は、先生は、今、研究会に行っていませんよ、と教えてくれた。あの人だったら、もしかすると、博士の当日の行動を知っているかも知れない。

祥子が、そのことを云うと、

「それは、いい人がいましたね、是非、その人に会った方がいいでしょう」

と吉井は答えた。

「でも、どう訊き出していいか、判らないわ」

「いや、それは、どうせ博士に会うんですから、博士の人柄というか、そんな予備知識を訊きに来た、という顔をすればいいんです。そして、さりげなく、話をもって行って、五日の午後五時頃の博士の自家用車の所在を確かめて見るんですね」

祥子は考えたが、どうも自信がなかった。

「吉井さんが一緒に行って下さると、安心なんですけれど、私一人では、失敗しそうですわ」

「そうですか」

吉井は微笑した。

「そうですね。西脇博士と会うのは、あなただけの持ち役ですから、その助手に会うところまでは、僕がついていってあげましょう」

「そうして頂くと、本当に助かります」

祥子は、頭を下げた。

「いや、僕だって、うまく引き出せるかどうか、自信はないが、まあ、とにかく、行ってみましょう」

吉井の方が乗り気になって、云ってくれた。

電話をかけて訪問しようと思ったが、それよりも、いきなり行った方が効果的である。祥子は、吉井と一緒に、タクシーに乗ってQ病院に行った。

4

晴れた日で、冬の弱い陽が枯れた芝生の上に当っている。病院の中庭に植えてあるヒマラヤ杉が、冬の澄明《ちょうめい》な空に高々と聳《そび》えていた。風があるので、梢が揺れていた。病院は、いつ来ても人が多い。外来の患者や見舞客などが、正門のところの道を歩いていた。二人は、車を駐車場で降りて、小児科の病棟の方へ行った。

博士が居ればそのときのことで、とにかく、いつか訪ねて来た医長室まで行くことにした。廊下を歩いて医長室の近くまで行くと、向うから看護婦が来た。

「西脇先生、いらっしゃいませんかしら？」

看護婦は、二人の姿をジロジロと見た。

「どなたですか？」

「新聞社の者ですが」

看護婦は、それを聞いて、西脇博士の不在を告げた。祥子は、ほっとした。しかし、それは表情に見せないで、

「先生に、是非、お目にかかりたくて伺ったんですが、それでは、助手の方はいらっしゃいませんでしょうか？」

「さあ、ちょっと、待って下さい。見て来てあげましょう」

看護婦は、案外親切に、その部屋を覗いてみてくれた。

「一人もいらっしゃいません。上田さんが、確か、今まで、いたんですが、どこに行ったのかしら。もう少しお待ちになると、帰って来ると思いますが」

「そうですか」

祥子は、吉井を見返した。吉井の眼は、待つ、という返事をしていた。

「じゃあ、ちょっと、待たせて頂きます」

「生憎と、応接間が塞がっていますので」

看護婦は云った。

「廊下で、お待ち下さいますか？」

「結構です」

しかし、その廊下は寒かった。部屋の中は煖房がしてあるに違いなかったが、廊下には冷たい空気が流れている。

二十分ぐらい待った。吉井は、靴の先を動かして、肩をすくめていた。ふと、外を見ると、明るい陽ざしが地面に当って暖かそうだった。祥子は、すこし吉井が気の毒になったので、

「その助手の方がお帰りになるまで、外で待っていましょうか？」

「そうですな、それがいいですな」

寒そうにしていた吉井はすぐに賛成した。二人は、寒い階段を降りて、陽の明るい芝生の方に歩いた。

ちょうど、その時、芝生の間の小径を医者の白い上着を着た男が、歩いて来ていた。祥子が気づく前に、青年医者の方から話しかけた。

「やあ、いつか、お目にかかったことがありますね。R新聞社の神谷さんと一緒に見えた方じゃありませんか？」

それが、上田という助手だったことを、祥子は思い出した。痩《や》せて背の高い青年で

ある。仙台で研究会があって、西脇博士が出席していると告げたのも、この助手であった。

「五日の夕方ですか？」

上田という助手は、こちらの話を聞いて、考えるような眼つきをした。それは、吉井の機転で、五日の夕方、西脇氏の談話が急に必要になって訪ねて来たということにしたのである。これは、既に調べてみて、当の博士が居なかったことが分っているので強かった。

「そうですね。僕は、始終、先生の傍についているので、分るんですが、そうそう、五日だったら、先生は、確か、友人の家に行かれていた筈ですよ」

助手は思い出して答えた。彫りの深い顔立ちの青年で、瞳に深い翳《かげ》りがあった。

「そうですか、それは知らなかった」

吉井は調子を合せた。

「その御友人の家が近かったら、ぼくは、そちらに行くんだったがなあ」

彼は、さりげなく、西脇氏の行方を探り出そうとしていた。が、青年医者は、ちらりと見返しただけで、それには答えなかった。思いなしか、唇が硬くなっていた。

「五日の午後三時ごろ、実は、西脇先生にお目にかかろうと思って、この病院に来たんですよ」

吉井は、上田助手に云った。

「それが、ちょっと、ほかに引っかかりが出来て、つい、そっちへ行ったんです。一つは、西脇先生の自家用車が病院の駐車場に置いてあったので、これはいらっしゃるな、と思って安心したんです」

それは、明らかに、吉井のヤマだった。問題は、博士の自家用車がいつ病院から見えなくなったかである。

「三時ごろに先生の車があったんですって？」

助手は、吉井を見返した。

「そんな筈はないがな」

彼は首を捻《ひね》った。

「先生は、その朝、タクシーで病院にいらしたと思いますがね」

「え？」

吉井は助手の顔を見つめた。祥子もハッとした。今の今まで、西脇博士が自宅を自家用車で出たのだから、当然、出勤はその車を利用したと思い込んでいたのだ。

ところが、上田助手は、博士が出勤した時、既にタクシーであると云っている。すると、西脇博士は、自宅を自家用車で出て、途中のどこかでタクシーに乗り換えたわけである。では、自家用車は何処に置かれたのであろう？

この疑問が一瞬に起って、祥子を緊張させた。

「変だなあ」

吉井は、わざと首を捻った。

「ぼくは、確かに、先生のクラウンを見たんだがな」

「それは、何かの間違いでしょう」

上田助手は、自分の記憶を疑われたように、強く答えた。

「あの日は、先生は、帰りにハイヤーを呼びました。それで憶えているんだが、朝もタクシーで病院に来られたんです。ぼくは、これは、先生の自家用車が故障を起したのかなと思ったくらいです。それを憶えているから、間違いありません」

「そうですか」

吉井は頭を下げた。

「それじゃあ、ぼくの見間違いかも分りません。では」

彼は祥子を眼で促した。

「先生がお留守のようですから、また伺います。どうも、有難うございました」

「もう少し、お待ちになると、先生は帰られますよ」

上田助手は、正直に引き止めた。

「いえ、実は、次の予定の時間が迫っていますので、あとで、お電話で先生に連絡いたします」

二人は、若い助手と別れて、病院の構内を出た。

「さあ、えらいことになったな」

病院脇の静かな通りを歩きながら、吉井は云った。

「ぼくらは錯覚を起していた。五日朝の出勤は自家用車だとばかり思っていたが、はじめからタクシーだったんだな」

「私も、それを聞いて愕きましたわ」

祥子も、胸をどきどきさせて答えた。

「すると、西脇先生は、自宅を出て、自家用車をどこに置いたのでしょう」

それが問題だった！

自家用車の疑惑

1

祥子と吉井とは、病院の横の静かな通りを歩いた。閑静な一角で、病院の長い塀を過ぎると、別な建物の塀に変った。辺りは、空にまっすぐに伸びた背の高いポプラの並木が続いていた。ここは人通りがあまりない。時折、電車が通過して音を立てる以外、話をするには恰好の道であった。

問題の一月五日、つまり、アパートのおばさんが中型車の下で殺された日に、西脇小児科医長の自家用車が何処にあったかということに、二人の話の焦点があった。

アパートのおばさんを轢《ひ》き逃げした自動車は、タクシーに見せかけた普通の乗用車である。目撃者の云う車の型からすると、西脇医長の自家用車の型と同じである。尤も、中型車となると、自家用車もタクシーも、たいてい同種である。犯人がほかの自動車を傭《やと》って、この犯行をやるわけはないから、どうしても自家用車ということになる。いまのところ、共犯は考えられない。

吉井は、西脇医長の家の女中から、その五日の朝、医長が杉並の自宅を出る時は、確かに自家用車で出た、と話を聴いている。ところが病院の方では、上田助手が話したように、博士はいつもの自家用車でなく、タクシーで来たというのである。

女中の云ったのが嘘か、上田助手や病院の看護婦の云ったのが錯覚か。

「しかし、これは、両方とも本当のことを云っていると思いますね」

吉井は、祥子と並んで歩きながら云った。

「つまり、西脇氏は、朝は自家用車で家を出た、病院に来た時はそれがタクシーに変っていた。だから、途中で西脇博士は自家用車をタクシーに乗り換えたということになる。なぜ、彼は車を乗り換えたか。しかも西脇氏は、アパートのおばさんが殺された時間には、既に病院を早く出ていたわけです」

それは、上田助手の話でも判った。

西脇博士は、その日に限って、病院を午後四時に出ている。おばさんが轢殺《れきさつ》されたのは五時ごろであった。だから、西脇氏が、自家用車をどこかに隠して置き、病院からハイヤーでその場所に行って、自分の中型車に乗り換え、大久保のアパート付近に行く時間は十分にあるわけである。しかも、西脇氏が午後四時に病院を出てからどこに行ったか、消息が分らない。

祥子も、この点が明確にならぬ限り、西脇博士を追求しなければならないと思った。

「これは、やはり、あなたが直接に西脇氏に会って確めることですね」

吉井は云った。

「そして、西脇さんがどう返事するかです。その返事を中心にわれわれが裏付けして行く方法がいいな。それだと、調べる対象がはっきりきまって来る」

吉井はそう云った。祥子も、その方がいいと考えた。警察官ではないので、大勢の刑事たちを使って、聞き込みや足取りの調査をやるわけには行かない。西脇氏の返事を手懸りに追求して行くのが、一番早道のようであった。

吉井はつづけた。

「これは、すぐに、あなたが西脇さんに会った方がいい。あまり時が経つと、西脇氏の方でも、対策を考えるようになるかも知れない。あとの工作をされると、調べるのに面倒になりますからね」

「ええ、なるべく、すぐに会いますわ」

祥子は決心した。

西脇博士からは、いつでも会うように誘われている。彼女が電話をすれば、一も二もないであろう。あるいは、すぐその場からでも、例の料亭あたりで飯をご馳走《ちそう》され、ナイトクラブに連れて行かれるかも分らない。

しかし、今度は、前とは違う、とも思う。

この前は、祥子は、無警戒に西脇氏に迎えられたのである。ところが、もし、西脇氏がおばさんを殺した犯人だとすれば、博士は、祥子が吉井と協力して姉の死を見捨てて逃げた人物を頻《しき》りと調査していることを知っている筈である。こちらが誘いかけて大月に行ったことで、却って、おばさんの内報をこちらが察知したのを、逆に犯人の側に気づかれている。おばさんが車で殺されたのも、その理由からである。

それだと、祥子が西脇氏に会うことは、或いは、敵と対決することになり兼ねない。しかし、これは、どうしても医長に会わなければならなかった。西脇医長が、自家用車の一件で、実際のことを答えようと、嘘をつこうと、いずれにしても、そこから裏づけをやり、その実証調査から真相の手懸りが得られそうであった。

多少の危険はあっても、これは、西脇医長に必ず会わねばならないことだった。

「わたくし、明日にでも、すぐに病院に電話しますわ。そして、西脇さんに会えたら、話をして、その返事の結果を、すぐ吉井さんに連絡します」

「そうして下さい」

吉井はうなずいた。

「しかし、待ち遠しいな、西脇氏の返事がどう聞けるか、早く聞きたいですな」

吉井は、既に夕暮れの色になっている西の空を眺めて、深い呼吸をした。重なり合った屋根の上には、雲が切れて、赤い夕陽が帯のように射していた。その道をすれ違って通る者が、二人を恋人同士の散歩だと思って、ジロジロ眺めて過ぎた。

祥子が、病院の西脇小児科医長に電話をかけたのは、翌日の午後であった。医長は、看護婦の取次ぎで、すぐに電話口に出た。

「いやあ、珍しい人からかかって来たものだな」

西脇博士の声は磊落《らいらく》だった。祥子からと聴いても、別に、前と様子は変りなさそうだった。

「先生。今夜、お目にかかりたいんですが、ご都合はよろしいでしょうか？」

祥子は、できるだけやさしい声を出した。

「何だね？」

「いいえ、お仕事の話じゃないんです。この前お目にかかった時、遊びに来い、と仰言《おつしや》って下さったので、お目にかかりたくなったんです」

「ああ、そうか」

西脇医長の声が少し笑った。

「ちょうど、いい。ぼくも、今夜は、ほかに時間をとられることがない。そうだね」

西脇氏は、ちょっと考えた様子だったが、

「この前、君と行った所はどうだろう、君は、ああいう場所は嫌いかい？」

と訊いた。この前のナイトクラブのことだと、祥子は悟った。

「ええ、結構です。好きなんです、わたくし、ああいう雰囲気も」

「そりゃ、ちょうどいい」

西脇氏は、機嫌よく云った。

「じゃあ、そこへ連れてって、ご馳走してあげよう」

「でも、何だか、悪いようですわ」

「構わないよ。じゃあ、途中だから、ぼくが社の方に車を持って寄るよ。七時ごろなら、どうだろう？」

「それでは、あんまり、申し訳ありませんわ。ご指定の場所に、わたくしの方から伺います」

「いや、構わないよ、社の受付のところに行くから、待っていてくれたまえ」

「そうですか、済みません」

祥子は、その約束をして、瞳《め》を宙の一点に据えた。

2

七時になった。

祥子は、社の玄関に立っていた。暗くなった空に銀座の灯がもう輝いている。時間をすぎてから待つ程もなく、中型車が彼女の前に滑るように停まった。運転台には西脇氏の顔が見えていた。

博士の方でも、そこに立っている祥子を認めたのであろう、硝子越しに手招きした。わざわざ降りないのは、新聞社の連中にあまり見られたくないからかもしれない。

祥子は、お辞儀をして車に乗った。博士が、ここに乗れというので、その横に坐った。

「先日は、大変、失礼いたしました。いろいろご馳走になりまして、有難うございました」

車が走り出してから、祥子が礼を云うと、

「いや、君がよろこんでくれて、ぼくも誘った甲斐《かい》があった。また、今夜も、そこに行きたいんだって？」

西脇医長は、娘にでも云うような云い方をした。

西脇医長は、祥子をそこに乗せても、少しも彼女を警戒した様子はない。やはり、この前見た時と同じように、博士は、でっぷりと肥って血色がよく、屈托がなさそうだった。

車の走る通りが銀座の中なので、両側の明るい灯が映えて、博士の横顔がはっきりと判った。愉しそうに、微笑を泛《うか》べた顔である。

祥子は、ふと、西脇氏を疑うことはないのではないか、と思ったくらいである。現在、この人に疑惑をむけているのが済まなく思われた。

「君、夕飯はまだだろう？」

医長は、ハンドルを動かしながら訊いた。

「はい」

祥子は、ゆっくりと西脇氏と話したかったので、夕食もご馳走して貰うつもりだった。

「そうか、では、アラスカにでも行こう。洋食は嫌いではないだろうね？」

「好きですわ」

「そりゃ、よかった」

車は銀座の賑かな横道に曲った。

アラスカの前で、二人は車を降りた。西脇氏は、その緑色の中型車を駐車場に置いた。ほかの車が列を作って並んでいるので、西脇氏は、かなり遠い所まで車を持って行かねばならなかった。この辺は有料駐車なので、いちいち、料金を払わなければならない。

祥子は、そこに佇んで、西脇氏の車を観察した。これは、クラウンという、タクシーに多い型である。もし、今、うしろに付いている白ナンバーを黄ナンバーに換えたら、街を走っているタクシーと少しも変らない。

医長の車は緑色である。アパートのおばさんを殺して逃げた車の色は、残念ながら、目撃者たちに一致がない。黄といい、黒といい、緑といい、グレイだといった。要するに判らないのだ。車体の色で決めることはできない。

祥子は、体の位置を動かした。眼は、絶えず車体を眺めている。これが、アパートのおばさんを轢き逃げした車だとすると、あるいは、車体のどこかに損傷が起っているのではなかろうか。彼女の目は、バンパーを見た。衝撃でそこが傷むことを人から聴いたのである。

しかし、彼女の眼には、西脇氏の車のバンパーは、手入れが届いて、銀色に見事に光っていた。傷の跡は少しも見られなかった。

「何を見ているのかね？」

西脇氏が横で声をかけたので、祥子ははっとした。

「いい車を、お持ちですこと」

祥子は、突嗟に褒《ほ》めた。

「そうでもないさ。国産でね、そのうち、金でも入ったら、もっと素敵なやつと取り換えようと思っている」

西脇氏は、云った。

祥子は、その言葉も無心には聴かれない。車を取り換えよう、という彼の言葉にも、或る意味を感じ取ろうとした。例えば、この車が人を殺した凶器だとしたら、犯人の心理として、別の車に取り換えたくなるのではなかろうか？

アラスカの内部は空いていた。ボーイがメニューを持って来た。が、西脇氏はそれ

「私は、これから、酒を飲むんでね、君ひとりで、好きなものを選びたまえ」

メニューに眼を曝《さら》している祥子に、西脇氏は、テーブルを隔ててやさしい眼つきをした。誰の眼にも、西脇氏は、祥子のいい叔父さんくらいにとられそうであった。

祥子は、軽い料理を注文した。

「君も、すこし何か飲まないかね？」

医長はすすめた。

「いいえ、駄目なんです。あとで、欲しくなったら適当に頂きますわ」

「そうかね」

食事がはじまった。西脇氏は酒を注文して飲んでいる。

医長は、祥子にいろいろなことを訊いた。社の仕事のことが主だったが、祥子は、その話の途中で、自分の質問する機会を見つけた。

「いいえ、その前に、医長が、君と会ったのはあの時以来だね、と云ったからである。

祥子は、医長の顔を見て微笑した。

「え、会ったかね」

西脇氏は、一瞬に、考えるような眼つきをした。

「先生は、ご存知ないかも知れません。わたくしだけが先生をお見かけしたんです」

「ほう、どこでだね」

「病院の近くでしたわ。そう、あれは、わたくしがお年始の遊びに友だちの家に行くときでしたから、五日ですわ」

祥子は、五日という日付をはっきりと云った。

「わたくしが歩いていると、先生がタクシーに乗ってらしたんです。通りかかったとき、ふいとお見かけしたんですが、すぐに病院の方にそのタクシーが曲って行きました。ご挨拶しようにも、先生はタクシーの中ですから、どうにもなりませんでしたわ」

祥子の話を、博士は、グラスを傾けながら聴いた。

「そうだったかな」

考えるような顔だったが、

「それは失礼した」

と平気な声で云った。

「ちっとも、気がつかなかった」

「先生は、毎朝、病院には自家用車でいらっしゃるんでしょう？」

祥子は、努めて何げないように訊く。

「まあ、そうだね」

「わたしが乗せて頂いた車でしたわね。でも、あの五日の日は、先生はタクシーでしたわ」

西脇氏の眼に、はじめて変った表情が現われた。ちょっと狼狽したような、困ったような眼つきだった。

「そうだったかなあ」

彼は、とぼけたように、また、呟いた。

「ええ、わたくし、不思議に思ったので、見てたんですのよ。先生が、タクシーなんかで病院にお通いになるのは、おかしいと思ったんです。だって、その前にも、自家用車にちゃんと乗せて頂きましたわ」

「うん」

西脇氏は、グラスを指でまわしていた。

「五日の日だね、そうだ」

はじめて思い出したように、声が明確になった。

「あの日は、車が故障して、修理にやってたんだよ。だから、タクシーに乗ったんだな。君から云われて思い出したよ」

「あら、そうでしたか」

祥子は、更《さら》に追求した。

「途中で故障が起ると、先生のように、ちゃんと、病院に定刻にお出になる方はお困りでしょう？　近いところに修理工場がございましたの？」

「それは、いつも頼んでいる修理屋があってね、電話で呼べば、すぐ来てくれるんだ」

祥子は、西脇氏の云う、いつも頼んでいる修理屋、という言葉を頭の中に入れた。

3

西脇医長が、アラスカを出て連れて行ったのは、この前と同じナイトクラブだった。食事が終ってからだったので、九時ごろである。その時刻から、ナイトクラブは客席が賑かになってゆく。

祥子は、西脇医長と一緒にテーブルを囲んだ。この前と同じに、小さな赤いランプが卓上に点《とも》っている。それが、広いホールに、はなやかに散って展《ひろ》がっていた。白いテーブルを囲んで、男や女が群れて坐っている。その間を、給仕が泳ぐように歩くのも、この前と変らない情景である。

祥子と酒を飲みながら話している西脇医長は、少しも彼女に警戒の様子を見せなかった。今まで西脇氏に抱いていた疑念は、この表情を眼の前にして、崩れ去りそうなほどだった。それだけの平和な表情を、ここに居る西脇氏は絶えず持っていた。

問題の五日には、西脇氏は自家用車に乗らなかったことを、自らの口で言明した。その修理工場もかかりつけの店だという。これだけの言葉を取っただけでも、一つの成功かもしれない。

吉井の云うように、博士の言葉が真実かどうかは、あとで裏づけすればよい。そして、もし、そこに嘘があれば、博士は、自ら破綻を招く訳である。

西脇氏の方では、祥子の考えに頓着なく、面白そうに話している。

今、きれいな白髪に櫛目を見せているこの医学博士が、常子をおびき寄せて殺した犯人とは、祥子にはとても思えなかった。常子殺しと、アパートのおばさん殺しとは不可分である。

その張本人が、祥子の眼の前に静かに酒を飲んでいる西脇氏とは信じられなくなった。それほど、西脇氏は、平静だし、落ちついているのである。

祥子のテーブルの横に人が立った。

振り向くと、それは、背の高い外国人だった。

「こんばんは」

祥子と西脇医長と、両方に笑いかけている。バウエルであった。

「あら」

祥子は、椅子を少しずらせた。

「このあいだは、どうも」

バウエルは、流暢な日本語で祥子に挨拶した。

「バウエル君」

西脇医長は、ハンカチで唇を拭った。

「君も、今晩、ここに来ていたのか?」

「そうです。また、あいましたね」

バウエルは、奨められて、西脇医長と祥子との間に入った。

「先日はご厄介をかけました」

祥子は、この間の礼を云った。

「とんでもありません」

バウエルは大袈裟《おおげさ》に首を振っている。

「何だ、君たちは、知り合いになったのか？」

医長が口を挟んだ。

「ええ、先日、社から池袋まで、車に乗せて貰ったんです」

バウエルは、祥子の説明をにこにこして肯《うなず》いていた。

「くるまなら、いつでも、あいています」

バウエルは、医長に説明した。

「そうか、この間、ここで、君たちを紹介したんだっけ」

医長は、思い出したようにバウエルを見た。

「カサハラさんと、おちかづきになったのは、ドクターのおかげですよ」

バウエルは愛想がいい。

「そのうち、カサハラさんを、しょくじに、おまねきしたいとおもっています。いいでしょう、ドクター？」

バウエルは、医長の方を覗きこむ。

「構わないよ。ぼくに断ることはない」

話しているうちに、バンドが急に調子を変えた。ホールの方では、踊っていた連中が、それをきっかけに、ぞろぞろと客席に引揚げた。照明が変り、中央ホールの床がせり上った。

「ショウがはじまるんだな」

医長が、テーブルに肘を突いて、その方を見た。バウエルもそのまま坐り込んでいる。

司会者が出て、はじめに、英語で喋《しゃべ》り、つぎに日本語になった。この司会者は外人だった。外人が喋る日本語というのがお愛嬌なのであろう。

客席が暗くなり、ホールの舞台の上に照明がついた。半裸の踊り子が出て来てダンスをはじめる。その番組が済むと、舞台の中央に、大きな紙を綴《と》じた台が出された。やはり、音楽に乗って、ベレー帽を被った青年が出て来る。筆と墨汁を持っていた。

彼は漫画家とみえ、客席に呼びかけ、客を一人ずつ招いた。舞台に上った客は大抵外人だったが、筆を持って、自分のサインを、立て掛けた紙に書くのである。すると、漫画家は、その文字を、忽《たちま》ち、絵画の一部分にして画にするのである。その当意即妙な描き方が客席の拍手を湧かせるのであった。

スミスのサインが、忽ち、女の髪になったり、ジョンソンがドレスの飾りに化けたりした。この描き方は、すべて、音楽のリズムに乗って行われた。

そのうち、日本人が二人、舞台に上った。一人は小肥りの紳士で、一人は背の高い男だった。小肥りの方は年配だが、背の高い方はまだ連れよりも若かった。

「おう」

と声を挙げたのは、バウエルであった。

「ミスター・セノオ」

祥子は、その声で気づいたのだが、背の高い男は、まさに、翻訳家の妹尾郁夫であった。そして、筆を握って、画面にでたらめな文字を書いているのが、画家の鶴巻莞造氏であった。

鶴巻画伯は酔っている。彼は、いい加減な文字を書いた。漫画家がそれを引き継ぎ、怒ち、踊っている男女の線に繋《つな》ぎ合せた。

「ほう、鶴巻画伯も、大分、酔っているな」

西脇医長は呟いた。思わぬところに、知った人物がショウに出たので、彼も、興味をそそられたらしかった。

次に、妹尾郁夫である。彼は、筆を画伯から受け取ると、セノオ、とローマ字で書いた。すると、これは、外人の女房が亭主を殴っている図柄に変った。客席の中では口笛が起り、拍手が湧いた。

漫画家は、客席に一礼をする。妹尾も鶴巻画伯も、笑いながら舞台を下りた。

4

その二人の歩いているのを眼で追うと、奥まった客席で、ひとりの女性が鶴巻画伯をにこにこして迎えるところだった。祥子がどこかで会ったような顔である。

彼女は、それが、銀座のデザイナーの宇野より子だと思い出した。神谷次長から最初に紹介されたのだが、その時に、宇野より子は鶴巻画伯の愛人だと聴かされた。なるほど、画伯と同じテーブルに坐っているところを見ると、その噂も、まんざら嘘ではなさそうだ。ところが、その席に、やはり、あの翻訳家が一緒に着いているのである。

「エキスキューズ・ミー」

バウエルは祥子と西脇医長とに云った。

「ミスター・セノオにあってきます。ドクター」

バウエルは起ち上って、手を差しのべ、祥子と医長とに軽い握手をした。そして、客席を縫って、彼の背の高い姿は、鶴巻画伯と、妹尾郁夫と、宇野より子の居るテーブルに近づいて行った。

バウエルは、日本人に顔が広いようである。この三人とも、彼は知り合いのようであった。

西脇医長も、それを見送った。

「アメリカ人というのは、オッチョコチョイだからな」

彼は、少し、不機嫌に呟いた。バウエルがその席に行ったのが気に入らないらしい。

ショウが済むと、照明は再び明るくなった。音楽もダンス曲に変る。すると、客席から、また、中央のホールに、ぞろぞろと女連れで歩き進んだ。

その客の群れの中に、鶴巻画伯と宇野より子とが連れ立ってホールに行くのが見えた。

この二人は、他の踊り客に混って愉しそうに踊っている。見ていて、鶴巻画伯は、いかにも踊りが練達であった。さすがに、遊んでいるという評判の高い人物だけに、ぐるりの男たちよりも、踊り方が垢抜《あかぬ》けている。

宇野より子も、鶴巻画伯と組んで、ひどく浮き浮きと踊っていた。今夜の彼女は、本職だけに、派手なデザインの洋装で来ている。美人だから、ホールに動いている彼女の顔は、一際《ひときわ》、客席からも眼立った。

「画伯、やってるな」

西脇医長が眺めて、煙草を吸いながら呟いた。

テーブルの方を見ると、バウエルの姿が無い。妹尾郁夫が、ぽつんとひとり残って、詰らなそうな顔をしていた。踊りの方は自信があると云っているのに、ホステスひとり、ついていなかった。

一方、鶴巻画伯の方は、いよいよ興に乗ったらしく、時どき、バンドに近づいては、指揮者に、好みの曲をリクエストしている。粗いチェックの洋服に黒いシャツを着込み、ズボンも先細のスタイルで、いかにも画伯らしいダンディな恰好だった。

西脇医長は、知った連中が来ているので、気がさしたのか、今夜は、祥子に踊りを誘わなかった。先程から飲み続けているので、かなり酔っている。

祥子は、さりげなく、その席を外した。フロントに行って電話を借りた。時計を見ると、十時すぎだった。

吉井は、今夜、夜勤だと云うので、まだ、編集局に残っている筈である。新聞社に電話をかけると、予想通り、吉井の声が出た。

「今、西脇先生と会っています」

祥子は話した。

「例の自家用車のことを訊きましたが、西脇さんは、一月五日は、自家用車が、故障を起したので修繕に出した、と云っているんです」

「それは、どこの修繕屋か、訊きましたか？」

吉井は問い返した。

「ええ、名前は、わざと訊きませんでした。だって、あんまり、そんなことまで訊くと、却って、疑われそうだからですわ。でも、その修繕屋が、いつもかかりつけの工場だと云っていましたから、調べれば判ると思います」

「それなら、大丈夫です。かかりつけの工場なら、訊けば、その名前が判るでしょう。早速、明日、ぼくが当ってみます」

「お願いします」

「そちらは、まだ、長くいるつもりですか？」

吉井は、祥子がナイトクラブの名前を云ったので、そんなことを訊いた。

「ええ、もう、西脇さんもかなり酔っていますから、そろそろ帰ろうと思っています」

「そのほか、参考になるようなことがあったら、西脇さんから訊いておくことですね。酔っていたら、案外コロリと本音を吐《は》くかも知れませんよ」

「ええ、そのつもりでいます」

電話を措《お》こうとした時、すっと人影が彼女の傍に寄った。不意に、彼女の手の中に紙片を摑ませて離れた。愕いて祥子が見ると、その背中は、なんと、評論家の妹尾郁夫であった。

祥子は、その紙片を見た。

「重ねて警告します。西脇ドクターに近づかない方がいいと思います」

祥子は、その紙片を指で裂いた。

この前と同じ「警告」であった。妹尾郁夫は、祥子が西脇医長に近づくのを、二度、危険だと警告して来たことになる。しかし、妹尾郁夫に、その資格があるであろうか？　祥子は、妹尾が自分に見せた振舞《ふるまい》をまだ憶えている。妹尾こそ、その意味では危険な人物であった。

5

祥子が席に戻ると、西脇医長は、まだ酒を飲んでいた。

「どうだね、そろそろ、引揚げようか？」

西脇氏は云った。

「そうですね」

祥子も、自分でそれを申し出るところだった。

「ええ、そうしましょう」

何げなく、鶴巻画伯の席を見ると、妹尾郁夫が椅子から延び上ってこちらを見ている。祥子が見たので、彼は片手をあげた。警告の紙片を渡して、更にその念を押したと云った恰好であった。

祥子は、知らぬ顔をして眼を戻した。西脇氏は何も知らない。

医長は、給仕を呼んで勘定を払った。祥子も椅子から立った。狭いテーブルとテーブルの間を歩いて入口に向った。すぐ後に西脇氏がいる。祥子は、妹尾郁夫があとから追って来るかと思った。が、それはなかった。

もともと、妹尾は西脇医長を好きでないらしい。西脇氏の方でも、妹尾とソリが合わないのか、今夜も、多分、彼が来ていることに気づいたに違いないが、声をかけようともしなかった。妹尾が祥子に寄越す「警告」も、ただ、彼が祥子を心配しているというだけでなく、仲の悪い西脇氏への反感のようでもあった。祥子はコートを受けとって、出口に出た。

ここでも、西脇氏は、ボーイたちに顔が広い。医長の姿を見ると、早速、ドアマンが車の駐車している方へ走った。西脇氏がその方に歩いて行く時、眼の前に豪華な外車がゆっくりと動いて来て停った。

「ハロー・ドクター」

車は、バウエルが運転していた。彼は、西脇氏と祥子とに笑いを送っていた。

「やあ、君も帰るのかね?」

西脇氏は挨拶を返した。

「ようじがあります。これから、すぐ、ヨコハマにかえります」

バウエルは、わざわざ、窓の硝子を下して云った。なるほど、バウエルの事務所は横浜と聞いている。

「ミス・カサハラ。また、あいましょうね」

バウエルは、多少、残り惜しそうに祥子を見た。この前、車で送ってくれた時もそうだったが、彼は、何とか祥子に近づきたいらしいのである。

「さよなら」

祥子はお辞儀をした。が、バウエルは、何を思ったのか、急いでポケットから自分の名刺を出した。

「わたしの、じむしょ、ここです、ようじ、あったら、テレフォンしてください」

ちょうど、西脇医長が自分の車をとりに行って留守の間だった。彼は、素早く、名刺を祥子の手に握らせた。それが成就すると、片眼を瞑《つむ》って笑うと、手を振りながら車を進めた。

アメリカ商社の社員の乗った、大型の新しいデザインの車が、街の中を走って行った。赤いテールが他の車の間を縫って消えた。祥子は、それを見送った時に、ふと、或る考えが起った。

バウエルも、自家用車を持っている。

今まで、多摩川の河畔で殺された町田知枝も、その上流で殺された斎藤常子も、犯人は自動車を使用したと思われる。ことに、町田知枝の場合は、その車を警視庁で頻《しき》りに洗ったものであった。

ところが、それは、日本人の車に限られていた。自家用車にしても、ハイヤー、タクシー、トラックなど、すべて、日本人側の自動車に限られていたではないか。しかし、今、祥子はバウエルの車を見て、外人の自家用車もその捜査範囲に入れていいのではなかろうか――そんな考えが彼女の頭に閃《ひらめ》いた。

バウエルが犯人とは思えない。アパートのおばさんを轢殺《れきさつ》して逃げた車は、国産の中型車だった。だからおばさんの場合は別として、二人の女性を殺した犯人は、必ずしも、日本製の車を使用したとばかりは云えない。その犯人が、もし外国人と知り合いだったら、外車を借りることだってあり得るのである。

祥子が考えているとき、西脇氏の緑色の中型車が眼の前に滑って来た。ボーイが、祥子のためにドアを開けてくれた。祥子は、ぼんやりとその中に入った。

「どこに行こうかね？」

車を走り出させて、西脇氏は云った。

「わたくし、帰りますわ、もう遅いようですから」

「どうだね、もう一軒、寄らないか？　とても、雰囲気のいいバーがあるんだが」

西脇氏は誘った。酒臭い息を吐いた。

「いいえ、この次にさせて頂きますわ。本当に、今晩は愉快でした」

「そうかね」

西脇氏は、本意無さそうにしていたが、それでも、方向を祥子のアパートの方に向けた。

夜が更けていることは、賑かな通りを抜けると、大抵の家が戸を閉めていることで判る。西脇氏は車のスピードを上げた。

祥子は、まだ考えている。

――もし、バウエルの車を誰かが犯行の日に借りていたら、その日、バウエルは車を持っていなかったことになる。

町田知枝が殺されたのは、十二月二十四日のイヴの晩である。警察署の推定では、犯行は二十四日の夜十一時から十二時の間になっている。この間に、バウエルの車はどうなっているか？

次に、斎藤常子が殺されたのは十二月三十日である。それも、推定によると、午後六時ごろとある。その時、バウエルの車は、持ち主の手許にあったかどうか？

バウエルの車を想定したのは、バウエルが日本人と交際があるという理由からである。この場合の日本人とは、祥子の知っている、疑わしい人物であった。

車は、電車通りを外れて寂しい通りを走った。確かに、方向に間違いはないし、近道でもある。が、ここは、車の通りがずっと少なかった。人家も切れて、古い木立が多かった。

突然、車が停った。祥子ははッとした。

停まった場所は、片側が長い塀の続く淋しい街で、片側が小高い丘になっていた。丘にも家は在る。が、この辺りは、叫んでも直ぐに聞えそうにもない場所だった。祥子は、体を硬くして西脇氏を見守った。医長は、頻りと車の調節をやっている。

「オイルが切れたかな?」

彼は呟いた。祥子は、肩が寒くなった。不安が、彼女を、西脇氏の身体の傍から僅《わず》かでも離れさせた。

核《かく》

1

西脇医長は、しきりと自動車《くるま》のあちこちのボタンを押しては調節していた。

しかし、車はがたがたと震動するかと思うと、すぐに音を止めた。それが何回となく続く。

「弱ったな」

医長は呟いた。

祥子は不安に駆られたが、声だけは平気な調子で訊いた。

「どうなさいました？」

「故障らしい」

医長は呟くように答えた。肥った身体なので、その困りようが余計に表現される。

それでもなお未練がましく、彼は調節を続けていた。

祥子は後悔した。車に乗せられても助手台などに乗るのではなかった、と思った。肥った医者が動くたびに彼女の身体に少しずつ触れてくる。祥子はなるべく離れようとしたが、相手の動作が大きいだけに微かな接触は避けられなかった。

車の停った所は森閑とした邸町である。ヘッド・ライトを点《つ》けたままなので、長い塀や、深々と沈んでいる植込の木が白く照り出されていた。人間ひとりとして通らない町である。

祥子は、本当に車が故障したのかどうかを疑ったが、実際に故障が起きたらしかった。医長の様子を見ると作為とは思えない真剣さがある。

「ちょっと待ってくれ給え。故障箇所を調べてみるから」

医長は、車を降りて、ボンネットを開けた。懐中電燈を出して、しきりと調べている。ヘッド・ライトを消し、懐中電燈の光だけがちらちらと動くのは不気味だった。

医長は、太い身体を屈み込ませて、首を突込み、エンジンをしきりと点検している。

この動作を助手台に坐って見まもりながら、祥子には別な不安が起ってきた。

もし本当に故障だったらどうなるだろう？　先ほどから此処に停車しているが、流しのタクシー一つ通らないのである。たまに自家用車らしいのが一、二台、速い勢いで過ぎたくらいだった。

もし、この修理が手間どるとなると、どういうことになるか。まさか西脇氏をこのままに置いて逃げるわけにもいかない。タクシーとは違うのだ。

西脇氏の方で、時間がかかるから他の車で帰ってくれ、と言ってくれるなら別である。が、彼女の方から素気《すげ》なくそれをいい出すのは礼儀でないような気がする。といって、いつまでかかるか分らない修理のおつき合いをさせられるのも当惑だった。殊《こと》に祥子には或る不安がつきまとっている。

或いは、医長の方で、どうにも修理の見込が無いからこのままにして、その辺で修理屋を呼ぶことにする、とでも云えば、今度は彼女は医長と二人でこの暗い道を歩かされることになるのだ。その場合の不安がまた新しく起った。

祥子は、しきりと懐中電燈を動かしながらエンジンをいじっている肥った医長の動作を眺めていた。すると、その動作はそのまま暫く続いたが、やがて医長は身体を起してボンネットを閉めた。懐中電燈を振りながら戻って来る。

祥子はほっとした。修理が出来たらしい。

医長はドアを開けて運転台に乗込んだ。

「直りましたの？」

祥子は訊いた。

「まあね。多分、大丈夫だろう」

医長は、ばたんとドアを閉めて、クッションの上に腰を沈めた。その機勢《はずみ》に、彼の身体がまた祥子の右腕に触れた。これが医長の意識的な動作かどうか、判断がつかない。

医長は、再びヘッド・ライトを点けた。それからボタンを押すと機械が鳴りだした。医長は、その震動音に耳を傾けていた。音は、今度はすぐには止まらなかった。

「直ったよ」

医者は、快活に祥子に告げた。

「よかったわ」

実際、祥子もほっとした。

「心配だったかい？」

西脇医長は笑いながら訊く。

「ええ。こんな所でエンコしてしまってはどうしようもありませんもの」

「しかし、ぼくが一緒に居る」

医長は、すぐにはハンドルを動かさなかった。震動音を勝手に続けさせているだけである。

「それとも、ぼくが居ることで却って心配だったかね？」

彼は少し笑いながら訊いた。

「いいえ、そんなことは思ってません」

「そうだろう。ぼくなら安心な筈だ」

やはり医者はそのままに話を続けていた。ルーム・ランプは消えたままである。祥子は、なぜ医長がすぐにアクセルを踏まないのか、と思った。故障が直ったのだからすぐにでも車を走らせそうなものだった。

「先生」

祥子は堪《たま》りかねて云った。

「すぐに車をお出しになりませんの？」

医者はこれを平気な態度で受取った。わざわざ、ゆっくりとポケットを探ったのである。

「故障は直ったのだ。これで急ぐことはない。慣れないので、骨が折れた。ちょっと、煙草でも喫わしてもらおう」

取出した煙草を口に銜《くわ》え、マッチを擦った。

その火を、医長は掌で囲い、背を縮める。彼の横顔が火に映されたが、その奇怪めいた陰影が祥子を恐れさせた。

医長はマッチを捨てた。悠々と煙を吐いた。

「酔ったかな？　今の働きで身体がだるくなった」

「あら、いやですわ、先生。こんな所で」

祥子は、わざと軽い声を上げた。これが防禦《ぼうぎょ》だと思った。

「大丈夫だよ。酔っても、君が此処に居るからね、安心だ」

実際に、急に、医長は睡い声を出した。

「困りますわ、先生。わたくしなんかではどうにもなりませんもの。早く車を出して下さい」

祥子は少し怕《こわ》くなった。

「そりゃ出すがね。しかし、今、車を転がすと、どこにぶっつけるか分らない。なにしろぼくは酔っ払ってるからね」

医長の云い方は、冗談とも本気とも分らなかった。

「先生」

「それとも、君はぼくと心中するのを覚悟するかい？　ええ、どうだい？　ぼくは君となら構わないがね」

医長は、少し祥子の方に寄って来た。

「いやですわ、そんなご冗談をおっしゃっては。さあ、早く行きましょう」

祥子は余裕を失った。もう冗談めかした明るい声は出なかった。

「君」

医長は、暗い所で祥子を凝視していたが、急に片腕を伸ばして祥子の肩を抱いた。祥子に戦慄が走った。夢中でその手を払いのけたが、それが強い力だった。相手の方でひるんだようだった。

「何をなさいます？」

祥子は、背中をドアの方に擦り寄せて、構える姿勢になっていた。医長の動作が停止した。

短い沈黙が続いた。祥子が聞いたのは低い呻吟《うめき》のようだった。が、それはすぐに弾けるような笑い声に変った。

「冗談だよ、君。冗談だよ」

いかにも可笑《おか》しそうな笑い声は、その言葉のあとにも続いた。

「君もバカだな。こんな冗談ぐらいは本気で聴くんじゃないよ。勘違いしてくれては困るね」

が、そう云った医長の言葉の語尾にはもう笑いは無く、却って彼女の思い違いを嘲《あざけ》っているようなところがあった。

そんなに背負《しょ》うんじゃないよ、と云いたげな意味の医長の嘲りを、祥子は耳鳴りの中で聞いた。

2

西脇医長が、車をわざわざ人通りの無い通りに停めたのも、何か作為ありげに見える。あれが故障だったかどうかは、祥子にも判断がつかない。医長が彼女に襲いかかる機会を作る口実のようにも思えた。

これまで西脇氏には半信半疑で付き合っていたが、その晩の僅《わず》かな動作で、祥子には医長の本心が覗けたと思った。有名な病院の医長だし、社会的地位もあるのだが、そのことになると、ただ一人の女蕩《おんなたら》しという印象だった。

姉の信子は西脇医長と交際があった。それは姉の仕事のことからの付き合いだが、今の感想から云えば、或いは医長は、姉をもっと自分の方に惹《ひ》きつけていたのではなかろうか。

姉の信子が浜松で不幸な事故死に遭った時、西脇氏は名古屋の学会に出席していた。これまでの調べでは、その学会の済んだ翌日に、浜松の事故が起っているのである。

名古屋、浜松間は急行で、ほぼ二時間あまりである。姉が東京から行き、西脇氏が名古屋から来る。そのような約束が、あのとき、両人の間にあったのではなかろうか。

祥子は、姉の信子のためにそんなことを思いたくなかったが、これは一つの事実の追及の上には否応なしに考えねばならないことだった。——

翌日の午後、祥子は横浜に電話をかけた。

バウエルから貰った名刺で、彼の事務所に電話したのだが、電話口に出たのは、日本人の女事務員だった。こちらの名前を云うと、すぐにバウエルの声に変った。

「おう、ミス・カサハラ。このあいだは失礼しました」

バウエルの日本語は流暢なものである。外人特有の妙なアクセントを除けば、殆んど日本人の云い方と変りがなかった。

「バウエルさん、この間、お目にかかった時にお約束したことですが、一度、ゆっくりお会いしたいと思っています。今日は御都合いかがですか？」

祥子は微笑で申し入れた。

「おう、それはわたくしが待っていました。いま、どこにいますか？」

「東京からです。今日でしたら、わたくしの方の都合はいいんですけれど」

「わたくしも時間があいています。トウキョウでしたら、そちらまでくるまでむかえに行きましょうか」

バウエルは、早速、張切っていた。

「いいえ、それはお気の毒ですから、わたくしの方から伺いますわ。東京から横浜まで電車で一時間で行けるんですもの。何時にお伺いしたらいいでしょうか？」

「ちょっと待ってください」

バウエルは手帳でも見ているのか、声が途切れたが、やがてまた云い出した。

「六時から時間があきます。ディナーをごいっしょにとりましょう。わたくしのオフイスはしまいますから、どこかで待ちあわせましょう」

「横浜は、わたくし、よく知りませんの。どちらに伺ったらいいでしょう？」

「そうですね」

バウエルは考えているようだったが、

「そう、あなた、ニューグランドを知っていますか？」

と訊いた。

「ええ、ニューグランド・ホテルなら知っています」

「六時に、ホテルのロビーに来てください。わたくし、そこに先に行って待っています」

「分りました。それじゃ、六時にお目にかかります」

「きっとね？」

バウエルは念を押した。

「きっとね。約束、大丈夫ね？」

バウエルの女性的な云い方は、日本人の女からでも教わったものらしい。

「ええ、必ず参ります」

六時かっきり、祥子は横浜のニューグランド・ホテルのロビーに行った。

駅からホテルまで車に乗ったが、すぐ前の山下公園には、若い人達が歩いていた。

陽が暮れて、公園の街燈と海に浮んでいる外国汽船の灯とが、黒い植込の間に燦《きらめ》いていた。

ロビーは三階にあった。階段からして戦前の豪華な造りだったが、ロビーにもその雰囲気が溢れている。緋絨毯《ひじゅうたん》の上にソファーが幾組も並んでいたが、その中から、バウエルが祥子を見つけて起ち上がって来た。

長身の彼は、満面に笑を泛べて彼女を迎えた。

「ハロー、ミス・カサハラ。こんばんは。よくいらっしゃいました」

バウエルは、日本流のお辞儀をして、手を差し出した。

「今晩は」

祥子は、軽くその手を握って笑った。

バウエルは、一歩退《さが》ったように身体を引いて、彼女の姿をしげしげと見つめ、

「たいへん美しい」

とほめた。

「すぐにお食事しましょう。テーブルはリザーヴさせてあります」

西洋風のやり方で、バウエルはいそいそとして祥子を先に立て、エレベーターに乗った。

ホテルの客は、ほとんどが外人だった。エレベーターの中には家族連れが居たが、黄色い髪をした女の子が大人びた様子で、父親の長い膝の前に立っていた。短い時間

だったが、父親の方でしきりと子供に屈み込み、何かと世話をしているのに、母親の方は威厳を見せて知らぬ顔をしていた。

建物の一番上が食堂で、エレベーターを出ると、ボーイが案内した。

バウエルは、此処では顔だとみえて、どのボーイもメイドも彼に会釈をしている。

予約した席は窓際だった。

大きなガラスに横浜の海の夜景を見せていた。

「きれい」

祥子が云ったのは、其処からは外国船の灯も、その背景に彎曲《わんきょく》した線を延ばしている鶴見《つるみ》辺りの灯も、暗い海に映って耀いて見えたからである。海も空も暗かったが、これは灯だけで描かれた景色だった。

給仕が飲物を訊いた。祥子は遠慮したが、バウエルの方で勧め、ジンフィズを取ってくれた。彼自身はハイボールを注文した。

この食堂の客も殆どが外人だった。その中で、一群の日本人の若い男女が賑かに食事をしていたが、様子から見て、女客の方は女優のようだった。

別の所では、楽士達が静かな音楽をやっている。食事の間、絶えずそのメロディーが流れるしくみだった。

バウエルはハイボールを飲んだが、それでは物足りないらしく、生《き》のウイスキーを注文した。酒には強いらしい。飴色の濃い液体を流し込むように飲んでいる。

「バウエルさん、お酒、お好きなのね」

祥子は、一杯のジンフィズを持て余していた。

「おさけ、好きです。とてもおいしいですよ。あなたは、あまりのめないようですね」

バウエルは、祥子の手許を見ながら云った。

「ええ、女ですもの、そんなに頂きませんわ」

「いいえ、わたしの知っている女の人、とてもお酒好きです。そんな人たくさんいます」

「まあ、そりゃ、キャバレーの人じゃありません？」

「おう。それもあります。でも、そうでない人も好きです。わたしより強い人ありますよ」

話が酒のことになったのは、偶然の仕合せだった。祥子は、話をイヴの晩に誘導した。

「そいじゃ、去年のクリスマスイヴは大変だったでしょ？」

バウエルは、西洋人らしく大げさな身振りをして両手を拡げた。

「そりゃ、たいへんです。あさまでのみつづけでしたよ」

「西洋のお方は、一年中で、イヴの晩がいちばん大騒ぎなさるそうですね。わたし、一度見たいわ」

「ことしのイヴは、ぜひあなたをさそいます。ぜひきてください。なかま、おおぜいいます。おんなのひともたくさんきますよ」

「どこでパーティーがありますの？」

「いろいろです。ともだちのうちにまねかれることもあれば、そのあとで、みんなでナイト・クラブにおどりにゆくこともあります。さくねんはあさの四じまでのみました」

「やっぱり東京で？」

「いいえ、ヨコハマでした。わたしのゆきつけのバーがあります。そこで九じごろから、みんなでいっしょにのみあかしました」

するとバウエルは、町田知枝が多摩川で殺された晩、東京には居なかったのである。これは意識的に事件のことを口に出さないで彼の話が聴けたので、間違いないと思われた。

祥子は、今までバウエルの自動車を考えていた。当のバウエルが犯人とは思えない。しかし、彼の車が誰かに利用されたのではないか、と漠然と考えていた。だが、今のバウエルの話を聴くと、彼は横浜に一晩中居たという。無論、町田知枝殺しの犯行時間もその中に入っているのだ。

「やはりお車で方々を回られたんでしょうね？」

祥子は、大事な所だからそれを訊いた。

「むろんです。わたくしのくるま、しってるでしょう。あれです。あれでともだちのうちにゆき、それからバーをまわったのです。かえるときも、そのくるまでかえりました」

バウエルは正直だった。祥子が訊いたことを細かに話してくれる。

これでバウエルの車の利用は、一応、外さねばならない結果となった。祥子は落胆した。わざわざ横浜まで来たのは、それを確かめるためだったが、早くもその話で、失望した。用事は済んだようなものである。

祥子が眼を窓にやると、暗い海の上を小さなランチが灯を曳《ひ》きながらゆっくりと動いていた。

3

食事が終った。

「ミス・カサハラ。これからバーに行きませんか？」

バウエルは、祥子と一しょに食事をしたのがよほど嬉しいらしい。にこにこ笑いながら彼女を覗き込んだ。

「ありがとう。でも、わたくし、お酒が飲めないから、ご遠慮しますわ」

祥子は、おだやかに断わった。

「オー・ノー」

バウエルは、外国映画に出てくる人物のように、大げさに首を激しく振った。

「お酒、飲めなくても、大丈夫です。そこにゆくだけでもたのしいですよ。かえりによりましょう」

「でも」

祥子は躊躇《ちゅうちょ》した。時間を見ると、八時を過ぎていた。此処でバウエルの対手《あいて》をしていると、東京への帰りが遅くなる。

「せっかくですが、この次にさせて頂きますわ」

バウエルは、祥子が時計を見たので、時間を気にしていると分ったらしい。

「くるまでおおくりします。トウキョウまでよるだと一じかんかかりません。いっしょにつきあってください」

バウエルは、しきりに勧誘した。

「いいえ、車なんかご迷惑ですから、わたし、ひとりで帰りますわ」

先夜の西脇医長のことで懲りていた。初めから帰りは電車と決めて来たのである。

「三十分でいいです。そうだ、わたくしがイヴのばんにのんだところです。とてもゆかいなところです」

祥子が、バウエルの強引な勧めに応じる気になったのは、去年の十二月二十四日の晩に、彼が其処で飲んだ、と云った言葉からである。それだと、ちょっと覗いてみたい気になった。

「では、ほんの二、三十分だけ、おつき合いしますわ」

バウエルは、再び大げさな身ぶりで喜んだ。これが場所柄でなかったら、口笛を鳴らすところであろう。わざわざ起ち上って、祥子の後ろに回り、椅子を引いてくれた。

ニューグランド・ホテルの玄関を出て、バウエルは、パークしてあった自分の車を引き出した。

「どうぞ」

とドアを開けて待ってくれる。

横浜の街は、東京からくらべると、ずっと寂しかった。暗い通りがほとんどである。川のほとりを走り、やがて伊勢佐木町《いせざきちよう》の賑かな通りを過ぎた。バーは、その裏通りの一角にあった。ネオンの看板に「ラファエル」と出ている。

バウエルは、車をその家の横に乗り入れた。恰好な場所で、そこだけが、空地になっていた。それが自然の駐車場になっている。

相変らず、バウエルは祥子を先に立て、後ろから長い手を出してドアを押した。

バー「ラファエル」は、内に入ると広かった。古い英国の酒場のように、天井に太い梁《はり》をめぐらし、壁には赤レンガが積んであった。椅子もテーブルも十九世紀風なデザインで洒落《しやれ》ていた。長いカウンターが入ってすぐ続き、その中に、二、三人のバーテンや見習が居る。その白服が一斉にバウエルに敬礼した。

此処でも、このアメリカ商社の社員は顔だった。客がすでに四、五人居たが、これもほとんど外人だった。日本人の二人連れがカウンターの端に肘《ひじ》を突いているだけである。

バウエルを見て、先客達は手を上げた。が、彼が女客連れであるのを見ると、作法で、勝手に自分のグラスに戻った。

バウエルは上機嫌だった。祥子のために適当なテーブルを取り、ボーイのように椅子の世話をした。

本もののボーイがにこにこしながら来て、短い英語でバウエルと話していた。此処でもバウエルは生《き》のウイスキーを注文した。祥子が飲まないのを知っているので、これにはアルコール気の薄いピンク・レディを頼んだ。

「ここですよ」

バウエルは、長身の背中を少し屈めるようにして祥子に話した。

「イヴに、わたくしが、あさの四時までのんだところです」

「そう」

祥子は、店を見回した。店は、日本人向きよりも外人の客を意識して造ってある。壁には、古い錦絵が幾つも掲げてあった。絵柄はほとんどが芝居絵だった。ランプが暗く、壁の画が妖しげに浮き出ている。

ボーイが注文の酒を置いたが、そのあとから、年配の肥った男が現われた。白い服を着て、黒い蝶ネクタイを着けている。

「おう、マネージャー」

バウエルは、椅子から立って、祥子の方を差した。

「ミス・カサハラ。ここのマネージャーです」

マネージャーには、自分の友達だと、祥子の名前を紹介した。

「いらっしゃいまし」

支配人は愛嬌がよかった。バウエルが来たので、お愛想で挨拶に現われたものらしい。

「東京のお方ですか？」

支配人は眼を細めて祥子を見た。

「はい、そうなんです」

「そりゃ御遠方をどうも」

支配人はお辞儀をした。

「わたしがさそったんです。きぶんのいいみせだ、といってきてもらいました」

「そりゃどうも」

支配人の方で、改めて頭を下げた。

「バウエルさんには、ごひいきになっています」

「伺いましたわ」

祥子は、支配人の方へ会釈した。

「ホテルで、バウエルさんとごいっしょにお食事したんですが、クリスマス・イヴの晩が大変だったと、話に出ました」

「そうですか。いや、どうも。イヴの晩はこんな店でも、まるで乱痴気騒ぎですよ。そうそう、バウエルさんも来てもらいましたね」

バウエルは、祥子と支配人の話を、頷《うなず》きながら笑顔で聴いていた。

「お嬢さんも、クリスマス・イヴは東京でお過しですか？」

支配人は、やはり祥子との話を続けた。

「ええ、わたくしなぞはうちに引込んでいるほうです。銀座はとても大変な人出だそうですが」

「新聞に出ていましたね。でも、東京のバーはかえって静かだったそうですね。横浜《ここ》は人通りが少ない代りに、キャバレーやバーは満員でしたよ。かえって、東京からのお客さんがこの辺まで押し出してくる始末なんです。あ、そうだ」

支配人は、その話で思い出したというように、

「妹尾さんにはあれからお会いになりますか？」

と、これはバウエルの方に向ってだった。

「ミスター・セノオ？」

バウエルは言葉を切って、

「おう、このあいだ、いちど、キャバレーであっただけです」

と明快に答えた。

祥子は、支配人が妹尾と云ったものだから、それが耳に咎めた。

「あの、妹尾さんも此処にいらっしゃいますか？」

「ああ、お嬢さんもご存じなんですか？」

支配人が笑って、

「ときどき、お見えになります。やはりこのバウエルさんのお友達でね、ときどき、お顔をお見せになります。それも年に三、四回くらいですが」

「クリスマスの晩はどうでしたでしょう？」

祥子は訊いた。

「クリスマスの晩？」

支配人は考えていたが、答えはバウエルが引取った。

「ミスター・セノオは、イヴのばん、わたしとここで飲んでいました」

「そうでしたね」

支配人は頷いて、祥子に答えた。

「バウエルさんは覚えがいい。たしかに妹尾さんも来ていましたよ。そして、いっしょに騒いでいたようでしたが、やっぱり夜明け組ではなかったですかな？」

「そうでした。わたしといっしょにのんで、あさの四時にかえりました。わたしがくるまでホテルにおくってあげました」

これは重大な証言だった。クリスマスの晩、つまり町田知枝が殺された二十四日の夜、妹尾郁夫はバウエルと横浜で飲んでいたのだ。

もしバウエルの云うことが真実だったら、彼のアリバイは完全に成立するのである。祥子は、もっとそれを確かめねばならなかった。

「妹尾さんもバウエルさんと、ここで夜明けまで飲んでいらしたの？」

自分では、顔色に動揺が無かったと思っている。が、胸の動悸は速かった。

「そうです。ミスター・セノオもサケがつよい。ここで、みんなとのんでまわって、おどってました」

バウエルのその記憶に誤りは無いだろうか。祥子は、今度は支配人に眼を向けた。

「妹尾さんが、朝まで、ここで飲んでいらしたのは、本当ですか？」

「バウエルさんの話で思い出しましたよ。たしかに妹尾さんはこのバウエルさんと、九時ごろから飲んでいました。その夜は、ずいぶん混雑していましたがね。さすがに十二時を過ぎると、お客さまがたも半分になりましたが、妹尾さんはそうとう酔っぱらって、四時ごろには、椅子の上に倒れてしまいました。今、思い出しましたよ。その時、バウエルさんが抱えるようにして、妹尾さんを車に乗せていました」

祥子は、前に、二十四日の晩の妹尾郁夫のアリバイを、吉井から聞かされたことがある。その時は、妹尾も他のリストの五人とともに行先が確認できなかった。が、此処で、ようやくその夜の妹尾の所在が判明したのである。

町田知枝が殺されたイヴの夜、妹尾郁夫は東京には居なかったのだ。この横浜のバー「ラファエル」でバウエルと、九時ごろから夜明けまで騒いでいたのであった。

妹尾郁夫に関する限り、容疑リストから削らざるを得なくなった。

祥子が考えるような眼ざしになったので、バウエルは、彼女が東京に帰ることを急いでいると解したらしい。親切な男で、わざわざ自分で先に席を立った。外人の癖で、伝票を見ると、ポケットから札を出し、カウンターの上に置いて、上から掌で一つ叩いた。

客のオーバーは入口の丸い洋服掛に掛っている。バウエルの方で祥子の分を外し、後ろから着せかけてくれた。それが終ってから彼は自分のオーバーを外した。

4

翌日の夕方、祥子は吉井と銀座で会った。喫茶店の二階だった。其処はあまり混まないので、長い話をするには恰好な場所である。

祥子は、バウエルと会った顛末《てんまつ》を吉井に話した。横浜まで行って、十二月二十四日の晩、バウエルが、バー「ラファエル」で、晩の九時から夜明けの四時まで飲み続けだった話をした。

「それじゃバウエルの車は他人には貸していないわけですね」

話を聴いて、吉井は腕組みした。今まで、バウエルの車が誰かに利用されたのではないか、という推定は、これで覆《くつがえ》ったのである。

「そうですか。バウエルは一晩中飲んでいたんですか」

吉井は呟いた。

「そいじゃ町田さんが殺された十一時から十二時の時刻は、彼も横浜に釘づけになってたわけですね？」

「そうなんです。それはその店のマネージャーも云ってましたから、間違いないと思いますわ」

「そうすると、彼の車はバーの前に夜明けまで置いてあったわけですね？」

「そうです。あ」

祥子は思い出したように云った。

「そうそう、その晩、妹尾さんも一緒だった、と云ってましたわ」

「なに、妹尾？」

吉井は眼を剝《む》いた。

「妹尾郁夫氏ですか？」

「そうなんです。妹尾さんも、ときどき、そのバーに行くと話してました。そのイヴの晩も、バウエルさんと一緒に飲んでいたそうです」

「へえ、妙な組み合せですね」

「でも、バウエルさんと妹尾さんは友達ですわ。いつか、わたしがナイトクラブに西脇先生と一緒に行ったとき、妹尾さんもバウエルさんと来てました」

祥子は、西脇医長と二度ばかりナイトクラブに行っている。二度ともバウエルが居たし、妹尾の姿も見えた。その妹尾から警告の手紙を貰ったことは、さすがに吉井には云えなかった。

「なるほどね」

吉井は紙を出し、それに鉛筆で、バウエル、妹尾郁夫、と並べて書いた上から、わざわざ×印を入れた。

「前の調査で、妹尾郁夫氏は、イヴの晩、東京に居なかったことは分っていたが。そうでしたか、横浜で飲んでいたわけですね」

吉井はうなずいた。

「それで、妹尾氏は、何時ごろ、その横浜のバーを出たんですか？」

「やっぱり朝の四時ごろまで飲んでいたそうですわ。イヴの晩、十二時を過ぎると、お客さんもだいぶ帰ったそうですが、それまでは、バーの中は、ひどく混んでいたそうです。でも妹尾さんは、ちゃんと午前四時ごろまで飲んでいたそうですわ。そして、酔っぱらった挙句に、椅子にだらしなく寝そべっていたそうです。それをバウエルさんが自分の車に乗せて、ホテルまで送ったと云ってました」

「妹尾氏は横浜のホテルに居たんですか？」

「ええ、その晩、あんまり酔っぱらったもんだから、横浜に泊ったのでしょう」

吉井は黙って考えていた。

「そうすると、妹尾氏はこの容疑リストから消えるわけですね」

彼は自分で書いたメモを睨《にら》んでいた。

「この事件は連続的に関連があるから、一つが消えれば他の一方も消えることになる。つまり、町田さん殺しの容疑が晴れると、アパートのおばさん殺しの嫌疑も晴れるし、したがって、あなたの姉さんの死を見捨てて逃げた方も嫌疑が晴れるわけです」

吉井は、そう説明した。

実際、その通りである。それは祥子も考えていたことで、姉の信子を見捨てて逃げた人間、町田知枝を殺した人間、常子を殺した人間、アパートのおばさんを殺した人間、いずれも同一人だとしか思えないのだ。

だから、町田知枝を殺した嫌疑が除かれると、あとの三つの場合も除外されるわけである。妹尾郁夫は六人の中の容疑者だったが、これで一応外さなければならないだろう。

吉井は、今度は自分の番だ、というように話し出した。

「ぼくは西脇医長の例の車を調べましたよ。つまり、アパートのおばさんが殺された当日、医長は自宅を自家用車で出て、病院にはタクシーで来ている。医長が途中で乗り替えたあの秘密です」

「ああ、分りましたの？」

祥子もそれは気に懸っていたことだった。吉井はその調査に専念していたとみえる。

「漸《よう》く突き止めましたよ。やっぱり西脇さんの車は、あの日、修理屋にやっているのでもなんでもありませんでした」

「まあ」

しかし、それは予期しないことではなかった。吉井は、それをはっきりとさせようとしているのである。

「ぼくは、まず西脇さんの身辺から洗いにかかりました。すると、西脇さんにはちゃんと愛人がいるんですね」

「まあ」

祥子は愕いてみせたが、そう意外でもなかった。この前、医長の車に乗って、寂しい夜の町で停められた時の、医長の振舞いから考えると、いかにも、その話はありそうなことである。

「ぼくも愕きました。しかし、その女の人とは、ずいぶん永い間の関係ですよ。ところで、ぼくがそんなことを云うのはほかでもありません。西脇医長の車は、当日、夕方から、その愛人の家の前に置いてあったことが分ったんです」

祥子は瞳《め》を瞠《みは》った。

「それは何処ですの？」

「杉並の奥なんです。荻窪《おぎくぼ》駅から南の方にずっと入ると、閑静な住宅街が続いています。その一角が西脇さんの愛人の棲家《すみか》なんですがね。その愛人というのは、なんでも小唄の師匠だったそうです。ぼくは実際にその家を探して行きましたよ」

吉井は、多少、照れ臭そうに云った。

「尤も、直接にその家に当ったのではなく、その家の前に銀行の支店長の家があるので、そこでさりげなく訊いてみたんです。すると、初めのうちは用心して口が固かったのですか、ようやく何もかも話してくれましたよ」

吉井は重い口ぶりで話した。

「西脇さんは、ときどき、その前の家にやって来るそうです。自動車がいつも決っているので、すぐそれだと分るそうですがね。あのアパートのおばさんの事故があった晩も、ちゃんと来ていたそうですよ」

「その日付がどうして分りましたの？　何か特別な印象があったのでしょうか？」

「それです。ぼくも日付のことは大切だから念を押したんですがね、すると、絶対に間違いがないそうです。というのは、その支店長の家で、お嫁に行く娘さんがあって、恰度《ちょうど》、その前の晩に当っていたそうです。だから、こちらの云う日付とぴったりなので、誤りはないのです」

「それで、西脇先生の車は、何時から何時まで、その家の前に置いてあったのですか？」

「夕方の六時ごろから夜の十時半ごろまで車が停っていたと云ってました。恰度、真向いの家なので、車が来ると、気を付けて見てたんですね」

六時からだというと、アパートの管理人のおばさんが轢《ひ》かれた直後である。大久保から荻窪までは、せいぜい二十分くらいであろう。時間的にも、これは合致するわけであった。

「ナンバー・プレートの方はどうでしょう？」

祥子は訊いた。

アパートのおばさんを轢き逃げした車は、目撃者の話だと、黄ナンバーだった。それでタクシーと間違えたのだ。西脇氏の車が利用されたとなると、当然、そのナンバー・プレートが問題だった。

「それはぼくも訊きました。ところが、その支店長の家族の話では、やっぱり白ナンバーだそうですよ」

「では、番号はどうでしょう？」

同じく、轢き逃げ車の番号も目撃者によって確認されている。事実、その該当車を捜索すると、本ものはとんでもない土地を走っていたのだった。

「いや、それもやっぱり西脇さんの車の番号だったと云います」

黄ナンバーの工作は、前に吉井とも話したことである。つまり、何処かで黄ナンバーのプレートと替えた、と推定している。西脇氏は、自宅を自家用車で出て、何処かに車を預け、タクシーで病院に出勤する。病院を出るときもハイヤーを呼んで出かけ、自家用車を預けた所まで乗り着け、今度は、その車に乗って、あのアパートの近所に行って、電話でおばさんを呼び出し、表へ出たところを轢き殺す。問題のナンバー・プレートは、途中の何処かで取り替えた、と考えられるのだ。

時間的にも恰度、その車が杉並の愛人宅の前に停るのに不都合はなかった。吉井の聞いたことで、この黄ナンバーの偽装プレートは、その愛人宅に来たときは、すでに取り替えられていたことになる。では、何処でプレートの工作が行われたか。迂闊《うかつ》な所では人目につくから出来ないわけである。

「とに角、西脇さんはおかしいですね。彼は嘘をついている。自家用車が故障だから修繕屋にやった、と言っていましたね。この嘘だけでもおかしいですよ。これは、もっと追及しましょう」

吉井は強い調子で言った。

バスの客

1

祥子は、アパートに帰った。

死んだ姉と二人で住んでいた部屋だが、今では一人で居ることに馴《な》れてきた。姉の死の当座は、寂しくてやりきれなかったものだ。

その頃、ひと思いに、このアパートを出て越そうか、とも思ったが、やはり姉と一しょに居た記憶が忘れられず、それが愛着となって彼女を其処に引留めた。

姉の使った調度がまだそのままに置いてある。洋服ダンスも、整理ダンスも、鏡台も、姉と共同だったから、ひとりになった今でも、その気持から脱けられなかった。祥子自身が買って来たものもそこに並べてあるが、つい癖になって、姉と共同の物を多く使う。

つまり、この部屋は、彼女にとってまだ気持の上では姉と一しょだった。新聞社の勤めは不規則である。帰りが、早い時もあれば、ひどく遅い時もある。それは死んだ姉の生活とそっくりだった。遅い時は、姉は少し酒の匂いをさせ、軽い歌を口ずさんで、元気に帰って来たものだった。が、姉と違って酒が一滴も口にできない彼女は、遅く帰っても姉みたいなことはなかった。新聞社の人達に、仕事の帰り、飲み屋などにたまに誘われたりするが、いつもそれは断わった。

「姉さんとは大分違いますね」

と云われたものである。この頃は、それが分って、あまり誘われなくなった。

その夜、祥子は、かなり遅くなった。ひどく取りにくい原稿が一つひっかかり、彼女が係りだったので、遅くなったのである。

ひとりで部屋に居るときは何もすることがない。本を読むか、編物をするか、ラジオでも聴くよりほかなかった。アパートの人達にも付き合いがない。これは、朝早く出て、夜も不規則な帰りなので、自然と友達が出来にくいのである。それに、多くは世帯持ちだったから、独身の彼女のところに話しに来る女友達もなかった。

彼女は床《とこ》に入って、本を拡げて読んだ。最近、評判になっているもので、一通り眼を通しておくつもりだった。

読みかけたが、その文章の中に意識が入って行かない。絶えず別な意識がその集中を妨《さまた》げた。

祥子は諦めて本を伏せた。

枕許のスタンドを消した。

アパートじゅうは寝静まっている。彼女が帰ってしばらくは、やはり遅く戻って来る人達の足音が固い階段に鳴っていたものだったが、今はそれも聞えなくなった。もう十二時近いのである。

すぐには寝つかれない。西脇医長の車のことを考えた。このことを考えると妙に意識が分裂しないのである。

西脇医長は出勤のとき、自宅を自家用車で出た。病院に着いたときがタクシーで、その帰りはハイヤーだった。これは疑えない事実である。

では、どこで西脇医長は自家用車をタクシーに乗り替えたか、これが鍵だった。

西脇医長の自家用車はクラウンだから、東京じゅうを走っているタクシーと同じ型だ。ナンバー・プレートを工作しさえすれば、薄暗い夕闇の中ではタクシーと思いこまれる。

そのクラウンは、吉井の調査によると、六時頃から杉並の医長の愛人宅の前に置いてあったという。これから考えると、おばさんを轢殺した午後五時頃は杉並の愛人宅には車はなかったというから、西脇医長はハイヤーで或る所まで行き、そこで朝から置いてあったクラウンに乗り替え、おばさんの轢殺現場に行ったという推定は出来そうである。

すると、西脇氏は病院から乗ったハイヤーを何処で降りたかが問題となる。その降りた地点にこそ、彼が朝から置いていたクラウンがある筈だった。

いやいや、そうとも限らない。

もし西脇氏にその計画があれば、なんであとで調べれば判りそうなクラウンの駐車場所にハイヤーを直行させるであろう。もし彼が犯人なら、ハイヤーを或る地点で下り、別な流しのタクシーに乗り替え、目的地に行くにちがいない。

しかし医長がどこでハイヤーを捨てたか、吉井もまだ調べていないことに祥子は気が付いた。たとえ其処から別な流しのタクシーに乗り替えたとしても、その乗り継ぎの場所は確認しておく必要があると思った。これは明日にでも吉井に電話をかけて、確認を頼みたいと思った。

では西脇医長が犯人でなかったらどうなるであろう。

犯人は西脇医長のクラウンに乗って管理人のおばさんを轢殺したのだから、当然、犯人は西脇氏からその車を借りるような工作をした筈である。まさか黙って人の車を乗り廻すことはないから、その人物は医長に了解を求めたにちがいない。

ここで順序立てて考えてみよう。

朝、西脇氏は自家用車で某地点に着く。そこに轢殺犯人は待っていて、医長の車を受取り、自分で運転して別な場所に行く。医長はタクシーで病院に出勤する。病院から退けるときに、医長はハイヤーを呼ぶ。

そして、或る地点で、多分、それは犯人が兇行を済ませてからであろうが、約束した場所で、犯人の乗った自分のクラウンを受取る。この場合、医長が直接その場所に行ったか、或いは途中で流しのタクシーに乗り替えたか、は別である。

医長は、それからすぐに自家用のクラウンに乗って杉並区の愛人宅に行った。それが午後六時頃である。以後、ずっと愛人宅に時間を消しているので、その門の外に置いてある彼の車は、近所の人に目撃された。――

こういう順序にならないだろうか。

このように考えてくると、医長と犯人とは特別な契約があったと見なければならない。

尤も、その犯人が、医長の車をアパートのおばさん殺しに使う、と正直に云ったとは考えられない。何かの理由を云って借り出したのであろう。

しかし、このことを医長は隠している。つまり、西脇医長が妙な嘘をついてるのがそうなのである。

では、やっぱり医長は自分の車を貸した人物の実際の目的を知っていたのだろうか。

だが、これは祥子は一応否定した。そのようなことは考えられないのである。

犯人がアパートのおばさんを轢殺したのは、おばさんが犯人と通謀していることを祥子や吉井に知られてからである。犯人は、それを中央線の大月駅の誘いで気付いた。

犯人は考えたであろう。彼はおばさんを手なずけて祥子達の行動を報らさせていたから、それが祥子達に気付かれると、いつおばさんの口から自分の名前が出されないとも限らない。その危惧で、彼はおばさんを自動車事故に見せかけて消したのであろう。

こう考えると、その車を運転した人物こそ、時間的に遡及《そきゆう》して行けば、斎藤常子を矢野口附近で絞殺し、その前は、多摩川下流で町田知枝を殺し、更にそれ以前には、祥子の姉の信子の死を見捨てて逃げたのだ。この死の帯《ベルト》は一つである。

さて、犯人は誰なのか。

祥子は、リストの中の六人の一人だ、と考えている。偶発的な犯罪ではないのだ。もともと、彼らのうちの誰かが最初に姉を連れ出したことから始まる。町田知枝、斎藤常子、みんな姉の死につながる。

これに絞ってくると、六人というコップの中の人物に限られるのだ。妹尾郁夫、高木利彦、佐敷泊雲、内牧理事長、鶴巻莞造、西脇満太郎。――

祥子は、その一人一人の顔を眼に泛《うか》べていた。

彼らには申し合わせたように悉《ことごと》くアリバイがない。

例えば、姉の信子が浜松で事故死に遭ったときは、その六人ともその場所に行ける所に居たようである。

また、町田知枝が多摩川河畔で殺された十二月二十四日にも、彼らの所在は曖昧である。

祥子は、この二つの事件の時に、彼らがどこに居たかを憶えている。それは吉井が調べてくれたのだ。

姉の信子の事故死の時、つまり九月十日には、妹尾郁夫は熱海に居た。町田知枝の殺された十二月二十四日、つまりクリスマス・イヴの晩には、彼は横浜に居た。高木利彦は、前の事件の時には東京に、後の事件の時にはやはり東京の友人の家に居たという。佐敷泊雲は京都と銀座に、内牧理事長は東京と田園調布の自宅に、鶴巻莞造は大阪と銀座に、西脇満太郎は名古屋と赤坂に、それぞれ居たという。

しかし、吉井の調べたことは、例えば警察の刑事がその裏づけを取ったのとは違う。吉井は彼らの周囲からただ漠然とこれらの人物の所在を聴いて来たにすぎない。たとえば、西脇氏がイヴの晩に赤坂に居たとしても、時間的な証拠は何もないし、同じように他の五人の立証についても全部が云えることである。

このことは、斎藤常子が山梨県から上京して矢野口で殺された時も、同一のことが云える。

要するに、彼らは六人とも漠然として、アリバイの成立は無いのであった。ただ、前にも考えたように、斎藤常子と町田知枝とが殺された現場が同じ多摩川の河畔であるところから、犯人は、この地域に特殊な条件を持っている人物ではないか、という推定だった。

これも今ははかない推測であって、自動車を利用すればどの地点にでも自由に行ける訳である。但し、同じ多摩川を犯行現場に二度も使ったことは犯人の個性を表わしている、と考えることはできる。

祥子は、こんなことを考えているうちに、いつか深い眠りに落ちた。

2

祥子は眼を覚ました。

夢のつづきかも知れない。そのとき見ていたのは、眼が覚めてみると、はっきりと憶えていなかった。しかし、夢の中で何かの音を聞いたのだ。

祥子は、子供の時からよく経験している。夢の世界に現実の音が混じってくる。それが実に不自然でなく夢に入って来るのである。例えば、彼女が夢で野原を歩いていたとする。大勢の友達が一しょに遊んでいて、その中の男の子が石を川に投げ込む、その水音を夢の風景の中で聞く。眼が覚めてみると、実際に家の中で誰かが水を使っているのだった。

そういう経験が度々ある。夢の物語は現実の音を予想して、それ以前から繰り拡げられるのであろうか。

祥子がそのときに聞いた音も、やはり夢の中だった。眼を覚ましてみて、夢の方は忘れてしまったが、音だけは耳にまだ残っていた。暗い。祥子が電燈を消して寝たままの闇であった。

が、音は彼女が寝る前にはなかったものだ。彼女は神経を尖《とが》らした。

ドアの外で微かに靴音がする。

最初は、隣の部屋の前かと思った。隣は中年の夫婦者で、時折、主人が遅く帰って来る。その靴音かと思った。が、それにしては靴音は忍びやかなのである。

ちょうどドアの外でためらうような歩き方だった。それも意識した靴音の忍ばせ方であった。

確かに自分の部屋の前だ。

祥子は全身を硬くした。ドアは内側から鍵が掛けてあるので大丈夫だとは思ったが、万一のことを考えて胸が顫《ふる》えた。

祥子は身動きもしないで、枕に頭をつけたまま耳を澄ました。

今、何時頃であろう。

朝になると明るくなってくる窓のカーテンが、まだ暗かった。どれくらい眠ったか分らないが、祥子の感じでは、午前二時ぐらいかと思われた。いま、スタンドをつけるのも勇気が要ることだった。

靴音はときどき熄《や》んだ。それからまた忍びやかに起って、固いコンクリートの廊下を歩く。

　それがずいぶん長い時間のように思われた。祥子に最初襲っていた恐怖が次第に落ちつきを取戻し、薄れてきた。しかし、決して恐怖が去ったのではない。彼女に少しずつ思慮が出てきて、最初の愕きを弱めたのである。

　明らかに、見えない対手は祥子が其処に寝ていることを意識して、徘徊している靴音だった。

　誰だろう。

　辺りは静まり返っている。この時刻のアパートは、死んだようなものだった。夜の空気が澄んで、遠い所に走っている自動車の音が微かに聞えるが、それも時折だった。その通りは遅くまで車の往来の激しい所だったが、それが少いところをみると、どんなに夜が更けているかが分った。

　また靴音が起きた。

　祥子は六人の名前をすぐに泛べた。なぜそのことが瞬間に頭に泛んだか、よく分らない。

　彼女は思い切って枕許のスタンドをつけた。いつもの彼女の部屋が明りの中に浮き出た。

其処からドアは見えない。間にカーテンが閉まっているのだ。彼女は耳を澄ませた。再び外の足音は止《や》んでいた。

部屋に電燈がついたことは、彼女にいくらかの勇気を与えた。やはり自分の眼が光の中に開いているのは心強いことだった。

祥子は起き上った。自分でも不思議なくらい落ちついて身仕度をした。これは防衛というよりも、誰かを呼んだ時、はしたない支度を見られたくない用意だった。

祥子は、ドアと自分の居間との間に閉《た》ててあるカーテンを、思いきり開いた。カーテンの環が針金を急に辷《すべ》って金属性の音を立てた。

ドアはそのままである。ノッブが電燈の光に金色に光っていた。

靴音がまた起った。

それは、すぐ近い所である。さすがに祥子が呼吸《いき》を呑んでいると、靴音は忍びやかに遠のいた。

やがて、其処に突っ立っている祥子の耳に聞えたのは、こつこつと階段を降りて行く音だった。

祥子が起きていることを知って、ドアの外にためらっていた人間が、いま、逃げて行く。

靴音が消えてからしばらく時間があった。

やがて、外で車のエンジンをかける音が聞え、タイヤが地を嚙んで走る音がつづいた。

祥子は、急いで窓に走り、カーテンを開いた。やはり暗い夜である。窓のガラス戸のネジを外した。手が顫えて、すぐには開かなかった。

彼女が覗いて見たとき、遠い街角にヘッド・ライトが走って行くところであった。それも忽ち闇になった。自動車――祥子が最初に思ったのはそれだった。……


「へえ、そんなことがあったんですか？」

翌日、吉井に遇ったとき、彼は眼をまるくしていた。

「とても気味が悪かったんです。昨夜は、いつまでも神経が立って眠れませんでしたわ」

祥子は少し笑って云った。

「それは普通の人間じゃないね？」

「わたくしもそう思います。なんだか、わたくし達が今探している事件の中の人物のような気がしますわ。だって、そんな夜中に車で来るのは、ほかに心当りがありませんもの」

「それはそうだな。だが、何んのためにやって来たんだろう？」

祥子は、少し顔を赧《あか》らめた。それを見て、吉井が訊いた。

「あなたのアパートを知っているのは、六人の中で西脇医長だけでしたね？」

「そうなんです」

祥子もそれは考えている。この前、車で一しょになった時も、医長は彼女を強引に抱こうとした。その余勢が医長をして真夜中の訪問となったのであろうか。

西脇医長は、姉の信子にひどく興味を持っていたらしい。これには別に確証はないが、近頃、祥子は特にそう思うのである。彼がアパートを知っていたことも、そのせいではなかろうか。いつぞや、その言葉をふと洩らしたことがある。

「しかし、あなたのアパートを知っているのは、西脇さんだけとは限らないだろう。そのつもりがあれば、調べ出すくらいは訳はないですからね」

それはそうだった。医長は前から知っているとしても、だからといって他の人間が彼女のアパートを現在まで知らないという理由にはならない。これは新聞社に手を回して、電話ででも訊けば判ることである。

「だが、だんだん、敵も姿を出して来ましたね」

吉井は、ちょっと興奮した顔で云った。

「今まで、絶対にわれわれの所には直接に来なかったものです。それが、たとえ足音だけにしても、あなたの所にじかに現われたことは、いよいよ対手《あいて》も急《あせ》って来たのか、じっとしていられなくなった証拠です」

吉井の意見がそれだった。が、そうなると、彼女も気味が悪かった。

「一方から考えると、われわれにとって好都合です。今度は靴音だけだったが、次はいよいよ正体を現わすかも分りませんよ。この辺でひとつ、そのように仕向ける工作をしてみるかな」

吉井の眼は輝いていた。

「どうしたらいいんでしょ？」

祥子は、すこし不安になった。

「具体的なことは今ちょっと分らないが、これは一つの工夫だと思うな。なにしろ、ぼくらには、警察と違って捜査権がないので、徹底した調査が出来ない。どうしても、新しく敵の出現を待って、正体を見届けるほかないようです」

それは確かにいい考えだった。多少の危険はあっても、そのためには、祥子は勇気を出さなければと思った。

「いや、ぼくもそうなったら、あなたの護衛《ガード》に廻りますよ」

吉井は控え目に云った。が、これは取りようによっては、彼が最初に見せた祥子への好意の表現だった。

祥子は、今までとは別な感情で心が騒いだ。

その感情が彼女の表情に浮んで、吉井にも伝わったのか、彼は少し狼狽した。

「それはそうと」

吉井は、自分の顔色を紛わすように、口ごもって云った。

「例の西脇医長が病院から帰りのハイヤーを降りた場所が判りましたよ」

「あら」

祥子は、それを昨夜考えたばかりだった。吉井の方で早くも調べてくれたらしい。

「どこで降りましたの?」

「それが渋谷だったそうです」

「渋谷?」

「駅前です。これは雇ったハイヤーの会社を突き止め、当の運転手に会って、ぼくが訊いたんです。医長は、その時、渋谷駅前で降りたそうですが、時刻は四時半頃だったそうです」

四時半だというと、アパートのおばさんの轢殺時間五時には三十分ある。渋谷からその現場までは、車だとせいぜい十分か十二、三分であった。つまり医長は渋谷で下りても充分に間に合うのである。

では、医長が、朝、出勤の時に乗って来た自家用車クラウンは、何処に置いていたのであろう。渋谷の近所か、それとも、其処でタクシーに乗り替えたのであろうか。

「ぼくも運転手に訊きましたよ。すると、その運転手はよく憶えていましてね、西脇先生は、駅前の商店街の方に、さっさと歩いて行ったそうです」

「商店街の方に」

「いや、これは案外カモフラージュかも分りませんよ。運転手に見られてることを意識して、わざとその通りに入ったのかも分りません。計画的な男だと、そのハイヤーが去ったあとで行動しますからね」

吉井は想像を云った。

3

祥子はバスに乗った。会社では、急ぎのときは自動車を出してくれるが、そうでないときは、たいてい地下鉄やバスの利用となる。祥子は吊革《つりかわ》に下がっていた。

冬には珍しい天気で、春を思わせるような陽射しが街に明るく当っていた。訪ねて行く先が青山《あおやま》の奥なので、バスは静かな住宅街を走っていた。祥子はバスの窓外を眺めている。歩いているよりも高い位置にあるので、流れている邸町の塀の内側が覗けそうな位だった。早咲きの梅がのぞいたりしていた。

祥子の前に、二人連れの若い男女が坐って、愉しそうに話していた。どちらも勤め人らしい恰好である。会社の話や春になってからの行楽地のことなど、二人の会話を祥子は聞くともなく聞いていた。

バスは停留所に停っては、客を少しずつ交替させた。それほど混んではいないが、座席は少しも空かなかった。祥子が降りる停留所は、あと三つ目だった。

次に停った所は四つ角になって、一方の道が坂道になっていた。停留所には五、六人の人が立っている。此処はかなり客の乗り降りの多い所らしかった。

「あら」

女の声だった。それがすぐ祥子の前である。

「あんた、見てよ。高瀬《たかせ》さんだわ」

女は窓ガラスに顔を向けていたが、愕いたように青年に云った。

膝を突っつかれた青年は、自分も窓の外を見ていたが、「あれ、ほんとだ」

と、これもびっくりした顔をした。

「あいつ、こんな所からバスに乗るのかな」

「ねえ、どうしましょ？　あたし達、一しょに居るところ見られちゃまずいわ」

女の顔には軽い狼狽が走っていた。今まで愉しそうに落ちついて話していたのが、急にそわそわしはじめた。

「仕方がないよ。君は離れた座席へ移れよ。会社をサボって、二人連れでこんな所に乗ってるのを見られると、あとでどんな煩《うる》さいことになるとも限らない」

「そうね」

降りる客はまだ入口に残っていた。停留所の客の群がそれを待っている。

若い女は、急いで座席の後部に走った。ちょうど其処が空いたばかりなのである。

青年は、席を移した女の方に軽い笑いを投げていた。

祥子は、その空いた前の席に腰を下ろした。

新しい客が乗り込んで来た。その中の一人の男が、祥子の横に坐っている青年に、おや、というように眼を止めた。

「よう」

その男は、眼をむいて青年を見ていたが、すぐに笑った。

「こんな所で会おうとは思わなかったね。どうしたんだい、今日は？」

男は脇に鞄を抱えていた。

「いや、少し身体の調子が悪いんでね、医者に行くために、今日は欠勤したよ」

青年は明るい声で話した。

「それはいけないね。で、どうなんだ？」

友達は、祥子の前の吊革に下がって青年に首を伸ばしていた。

「なに、大したことはなかった。明日から安心して出勤するよ。君はこの辺を回ってるのかい？」

「つい、この先だ」

そんなことから、彼らの話はスポーツの話題に移っていた。

祥子は、それとなく離れた女の方を見ると、彼女は本を読むふりをして顔を隠すようにしていた。その前にも乗客が吊革に立っているので、それにも隠れるようにしていた。

青年の方では、友達を自分の前に釘付けにするため努力するような話し方だった。

祥子は微笑した。

祥子が降りる停留所が来た。彼女は起《た》った。

「おい、空いたよ」

青年は身をずらせて、友達を隣に坐らせていた。

祥子はバスを降りた。歩き出すと、バスは大きな車体を動かして静かな通りを走って去った。

あの青年は彼女と一しょに乗っていることを友達に見破られないで済むだろうか。

軽いその場だけの興味がふと起きた。

その時である。祥子は歩いている脚を思わず止めそうになった。

浜松で死んだ姉の信子が乗っていたバスの座席の位置のことである。

姉は後部に坐っていた。そのために触れた列車に潰されて死亡した。姉の遺留品だけは前部の網棚にあったので、それだけは無事だった。

これまでの考えは、姉が或る人物と一しょにそのバスに乗っていたが、対手の男が慎重な性格で、顔見知りの誰かに見られないとも限らないという配慮から姉とは別々に坐っていた、という推定だった。だから、その人物は前部の座席に、姉は後部にと離れて坐り、姉の荷物は対手の男の坐っている上の網棚にあった——と考えていた。

しかし、これは訂正しなければならないと考える。

東京から遥《はる》か離れた浜松くんだりでまで、そのような行動を取るのは、よほど慎重な人物だ、と今まで考えていたが、それは少し不自然だったことが分った。

姉達が乗っていたバスは、弁天島行である。そこまで一しょに来た姉と対手の男性とが、その土地で何を遠慮して別々になる必要があろう。知人のいない旅先なのだ。

ところが、二人が同じ座席に坐れない条件が突然起ったのではあるまいか。祥子がいま見た、あの男女の場合がそうである。

姉達がそのバスに乗っているとき、今、祥子が目撃したように、不意に顔を知った人間が同じバスに乗り込んで来たのではあるまいか。そこで、姉も対手の男も愕いて、姉は座席を離れ後部に移った。姉の最初に坐った位置の網棚に彼女の荷物が残ったのはその理由からである。

こういうふうにならないだろうか。

多分、そのとき乗って来た男は、対手の男性にも姉にとっても共通の知人であったに相違ない。しかも、弁天島という行楽地に、夕方、両人連れで行くところを見られたら、これはどう弁解しようもないのである。

つまり、そのバスには、姉と、姉の知っている男が二人乗っていたのではないか。これまでは、姉と対手の男性だけだと思っていたが、実は、もう一人居たのではなかろうか。

祥子は茫然となった。

彼女は新聞社に帰って、急いで吉井に遇い、この発見を告げた。

「それは面白い考えですね」

吉井は話を聴いて顔色を輝かした。彼自身も考えこんでいた。

「これは、ぼく達が間違っていた」

彼は云った。

「この事件は、二人の人物がいる。つまりXが二人です。恰度、浜松のバスの場合のようにね。自動車も二人なんです。二人が自動車を使っているんです」

祥子にはその言葉の意味がよく分らなかった。漠然と分りそうな気がして、合理的な説明がつかないのである。

「では、そのX二人の結びつきはどうなんですか?」

彼女は訊いた。

吉井は眼を閉じていたが、

「それはまだ分りません。しかし、要するに二人の人物がいたという設定からひとつ始めてみましょう。AとBという人物がね」

彼はそう云ってすぐに、

「それでやっと何だか分りかけましたよ」

と祥子の顔を見た。

「何のことですの?」

祥子は、吉井の言葉の唐突さが分らなかった。

「町田知枝さん殺しです。これだけが妙にこの事件に浮いている感じです。今までの解釈では、あなたの姉さんを見殺しにして逃げたのは、相当社会的に地位があり、姉さんとの間を世間に知られたくはなかった。姉さんのそばから逃げたのは、彼の名誉への防衛だったと思います」

それは今まで二人で考えた推定なのである。吉井の話は、それをもう一度ここで反《はん》芻《すう》していたのだった。

「ところが、その事情を感づいた者がいます。つまり、あなたの姉さんを捨てて、自分の安全だけを図って逃げた男のことを知ったのです。それが町田知枝さんだったのでしょう。むろん、この場合、町田さんはその人物とも特別な関係があったのだと思います。だから、町田さんは愛人と姉さんの関係を感づき、憤《いきどお》って、これを暴露する、と云ったかもしれません。せっかく死の姉さんを捨てて安全な所に逃げていたその人物は、ここで町田さんを何とかしなければならなくなったのだと思います。第二の彼の安全はその異常な手段によって防衛されたのです」

吉井はつづけた。祥子は熱心にそれに耳を傾けた。吉井の云うことを聞きながら心の中では分析をしていた。

「その男、ここでは、Aとしましょう。そのあと、Aは例のパスのことで新しい証人が出て来そうになったのを知りました。彼にとっては第二の障害です。町田さんは巧く片づけたが、ここに斎藤常子さんが現われようとは夢にも思わなかったのでしょう。対手の男は、斎藤さんが少し頭が弱いということは、もちろん、知りません。姉さんのパスを届けてくれと頼んだ常子さんに自分の顔を見憶えられていると思うと、今度は、常子さんを何とかしなければならなくなったのです。

で、この場合、それを知ったのは、あなたがしきりと姉さんの事件を調べていることを察し、アパートのおばさんを抱き込んであなたの様子を連絡させていたからです。斎藤常子さんは山梨県から上京の途中、彼の手にかかって、立川駅から下ろされ、あの寂しい矢野口駅の近くで殺されました。

ところが、それだけでは済まなくなった。犯人というものは絶えず不安に駆られるものです。おばさんの内報をわれわれが知ったと気付いた彼は、いよいよ、おばさんも消さなければならなくなったわけです。はっきり、彼が感づいたのは、ぼく達が大月への誘いをかけたことです。その誘いに彼が乗らなかったのは、つまり、われわれのトリックを彼が見破ったわけでしょう。だから、いよいよおばさんも片付けなければならない。そこで、おばさんを事故死に見せかけて殺した、こういう風にぼくは今まで考えていたんです」

吉井は、ここまで一気にしゃべった。

「ところが、町田さんの場合が、この推定ではどうもすっきりしないんです。しかし、今、あなたの話を聴いて、もう一人のXを想定すれば、なんだかこれですうっと行きそうなんです。いや、具体的な結びつきということはまだ分りません。それは、現在のところ、分らなくても構わないと思うんです。要するに、この事件に二人の人物がいた。ここから情況を設定して、条件を演繹《えんえき》していってみたらいいと思いますね」

4

祥子は吉井の説に賛成したが、疑問が起った。

「そのAとBは、わたし達が考えていた六人のメンバーの中にいるんですか？」

彼女はそのことから先に訊いた。

「いると思いますね」

吉井はやはり髪を掻《か》きながら答えた。

「でも、姉の乗っていたバスは浜松でしたわ」

祥子は疑問を云った。

「東京都内ならとも角、浜松でAとBという人が一しょに乗り合わせるというのは、ちょっと偶然すぎませんかしら？」

「普通ではそうです。しかし、これが東京都内でなく、浜松で一しょになったことが、かえって偶然でなく或る条件の下に必然性を意味します」

「よく分んないわ」

「つまり、浜松に行くには汽車です。電車やバスなどと違って、これは列車時刻の制約があります。思い出して下さい。姉さんが仙台に行くと云って浜松に下りた。駅に下りると、折から雨が急に降っていて、ハイヤーが一台もなかった、と云いますね。姉さんと対手の人は、無論、ハイヤーで弁天島に行くつもりだったでしょう。が、みんな出払って一台も無いので、バスに乗ったのです」

吉井は考えながら話した。

「ところで、その乗っていたバスは汽車の到着に連絡しています。つまり、下り急行十七時四十分《西海》と上り急行十七時三十八分《なにわ》です。姉さんの対手の人物、つまりAとします。そのAは、上りか下りか分らないが、ぼくは上りの汽車から下りたと思います。

そこで、先に到着していた姉さんとAは浜松駅で落ち合ったわけです。バスに乗った二人は前部の座席に席を取りました。すると、そこへあとから姉さんとその対手の人との共通な知人が乗り込んで来たわけです。ここであなたがヒントを得たバスの出来事と全く同じことが起りました。その人に見られてはならない。姉さんは急に後部に席を移したと思います」

ああ、それで、吉井が姉の対手を上りだと云った意味が分ったと祥子は思った。上り急行が下り急行より二分ほど早く浜松駅に着く、第二の男はあとからバスに乗り込んで来たのだから、当然その男は遅い下りだったという推定になるのだ。

「バスに乗ってからのAとBは、どうなりましたの？」

祥子はその先を訊いた。

「Bは先に乗っていたAとバスの中で顔を合わせたに違いありません」

吉井は考えながら話す。

「多分、やあ、ということになったでしょう。そこで、AはBに姉さんの空いた席を指して、まあ、此処に掛け給え、と云ったかもしれません。とに角、二人はバスの前部の方に一しょに坐っていたことは、間違いなさそうです。二人はバスが動き出してから話し始めた。妙な所で遭ったたね、というような会話が多分あったでしょう。ところで、Aの方は、後ろに移った姉さんをBに気付かれはしないかと思って、気が気でなかったと思います。多分、Bは姉さんを見ていないかもしれませんね。バスの事故現場は、浜松駅から何分ぐらい乗ってからですか？」

「そうですね」

祥子がいつぞや行った現場の記憶を呼び返した。

「七、八分ぐらいではないでしょうか？」

「そんな短い間では、Bは姉さんの存在をまだ知らなかったと思います。そのうちに、その魔の踏切にバスは差しかかりました。臨時の貨物列車が突進して来る。ちょうど雨が降り出して視界が利かないときでした。汽車がバスの後部に突き当って、姉さんはそれで亡くなりました。男二人は座席の前部に坐っていたので、助かったのです。もしあのとき、Bが乗り込んで来なかったら、姉さんは助かったのかもしれません」

それはそうかも分らなかった。祥子はぼんやり、吉井の言葉でその場の情景を考えている。

「それから？」

彼女は次を訊いた。

「それからの推測は、よく分らないんです。この場合、AとBとはどういう関係であったか、親しい友達だったか、それともほんの顔見知りの程度だったか、よく分りません。しかし、六人のリストに絞ってみますと、この六人の間は各個ばらばらです。お互同士が悪口を云い合っている。仲のいい者は一人もいません。それは、会えば挨拶して気軽な口をきくかもしれませんが、本当はそれぞれが敵意を持っています」

祥子はうなずいた。それは自分も感じていたことである。

いつぞや、銀座で画家の鶴巻莞造氏に遇ったが、佐敷泊雲氏を見て、散々、彼の芸術をコキ下ろし、祥子に毒舌を聞かせたものだった。

評論家の妹尾郁夫もそうだ。祥子が西脇医長とナイト・クラブに行っていると、恰度、来合わせていた妹尾が彼女にそっと西脇氏を警戒せよと、警告を発した。それは、一度ならず二度までもあった。のみならず、彼は自分の口から、彼女に、西脇医長の人格を攻撃して聞かせた。

文化人などと云われていても、いや、それだからこそ、普通人以上に互に敵意を抱き合っているのかもしれない。

吉井が云うように、姉の乗ったバスに一しょになったAとBをリストの六人の中から択ぶとすると、この両人の間に妥協は無い筈である。

では、姉の不慮の死を見捨てて遁《に》げたAに対し、Bはどのような役割をもつのか。

吉井は、二人の人物の存在で、町田知枝殺しはすっきりしたと云っているが。

祥子にはよく呑み込めなかった。

「ところで、例のアメリカ貿易商社の社員バウエル君は、二十四日のイヴには、妹尾氏と横浜で飲んでいたと云いましたね？」

「ええ」

祥子はうなずいた。

「そのバーのマスターもそう云ってましたわ」

「二人も証人が居たら、まず、間違いはないでしょう」

吉井は、二十四日の晩の町田知枝殺しについては妹尾を外そうとしている。

「彼は自家用車を持っていない唯一の人間でしたね」

吉井は髪の毛に指を突込んで訊いた。

「そうです」

と祥子は答えたが、ふと、横浜のバーでは妹尾はバウエルと飲んでいたが、バウエルには自家用車があるのを思い出した。いつか、祥子を池袋まで送ってくれたあの立派な外車である。

いや、バウエルは車を駐車させているとき、必ず鍵《キイ》をかけるに違いない。その鍵《キイ》は彼が持っていた筈だ。キイが無いと車は動かない。妹尾は自動車に乗っていない！

二つの顔

1

　祥子は、東京から横浜へ電話をかけた。バウエルの名刺に、彼のオフィスの番号が付いている。

　交換手は、ハロー、と云った。やはり外国商社だった。祥子が、もしもし、と云ったものだから、向うでも、

「はい、こちらはW商会でございます」

　と日本語になった。

「バウエルさん、いらっしゃいますか？」

「少々お待ち下さいませ」

　交換手は祥子の名前を訊いて取り次いだ。

バウエルの声が出るまで何秒もかからなかった。

「おう、カサハラさん」

と陽気な聞き憶えの声が祥子の耳に響いた。

「今日は。めずらしいですね。電話をいただいて、ありがたいです」

「きょう、バウエルさんはお忙しいでしょうか？　お忙しくなかったら、ちょうど横浜に行くついでがあるので、ちょっと事務所にお寄りして、ご挨拶したいと思いますの」

祥子は云った。

「おう、それはうれしいです。ぜひ、いらしてください」

バウエルは喜んでいた。

「でも、わたしのオフィス、せまいです。じかんを云ってくだされば、ステーションまでむかえにゆきます」

「いいえ、それにはおよびませんわ。それだったら、駅に降りてお電話しますから、落ち合う場所を教えてください。喫茶店がいいと思いますわ」

「オーケー、わかりました。では、おまちしています」

バウエルの声は、意外な人からかかったという歓びが溢れていた。

祥子は電車に乗った。

東京から横浜までは、約一時間かかる。東京駅を出て三十分もすると、多摩川の鉄橋を渡った。祥子は、冬枯れの土手に挟まれてひろがっている多摩川の冷たい水の色を見た。大きな川である。電車はしばらく鉄橋を鳴らして渡った。

この川の上流で町田知枝が殺された。それからさらにその上流に上っては、山梨県から出京の途中にあった斎藤常子が不幸な死に遭《あ》った。祥子は心の中で念じた。

水の上に、薄い雲が重なっている。

だが、祥子が心の中で考えていたのは、二人の犠牲者への追悼だけではなかった。彼女は時間を計算していた。多摩川から横浜の桜木町《さくらぎちょう》の終点まで、かっきり二十七分かかった。この時間を記憶しておいた。

駅前の公衆電話から、バウエルをまた呼び出した。

「お待ちしていました。あなたが来るまで、外に出る用事、みんな断りました」

バウエルの声は、彼の笑いを伝えていた。

祥子が待ち合せの喫茶店の名前を訊くと、バウエルはそれを教えた。

「今からすぐ出ます」

バウエルは云った。

祥子は、タクシーを指定の喫茶店に走らせた。運転手に店の名前を云うと、それはすぐ判った。

伊勢佐木町に入った四つ角で降りた。それから先、自動車の乗り入れは禁止されていたが、運転手はわざわざ降りて店の前まで彼女を案内してくれた。

だが、運転手の労を待つまでもなく、バウエルは入口の前で、その高い姿を立たせて、祥子を待っていた。

「どうぞ、どうぞ」

バウエルは、祥子の背中を押すようにして店の中に入れた。彼の長い白い顔は、祥子に絶えず微笑を向けていた。

「このあいだは、どうも有難うございました」

祥子は、世話になった礼を云った。

「いいえ、どういたしまして。わたしは大へんたのしかったです。きょうも、あと三時間でわたしのビジネスがおわります。待ってくれますか？　しょくじをご一しょして、おどりにゆきましょう。ゆかいなナイト・クラブがあります」

「いいえ、きょうは、そうもしておられませんわ。またこの次にお願いします」

バウエルは失望した顔をした。

「それはざんねんですね」

「すみません」

祥子は頭を軽く下げた。

「きょう、バウエルさんにお目にかかったのは、この間、連れて行って頂いたバーのことで、ちょっとお訊ねしたいと思いましてね」

「おう、バーですか。ラファエルですね？」

「そうですわ。ラファエルという名前でしたね。イヴの晩、バウエルさんは、ラファエルで、夕方から朝の四時まで飲んでいらした、とおっしゃいましたね？」

「そのとおりです」

バウエルは西洋人らしく大きなうなずき方をした。

「それに間違いありません。それがどうかしたのですか？　カサハラさん」

「いいえ、べつに」

と彼女は軽く頭を振った。

「もう一つお訊ねしますわ。でも、この質問は、別に深い意味はないのです。バウエルさんが、そのとき、たしか妹尾さんとご一しょだった、とおっしゃいましたね。それは間違いありませんか？」

「ミスター・セノオ？」

バウエルは青い眼をちょっと天井に向けた。

「たしかにそうです。ミスター・セノオもラファエルの客でした」

「それは、イヴの晩、バウエルさんが妹尾さんをお誘いになったんですか？」

「ノー、そうではありません。あの店でわたしがおさけをのんでいると、あとからミスター・セノオが入って来たのです。わたしたち、友だちです。一しょにのんだのです」

「妹尾さんがラファエルの店に入って来たのは、何時ごろでしたの？」

バウエルは再び宙に大きな眼を向けた。

「九時ごろだったとおもいますね。ちょうど、バーがいそがしくなりかけたころです」

「それからずっと朝の四時まで、妹尾さんと飲んでいらしたの？」

「そうです。ミスター・セノオ、さけのみです。わたしもさけ大すきです。二人、仲よくなりました。ゆかいに、イヴの晩、すごしました。わたしの友だちのグループに、ミスター・セノオも入りました」

それでは妹尾郁夫は、二十四日の午後九時から二十五日の夜明け四時まで、このバウエルと一しょだったわけである。

「店はどうでした？　ずいぶん、人が混んでいたでしょ？」

祥子は次の質問をした。

「とてもこんでいました。ボックスがなく、日本語でいうイモのコをあらうようでした」

「妹尾さんは、バウエルさんのそばから少しも離れませんでしたか」

バウエルは、長い顎の下に自分の指をかけた。外国人特有の思案する恰好だった。

「わたし、たくさんのひととのんでいました。ミスター・セノオもみせのなかにずっといたとおもいます。でも、わたしはよっぱらっていたから、よくおぼえていません。だが、夜あけの四時まで、ミスター・セノオがのこっていたことはたしかです」

バウエルは、祥子がなぜそんな質問をするのか、いぶかるような顔をしていた。だが、それを訊き返すのを遠慮していた。祥子の質問だけに素直に答えていた。

「バウエルさんは、お酒を飲んでいる間、ずっと自家用車を店の横に置いていらしたわけですね？」

「そうです。わたし、かえるまで、カーを店のよこにずっとおいていました」

「鍵は？」

と祥子は訊いた。

「鍵はちゃんとかけていらしたのでしょ？」

「むろんです。それはわすれていません。日本、じどうしゃドロボウ、たくさんいます。アメリカとおなじですね。ようじんして、わたし、キイをかけることをわすれたことはありません。あさ四時にかえるときも、ポケットからキイをだして、カーをうごかしたのをおぼえています」

「それでは、バウエルさんはキイを持っていらしたわけですね？　その間、だれにもキイをお貸しにならなかったのでしょ？」

「もちろんです。キイは、わたしのコートのポケットにいれてあります。ハダミはなしません」

祥子の用事はそれで終った。

祥子は、呆気にとられたバウエルが、執拗《しつよう》に引きとめるのを断わって、それからバー・ラファエルに行った。

店の支配人は、祥子の顔を憶えていた。この間、バウエルと一しょに来たので印象に残っていたのであろう。

「去年の二十四日の晩ですが」

と祥子は妹尾のことを訊きだした。

「妹尾さんもずっとここに朝まで残っていたんですか？」

支配人はすぐにうなずいた。

「妹尾先生は、あの晩、遅くまで騒いでいらっしゃいましたよ。そうですね、お帰りになったのが、三時か四時ごろだったと思います。バウエルさんと引き揚げるまで、ご一しょのようでしたね」

支配人の話はバウエルの云うことと一致していた。

「妹尾さんは、何時ごろからお見えになったんですか？」

「そうですね、あれは九時ごろでした、何かその時分だったように思います。なにしろイヴの晩だと大変でしてね、みなさまが、入れ替り立ち替りいらして、十時を過ぎると、そこらじゅうが戦場のようでしたよ」

「そう。では、バウエルさんも妹尾さんも、ずっとこのお店に一晩じゅう飲んでいらしたわけですね？」

「そうです。あの晩、バウエルさんはひどく酔ってましてね、べろんべろんになっておられたのを憶えています。妹尾さんもずっと朝までつき合ってらしたようですから、ここから動かなかったように思いますよ。あの人は、横浜ではウチしかお見えになりませんからね」

祥子が訊くことはそれだけだった。彼女が礼を云って起ち上がると、

「あの、妹尾さんがどうかしたんですか？」

と支配人は訊いた。

「いいえ、そうじゃありません。ただ、イヴの晩、妹尾さんが東京に居た、ということを云う人があるので、ちょっと伺ったんです。わたし、その人と賭けをしたんです。やっぱりわたしの勝ちでしたわ」

マスターは笑った。

「そりゃ、旅費を使って横浜まで見えた甲斐がありましたね」

支配人は走って、祥子にコートを取ってくれた。店の入口に外套掛《がいとうかけ》があった。この間、見かけた通りの位置だった。それから外して祥子の肩に掛けてくれた。

「ありがとう」

「またいらして下さい」

2

それから三、四日の間、祥子は吉井と何度も逢った。そして何度も打ち合わせをした。

それは真剣な討議だった。綿密な相談で、お互いが議論を出し合い、欠点を指摘し、直して行った。

その翌る日、吉井は東京から横浜に飛んだ。その日一日じゅう横浜で活動していた。

祥子が社に居残っていると、吉井から電話がかかった。

「いま、横浜の帰りですがね、すっかり判りましたよ」

吉井の声は明るかった。

「そう、よかったわね」

祥子も呼吸《いき》を弾ませた。

「なかなか大変だったがね。だが、やっと見つけた。当人にも会ってね、くわしい話も聴いた」

「よかったわ」

祥子は声がふるえた。

「すぐ、くわしく伺いたいわ」

「それはすぐ話してあげたい。いま、新橋に着いたばかりだ。こっちにすぐ出てくれますか？」

「すぐ行きます」

祥子は、机の上を片づけて、帰り支度をした。

吉井は駅の前で立っていた。新橋の駅あたり一帯の灯がもう明るかった。その灯の影に半身を浮き出して、吉井がぼんやりと待っていた。

「すみません。疲れたでしょ？」

祥子は逢うなり吉井に云った。

「いや、それほどでもなかったですよ」

吉井は歩き出して快活に云った。

「それに横浜は数が少ないからね。初め予想したほどではなかったですよ。それよりも心配だったのは、まだ本人がいるかどうかということです。これも幸いすぐに判りました」

「話は聴けまして？」

「聴きました。去年のイヴの晩ですからね、どこの店もイヴの晩だと印象が強いので、これは有難かったですな。やはり二十四日の晩というのは、今になったら、こちらに幸いしたようです。尤も、犯人にとっても、当時はイヴがずいぶん役に立ったようですがね」

吉井の顔は少し疲れているようだったが、それは祥子の思い違いかも分らなかった。顔色は元気だが、眼のあたりに疲労が出ているようにも思えた。

「では、早速、話します。やはりわれわれが想った通りですよ。写真を見せたら、そういう女の人は、あの日の十時ごろ、一人でぼんやりと坐っていた、と云うんです。なにしろ忙しい最中に一人でぼんやり坐られていたので、実のところ、早く帰ってもらいたいと思っていたそうです。来る相手を待っている様子はすぐに判るんですね。それがなかなか見えそうにないので、かなり長いこと坐っていたそうですよ」

「相手は来ましたか？」

「もちろんです。それでなくては話にならない」

吉井は少し笑った。

それから彼は細々《こまごま》と話し出した。祥子はそれを熱心に聴いた。話が終ったとき、彼女は軽い溜息をついた。

「よかったわ。こんなに早く発見出来るとは思わなかったわ」

「すべてうまくいきました。早速、新しい行動に移らなければいけませんね。計画はこの間も充分に討論を尽しましたね。もう議論の余地はないと思います」

「そうですわ。わたしも早くそれをやりたいのです。いつにしましょう？」

「待って下さい」

吉井は、ポケットからぼろぼろの手帳を出した。社員手帳だった。

祥子は、ふと、その手帳に眼を注いだ。何か思いついたときのきびしい表情になった。

吉井はそれに気づかず、

「ちょうどいい、明後日が日曜日ですよ。あなたは、明日、先方に電話をかけて下さい。日曜日だと、向うでちょうど都合がいいと思います」

と云った。

「分りました。そうします」

二人はそこでまた細々と打ち合わせをした。

「わたし、いま、いいこと思いついたわ」

祥子はそのあとで云った。

「何です？」

「ほら、あなたがいま、手帳、出されたでしょ。吉井さんのその手帳、ぼろぼろですが、社の手帳に違いありません。その表紙の色や形は特殊なものです。姉も持っていた社員手帳ですわ」

「そうですね」

吉井は、祥子が何を云い出すのかと思って、顔を見つづけていた。

「今度のことに、その手帳を使いたいと思いますわ。ちょうど、姉の持っていたのは、わたしが持ってるのと同じぐらいの程度ですわ」

祥子は、自分のハンドバッグから手帳を出して吉井に見せた。

「わたしはよく知ってるのですが、姉の手帳はこれぐらいの古さでした」

「そりゃ面白い」

と吉井は叫んだ。

「いいことを思いつきましたね。これは使える」

土曜日の昼過ぎ、祥子は西脇医長を電話で呼んだ。

「先生、笠原祥子です」

祥子は明るい声で云った。

「やあ、珍しいね」

医長はすぐに大きな声で応えた。

「先生、お忙しいですか？　しばらくお目にかからないので、お逢いしたいのですけれど」

「そりゃ奇特なことだ。いや、わしの方はちっとも忙しくないよ。病院の仕事さえ済めば空いた身体だからね。そうだ、今日は土曜日だね。これから逢おうか？」

「いいえ、今日は駄目なんです」

祥子は云った。

「折角ですけれど、今日は都合が悪いんです」

「やれやれ」

「でも、明日は日曜ですから、ゆっくり先生とご一しょしたいわ。朝からどこかに連れてって下さらない？」

「ほう、それは日曜日の方がいいな。いいとも。明日は日曜だから、君のために時間を割《さ》くよ」

「うれしいわ。どこでお待ちしましょう？」

「どこというよりも、君のアパートまで車で行くよ。ぼくが君の部屋まで行ってもいい」

「あら」

祥子はわざと叫んだ。

「先生は、わたしの部屋をご存じなんですか？」

「いや」

明らかに狼狽の声が聞えた。

「いや、別に知っているわけではないがね、管理人に訊けば判るだろう」

祥子は、この前の晩に、部屋の前に彷徨していた靴の音を思い出した。

「いいえ、部屋はとり散らかしていますから、わたしがアパートの前に立っています。十時ごろいらして下さいね」

「分ったよ。だが、笠原君、ぼくと明日一しょだということは、だれにも云わない方がいいよ」

「分りましたわ。だれにも申しません」

「特に、君の社の連中はうるさいからな」

「そうなんです。わたしも変な眼で見られたらいやだわ。先生もだれにもおっしゃっては駄目ですよ」

「分ってる。ぼくは大丈夫だ」

3

祥子は、十時前からアパートの前に立った。その朝は、特に入念に化粧をした。彼女はだんだん姉より美しいと云われてきた。社の女たちがそう云うのである。自分でも鏡を覗いてみて、暗いところで不意に眺めると、姉そっくりなのに愕く。それだけ自分の顔が成長して来たのであろう。姉の美しさを小さいときから羨しく思っていた祥子には、それがうれしかった。

十時過ぎに、西脇医長がクラウンを駆ってやって来た。アパートは通りから少し勾《こう》配《ばい》になっていたが、医長の車はその道をゆっくりと登って来た。

祥子が立っているのを見つけて医長は手を振った。祥子もそれに応えた。

西脇医長は、でっぷりとした身体を運転台に据えて、にこにこ笑っていた。今日は新しいハンティングを被り、年齢よりも若やいで見えた。

自分で運転台から降りて、ドアを開けてくれた。

「いい天気だね」

眼を細くして、光を含んだ空を見上げた。早春の蒼い空が屋根の上に展《ひろ》がっていた。

「どこへ行く？」

「あら、先生に任していますわ」

車が走り出してから祥子は云った。

「ほう、それは有難いね。若い娘とデートをするのも久しぶりだ。殊に、君のようなきれいなお嬢さんとは初めてだね」

祥子は、姉とはどうでした。とよほど云いたいくらいだった。

「なるべく郊外がいいわ」

祥子は甘い声を出した。

車はしばらく方向を定めないで街を走り出した。

「箱根《はこね》はどうだね？」

医長は誘った。さりげない声だった。

「いやだわ。今晩じゅうに帰れる所でないと困るんです」

「箱根だって日帰り出来ないことはないよ」

医長はゆっくりと云った。

「いやですわ。もう少し近い所にしたいわ」

「近い所か」

西脇医長は呟いたが、

「では、水戸の方はどうだね？　そうだ、今ごろは梅も咲いているし、あれから大洗《おおあらい》の方に行っても面白い」

「先生は遠いとこばっかりおっしゃるのね。わたしは五時までに帰らなくてはいけないんですの」

「なあんだ、もっとゆっくり出来ないのかい」

「いいえ、これは先生にもぜひご一しょしていただきたい所なんです。五時ごろまでに或る場所に行くんです。わたしは、実はそれを先生にもお願いしたかったんです」

「ええっ、ぼくにも？　どんな所だね？」

西脇医長は顔を輝かした。

「それはだんだんお話します。そんな都合ですから、もっとその時間に帰れる所にして下さい」

「よろしい。では、そうしよう」

医長はうなずいた。

「では、武蔵野の奥はどうだね？」

「素敵だわ。今ごろの武蔵野はいいでしょうね」

「そりゃいいに決ってる。雑木林が葉を落して、枯れた原野が展がってる道をドライブするなどは格別だよ」

「それにして下さい。久しぶりにそんな所見たいわ」

医長は自動車の方向を定めた。彼は新宿から青梅《おうめ》街道に向けた。

ちょうど阿佐ヶ谷《あさがや》のあたりに来たとき、祥子は思い出したように医長に車を停めさせた。

「ちょっと連絡したいところがあるんです。電話をかけますから、二、三分だけ、ここで待ってて下さい」

電話ボックスがあった。西脇医長は煙草を取り出して火をつけていた。

電話ボックスでの話は、祥子が云う通り三分とかからなかった。彼女はにこにこして戻って来た。

「どこにかけたんだね？」

ハンドルを握って医長は訊いた。

「まさか君の恋人のところじゃないだろうね？」

「あら、いやですわ。そんなものまだありませんわ。社の方に電話したんです。日曜日ですが、昨日入れた原稿にちょっと気にかかるところがあったので、その箇所を連絡しておいたんです」

「君は仕事熱心だね」

医長は賞《ほ》めた。

車は青梅街道を走った。家が道の両側に僅《わず》かにあるだけで、東京からはすっかり離れていた。葉を落した雑木林が到る所に残っていた。

西脇医長は、青梅まで行く、と主張したが、祥子は、それでは遅くなるから、と云って、結局、多摩湖《たまこ》までで引き返すことにした。

早春の多摩湖には、日曜日だけに人出が多かった。緩やかなスロープには草が萌えかけていた。水の色は青く、山の影を映していた。その山の向う側からびっくりするほど大きな飛行機が現われて、頭の上を過ぎたりした。

「何だね、五時ごろぼくを誘い込むところは？」

医長は訊いた。さっきから、どうも気になるらしかった。

「わたしの同僚で町田知枝さんという人が、前に殺されました。先生、ご存じでしょ？」

「ああ、聞いたね」

医長はけろりとした顔をしていた。

「その犯人が判ったのです」

「なに？」

今まで平気でいた医長の顔が、さっと動揺した。が、すぐに、それは元ののんびりした顔に戻った。

「つかまったのかい？」

「いいえ、まだ、つかまりません。でも、今日の五時から、その犯人を警視庁に渡す前に、首実検をするんだそうです」

「だれが？」

医長の声は思わず鋭くなった。

「社の人ですわ。名前は今ちょっと云えませんけれど、あの事件を一生懸命やった人です。町田さんを車で運んだ犯人を目撃した人がいるんです。それをやっと発見したので、その人に見せて、間違いなかったら、すぐに警視庁に連絡を取るような手筈《てはず》をしてるんだそうです」

医者は黙っていた。思いなしか、眼を大きく開けて遠い景色を睨んでいた。

「ねえ、先生、面白いでしょ。わたしもその人と懇意なものですから、見せてやる、と云うんです。先生もご一しょにどうぞ」

「そうだね」

「あら、先生は、今日、何もご用がない、とおっしゃったじゃありません？　今度はわたしに付き合って下さい。その次は、わたし、先生の方にお付き合いするわ」

「うん」

医者は口の中で返事したが、さっきほどの自由さはなかった。

「ねえ、先生、いいでしょ。そんなところ、めったに見られないわ。もし、間違ってたら、その人に気の毒ですから、わたしたちは、直接にはその人の見えない所にいることになっています。つまり、こっそりこちらから覗くわけです」

「では、その人はわれわれの姿を見ないわけだね」

「むろんですわ。間違ってたら大変ですもの。人権問題にもなりそうですわ」

「そりゃそうだね」

医長はようやく心が動いたらしかった。

「ねえ、先生、ぜひ行きましょうよ。五時ですわ。それを見てからあと、ナイト・クラブでもどこでもお供しますわ」

4

西脇医長の運転する車が都心に入ったのは、ちょうど五時ごろだった。

街には灯がつき、ネオンの色が冴えはじめていた。

「どこに行くんだね？」

医長は、横の祥子に訊いた。

「社の近くなんです。社まで行って下さい。それから先はわたしが申しますわ」

R新聞社の前まで来た。四階まではあかあかと窓に灯がともっていた。新聞社はこれからが忙しい時刻なのである。

祥子の指図通り、西脇氏は車を新聞社の横の路地に入れた。両人《ふたり》は小さなビルの前に立った。

「何だね？　ここは」

西脇医長は、旧式のビルを見上げた。

「社の別館です。出版部が使っているんです。実は、ここに犯人が来ることになっていますから」

「そうかね」

医長は祥子の案内で内に入った。

ビルはかなり古い。エレベーターも無かった。狭い階段をこつこつと脚で昇った。新聞社のほかにも別な会社が事務所を借りているらしく、その名前が掲示板に幾つも並んでいた。

祥子が案内したところは三階だった。肥った西脇医長は急な階段を登攀《とうはん》したので、もう呼吸《いき》を切らしていた。

「すみません。ここです」

祥子は、その一室の扉を開いた。

そこは事務所ともつかず応接室ともつかない場所で、古い建物だけに天井が低く窓は小さかった。全体が暗い印象だった。事実、電気も昔ながらのグローブで薄暗い。

部屋にはだれも居なかった。

「どうぞ、ここにお掛け下さい」

簡単な椅子が幾つか並んでいる。その一つに西脇医長を祥子は掛けさした。ほかにだれも居なかった。がらんとして空洞みたいな部屋である。

「少し薄気味悪い部屋だな。なるほど、犯人を連れて来るには恰好かも知れない」

医長は部屋を見回していたが、事実、あまりいい顔をしていなかった。

「ここに坐っていると、その犯人の顔が見えるわけかね?」

「いいえ、それはまた別の部屋になっています。でも、まだ到着しないようですから、それまでお待ち下さい」

入口から人影が現われた。医長はどきっとしたが、これは女の給仕がお茶を運んで来たのだった。二十歳ぐらいの子で、わりにきれいな顔をしている。医長と祥子の前にコーヒー茶碗を並べた。

「すみません」

祥子は云った。女の子は黙って一礼して退った。

「こんな薄暗いビルにも、ああいう女の子を置いているのかい?」

医長は珍しそうに訊く。

「そうなんです。四、五人ぐらいサービス係がいますわ」

祥子は時計を見た。

「もうそろそろ来るころですわ。すみません、ちょっとここに待っていて下さらない? 様子を見て来ます」

「そうかね」

医長は気の進まない顔をした。一人でこんな部屋に残されるのが不服なようだった。それとも祥子が居なくなるので、淋しいのかもしれなかった。

「すぐ帰って来ます。ね、先生、ちょっとの間ご辛抱ください」

「仕方がないね」

「ほんの五、六分ですわ。そのあと、先生のお供をして、どこへでも参りますから」

祥子は、やさしく云って部屋を出て行った。

出ると、彼女は急な階段を駈け降りた。別館の入口で立っている男に出会った。それが吉井だった。

「どうでした？」

吉井は訊いた。

「いま、連れて来ています。妹尾さんは？」

「その喫茶店で、先ほどから退屈して待っていますよ」

吉井は少し笑った。

「そう。じゃ、すぐにお迎えします。部屋の方は、管理人に話がついているんでしょうね？」

「それはぼくがしておきました。妹尾君が着いたら、すぐに茶を運ばせます」

「お願いします」

その妹尾は、祥子が近くの喫茶店まで歩いてゆくと、隅の方でぼんやりと人待ち顔で坐っていた。

「お待たせしました」

祥子は、にこにこしてその前に近づいた。

「やあ」

妹尾は、祥子を見て、急に自分に戻った。

「これで、三十分は待ちましたよ」

「すみません。すぐに出ましょう」

「今朝、君から電話をもらったときは、愕きましたね。ぼくを引張り出すなんて気になったのは、どういう風の吹き廻しかな？」

「これからお話しますわ。社の別館がすぐそこにありますから、そこで一まず休んでいただきたいのです」

「そうですか」

それでも妹尾郁夫は愉しそうだった。祥子に誘われたので上機嫌だった。

妹尾に祥子が電話したのは、今日、西脇医長とドライヴの途中だった。杉並の公衆電話から掛けたのだ。五時に待ち合わせ、夜まで妹尾とゆっくり話をしたい、というのが彼女の電話の趣旨だった。

妹尾は一も二もなく承知した。彼はその祥子の誘いに大乗気だった。

祥子は妹尾をビルに案内した。

急な階段を妹尾と上った。二十分前に西脇医長と昇った階段だった。だが妹尾を連れ込んだ部屋は、西脇医長とは別な部屋だった。妹尾と西脇医長とは仲が悪いことになっている。だが、対面させるのは、別な理由で極めてまずかった。

その部屋も事務所のような体裁をしているが、やはり人は居なかった。妹尾は、部屋に入ると不思議な顔をした。

「こんな殺風景なところで、話をするんですか?」

「でも、誰も居ませんのよ。ここだとゆっくりお話ができますわ」

妹尾は納得した。

「それはそうですな。とにかく、喫茶店などは少々うるさいですね」

祥子と話をすぐ始めるつもりで妹尾が落ちついたとき、入口から若い女の姿が現われた。

西脇医長の前に茶を運んだ同じ少女である。ここでもコーヒーを持って来た。

少女は、妹尾の前に茶碗を置いた。そして黙ってお辞儀をすると部屋を出て行った。

「ほう、まだここには、ああいう女の子が残っているんですか？」

「六時半までは、みんな居ます。でも、ここには誰も来ませんから話をするには、落着きますわ」

このとき、祥子は、ハンドバッグから手帳を出した。濃緑色の社員手帳である。ページを開いて、ちょっと眼を通していたが、それを机の上に何気なく置いた。妹尾の眼がそれを見た瞬間、異様に光った。顔色が変ったように思えたのは、祥子だけの錯覚であろうか。

妹尾の強い視線は、机の上に置いた手帳にじっと注がれていた。

「あら」

と祥子は云った。

「先生、この手帳を記憶《おぼ》えていらっしゃいます？」

妹尾郁夫の顔に狼狽が走った。

「いや、べつに記憶えてはいませんがね」

「姉の手帳なんです」

「え、姉さんの？」

妹尾が小さく叫んだ。

「おもしろいことがありますの。姉のこの手帳は無いものと、諦めていたのですが、ある人から送ってくれました。そして、その人は町田知枝さんを殺した犯人も知っていると云って来たんです」

妹尾の顔は歪《ゆが》んだ。だが、自分の態度は、懸命に崩さぬように努力していた。もとからスタイリストだった。

「ほう、それは」

と声がかすれた。

「どういう人から報らせがあったのですか？」

「名前は申し上げられませんが、実は、犯人という人間がこのビルの内に来ているんです」

「え？」

さすがに妹尾は眼をむいた。

「ど、どこにいるんです？」

「別室に待たして居ますわ。妹尾さん、よろしかったら、その犯人の顔を見てやって下さいません」

「そ、そりゃ、見ないことはありませんがね」

妹尾は、ちょっと、尻ごみしたが、すぐに気を変えて、

「ぜひ、それは見たいものですね。どんな男か、ぼくにも見せて下さい」

と申し出た。彼に別な思案が出たらしい。

「そう、見て下さる？　うれしいわ。では、ちょっと、ここで待っていて下さい。あとで御案内しますから」

祥子は、妹尾郁夫をそこに残して、部屋を出て行った。

5

祥子が廊下に出て古い階段を上ると、三階の上り切ったうす暗いところに、吉井が若い女と立っていた。その女は、先ほど、西脇医長にも妹尾にも茶を汲《く》んで来た女だった。

「ご苦労さま」

と祥子は彼女に云った。

「いいえ」

その若い女は会釈した。

「桜井《さくらい》さんはね」

と吉井はその女の名前を云って、

「彼の顔を知っている、と云っていますよ」

と告げた。

「やっぱりそうですか」

祥子は若い女の顔を覗き込んだ。

「ええ。確かに、イヴの晩に、わたしの店で待っていらした女の方のお連れさんです。見せていただいた写真の女の人が店で長く待っていて、そこへあとから来た男の方に間違いありません。両人《ふたり》はすぐに出て行きました。男が女のひとを大型の外車に乗せて運転して行きましたわ」

横浜の喫茶店につとめている女は答えた。

祥子と吉井とは眼を見合わせた。それは互いに確信を確かめ合った努力の喜びだった。

「妹尾さんには、手帳の反応が確かにありましたわ」

と彼女は云った。

「わたしがさりげなく机に置いたのを、何も云わないうちに、穴のあくほど見つめていました」

「そうですか」

吉井はうなずいた。

「それで、西脇医長の方はどうです」

「西脇先生にはまだ見せていません。これからそうします。でも、もう判ったようなものだわ」

「それでは、すぐ会わせますか。設営の方はちゃんとしてあります」

「そうしましょう。大分《だいぶ》、お二人とも待たせていますから」

この会話は、低い声で話された。慌《あわただ》しいなかにも期待と緊張とがあった。

「そうそう、云い忘れていましたがね」

と吉井は云った。

「西脇医長をあなたが一日じゅう連れ出したのは、よかったのですね。そうしないと、あなたが妹尾さんを誘った途端に、妹尾氏から西脇医長に連絡電話があったかも知れませんね。そうすると、われわれの計画はおじゃんになります。二人ともあなたが誘っていることが判っては、彼らは警戒しますからね。その意味で、連絡が取れないように一日じゅう西脇さんを外に連れ出していたのは成功でした」

「そうなんです。そのため、妹尾さんに誘いの電話をかけたのも、西脇先生を連れ出してからの途中でしたわ。ですから、全然、連絡の取りようがないと思います」

「西脇医長も妹尾氏も互いに仲が悪いというのは、あれは見せかけですからね。実は、緊密な連絡を始終つけていると思います。ぼくは聞いたんですがね、最近、妹尾氏は、郊外に土地を買って、家を建てるそうですよ。その金はどっから出たか、およそ見当がつきます。彼は貧乏ですからね。いくら評論や翻訳で稼いだとしても、高が知れている。当人は、田舎の山林を売って、その金が転がり込んだと云いふらしているそうだが、まっかな嘘に決っています」

「そうですか。いよいよ、それで、わたしたちの推定が間違いないことが判りましたね」

祥子は呼吸を弾ませていた。

「それでは、これから西脇先生のところに行きます」

祥子は、そこで吉井と横浜の喫茶店に勤めている女と別れた。

西脇医長は、部屋で退屈そうにしていた。祥子が入って来たのを見ると、生き返ったような顔をした。

「随分、ひまどったね？」

「申しわけありません」

祥子は謝った。

「つい、そこで社の人と会って、仕事の話で引っかかったんです。でも、もう済みましたわ」

「君もなかなか忙しいね」

「そうなんです。社の仕事って、いつまでも引っかかって際限《きり》がありませんの」

祥子は、そう云いながらメモを見るようにハンドバッグから手帳を出した。例の濃緑色の表紙の社員手帳だった。

それを出した瞬間に、西脇医長の眼つきがさっと変った。祥子は、自分の眼の端に西脇氏の顔を入れていた。西脇氏が怖い眼つきでその手帳を凝視しているのだ。

「これ、姉のですわ」

祥子は西脇医長の注視に気づいたように云った。

「姉のお古を使ってるんですよ」

祥子は表紙だけを見せて云った。医長がごくりと咽喉を鳴らした。

「姉さんの？」

そんなバカな、という口吻《くちぶり》が明らかにその言葉に含まれていた。

「浜松に住んでらっしゃる或る人から送っていただいたのです。この手帳には姉の名前があったものですから、郵便で届けて下さったんですよ。親切な方ですわ」

医長は黙っていた。それまでのんびりとしていた顔が、急に硬ばった。信じられない、といった表情だった。

祥子は、それをじろりと見て、ハンドバッグに手帳をしまった。

「先生、参りましょうか。もう犯人が着いていますわ」

彼女は誘った。

「うん」

医長はふらふらと立ち上がった。実際、そう云っていいほど、彼は衝撃を受けたようだった。

「暗いから気を付けて下さい」

廊下に出て、祥子は医長を誘導した。やはり人影一つもない。廊下の天井に薄暗い電燈がぽつんとついていた。固い壁が塀のように両側につづき、荒廃した感じだった。

「ここです」

その部屋のドアを押した。

「どうぞ」

医長は、階段を上って来たときのように呼吸を切らしていた。何か非常に重大な場面に登場する前の緊張で喘《あえ》いでいるみたいだった。

「どうぞ」

祥子はまた云った。そして、自分で西脇氏の進路を開くようにした。

医長は、部屋の中に進んだ。

一人の男が椅子に腰を掛けて、煙草を喫っていた。暗い照明の中に、煙草の烟《けむり》だけが拡がるように立ち上っているのが最初の印象だった。

その男は、誰かが入った気配で、こちらに顔を向けた。

信じられないことがそれから起った。

終章

1

その部屋の、照明は暗かった。

西脇医長は、祥子に背中を押されるような恰好で、ふらふらとその中に入ったのだが、部屋の中で椅子に坐った男の顔と正面から顔が合った。それまで煙を吐いていた男が、口から不意に煙草を落して、腰を浮かせた。西脇医長も、そこで立ちはだかった。

対手《あいて》と医長とは、何秒かの間を対《む》い合《か》っていた。どちらも驚愕《きょうがく》で眼を一ぱいに開いていた。

「妹尾君」

西脇医長はかすれた声を出した。

「西脇さん」

妹尾も低い声で叫んだ。

両方の顔に憎悪の表情が出てきたのは、それからである。医長の顔はみるみる赧《あか》くなり、次に蒼くなった。指の先がびりびりと顫《ふる》えていた。

「き、君か。犯人に落ちたのは」

真っ蒼な顔で立っていた妹尾が、摑みかからんばかりの姿勢になった。

「あんたこそハメられたのだ。ぼくは、犯人の顔を見せるといって、祥子にここに連れて来られたのだ。

やって来たのがあんただった。あんたは、一体、何をしゃべったのだ？」

西脇医長は声を慄わせてやり返した。

「君こそ何をしゃべったんだ？」

「ぼくはしゃべらない！」

妹尾はせせら嗤《わら》った。だが、その声には兇暴さがあった。穴に落ちた動物のような死物狂いの調子があった。

「あんたは女好きだからな」

翻訳家はうすく嗤った。

「姉だけでなく、妹にも手を出したんだろう。それであんたはまんまと引っかけられたんだ」

医者は唇を歪めた。しかし、すぐに言葉が出なかった。

「だから、ぼくはあれほどあんたに注意しておいたのだ。だが、あんたの生来の女好きは改まらん。信子の妹をナイトクラブやキャバレーに引っ張り廻したんだろう。ぼくはちゃんとそれを見ていたからね。こんなことになる危険があったからくどいほど云っておいたのに、まんまとあの若い娘《こ》に引っかかったのだ」

医者は嚙《か》みついた。

「なにを云う。君こそあの妹に手を出そうとしていたんじゃないか。だから見ろ、こんな所にのこのことやって来て坐っているざまを！」

「西脇さん」

妹尾は、この男になかった大きな声を出した。

「あんたは、そんなことをぼくに云えた義理か。ぼくは、そもそもがあんたのためにやったことだ。あんたと信子が弁天島に行く途中、あの事故が起こって、信子が死んだ。あんたは困りきって、おろおろしていた。それを助けたのは、ちょうど偶然に乗り合わせた、このぼくだ。あんたはぼくに手を合わせて拝んだではないか。これでやめっと暴露されずにすむ、と云ってね。それから、あんたのあの秘密を匿《かく》してやるために、ぼくはどんなに苦労したか知れやしないよ」

「なにを云うか、この人殺しめ」

医長は翻訳家に吼《ほ》えた。

「君こそ人殺しをした。それをバラさずにおいてやったのは、このぼくだ。ぼくは何でも知っている。町田知枝を殺したのも、田舎娘を殺したのも、信子のアパートの管理人を殺したのも、みんな君の仕業だ。それを今まで庇《かば》ってやったのだ。さあ、君こそ警察に突き出してやる」

「警察に突き出す？　笑わせないでくれ、西脇さん」

妹尾は調子外れの声を出した。

「ぼくを警察に出してみろ。あんたも共犯だぜ。アパートの管理人を何とかしてくれと云ったのは、あんたじゃないか。田舎娘が出て来たら自分の秘密が全部明るみに出る、何とかならないか、と泣くようにぼくに頼んだね。あんたはそのために自分の自家用車をぼくに提供したね」

「それもみんな君が細工を考えたからだ。ぼくは君の云う通りになっただけだ」

医長はしゃべった。殆ど自分の意思を失い、自動的に口から言葉が出ている感じだった。恐怖と焦燥と、虚脱と絶望感とが、この医学博士からその意識を半分奪っていた。

「なに！」

気取った翻訳家は、それまでのポーズをかなぐり捨てた。彼の髪は乱れ、眼が動物的に光っていた。

「やい、西脇」

妹尾は腕をたくった。

「きさま、よくもおれを破滅させたな。こうなったらきさまのことを洗いざらいしゃべってやる。おれだけが警察に行くと思うか」

全身がぶるぶると顫《ふる》えたかと思うと、妹尾は西脇医長の肥った身体に飛びついた。医長が仰向けにそこに倒れる前に、入って来た吉井が妹尾を突き飛ばした。妹尾はテーブルと椅子の間に落ち、背中を椅子にかけた。

「きさまは何だ？」

妹尾は倒れたまま吉井を下から睨んだ。

「ぼくは新聞記者だ」

吉井は、棒立ちになっている西脇医長と妹尾とを等分に眺めて云った。

「きさまか、この小細工をやったのは」

妹尾は罵《ののし》った。

「祥子をここに出せ。あの女をここに出せ」

「妹尾さん」

吉井は云った。

「みっともないですよ。むろん、祥子さんはここに出ます。だが、警官を呼んでいますからね。あんまり口汚ないことは慎んだ方がいいですよ。評論家兼翻訳家妹尾郁夫が無頼漢《ごろつき》のような言葉を喚《わめ》き散らすと、こりゃみっともない話ですからね」

祥子と、ひとりの若い女が入って来た。桜井《さくらい》という横浜の喫茶店の女店員だった。その後ろに私服らしいのがどやどやと付いて来た。

「祥子さん」

吉井は云った。

「あなたの勝利でしたよ。この二人です。ご覧なさい。よくご覧なさい。あなたの姉さんの仇をあなたが取ったのです。西脇さんは姉さんを騙《だま》した人です。姉さんの死をそのままにして逃げた人ですよ」

医長は眼を宙に据えて、意思のない人間のように突ったっていた。膝頭から力が抜けたのか、妙に不安定な立ち方だった。

「妹尾さんが町田さんを殺したんです。おや、妹尾さん、何か云いたそうですね。でも、もう駄目ですよ」

と吉井は云いつづけた。

「ここにいる若い女性を覚えていますか。君がイヴの晩、町田さんを待ち合わせた横浜の喫茶店のひとですよ。桜井さんは、町田さんの写真の顔も、君の顔も、よく記憶していますよ。待ち合せして、両人で落ち合った時刻までね。それに、君たちがここでやり合ってしゃべっていたことも、全部、録音に取ってありますからね。祥子さん、妹尾さんは、あなたの姉さんを見捨てた西脇さんの協力者です。そして、町田さんだけでなく、あの斎藤常子さんや、アパートのおばさんを殺したのも、この人です」

妹尾は呻《うめ》いた。彼の身体は床の上にずり下がった。

「まだいろんなことが判りませんね。妹尾さん、あなたからわれわれの疑問を聴きたいのです。でも、ここに警察の人が見えているから、それも出来ないかも分りませんね。残念ですが、われわれは警察の調書からそれを知ることにします」

数人の私服が分れて、妹尾と西脇医長との前に進んだ。警官の前でも、両人は放心したように動かなかった。

2

祥子と吉井とが××警察署を出たのは、九時ごろだった。

二人はかなり興奮していた。その眼に、銀座の灯が刺戟《しげきてき》的に映った。街を歩いている人の流れがいつもとは違って見えたくらいである。

二人はそのまま歩きつづけた。じっとひと所に停っていることが出来ないようなたかぶった気持だった。歩くことで、今の興奮を疲労させるよりほかないようだった。だから、方向も定めずに、銀座の表通りから暗い方に入った。西側と違って、この辺は人通りも少なく、街の灯も寂しかった。

二人は黙っていた。黙っているだけで、胸が一ぱいだった。

いつの間にか、そこが駅になっていた。だが、祥子も吉井もすぐ電車に乗る気持にはなれなかった。

「どこかで、お茶でも喫《の》みましょうか？」

そのときになって、咽喉が渇いているのに気づいた。かなり歩いているのだった。

警察署での興奮が渇きを覚えさせていた。それすら今まで気づかないような状態だった。

眼についた喫茶店に入った。今は冷たいものが欲しかった。

祥子も吉井もジュースをひと息に飲んだ。そこで漸《ようや》く多少の落ち着きが出てきた。

だが、祥子の眼にはまだ西脇医長と妹尾との姿が前から去らなかった。

吉井は煙草を吸った。

隣の方では、若い男女がひっそりと話し合っている。レコードが低い音楽を鳴らしていた。祥子は次第に気持を回復した。

「大変だったですね」

吉井は烟《けむり》を吐いて云った。

そうだ、長い間の総決算が今ついた、という感慨だった。それは祥子の胸も同じだった。

「西脇さんと妹尾さんは対照的でしたわね」

祥子はまだ警察での幻影を追っていた。

「そうだったな」

吉井も横を向いて眼を細めた。

「西脇氏は茫然自失といったところでしたね。それに若いせいか、妹尾君の方は喚《わめ》き散らしていた。つまり、二人とも、その世間的な地位を転落したのです。それを自覚してもがいていたのです。人間的な性格が、あの二人の対照にはっきりと出ていましたよ」

その二人の姿を、祥子も当分は忘れられないであろう。いや、永久に、それが眼に残るだろう。

警察に連れて行かれてからの西脇医長は、それこそ虚脱状態になっていた。初め、自分の社会的な地位を見せたいためか、取調べの警官に名刺などを振り廻していたが、それは無駄な抵抗だった。そんなところがいかにも西脇医長らしかった。

一方、妹尾の方は、これは警官にも食ってかかる始末だった。明らかに、彼は自暴自棄になっていた。医長に比べて、殺人犯としての絶望が大きいので、もう何を云っても駄目だという観念が、彼を絶望的に暴れさせたのかもしれない。も早、評論家兼翻訳家妹尾郁夫は完全に抹消され、一人の殺人犯になり変っていた。

「この悲劇は」

と吉井が祥子に云った。

「西脇さんが、自分の社会的な名声をなんとか保ちたいために起ったのですね。すべてがそれから起っているのです」

吉井は話した。

「西脇医長は、完全に姉さんを自分にひきつけていました。あなたの前で大そう云いにくいことだが、姉さんもあの初老の紳士に惹《ひ》かれたのだと思います。姉さんぐらいの女の方で、相当な教養も、知識もあると、もう、これは同年配ぐらいの男性では物足りなかったと思いますね。だから、かえって西脇医長の策略にかかったと思います」

吉井はつづけた。

「策略といえば、妹尾君もそうです。あれは確かに姉さんの信子さんに野心を持っていたと思いますよ。あんな男は普通のドンファンと違って、姉さんのような知性を持った女性を狙う性質《たち》なんです。彼自身があんなポーズを始終とっていたからね。だが、信子さんは妹尾の本質を見抜いて寄せつけなかった。その点は立派だと思うが、さすがに西脇医長の本体は見抜けなかった。それは年齢差というものでしょう。そこに信子さんの悲しい運命があったわけです。……こういう話は辛いですか？」

吉井は気づいたように訊いた。

「いいえ」

祥子は微かに首を振った。そうだ、辛くても聴かなければならないのだ。本当のことをゴマ化して、きれいごとで済まされるわけではなかった。姉の悲劇も、事実の追求なしには自分自身を欺くことになる。曖昧にすることではなかった。

「姉さんと西脇医長の間柄は、かなり長い期間に亙《わた》ったと思います。西脇医長は、あの時、名古屋の学会に行っていた。恐らく、西脇さんは名古屋に出発する前に姉さんと打ち合わせをしたのでしょう。名古屋の学会からの帰り、弁天島で一しょに遊ぼうと云ったと思います。姉さんはそれを承知した。そして、落ち合う時間まで決めた。時刻表を見ると、ちょうど上下が浜松で一しょになる列車があった。例の二分しか違わない汽車です。そこまで打ち合わせが出来ていたと思います。

ところが、この間、あなたと話し合ったように、駅前に下りると、折からの雨で全部タクシーが出払っていた。やむなく、ちょうど連絡のあるバスに乗ったと思います。このとき、医長は用心深く前に乗り、姉さんだけを後ろに乗せた、と考えていたぼくの最初の推定は間違っていたわけです。やはりあなたがこの間話したように、知った人間があとから乗り込んで来た。それで、医長はあわてて姉さんを後ろの席に移した、と考えた方が自然です。そのあとから乗って来た男というのが、云うまでもなく妹尾君です。妹尾君が何の用事で偶然弁天島に来たかは、よく判らない。これはあとで、警察での彼の告白を聴かなければ、実際のところ摑めないわけです。

われわれが、最初、アリバイを考えたとき、妹尾君は熱海でした。西脇医長は名古屋、つまり学会だったわけですね。ところが、妹尾君の熱海は、どこの宿かはっきり判らない。これはぼくが彼の友人から訊き出したことですが、漠然と熱海にいたと云うだけです。したがって、熱海から浜松までは急行だと二時間半ぐらいだから、日帰りだって楽に出来る距離です。熱海に居たと称しても分りません。バスの座席のことはあなたのお手柄ですよ。ぼくは最初の推定どおり、或る人物が用心深さのために信子さんを後ろの座席に離れて乗せていた、とばかり思っていましたからね」

吉井はそう云いながら、店の女に新しくコーヒーの注文をした。

「これからのちは、ぼくらの推定どおりです。西脇医長はあの事故で自分の命は助かったが、姉さんの瀕死の重傷を目の前に見ながら見捨てた。姉さんのことに関り合ってると自分の秘密がバレるからです。このとき、一しょに乗っていた妹尾は初めてそのことに気づき狼狽している西脇医長に智慧《ちえ》をつけたと思います。早くこの場を逃げた方がいいと。そのために医長は、網棚にあった姉さんのスーツケースから、身許の分るような社員手帳と写真入りの定期券を持ち去った。これはみんな妹尾の指図だし、実際、医長はその通りになった。だから、擦《かす》り傷一つ負わなかったこの二人は病院に収容された瀕死の信子さんの安否も知らぬげにそのままにして逃げ出したのです。多分、西脇医長はそれから東京に帰り、妹尾君だけが弁天島かどこかに泊ったものと思います。彼には弁天島に泊らなければならぬ理由があったからです」

「理由があった？　何ですか？」

今までじっと聴いていた祥子が質問した。

吉井はちょっと笑った。

「妹尾君は、別な女を、そのとき弁天島に置いていたのですよ。彼も偶然に約束をして、弁天島で落ち合うことになっていたのです。だから、彼としては、その女を置いてきぼりして東京に行くわけには行かない。その証拠というのは、翌日、彼が姉さんのパスをあの飲食店に持って来たことで判ります」

ああ、なるほど、そうか、と思った。姉のパスが届けられたのは、あの事故の翌《あく》る日だった。そしてそれを受け取ったのは、飲食店で働いていた斎藤常子であり、常子は、また近所の子供に頼んで踏切番に届けさした。

だが、どうして妹尾はそのパスを届ける気になったのだろう。わざわざ姉の身許を匿すために持って行ったそのパスを、なぜ出す心になったのか。

「それはですね、西脇医長から頼まれたと思いますよ。医長としても、さすがに信子さんの身もとを最後まで隠しておくのが気が咎めたと思います。だって、姉さんは浜松行をだれにも云わず、秘密に来ていることは医長も知っているからです。あなたにも姉さんは仙台に行くと云って出られたでしょう。だから、身許が判らなければ、信子さんが死ねばそのまま身許不明の仏さまとして葬られるわけです。さすがに年配であるだけ医長は気が咎めたか、それとも信子さんへの愛情のためか、妹尾君に頼んで、信子さんの身許だけが判るような方法を取らせたと思うんです。もちろん、それが二人の禍根になろうとは夢にも知らないで……」

3

「そのうち、町田さんがあの通り、多摩川べりで殺される事件が起りましたね。あなたはどうして、最初に町田さん殺しと姉さんを捨てて逃げた人間とが結びつくと思ったんですか？」

今度は吉井が質問した。

「町田さんと姉とは親しくしていました。わたしが町田さんの事件が姉と無関係でないと思ったのは、なんと云うか、いわば直感のようなものです。それから、社員手帳が失くなっていることなど姉の場合とよく似ていることを発見しました。そうそう、社員手帳をそっと見せたら、姉のかと思って、西脇さんは、瞬間びっくりしていましたわ」

祥子は云った。

吉井はうなずいた。

「あなたの思った通りになった」

「それも吉井さんのお蔭ですわ。あんなに一生懸命やって下さらなかったら、わたしひとりだけでは、とても出来っこありませんわ」

祥子の吉井を見つめる瞳《め》は、感謝が籠《こも》っていた。

「吉井さんが多摩川の町田さん事件で一生懸命に自動車関係を調べられたのが、わたしにはとてもプラスになりました。吉井さんも調べて判った通り、あの多摩川へは、町田さんは電車で行ったのではなかった。タクシーでもトラックでもなかった。自家用車も警察が探して出て来なかった。つまり、これだけの交通関係で行ったのでないとすると残るのはほかの車ですわ。つまり、日本人関係でない外人の車が調査の盲点になっているのに気が付いたんです。警察の方でも町田さんの交遊関係を洗って、外人が一人も登場していないためか、この外人という線には手を着けていません。また、たとえ警視庁で調査したにしても、その調査ではバウエルさんの車は上がって来ないでしょう」

祥子はそう云った。

「なるほど。バウエル君は他人に自家用車を貸していませんからね。バウエル君の車に眼を着けたのは、あなたの炯眼《けいがん》でしたよ」

「それは偶然ですわ。西脇さんがナイトクラブでバウエルさんを紹介して下さらなかったら、そんな結果にならなかったかも知れません。バウエルさんは、あのときこう云いました。自分は横浜に事務所を持っているから遊びに来いって。わたしは、そのときは気が付かなかったが、あとでハッとしましたわ。今まで、わたしたちは、町田さんが車で東京から多摩川の現場まで運ばれたものとばかり思い込んでいました。つまり、犯人は東京から多摩川まで車で運び、また東京に帰って来る、こう考えていたんです。頭から、東京に住んでいる人間の犯行だから、東京から現場に行くものと思っていたんです。横浜は盲点でしたわ。つまり、東京から多摩川までは車で大体二十七、八分、横浜からもちょうどそのくらいなんです。わたしたちは東京と横浜とを取り違えていたことが判りました。この錯覚は町田さんが、イヴの晩に銀座のバーに、ちょっと宵の口だけ顔を見せていたことで、ヒントがあったわけです。そのヒントが最後まで判らなかったのは残念ですわ」

　祥子は、運ばれたコーヒーを喫んだ。

「この町田さん殺しは、イヴの晩が犯行の一つの大きな背景になっています。もし、それが十二月二十四日のイヴの晩でなかったら、町田さん殺しの計画は出来なかったでしょう。それは、イヴの晩だから非常にバーが混雑していたこと。そして、バウエルさんが必ず行きつけの横浜のバーに現われて、腰を据えて飲むに違いないこと。この二つの計算が妹尾さんにあったと思います。妹尾さんとしては、その晩、町田さんが東京にうろうろしていたところを第三者に見せておきたかったのでしょう。きっと、町田さんとは或る約束事をして、イヴだから一しょに遊ぼうと誘い、銀座裏のバーの名前を二、三軒云ったと思います。このバーを探してくれたら、きっと居るから、とでも云ったのでしょう。町田さんがあの晩、社を出て行くのを、わたくしも見ましたが、とても嬉しそうに、いそいそとして出て行きましたわ」

「ああ、なるほど。町田さんが二、三軒のバーを覗いたというのは、それですね」

　吉井は訊いた。

「そうなんです。それが初めからの妹尾さんの計画なんです。町田さんはイヴの晩に、銀座をうろうろしていたと思わせるようにね。その次、彼はこう町田さんに云ったでしょう。もし、そこを探して居なかったら、横浜の喫茶店で待っている、とね。だから、町田さんは横浜の喫茶店に行きました」

「ああ、それがぼくの見つけた喫茶店のことですね」

「そうなんです。結局、それが決め手ですわ。そこの女の子が、町田さんが長いこと人待ち顔に店の中に坐っていて、結局、妹尾さんが顔を出し、一しょに店を出て行ったのを憶えていましたからね。吉井さん、そうでしょ？」

「そうなんです。その喫茶店で働いているあの桜井という女の子は、そう云いました」

「その桜井さんが証言してくれますわ。妹尾さんだって、もう云い逃れは出来ないでしょう」

「妹尾君は、では、バウエル君とバーで飲んで、そして、バウエル君の車でその喫茶店に行き、待ち合わせた町田君を乗せ、多摩川に行ったわけですか？」

「そうです。わたくしはそう推定しましたわ。でも、たった一つ判らないことがありました。横浜のバーの人に訊くと、当夜はとても店が混んでいて、バウエルさんも妹尾さんも夜明け方まで飲んでいた、と云いました。バウエルさんはともかくとして、妹尾さんが朝までずっとそこから動かなかったか、というのは疑問だと思います。だって、イモの子を洗うようなイヴの晩では、一時間半ぐらい中座していても、店の人はあとで覚えていないと思います。つまり、十時ぐらいまで居て、それから多摩川を往復してバーに帰り、十二時頃から、また飲みはじめ、朝まで居たとすると、店の人はずっと居たようにあとで錯覚しますからね。妹尾さんは常連ですからね」

「なるほど、それはそうですね。だがまだ判らないことというのは、何ですか？」

「バウエルさんの車を勝手に借りられないことです。これはバウエルさんに確かめましたが、自分はあの晩はだれにも貸さなかった、と云います。そして、車を駐車させてる間、車の鍵はちゃんと自分が持っていた、とポケットを叩いて云うんです。鍵が無かったら車は動かない。だからバウエルさんの車を妹尾さんは使わなかったことになります。これではわたしの論理は合いませんわ。ずいぶん困りました。でもそれはバウエルさんと一しょに居て、やっと解決がつきました」

「どうしてです？」

「バウエルさんとその行きつけのバーに行ったのですが、その帰り、バウエルさんは、自分のコートを店の入口の外套掛からひょいと外しました。店の設備がそうなっているんです。それから気を付けて見ると、車に乗るために、バウエルさんはコートのポケットから鍵を出しました。だから、コートのポケットに車のキーを入れておくのがバウエルさんの癖らしいのです」

「ああ、判った」

吉井は叫んだ。

「妹尾君は、その外套掛にあったバウエル君のコートのポケットに手を入れ、鍵を盗み出したのですね」

「そうなんです。妹尾さんはそれも計算に入れていたんです。妹尾さんは、始終、バウエルさんと飲んでいたから、その癖も知っていたのですね。バウエルさんは飲み出したら朝まで飲むだろう、という考えもありました。殊にイヴの晩です。妹尾さんはそっと判らぬように人混みの間を分けて、外套掛に近寄り、見知っているバウエルさんのコートのポケットの中から鍵を出しました。そして、ちょっと用足しでもするように店を出て、横に駐車している彼の自家用車を鍵で開けて乗り、それを運転し、例の喫茶店に行って、待ち合わせている町田さんを連れ出して乗せ、多摩川に行ったと思います。それが夜の十時か十一時ごろです。バーは大混雑のときです」

「ああ、それから犯行をすませて、また店に帰り、車の鍵を素知らぬ顔で吊り下がっているバウエル君のコートのポケットに入れたわけですね」

「その通りですわ。バウエルさんは酔っ払って、夜明け方までその店に残っていたので、自分の車が勝手に使われたのを知らなかったのです。それにきっと、ガソリンメーターを見てガソリンが減ったことまでは、とても気づかなかったのでしょう」

4

まだたくさん話すことがあった。

「妹尾さんと西脇さんとはそんなに協力したのに、どうしてあんなに仲が悪かったのでしょう？　妹尾さんなんか西脇さんのことをいつも悪口云ってましたわ」

「それは見せかけです。共犯者ということをなるべく悟られないための工作ですよ。仲が悪いとほかの人に思わせておくと、まさか二人のコンビとは考えつきませんからね。いや、それに、あの妹尾という人は本質的にそうじゃないかな。あの人は自意識が非常に過剰です。ですから、自分のほかに名前の出ている人、例えば、生花の佐敷泊雲さんに対しても、画家の鶴巻莞造さんに対しても、いま日の出の勢いの洋裁学院の内牧理事長に向っても、悉《ことごと》く悪口を云ってました」

それは祥子にも判らないことはなかった。男の世界の厳しさを、何かそれで半分のぞいたような気がした。

「ねえ、吉井さん」

祥子は疑問に思ったことがある。

「妹尾さんは、どうしてアパートのおばさんに注目したのでしょう？」

「それは、あなたが姉さんの事件で動いていると知ったからですよ。恐らく妹尾君にすれば、あなたが油断のならない女性だと思ったでしょう。現に、さっきも西脇さんに云ってたじゃありませんか、祥子さんに注意しろとあれほど云ったのにとね。だから、脛《すね》に疵《きず》持つ彼は、始終、あなたの動静を知る必要があったのです。そのためにアパートのおばさんを買収していた。そうだ、アパートといえば、信子さんがアパートの部屋まで教えていたのは、西脇さんだけです。その西脇さんから妹尾君は聴いて、そのアパートのおばさんを彼一流のやり方で買収したのです。ですから、山梨県の波高島から斎藤常子さんが上京して来ることも、その上京の理由も、彼にはぴんと来たのです」

そういえば、確かに、祥子は管理人のおばさんにそれらしいことを洩らしたのを想い出した。祥子が電話をかけるとき、おばさんは、始終、詮索的な眼つきをしていたし、いろんなことを質問したりした。

「その結果斎藤常子さんが東京に来ることになった。東京に来れば、あなたは必ず疑惑の人を首実検をさせる。自分も祥子さんに怪しまれているから、必ず常子が自分のところに現われる、と妹尾君は思ったでしょう。そうなると、定期入れを踏切番に届けるよう常子に頼んだのは妹尾君ですから、じっとしているわけにはいきません。彼は常子さんが頭が弱いことまでは知らなかった。それで、電報の内容までおばさんの通報で知っているものですから、八王子まで行き、上り列車の車輛《はこ》の中に坐っている常子さんを見出し、立川で口実を設けて一しょに降りたのだと思います。妹尾君は浜松で常子さんの顔を見知っていますからね。常子さんはあんなふうに頭が普通でないので、唯々として彼の云う通りになりました。それから、彼女は矢野口のあの現場で妹尾君に殺されたのです」

「だって、そこが判りませんわ。わたしたちは南武線の電車も調べ、矢野口駅員にも訊いたりしました。駅の近所の人も、だれもその時刻に常子さんらしい人が下車したのを見ていません。それに、バスにも乗った形跡がなく、タクシーも利用していません。それなのに、立川で降りた両人が、どうしてあの殺害現場の矢野口に行ったのでしょう？　立川から随分の距離ですわ」

「さあ、それはぼくも見当が付かない。これは警察での妹尾君の供述で知るよりほか仕方がありませんね」

「まだありますわ。おぼろげながらの見当は付いていますが、町田さんと妹尾さんとのほんとの関係は何でしょう？」

「さあ」

それも吉井には判らなかった。

「まだありますわ。妹尾さんがアパートのおばさんを殺した理由は考えられます。あのおばさんなら口が軽いから、うっかり秘密を洩らしそうだ、と考えたからでしょう。でも、その轢いたタクシーの車、つまり、それは西脇さんの自家用車のクラウンでしょうが、西脇さんはそれをどこで乗り替え、妹尾さんはそれをどこでタクシーのように偽装したのでしょう。おばさんを轢殺したうえ、どんな方法で西脇さんに返したのかその辺のところがまだ解りませんの」

「そう、まだいろんな判らないことがありますね。だが、これ以上のことはぼくらにも無理です。妹尾君や西脇さんの口から聴くよりほか仕方がありませんね」

吉井はそう云って腕を組んだ。


しかし、二人の疑問は、やがてかなりな時日が経ってから判った。——

そのことは警察の調書で漸く謎が解けたのである。調書は長い記録だったが、二人の疑問に思っていた箇所は、次のように記録されてあった。——

妹尾郁夫の供述。

問「被疑者と町田知枝との関係はどうなのか？」

答「町田知枝とは三年前から関係を持っていました。これは誰にも知られないように秘密にして来ました。しかし、最近、私に結婚の話が持ち上がり、大へんいい条件なので、私もそれに乗り気になりました。それで町田知枝と手を切る必要があり、そのことをほのめかしました。ところが、町田知枝は逆上し、しきりと私と笠原信子との関係を暴露すると云い立てました」

問「被疑者と笠原信子とはどのような関係があったのか？」

答「何もありませんでした。だが、町田知枝は、私と笠原信子とがあたかも恋愛関係にあるように、かねてから邪推していたのです。それに、九月十日に私が熱海に行っていることになっていたのを、実はそこに居らず浜松近郷の弁天島に行ったことも知枝は確かめたのです。それで、あの事故が起り、笠原信子が死亡したので、町田知枝は、私が信子と一しょに弁天島まで行く途中、同じバスに乗って、信子を見捨てて帰ったものと推測したようです。私が弁天島に行き、同じバスに乗ったのは、確かにその通りですが、信子との関係は全然違います。あれは西脇満太郎と二人で行っていたのを、私が途中で偶然に乗り合わせただけです。しかし、あの件は西脇と秘密に約束してあるので、いかに町田知枝に責められてもそれを云うわけにはいきません。町田知枝はいよいよ私に邪推をつのらせて来ました。

それに私に結婚の話があることもうすうす感づき、一切を世間に暴露してしまう、と云います。私も多少世間に知られかけた評論家なので、今ここで、町田知枝に一切を暴露されては、将来がメチャメチャになります。それに、この町田知枝にいつまでも執拗に付きまとわれると、折角、自分に条件のいい結婚話も破れるかも判らないと考え、遂に、彼女を殺す決心になりました」

問「それが十二月二十四日の晩だね？」

答「そうです……」

このあとの供述は、祥子と吉井が話し合った推測の通りだった。

では、斎藤常子をどうして立川から矢野口に運んだのか、そのくだりは次の通りである。

問「立川で斎藤常子を降ろしてからの被疑者の行動はどうか？」

答「立川駅に斎藤常子を伴って降りましたが、普通の汽車やバスやタクシーを使っては、あとで捜査のときにバレると思い、ちょうど、暮れかけておりましたので鎌倉街道を人目に立たぬように歩いて行きました。尤も、矢野口まで行くつもりはなく、その辺の暗い所で殺すつもりでありました。そこに折よくどこかのトラックが通りかかり、ちょうど、斎藤常子が疲れたと云ってぐずぐずするので、思い切ってそのトラックを停めて、便乗を頼みました。トラックの運転手は快く乗せてくれました。私は、そのトラックが新潟県であるのを知り、これなら、まず捜査のときバレることもないと思いました。

矢野口まで来たとき、両側に梨畠が展がっていました。ちょうど、すっかり暮れてしまったときでもあり人家も遠く、梨畠の茂りを見て、ここがちょうどいい場所だと考え、トラックを途中で停めて、そこで降りました。私たちが降りたときには、だれもその道を通っていませんでした。それから、常子を誘って梨畠の中に入りました。常子は少し頭が弱いことを、そのとき知りました。可哀そうだとは思いましたが、ここまで来たら仕方がなく、彼女の頸《くび》を絞めました」

アパートの管理人を殺した経緯は、次の通りである。

問「被疑者は、タクシーを装って、西脇満太郎の自家用車クラウンを借りたのだね？」

答「そうです。西脇満太郎と相談し、彼の車がクラウンであるのを幸いに、タクシーために、目撃者があったときに紛らすためです。そのため、西脇満太郎が病院に出勤する途中、神宮外苑のなかで待ち受け、私はそれに乗って青梅街道方面に走りました。それから、どこだか憶えませんが、たしか田無町《たなしちよう》をすぎたころ、寂しい村道があったので、その雑木林の蔭に入り、かねて用意していた布製の偽装黄番号を後部のナンバー・プレートの上に貼りつけました。こうすれば、轢いたときに、目撃者があっても、その眼をタクシーのようにゴマ化せると思ったのです。

それから、日の暮れるのを待って、アパートの附近まで来て、公衆電話から被害者に電話し、すぐにこちらに出て来るように云いました。頃合を見計らって、車を運転して行くと、案の定、被害者の管理人の女房がのこのこ出て来たので、いきなり、それに車をぶっつけて逃げました。そのあとで、再び神宮外苑に行き、車を目立たぬ所に入れて、修繕するような恰好で後ろの布製の黄ナンバーを剝《は》がしました。そして、それを運転し、かねて西脇満太郎と打ち合わせをしておいた、杉並区××町にある西脇の妾宅の横にクラウンを置いて帰ったのであります」

西脇満太郎の供述。

問「あなたは妹尾郁夫とどういう関係か？」

答「友人です。妹尾は私の弟子の上田正夫と、高等学校が同じで、私よりずっと年下ですが、いつか、自分の翻訳を出版してくれるところはないか、と云って私に相談を持ちかけたことがあります。私が雑誌などに寄稿しているので、その関係から頼ったのであります。それ以後、私の所にちょいちょい出入りしましたが、金を貸したこともあります。最近、評論や翻訳家としての彼の名前が出てきてからはあまり私の方には来なくなりました。九月十日に、私が浜松に行ったとき、同じバスに妹尾が乗り合わせましたので、私は大いに愕きました。それは私が密《ひそ》かな関係にある笠原信子を同伴していたからであります。そのバスが列車事故で大破し、笠原信子が死亡したとき、私はこのことが世間に洩れては私の名誉のために困ることと思っていると、妹尾がいろいろ助言をしました。私は困惑していたので妹尾の云う通りになったが、その後、東京に帰ってから、信子の定期入れのことから自分たちの身辺が危くなるといろいろなことを云って、斎藤常子を何とかせねばならん、と妹尾が云って来たことがあります。私は自分の名誉の防衛のために、妹尾の申し入れにやむなく同意いたしました。妹尾は、あとで、斎藤常子という女は処置を終りましたから、と報告して来ました。それ以後、私は妹尾に弱点を握られ、今度、結婚の費用に要るからと云って、かなりな金を彼に取られました。また、私の自家用車のクラウンのことも、事情を知って貸してやりました……」

事件は終った。

それは笠原祥子にとっても大きな事件であった。毎日の生活には、さまざまな小さな面倒ごとが押し寄せてくる。しかし、とにかく、大きな事件というのは、あとで考えると、一つのドラマであった。

それが終った。

しかし、実は、それはまだ続いていた。今度は登場人物の拡がりはないが、つつましやかな、小さな幸福をつくる二人だけのドラマだった。

本作品には、今日の観点から見ると差別表現ととられかねない箇所があります。しかし作者の意図は差別を助長するものではないこと、作品が描かれた時代背景、また作者がすでに故人であるという事情に鑑み、底本どおりの表記としました。読者各位のご賢察をお願いします。

〈編集部〉

本書は一九七三年六月に講談社文庫より刊行された『黒い樹海』を改訂し文字を大きくした新装版です。

|著者| 松本清張　1909年福岡県に生まれる。朝日新聞西部本社広告部をへて1952年に発表した『或る「小倉日記」伝』で第28回芥川賞を受賞。1956年頃から推理小説を書き始める。1967年、『昭和史発掘』など幅広い活動により第1回吉川英治文学賞を受賞。1970年に第18回菊池寛賞を受賞。現代社会をえぐる鋭い視点と古代史に始まる深い歴史的洞察で幅広い読者を得、日本を代表する作家であった。1992年8月、逝去。
生前ゆかりの地、小倉城内に建てられた北九州市立松本清張記念館は、書斎や住居の一部を再現、遺族から寄贈された膨大な蔵書に加えて意欲的な展覧会企画もあり、見応えのある個人資料館である。
〒803-0813 北九州市小倉北区城内2番3号
TEL 093-582-2761　FAX 093-562-2303
https://www.seicho-mm.jp

黒《くろ》い樹海《じゅかい》 新装版《しんそうばん》
松本清張《まつもとせいちょう》

講談社文庫
定価はカバーに
表示してあります

2024年12月13日第1刷発行

KODANSHA

発行者——篠木和久
発行所——株式会社 講談社
東京都文京区音羽2-12-21　〒112-8001
電話 出版 (03) 5395-3510
販売 (03) 5395-5817
業務 (03) 5395-3615

デザイン—菊地信義
本文データ制作—講談社デジタル製作
印刷———株式会社KPSプロダクツ
製本———加藤製本株式会社

Printed in Japan

ISBN978-4-06-537823-6

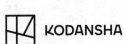

講談社文庫刊行の辞

二十一世紀の到来を目睫に望みながら、われわれはいま、人類史上かつて例を見ない巨大な転換期をむかえようとしている。

世界も、日本も、激動の予兆に対する期待とおののきを内に蔵して、未知の時代に歩み入ろうとしている。このときにあたり、創業の人野間清治の「ナショナル・エデュケイター」への志を現代に甦らせようと意図して、われわれはここに古今の文芸作品はいうまでもなく、ひろく人文・社会・自然の諸科学から東西の名著を網羅する、新しい綜合文庫の発刊を決意した。

激動の転換期はまた断絶の時代である。われわれは戦後二十五年間の出版文化のありかたへの深い反省をこめて、この断絶の時代にあえて人間的な持続を求めようとする。いたずらに浮薄な商業主義のあだ花を追い求めることなく、長期にわたって良書に生命をあたえようとつとめるところにしか、今後の出版文化の真の繁栄はあり得ないと信じるからである。

同時にわれわれはこの綜合文庫の刊行を通じて、人文・社会・自然の諸科学が、結局人間の学にほかならないことを立証しようと願っている。かつて知識とは、「汝自身を知る」ことにつきていた。現代社会の瑣末な情報の氾濫のなかから、力強い知識の源泉を掘り起し、技術文明のただなかに、生きた人間の姿を復活させること。それこそわれわれの切なる希求である。

われわれは権威に盲従せず、俗流に媚びることなく、渾然一体となって日本の「草の根」をかたちづくる若く新しい世代の人々に、心をこめてこの新しい綜合文庫をおくり届けたい。それは知識の泉であるとともに感受性のふるさとであり、もっとも有機的に組織され、社会に開かれた万人のための大学をめざしている。大方の支援と協力を衷心より切望してやまない。

一九七一年七月

野間省一

戸谷洋志　Jポップで考える哲学〈自分を問い直すための15曲〉
富樫倫太郎　信長の二十四時間
富樫倫太郎　スカーフェイス〈警視庁特別捜査第三係・淵神律子〉
富樫倫太郎　スカーフェイスII デッドリミット〈警視庁特別捜査第三係・淵神律子〉
富樫倫太郎　スカーフェイスIII ブラッドライン〈警視庁特別捜査第三係・淵神律子〉
富樫倫太郎　スカーフェイスIV デストラップ〈警視庁特別捜査第三係・淵神律子〉
豊田　巧　警視庁鉄道捜査班〈鉄血の警視〉
豊田　巧　警視庁鉄道捜査班〈鉄路の牢獄〉
砥《と》上《がみ》裕《ひろ》將《まさ》　線は、僕を描《えが》く
遠田潤子　人でなしの櫻
夏樹静子　新装版 二人の夫をもつ女
中井英夫　新装版 虚無への供物(上)(下)
中村敦夫　狙われた羊
中島らも　僕にはわからない
中島らも　今夜、すべてのバーで〈新装版〉
鳴海　章　フェイスブレイカー
鳴海　章　謀略航路
鳴海　章　全能兵器Ai《アイ》CO《コ》
中嶋博行　新装版 検察捜査

中村天風　運命を拓く〈天風瞑想録〉
中村天風　叡智のひびき〈天風哲人 箴言註釈《しんげんちゅうしゃく》〉
中村天風　真理のひびき〈天風哲人 新箴言註釈《しんげんちゅうしゃく》〉
中山康樹　ジョン・レノンから始まるロック名盤
梨屋アリエ　でりばりぃAge
梨屋アリエ　ピアニッシシモ
中島京子　妻が椎茸だったころ
中島京子ほか　黒い結婚 白い結婚
奈須きのこ　空の境界(上)(中)(下)
中村彰彦　乱世の名将 治世の名臣
長野まゆみ　簞笥のなか
長野まゆみ　レモンタルト
長野まゆみ　チマチマ記
長野まゆみ　冥途あり
長野まゆみ　45°〈ここだけの話〉
長嶋　有　夕子ちゃんの近道
長嶋　有　佐渡の三人
長嶋　有　もう生まれたくない
永嶋恵美　擬態

永井　均 内田かずひろ 絵　子どものための哲学対話
なかにし礼　戦場のニーナ
なかにし礼　生きる力〈心でがんに克《か》つ〉
なかにし礼　夜の歌(上)(下)
中村文則　最後の命
中村文則　悪と仮面のルール
編/解説中田整一　真珠湾攻撃総隊長の回想〈淵田美津雄自叙伝〉
中田整一　四月七日の桜〈戦艦「大和」と伊藤整一の最期〉
中村江里子　女四世代、ひとつ屋根の下
中野美代子　カスティリオーネの庭
中野孝次　すらすら読める方丈記
中野孝次　すらすら読める徒然草
中山七里　贖罪の奏鳴曲《ソナタ》
中山七里　追憶の夜想曲《ノクターン》
中山七里　恩讐の鎮魂曲《レクイエム》
中山七里　悪徳の輪舞曲《ロンド》
中山七里　復讐の協奏曲《コンチェルト》
長島有里枝　背中の記憶
長浦　京　赤《セキ》刃《ジン》

長浦　京　リボルバー・リリー
長浦　京　マーダーズ
中脇初枝　世界の果てのこどもたち
中脇初枝　神の島のこどもたち
中村ふみ　天空の翼　地上の星
中村ふみ　砂の城　風の姫
中村ふみ　月の都　海の果て
中村ふみ　雪の王　光の剣
中村ふみ　永遠《とわ》の旅人　天地の理《ことわり》
中村ふみ　大地の宝玉　黒翼《こくよく》の夢
中村ふみ　異邦の使者　南天の神々
夏原エヰジ　Ｃｏｃｏｏｎ〈修羅の目覚め〉
夏原エヰジ　Ｃｏｃｏｏｎ2〈蠱惑の焔〉
夏原エヰジ　Ｃｏｃｏｏｎ3〈幽世の祈り〉
夏原エヰジ　Ｃｏｃｏｏｎ4〈宿縁の大樹〉
夏原エヰジ　Ｃｏｃｏｏｎ5〈瑠璃の浄土〉
夏原エヰジ　連理の宝〈Ｃｏｃｏｏｎ外伝〉
夏原エヰジ　Ｃｏｃｏｏｎ〈京都・不死篇―蠢《しゅん》―〉
夏原エヰジ　Ｃｏｃｏｏｎ〈京都・不死篇2―疼《とう》―〉
夏原エヰジ　Ｃｏｃｏｏｎ〈京都・不死篇3―愁《しゅう》―〉
夏原エヰジ　Ｃｏｃｏｏｎ〈京都・不死篇4―嗄《か》―〉
夏原エキジ　Ｃｏｃｏｏｎ〈京都・不死篇5―巡《めぐる》―〉
長岡弘樹　夏の終わりの時間割
ナガノ　ちいかわノート
西村京太郎　華麗なる誘拐
西村京太郎　寝台特急「日本海」《メモリー・トレイン》殺人事件
西村京太郎　十津川警部　帰郷・会津若松
西村京太郎　特急「あずさ」《アリバイ・トレイン》殺人事件
西村京太郎　十津川警部の怒り
西村京太郎　宗谷本線殺人事件
西村京太郎　奥能登に吹く殺意の風
西村京太郎　特急「北斗1号」《スーサイド・トレイン》殺人事件
西村京太郎　十津川警部　湖北の幻想
西村京太郎　九州特急「ソニックにちりん」殺人事件
西村京太郎　東京・松島殺人ルート
西村京太郎　新装版　殺しの双曲線
西村京太郎　新装版　名探偵に乾杯
西村京太郎　南伊豆殺人事件
西村京太郎　十津川警部　青い国から来た殺人者
西村京太郎　新装版　天使の傷痕
西村京太郎　新装版　D機関情報
西村京太郎　十津川警部　猫と死体はタンゴ鉄道に乗って
西村京太郎　韓国新幹線を追え
西村京太郎　北リアス線の天使
西村京太郎　十津川警部　長野新幹線の奇妙な犯罪
西村京太郎　上野駅殺人事件
西村京太郎　京都駅殺人事件
西村京太郎　沖縄から愛をこめて
西村京太郎　十津川警部「幻覚」
西村京太郎　函館駅殺人事件
西村京太郎　内房線の猫たち〈異説里見八犬伝〉
西村京太郎　東京駅殺人事件
西村京太郎　長崎駅《ナガサキ・レディ》殺人事件
西村京太郎　十津川警部　愛と絶望の台湾新幹線
西村京太郎　西鹿児島駅殺人事件
西村京太郎　札幌駅殺人事件
西村京太郎　十津川警部　山手線の恋人

講談社文庫　目録

西尾維新　掟上《おきてがみ》今日子《きょうこ》の備忘録
西尾維新　掟上今日子の推薦文
西尾維新　掟上今日子の挑戦状
西尾維新　掟上今日子の遺言書
西尾維新　掟上今日子の退職願
西尾維新　掟上今日子の婚姻届
西尾維新　掟上今日子の家計簿
西尾維新　掟上今日子の旅行記
西尾維新　掟上今日子の裏表紙
西尾維新　新本格魔法少女りすか
西尾維新　新本格魔法少女りすか2
西尾維新　新本格魔法少女りすか3
西尾維新　新本格魔法少女りすか4
西尾維新　人類最強の初恋
西尾維新　人類最強の純愛
西尾維新　人類最強のときめき
西尾維新　人類最強のsweetheart
西尾維新　りぽぐら！
西尾維新　悲鳴伝
西尾維新　悲痛伝
西尾維新　悲惨伝
西尾維新　悲報伝
西尾維新　悲業伝
西尾維新　悲録伝
西尾維新　悲亡伝
西尾維新　悲衛伝
西尾維新　悲球伝
西村賢太　どうで死ぬ身の一踊り
西村賢太　夢魔去りぬ
西村賢太　藤澤清造追影
西村賢太　瓦礫の死角
西川善文　ザ・ラストバンカー〈西川善文回顧録〉
西川司　向日葵《ひまわり》のかっちゃん
西加奈子　舞台
丹羽宇一郎　民主化する中国〈習近平がいま本当に考えていること〉
似鳥鶏　推理大戦
貫井徳郎　新装版 修羅の終わり(上)(下)
貫井徳郎　妖奇切断譜
額賀澪　完パケ！
A・ネルソン　「ネルソンさん、あなたは人を殺しましたか？」
法月綸太郎　法月綸太郎の冒険
法月綸太郎　新装版 密閉教室
法月綸太郎　怪盗グリフィン、絶体絶命
法月綸太郎　怪盗グリフィン対ラトウィッジ機関
法月綸太郎　キングを探せ
法月綸太郎　名探偵傑作短篇集 法月綸太郎篇
法月綸太郎　新装版 頼子のために
法月綸太郎　誰《たそ》彼《がれ》〈新装版〉
法月綸太郎　法月綸太郎の消息
法月綸太郎　雪密室〈新装版〉
乃南アサ　不発弾
乃南アサ　地のはてから(上)(下)
乃南アサ　チーム・オベリベリ(上)(下)
野沢尚　破線のマリス
野沢尚　深紅
野村克也
宮本慎也　師弟
乗代《のりしろ》雄介《ゆうすけ》　十七《じゅうしち》八《はち》より

葉室　麟　星火瞬く
葉室　麟　陽《かげ》炎《ろう》の門
葉室　麟　紫匂う
葉室　麟　山月庵茶会記
葉室　麟　津軽双花
長谷川　卓　嶽《がく》〈上・白銀《しろがね》渡り〉〈下・湖底の黄金〉神《じん》
長谷川　卓　嶽神伝《がくじんでん》 鬼哭《きこく》(上)(下)
長谷川　卓　嶽神列伝 逆渡《さかわた》り
長谷川　卓　嶽《がく》神《じん》伝《でん》 血路
長谷川　卓　嶽《がく》神《じん》伝《でん》 死地
長谷川　卓　嶽神伝 風花(上)(下)
原田マハ　夏を喪くす
原田マハ　風のマジム
原田マハ　あなたは、誰かの大切な人
畑野智美　海の見える街
畑野智美　南部芸能事務所 season5 コンビ
早見和真　東京ドーン
はあちゅう　半径5メートルの野望
はあちゅう　通りすがりのあなた

早坂　吝《やぶさか》　○○○○○○○○殺人事件
早坂　吝　虹の歯ブラシ〈上木《かみき》らいち発散〉
早坂　吝　誰も僕を裁けない
早坂　吝　双《そう》蛇《じゃ》密室
浜口倫太郎　22年目の告白〈―私が殺人犯です―〉
浜口倫太郎　廃校先生
浜口倫太郎　AI崩壊
原田伊織　明治維新という過ち〈日本を滅ぼした吉田松陰と長州テロリスト〉
原田伊織　列強の侵略を防いだ幕臣たち〈続・明治維新という過ち〉
原田伊織　〈明治維新という過ち・完結編〉虚像の西郷隆盛　虚構の明治150年
原田伊織　三流の維新　一流の江戸〈明治は「徳川近代」の模倣に過ぎない〉
葉《は》真《ま》中《なか》顕《あき》　ブラック・ドッグ
原　雄一　宿命〈國松警察庁長官を狙撃した男・捜査完結〉
濱野京子　with《ウィズ》 you《ユー》
橋爪駿輝　スクロール
パリュスあや子　隣人X
平岩弓枝　花嫁の日
平岩弓枝　はやぶさ新八御用旅(一)〈東海道五十三次〉
平岩弓枝　はやぶさ新八御用旅(二)〈中仙道六十九次〉

平岩弓枝　はやぶさ新八御用旅(三)〈日光例幣使道の殺人〉
平岩弓枝　はやぶさ新八御用旅(四)〈北前船の事件〉
平岩弓枝　はやぶさ新八御用旅(五)〈諏訪の妖狐〉
平岩弓枝　はやぶさ新八御用旅(六)〈紅花染め秘帳〉
平岩弓枝　新装版 はやぶさ新八御用帳(一)〈大奥の恋人〉
平岩弓枝　新装版 はやぶさ新八御用帳(二)〈江戸の海賊〉
平岩弓枝　新装版 はやぶさ新八御用帳(三)〈又右衛門の女房〉
平岩弓枝　新装版 はやぶさ新八御用帳(四)〈鬼勘の娘〉
平岩弓枝　新装版 はやぶさ新八御用帳(五)〈御守殿おたき〉
平岩弓枝　新装版 はやぶさ新八御用帳(六)〈春月の雛〉
平岩弓枝　新装版 はやぶさ新八御用帳(七)〈寒椿の寺〉
平岩弓枝　新装版 はやぶさ新八御用帳(八)〈春怨　根津権現〉
平岩弓枝　新装版 はやぶさ新八御用帳(九)〈王子稲荷の女〉
平岩弓枝　新装版 はやぶさ新八御用帳(十)〈幽霊屋敷の女〉
東野圭吾　放課後
東野圭吾　卒業
東野圭吾　学生街の殺人
東野圭吾　魔球
東野圭吾　十字屋敷のピエロ

講談社文庫　目録

藤沢周平　新装版 春秋の檻〈獄医立花登手控え㈠〉
藤沢周平　新装版 風雪の檻〈獄医立花登手控え㈡〉
藤沢周平　新装版 愛憎の檻〈獄医立花登手控え㈢〉
藤沢周平　新装版 人間の檻〈獄医立花登手控え㈣〉
藤沢周平　新装版 闇の歯車
藤沢周平　新装版 市塵（上）（下）
藤沢周平　新装版 決闘の辻
藤沢周平　新装版 雪明かり
藤沢周平　義民が駆ける〈レジェンド歴史時代小説〉
藤沢周平　喜多川歌麿女絵草紙
藤沢周平　闇の梯子
藤沢周平　長門守の陰謀
古井由吉　この道
藤田宜永　樹下の想い
藤田宜永　女系の総督
藤田宜永　女系の教科書
藤田宜永　血の弔旗
藤田宜永　大雪物語
藤 水名子　紅嵐記（上）（中）（下）

藤原伊織　テロリストのパラソル
藤本ひとみ　新・三銃士 少年編・青年編〈ダルタニャンとミラディ〉
藤本ひとみ　皇妃エリザベート
藤本ひとみ　失楽園のイヴ
藤本ひとみ　密室を開ける手
藤本ひとみ　数学者の夏
藤本ひとみ　死にふさわしい罪
福井晴敏　亡国のイージス（上）（下）
福井晴敏　終戦のローレライ Ⅰ～Ⅳ
藤原緋沙子　遠花火〈見届け人秋月伊織事件帖〉
藤原緋沙子　春《はる》疾《は》風《て》〈見届け人秋月伊織事件帖〉
藤原緋沙子　暖《ぬく》鳥《どり》〈見届け人秋月伊織事件帖〉
藤原緋沙子　霧の路《みち》〈見届け人秋月伊織事件帖〉
藤原緋沙子　鳴《なる》子《こ》守《もり》〈見届け人秋月伊織事件帖〉
藤原緋沙子　夏ほたる〈見届け人秋月伊織事件帖〉
藤原緋沙子　笛吹川〈見届け人秋月伊織事件帖〉
藤原緋沙子　青《せい》嵐《らん》〈見届け人秋月伊織事件帖〉
椹野道流　亡羊の嘆〈鬼籍通覧〉
椹野道流　新装版 暁天の星〈鬼籍通覧〉

椹野道流　新装版 無《む》明《みょう》の闇〈鬼籍通覧〉
椹野道流　新装版 壺《こ》中《ちゅう》の天〈鬼籍通覧〉
椹野道流　新装版 隻《せき》手《しゅ》の声〈鬼籍通覧〉
椹野道流　新装版 禅《ぜん》定《じょう》の弓〈鬼籍通覧〉
椹野道流　池《ち》魚《ぎょ》の殃《わざわい》〈鬼籍通覧〉
椹野道流　南《なん》柯《か》の夢〈鬼籍通覧〉
深水黎一郎　ミステリー・アリーナ
深水黎一郎　マルチエンディング・ミステリー
藤谷 治　花や今宵の
古市憲寿　働き方は「自分」で決める
船瀬俊介　かんたん「1日1食」!!〈万病が治る！ 20歳若返る！〉
藤野可織　ピエタとトランジ
古野まほろ　身元不明《ジェーンドウ》〈特殊殺人対策官 箱崎ひかり〉
古野まほろ　陰陽少女
古野まほろ　陰陽少女〈妖刀村正《むらまさ》殺人事件〉
古野まほろ　禁じられたジュリエット
藤崎 翔　時間を止めてみたんだが
藤井邦夫　大江戸閻《えん》魔《ま》帳《ちょう》
藤井邦夫　三つの顔〈大江戸閻魔帳㈡〉

講談社文庫　目録

本城雅人 シューメーカーの足音
本城雅人 ミッドナイト・ジャーナル
本城雅人 紙の城
本城雅人 監督の問題
本城雅人 去り際のアーチ〈もう一打席！〉
本城雅人 時代
本城雅人 オールドタイムズ
堀川惠子 裁かれた命〈死刑囚から届いた手紙〉
堀川惠子 死刑の基準〈「永山裁判」が遺したもの〉
堀川惠子 永山則夫〈封印された鑑定記録〉
堀川惠子 教誨師
堀川惠子 戦禍に生きた演劇人たち〈演出家・八田元夫と「桜隊」の悲劇〉
堀川惠子 暁の宇品〈陸軍船舶司令官たちのヒロシマ〉
堀川惠子・小笠原信之 チンチン電車と女学生〈1945年8月6日・ヒロシマ〉
誉田哲也 Qros《キユロス》の女
松本清張 草の陰刻
松本清張 黄色い風土
松本清張 黒い樹海
松本清張 殺人行おくのほそ道(上)(下)
松本清張 邪馬台国 清張通史①
松本清張 空白の世紀 清張通史②
松本清張 カミと青銅の迷路 清張通史③
松本清張 天皇と豪族 清張通史④
松本清張 壬申の乱 清張通史⑤
松本清張 古代の終焉 清張通史⑥
松本清張 新装版 増上寺刃傷
松本清張他 日本史七つの謎
松本清張 ガラスの城〈新装版〉
松谷みよ子 ちいさいモモちゃん
松谷みよ子 モモちゃんとアカネちゃん
松谷みよ子 アカネちゃんの涙の海
眉村卓 ねらわれた学園
眉村卓 なぞの転校生
麻耶雄嵩 翼ある闇〈メルカトル鮎《あゆ》最後の事件〉
麻耶雄嵩 痾《あ》
麻耶雄嵩 メルカトルかく語りき
麻耶雄嵩 夏と冬の奏鳴曲《ソナタ》〈新装改訂版〉
麻耶雄嵩 メルカトル悪人狩り
麻耶雄嵩 神様ゲーム
町田康 耳そぎ饅頭
町田康 権現の踊り子
町田康 浄土
町田康 猫にかまけて
町田康 猫のあしあと
町田康 猫とあほんだら
町田康 猫のよびごえ
町田康 真実真正日記
町田康 宿屋めぐり
町田康 人間小唄
町田康 スピンク日記
町田康 スピンク合財帖
町田康 スピンクの壺
町田康 スピンクの笑顔
町田康 ホサナ
町田康 猫のエルは
町田康 記憶の盆をどり
舞城王太郎 煙か土か食い物〈Smoke, Soil or Sacrifices〉

2024年9月13日現在